ORDEAL BY INNOCENCE

AGATHA CHRISTIE COMPLETE COLLECTION

ORDEAL BY INNOCENCE

누명 애거서 크리스티 장편 소설 | 권도희 옮김

황금가지

ORDEAL BY INNOCENCE
by Agatha Christie

정식 한국어 판 출간에 부쳐

　나는 한국에서 우리 할머니의 작품을 정식으로 출간한다는 소식을 듣고 무척 기뻤다. 할머니가 1920년부터 1970년 무렵까지 오랜 세월에 걸쳐 집필한 작품들은 21세기인 지금 읽어도 신선하고 재미있다. 등장 인물들이 워낙 자연스러워서 요즘 사람들과 다를 바 없고 이들이 등장하는 상황과 장소가 전 세계 사람들의 애정과 향수를 자극하기 때문이다. 한국 독자들은 이번에 새로 나온 정식 한국어 판을 통해 그동안 접하지 못했던 애거서 크리스티의 일부 작품들을 읽을 수 있을 것이다. 덕분에 한국에 새로운 세대의 애거서 크리스티 팬들이 탄생할지도 모르겠다는 생각을 하면 가슴이 벅차다.

　애거서 크리스티는 대표적인 두 명의 주인공으로 기억되는 작가이다. 14권의 작품에 등장하는 마플 양은 영국의 작은 시골 마을에서 평온한 나날을 보내며 뜨개질과 수다로 소일하는 미혼의 할머니이지만, 놀라운 기억력과 날카로운 두뇌 회전으로 주변에서 벌어진 살인 사건을 해결한다.

그리고 마플 양과 상반되는 성격을 지닌 에르퀼 푸아로는 자신만만하고 콧수염을 포함한 자신의 외모와 벨기에라는 국적에 대한 자부심이 상당하다. 그는 이집트와 이라크를 비롯한 세계 각지에서 수수께끼를 해결하며 『오리엔트 특급 살인 *Murder On The Orient Express*』, 『나일 강의 죽음 *Death On The Nile*』, 『애크로이드 살인 사건 *The Murder Of Roger Ackroyd*』 등 애거서 크리스티의 여러 대표작에 모습을 드러낸다.

황금가지의 대담하고 참신한 표지와 전반적인 디자인 덕분에 작품의 성격이 잘 살아난 것 같아 기쁘다. 또한 한국 독자들이 할머니의 원작이 지닌 참된 묘미를 느낄 수 있도록 충실한 번역을 위해 애써 준 점도 높이 사고 싶다.

할머니의 작품이 20세기의 그 어떤 작가들보다 많이 팔리고 있는 이유는 나이와 국적에 상관없이 읽을 수 있는 재미와 감동을 갖추었기 때문이다. 모쪼록 한국 독자들도 황금가지에서 선보이는 애거서 크리스티 작품들을 즐겁게 감상하기를 바란다.

매튜 프리처드

애거서 크리스티의 손자

ACL 이사장

빌리 콜린스에게
사랑과 감사의 마음을 담아

온갖 불평도 잊어버리고,

슬픈 얼굴빛을 고쳐서 애써 명랑하게 보이려고 해도,

내가 겪는 이 모든 고통이 다만 두렵기만 합니다.

그러나 주님께서 나를 죄 없다고 여기지 않으실 것임을 압니다.

— 욥기

차례

제1장

I

　그가 나루터에 도착한 것은 땅거미가 내려앉을 무렵이었다. 이곳에 좀 더 일찍 왔어야 했다. 하지만 사실 그는 가능한 한 이 순간을 미루고 싶었다.

　먼저 그는 레드퀘이에서 친구들과 점심을 같이했다. 가벼운 잡담과 친구들의 근황을 주고받았지만, 모든 것은 그가 해야 하는 이 일을 잠시라도 잊고자 하는 헛된 몸부림이었다. 친구들이 그에게 차를 마시고 가라고 붙잡자 그는 그 초대까지 받아들였다. 하지만 더 이상 미룰 수 없는 시간이 마침내 오고야 말았다는 것을 그는 잘 알고 있었다.

　대절해 놓은 차가 그를 기다리고 있었다. 그는 친구들에게 작별을 고하고 출발했다. 차는 복잡한 해안 도로를 따라 11킬로미터 가량을 달리다가 나무들이 줄지어 서 있는 오솔길에 그를 내려놓았다. 길의 끝에 석조로 된 작은 부두가 보였다.

운전사는 저 멀리 있는 나룻배를 부르기 위해 그곳에 있는 커다란 종을 힘껏 울렸다.

"손님, 여기서 기다릴까요?"

"괜찮습니다. 저쪽에서 한 시간쯤 뒤에 드리머스까지 타고 갈 차를 대절해 놓았어요."

운전사는 요금과 팁을 받은 뒤 어두컴컴한 강 건너편을 흘깃 바라보았다.

"나룻배가 지금 오는군요."

운전사는 부드러운 목소리로 인사를 하고는 차를 뒤로 돌려 언덕 쪽으로 사라졌다. 아서 캘거리는 부두에 혼자 남아 배를 기다리기 시작했다. 이제 그는 혼자 남았다. 앞으로 해야 할 일에 대한 생각과 걱정이 앞을 가렸다. 여긴 정말 황량한 곳이군. 캘거리는 생각했다. 이곳에 와 보지 못한 사람이라면 누구나 아름다운 스코틀랜드 호수를 상상할 터였다. 사실 여기서 몇 킬로미터 떨어지지 않은 곳에 위치한 레드퀘이에는 호텔과 상점, 칵테일 바 들이 즐비했고, 사람들로 붐비고 있었다. 그가 영국 경치를 보고 이처럼 기이한 대조적인 느낌을 떠올리는 게 이번이 처음은 아니었다.

그때 작은 부두 한쪽에서 부드럽게 찰싹거리는 나룻배의 노 젓는 소리가 들렸다. 아서 캘거리가 비스듬한 경사로를 따라 내려가 배에 올라타는 동안 사공이 갈고리 장대로 배가 흔들리지 않게 고정시켜 주었다. 캘거리는 늙은 사공이 마치 배와 하나인 듯 도저히 떼어 놓을 수 없을 것 같다는 특이한 인상을 받았다.

두 사람이 탄 배가 움직이기 시작하자 바다 쪽에서 다소 차가운 바람이 불어왔다.

"오늘 저녁은 쌀쌀하군요."

사공이 말했다.

캘거리는 적당히 대꾸했다. 어제보다 추워졌다는 사공의 말에도 맞장구를 쳐 주었다.

그는 사공의 눈에 감춰진 호기심을 알아차렸다. 아니, 알아차렸다고 생각했다. 이곳에서 그는 낯선 사람이었다. 관광 성수기도 끝난 뒤에 나타난 이방인이었다. 게다가 그 낯선 사람은 부두에 있는 찻집에서 차를 마시기에도 너무 늦은, 이상한 시간에 배를 탔다. 짐이 없는 걸로 보아 오래 머물 사람은 아닐 것이고…….(정말 나는 왜 이렇게 늦게 온 걸까? 무의식적으로 이 순간을 미루고 있었던 것일까? 늦게 출발한다고 해서 일이 해결되는 것도 아닐 텐데.) 드디어 루비콘 강을 건넜다. 강…… 강이라……. 그는 또 다른 강, 템스 앞에서 있었던 일을 떠올렸다.

그는 멍하니 템스 강을 내려보다가(불과 어제 있었던 일이다.) 탁자 맞은편에 앉아 있는 남자 쪽으로 고개를 돌렸다. 그 남자의 시선에는 그에 대한 뭔가가 담겨 있는 듯했다. 그때까지만 해도 캘거리는 그것이 무엇을 뜻하는지 정확하게 알지 못했다. 표현하지는 않았지만 감춰진 무언가가 있는 듯했다…….

'저런 사람들은 아마 자기 생각을 표현하는 법을 배우지 못한 모

양이야.'

그는 생각했다.

그 남자의 시선이 의미하는 것이 무엇인지 분명해지자 모든 상황은 아주 끔찍해졌다. 캘거리는 반드시 그 일을 해야 했다. 그런 다음, 그 일을 잊어야 했다!

캘거리는 어제의 대화를 떠올리며 얼굴을 찌푸렸다. 그 남자의 목소리는 차분하고 부드러웠지만 말투가 모호했다.

"그렇게 하시기로 완전히 마음을 굳힌 건가요, 캘거리 박사님?"

캘거리는 흥분한 목소리로 대답했다.

"달리 무슨 방법이 있습니까? 잘 알고 계시잖아요? 동의하시겠지요? 저로선 피할 수 없는 일이지 않습니까?"

하지만 그 남자는 이해할 수 없다는 표정으로 회색 눈동자를 다른 곳으로 돌렸다. 그는 캘거리의 대답에 다소 난처해하는 것처럼 보였다.

"이 문제는 충분히 생각하셔야 합니다. 여러 관점에서 생각해 봐야 할 일이니까요."

"정의의 측면에서 이 문제를 본다면, 단 한 가지 관점으로 볼 수밖에 없을 텐데요?"

캘거리가 격한 목소리로 대꾸했다. 순간 그 남자가 이 문제를 그냥 덮어 버리려고 비열한 제안을 하고 있다는 생각이 들었기 때문이었다.

"물론 그렇게 볼 수도 있겠지요. 하지만 이건 그 이상의 문제라는 걸 알고 계시지 않습니까? 정의 이상의 문제라는 것을?"

"전 그렇게 생각하지 않습니다. 그 가족들을 생각해야 하니까요."

그러자 그 남자가 재빨리 말했다.

"그렇죠. 그래야 합니다. 저도 그 가족들을 생각했습니다."

캘거리가 보기에 그의 말은 앞뒤가 맞지 않았다. 정말 그 가족들을 생각한다면 어떻게…….

하지만 그 남자는 변함 없이 차분한 목소리로 계속 말을 이었다.

"이건 전적으로 박사님께 달린 문제입니다. 당연히 박사님이 마음 정하신 대로 해야죠."

배가 물가에 도착했다. 캘거리는 루비콘 강을 건넜다.

사공이 서부 지역 사투리가 약간 섞인 말투로 물었다.

"요금은 4펜스 주시면 되겠군요. 돌아가실 때도 강을 건너실 겁니까?"

"아니요, 다시 강을 건너지는 않을 겁니다."

캘거리가 대답했다.(이 얼마나 불길하게 들리는 말인지!)

그는 요금을 지불한 뒤 사공에게 물었다.

"혹시 '태양의 곶'이라는 저택을 아십니까?"

그의 질문에 사공은 애써 억누르고 있던 호기심을 드러내기 시작했다. 노인의 눈동자가 흥미롭다는 듯 생생하게 빛났다.

"그럼요. 잘 알죠. 저기 위에서 오른쪽으로 돌면 나무 사이로 그 집이 보일 겁니다. 언덕을 올라가 길을 따라 오른쪽으로 가면 주택가로 들어가는 새 길이 있어요. 그 끝에 있는 집이 그 저택입니다.

가장 안쪽에 있는 집이죠."

"고맙습니다."

"태양의 곶 말씀이지요? 아가일 부인이……."

"예, 그렇습니다."

캘거리는 사공의 말을 끊었다. 그는 그 문제에 대해 더 말하고 싶지 않았다.

"태양의 곶."

사공이 입술을 비틀며 야릇한 미소를 지었다. 갑자기 그 노인이 고대 신화에 나오는 교활한 반인반양(半人半羊)의 목신처럼 보였다.

"그 집에 그 이름을 붙인 건 부인이었어요. 한참 전쟁 중이었을 때죠. 물론 새로 지은 지 얼마 안 되는 집이라 이름도 없었어요. 하지만 그 집이 세워진 터는 '독사의 곶'이라고 불렸답니다! 하지만 부인이 그 이름을 좋아하지 않았어요. 그 명칭이 저택 이름으로 마음에 들지 않았던 모양입니다. 그래서 태양의 곶이라고 부르기 시작했어요. 하지만 사람들은 여전히 그 집을 독사의 곶이라고 부르고 있지요."

캘거리는 사공에게 무뚝뚝하게 인사를 하고는 언덕을 오르기 시작했다. 이곳 사람들은 모두 집 안에 있는 모양이었다. 하지만 그는 왠지 집집마다 창문을 통해 보이지 않는 시선들이 자신을 따라오고 있다는 생각이 들었다. 모든 사람들이 그가 어디로 가고 있는지 지켜보고 있는 것 같았다. 서로에게 "저 사람은 독사의 곶으로 가고 있어……."라고 말하고 있는 것 같았다.

독사의 곳. 얼마나 저 집에 잘 어울리는 끔찍한 이름인가……. 뱀의 이빨보다 더 날카로운…….

캘거리는 갑자기 생각을 멈췄다. 지금은 침착하게 정신을 차리고 무슨 말을 해야 할지 확실하게 생각해 두어야 할 때였다.

II

캘거리는 근사한 새 저택들이 양 옆으로 늘어서 있는 잘 만들어진 새 길을 따라 걸었다. 저택마다 1000평이 조금 넘는 정원에는 암생 식물들과 국화, 장미, 샐비어, 제라늄 등이 집 주인의 취향에 따라 다양하게 심어져 있다.

길이 끝나는 데에서 보이는 대문에는 고딕체로 태양의 곳이라고 쓴 문패가 달려 있었다. 그는 대문을 열고, 안으로 들어가 그리 길지 않은 진입로를 올라갔다. 눈앞에는 박공 구조에 현관까지 덮는 지붕이 달리고 특색 없이 잘 지어진 현대적인 저택이 서 있었다. 웬만한 교외 지구나 새로 개발되는 지역에 어울릴 법한 집이었다. 캘거리가 보기에 그 집은 주위 경관과 전혀 어울리지 않았다. 주위 경치는 근사했다. 강물이 집 주위를 거의 감싸듯이 흐르고 있고, 맞은편으로는 나무가 무성한 언덕이 서 있었다. 강 상류의 왼편으로는 비스듬히 강을 따라 목초지가 펼쳐져 있었고 멀리 과수원도 보였다.

캘거리는 그 강을 한참 동안 아래위로 보다가 여기에 성이 서 있으면 좋겠다고 생각했다. 도저히 있을 수 없고 우스꽝스럽고 동화에나 나올 법한 일이었지만, 생강 빵이나 얼음 설탕으로 지어진 그런 성이 서 있다면 좋을 것 같았다. 그러나 지금 그의 눈앞에 보이는 저택은 고급스러운 취향과 차분하고 절제된 분위기, 그리고 부유함을 과시하는, 상상력이라고는 조금도 찾아볼 수 없는 집이었다. 그렇다고 아가일 가문의 사람들을 비난할 수는 없다. 그들은 이집을 샀을 뿐 직접 지은 것이 아니었으니까. 물론 그 가족이나, 가족 중 한 사람(아가일 부인이 아닐까?)이 그 집을 고르기는 했겠지만……

캘거리는 혼잣말로 되뇌었다.

"더 이상 미룰 수 없어……."

그리고 현관문 옆에 달린 초인종을 눌렀다.

그는 그 자리에 서서 기다렸다. 그리고 어느 정도 간격을 두었다가 다시 한 번 초인종을 눌렀다.

캘거리는 안에서 발자국 소리가 나는 것을 듣지 못했다. 그런데 아무 예고도 없이 갑자기 문이 활짝 열렸다.

그는 깜짝 놀라 뒤로 한 걸음 물러섰다. 지금까지 너무 지나친 상상을 하고 있었던 탓인지, 비극 자체가 그의 앞을 가로막고 서 있는 느낌이 들었다. 그 얼굴은 어려 보였다. 원래 비극의 진정한 본질은 젊음 속에 보이는 날카로움이다. 비극의 얼굴은 언제나 젊은이의 얼굴을 하고 있어야 한다고 캘거리는 생각했다……. 어쩔 수 없이, 정해진 운명대로…… 파멸이 다가오고 있는…….

캘거리는 정신을 가다듬고 이성적으로 생각하기 시작했다. 그의 앞에 서 있는 여자는 아일랜드 인이 틀림없었다. 눈 주위로 어두운 그림자가 드리워지기는 했지만 깊고 푸른 눈동자, 위로 넘긴 검은 머리카락, 우수 어린 아름다움이 엿보이는 골격과 광대뼈…….

그 젊은 아가씨는 냉담한 시선으로 그를 쳐다보았다.

그녀가 물었다.

"무슨 일이죠?"

캘거리는 전형적인 대답을 했다.

"아가일 씨 계십니까?"

"예, 하지만 아무도 만나지 않으실 거예요. 제 말은, 모르는 사람은 만나지 않으신다고요. 그쪽은 모르는 분인 것 같은데요. 그렇지 않나요?"

"그래요, 그분은 날 모르실 겁니다. 하지만……."

그 말에 그녀는 현관문을 닫으려 했다.

"그렇다면 편지를 쓰는 편이 나을 거예요……."

"미안하지만, 난 그분을 꼭 만나고 싶습니다. 그분의…… 따님이신가요?"

그녀는 마지못해 대답했다.

"예, 전 헤스터 아가일이에요. 하지만 아버지는 약속 없이 찾아오는 사람은 만나지 않으세요. 편지를 쓰시는 편이 나을 거예요."

"멀리서 왔습니다만……."

그녀는 미동도 하지 않았다.

"모두들 그렇게 말하죠. 전 이 일이 모두 끝났다고 생각하고 있었어요. 당신은 기자죠?"

헤스터가 비난하듯 물었다.

"아니요, 아닙니다. 난 그런 사람이 아니에요."

그녀는 믿지 못하겠다는 듯 의심스러운 눈으로 캘거리를 쳐다보았다.

"그렇다면, 무슨 일로 오신 거죠?"

캘거리는 그때 그녀 뒤에 서 있는, 또 다른 얼굴을 보았다. 납작하고 평범한 얼굴이었다. 굳이 묘사하자면 팬케이크처럼 생긴 얼굴이라고 할까. 곱슬거리는 누르스름한 회색 머리카락을 위로 올린 중년 여자였다. 그 여자는 경계심 많은 감시원처럼 헤스터의 주위를 어슬렁거리며 가만히 그를 지켜보고 있었다.

"난 아가씨의 오빠 문제로 찾아왔습니다, 아가일 양."

헤스터 아가일이 갑자기 숨을 들이마시더니 믿을 수 없다는 투로 말했다.

"마이클 오빠에게 무슨 일이 생겼나요?"

"아닙니다. 잭의 일입니다."

그녀가 외쳤다.

"그럴 줄 알았어요! 재코 일로 왔을 줄 알았다고요. 왜 우리를 가만 내버려 두지 않는 거예요? 그건 이제 완전히 끝난 일이에요. 어째서 자꾸만 그 일을 들추는 거죠?"

"그 일은 절대로 끝났다고 말할 수 없습니다."

"하지만 그건 끝난 일이에요! 재코는 죽었으니까. 왜 그냥 내버려 두지 않는 거예요? 모두 끝났어요. 당신이 기자가 아니라면 의사나 심리학자 같은 사람이겠죠. 제발 가 주세요. 아버지를 방해하지 마세요. 바쁘시니까."

그녀는 문을 닫으려 했다. 그제야 캘거리는 황급히 주머니에서 편지를 꺼내 그녀 앞에 내밀었다. 사실 그녀를 보자마자 그렇게 했어야 했다.

"여기 마셜 씨가 보내는 편지가 있습니다."

그녀는 깜짝 놀란 듯했다. 헤스터는 망설이며 손가락으로 봉투를 받아 들고는 믿을 수 없다는 듯 물었다.

"마셜 씨라고 했나요? 런던에 계신?"

그때 홀 구석에 잘 보이지 않게 서 있던 중년 여자가 다가왔다. 그녀는 캘거리를 의심스럽다는 눈으로 쳐다보았다. 캘거리는 그녀에게서 외국인 수녀를 떠올렸다. 다른 무엇보다도 수녀에 어울리는 얼굴이었다. 빳빳한 하얀 두건을 쓰거나, 그게 아니라도 무엇이든 얼굴을 감쌀 수 있는 천을 두르고 검은 수녀복에 베일만 걸치면 완벽할 것이다. 그러나 여자의 얼굴은 묵상에 잠긴 수녀보다는 두꺼운 문을 살짝 열고 의심스러운 눈으로 방문객을 살피다가 마지못해 응접실이나 성모상 앞으로 안내해 주는 평수녀의 얼굴에 가까웠다.

그 여자가 말했다.

"마셜 씨가 보냈다고 하셨나요?"

거의 비난하는 듯한 말투였다.

헤스터는 그녀의 손에 들린 봉투를 가만히 내려다보더니 아무 말

없이 몸을 돌려 2층으로 뛰어 올라갔다.

캘거리는 여전히 현관문 앞에 선 채로 평수녀 같은 감시원 여자의 의심과 비난에 가득 찬 눈초리를 견뎌 내야 했다.

그는 뭔가 할 말을 찾아보려 했지만 아무것도 생각나지 않았다. 결국 그는 조심스럽게 침묵을 지키며 그 자리에 서 있었다.

이윽고 위에서 헤스터의 차가운 목소리가 들려왔다.

"아버지가 들어오시래요."

그를 지키고 섰던 여자가 마지못해 옆으로 물러섰다. 그러나 의심이 가득한 그녀의 표정은 전혀 변함이 없었다. 그는 그 여자를 지나쳐 안으로 들어가 모자를 의자 위에 올려놓고 계단을 올라갔다. 헤스터가 위에서 기다리고 있었다.

그는 집 안이 너무 깨끗하다는 느낌을 받았다. 마치 고급 요양소 같았다.

헤스터의 안내로 그는 복도를 따라 걸어가 계단 세 개를 내려갔다. 그녀는 앞에 있는 문을 열어 보이며 캘거리에게 안으로 들어가라는 몸짓을 했다. 헤스터도 그의 뒤를 따라 방에 들어오더니 문을 닫았다.

그 방은 서재였다. 캘거리는 그제야 마음이 편해지는 것을 느끼며 고개를 들었다. 그 방의 분위기는 그 집의 다른 곳과는 많이 달랐다. 이 방은 남자가 지내면서 일을 하기도 하고 쉬기도 하는 그런 공간이었다. 벽마다 책들이 가득한 책장이 있고, 방에 놓인 커다란 의자들은 낡았지만 안락하고 편안해 보였다. 책상 위에는 서류들이 적당히 어질러진 채 펼쳐져 있었고 탁자 위에는 책들이 놓여 있었다. 캘거리는 언뜻 방의 저쪽 문으로 나가는 젊은 여자를 보았다. 매력적인 젊은 여성이었다. 그런 다음 캘거리는 그를 맞이하기 위해 자리에서 일어난 남자에게 관심을 돌렸다. 남자는 손에 편지를 들고 있었다.

캘거리가 본 레오 아가일에 대한 첫인상은 너무 약하고 투명해 보여서 그 자리에 존재하지 않는 것 같다는 느낌이었다. 유령 같은 사람이었다! 그의 목소리는 그리 크지 않았지만 듣기 좋았다.

"캘거리 박사님이시죠? 이쪽으로 앉으십시오."

그가 말했다.

캘거리는 자리에 앉아 주인이 권하는 담배를 받았다. 그의 맞은편에 레오 아가일이 앉아 있었다. 모든 일들이 성급하지 않게, 시간의 의미는 별로 중요하지 않다는 듯 이루어졌다. 레오 아가일은 핏기 없는 손가락으로 편지를 톡톡 두드리고는 얼굴에 부드러운 미소를 띤 채 말했다.

"마셜 씨 편지에는 당신이 우리에게 중요한 이야기를 할 거라고 되어 있더군요. 그 내용이 뭔지 자세히 쓰지는 않았지만."

그는 좀 더 환한 미소를 지으며 말을 이었다.

"변호사들이란 언제나 아무 책임도 지지 않으려고 지나치게 조심하는 사람들이죠. 그렇지 않습니까?"

캘거리는 마주 앉은 남자가 유쾌한 사람이라는 사실에 놀라 약간 충격을 받았다. 일반적인 의미로 생기 넘치고 활력 있는 그런 명랑함이 아니라, 그늘이 진 유쾌함이긴 했지만, 스스로 즐길 줄도 아는 느낌이었다. 레오 아가일은 외부 세계로부터 어떠한 영향도 받지 않을 뿐만 아니라, 그 사실에 만족하고 있는 사람이었다. 캘거리는 그 남자의 그런 모습에 자기가 왜 그렇게 충격을 받았는지 알 수 없었다. 하지만 그는 정말 놀랐다.

캘거리가 말했다.

"시간을 내주셔서 감사합니다. 편지를 쓰는 것보다는 직접 뵙고 말씀드리는 편이 낫겠다고 생각했습니다."

그는 형식적인 인사말로 말을 꺼냈다가 잠시 입을 다물었다. 그러고는 갑자기 불안정한 상태로 말을 이었다.

"말씀드리기 어려운 이야기입니다. 너무 어렵군요……."

"천천히 하세요."

레오 아가일은 여전히 정중하고 차분했다. 그는 몸을 앞으로 내밀었다. 아마도 캘거리가 편하게 이야기할 수 있도록 도와주려는 모양이었다.

"마셜 씨의 편지를 가지고 오신 걸 보니, 박사는 불쌍한 제 아들 재코에 관한 일로 찾아오셨나 보군요. 재코는 우리 가족이 잭을 부르는 애칭이랍니다."

캘거리는 신중하게 준비했던 말들이 하나도 떠오르지 않았다. 그는 지금 무슨 말을 어떻게 해야 할지 모르는 끔찍한 상황에 처해 있었다. 캘거리는 다시 말을 더듬기 시작했다.

"말씀드리기가 정말 어렵습니다만……."

잠시 침묵이 흐르고 레오가 조심스럽게 말을 꺼냈다.

"이 말이 도움이 될지는 모르겠습니다만, 우리는 재코가 정상으로 보기 어려웠다는 점을 잘 알고 있습니다. 박사가 어떤 말을 한다해도 우리가 놀랄 일은 더 없을 겁니다. 끔찍한 비극이 일어나기는 했지만, 우리는 잭이 자신의 행동에 전혀 책임이 없었다고 굳게 믿고 있어요."

"재코의 책임이 아니란 건 당연해요."

헤스터가 말했다.

캘거리는 그녀의 목소리에 흠칫 놀랐다. 잠시 그녀의 존재를 잊고 있었던 것이다. 헤스터는 그의 왼쪽 뒤편에 놓인 안락 의자에 앉아 있었다. 캘거리가 고개를 돌리자, 그녀가 몸을 앞으로 내밀었다.

"재코는 항상 위험했어요. 오빠는 정말 어린아이 같았죠. 화가 나면 아무 물건이나 집어던지곤 했으니까……."

헤스터가 확신에 차서 말했다.

"헤스터, 헤스터. 얘야."

레오의 목소리에는 슬픔이 어려 있었다.

그녀는 깜짝 놀라 손으로 입을 막았다. 그러고는 얼굴을 붉히며 수줍은 말투로 말했다.

"죄송해요. 그런 뜻이 아니었는데. 그런 말은 해서는 안 된다는 걸 그만 잊어버렸어요. 제 말은, 그러니까 이제는 모든 일이 끝났다는 이야기를 하려고 하다가…… 그만……."

"이제 끝난 일입니다. 모두 과거로 흘러가 버렸지요. 나는, 아니

우리 모두는 그 아이가 많이 아파서 그랬을 거라고 받아들이려 애쓰고 있습니다. 그저 세상에 적응하지 못하는 사람들 중 하나였다고 말입니다. 그게 가장 적당한 표현일 거예요. 그렇지 않습니까?"

레오가 캘거리를 쳐다보았다.

"그렇지 않습니다."

캘거리가 대답했다.

침묵이 흘렀다. 그의 단호한 부인이 두 사람을 놀라게 했던 것이다. 캘거리의 목소리에는 격한 감정이 실려 있었다. 그는 그 상황을 무마하기 위해 어색하게 말을 이었다.

"저…… 죄송합니다. 다만 아가일 씨가 아직 잘 모르시는 일이 있습니다."

"아!"

레오는 뭔가 생각하는 듯하더니 딸을 돌아보며 말했다.

"헤스터, 넌 나가 있는 편이 좋을 것 같구나."

"아니, 전 나가지 않을 거예요! 무슨 일인지 저도 듣고 알아야 하니까요."

"별로 듣기 좋은 이야기가 아닐 것 같은데."

헤스터가 성급하게 소리쳤다.

"재코 오빠가 또 다른 끔찍한 일을 저질렀다 한들 무슨 상관이 있나요? 이제 다 끝났는데."

캘거리가 재빨리 말했다.

"날 믿으십시오. 아가씨 오빠가 무슨 문제를 저질렀다는 이야기를 하러 온 것이 아닙니다. 오히려 그 반대죠."

"무슨 말씀인지······."

그때 방 저쪽에 있던 문이 열리고 조금 전에 캘거리가 언뜻 보았던 젊은 여자가 방으로 들어왔다. 그 여자는 외출용 코트를 입고 작은 서류 가방을 들고 있었다.

그녀가 레오 아가일에게 말했다.

"이제 그만 가 볼게요. 다른 시키실 일은 없나요?"

레오는 잠시 주저하더니(캘거리가 보기에 그는 항상 주저하는 것 같았다.) 손을 내밀어 그녀의 팔을 잡아 가까이 끌어당겼다.

"그웬다, 잠시 자리에 앉아 봐. 이분은 음, 캘거리 박사라는 분이야. 이쪽은 본 양으로······."

다시 그는 어정쩡하게 말을 멈췄다.

"지난 몇 년 간 제 비서로 일하고 있답니다."

레오 아가일은 그웬다를 쳐다보며 덧붙였다.

"캘거리 박사님은 우리에게 해 줄 이야기가 있어서 오셨다는군. 아니, 뭔가 물어보려 오셨다고 했던가······. 재코에 대해 말이야."

캘거리가 끼어들었다.

"드릴 말씀이 있어서 온 겁니다. 아가일 씨는 물론 느끼지 못하고 계시겠지만, 계속 제가 이야기를 꺼내기 어렵게 만들고 계십니다."

그들은 약간 놀란 듯 캘거리를 쳐다보았다. 하지만 그는 그웬다 본이 이해한다는 듯 눈을 깜박거리는 것을 볼 수 있었다. 잠시나마 캘거리와 그웬다가 동맹 관계를 맺었고, 그녀가 "맞아요. 아가일은 일을 정말 어렵게 만드는 사람이에요."라고 그에게 맞장구를 쳐 주는 듯했다.

정말 매력적인 여자군. 캘거리는 생각했다. 그렇게 젊지는 않지만. 서른일곱이나 여덟쯤 되었을까? 그녀는 보기 좋게 균형 잡힌 몸매와 검은 머리카락과 검은 눈동자를 가진 건강과 활력이 느껴지는 여자였다. 지적이면서도 유능한 인상을 주었다.

레오 아가일이 냉담하게 대꾸했다.

"내가 당신을 어렵게 만들고 있는 줄은 몰랐군요, 캘거리 박사님. 그럴 의도는 전혀 없었어요. 당신이 곧장 본론에 들어가고 싶은 거라면……"

"제 말이 무례하게 들렸다면 용서하십시오. 하지만 아까부터 따님과 함께 이 일이 끝난 일이니, 지난 일이니 하는 말씀만 계속하셔서 그랬던 겁니다. 이 일은 아직 끝나지 않았습니다. 누군지는 모르겠습니다만, 이런 말을 한 사람이 있죠. '모든 일이 해결되는 것은……'"

"'제대로 해결될 때뿐이다.' 키플링의 말이죠."

그웬다 본이 그의 말을 받아 주고는 격려의 의미로 고개를 끄덕였다. 캘거리는 그녀에게 고마움을 느꼈다.

"이제 본론으로 들어가겠습니다. 제 이야기를 듣고 나면 왜 제가 아가일 씨와 따님에게 그런 거부감을 느꼈는지 이해하실 수 있을 겁니다. 아니, 그보다 제가 느끼는 고통을 이해할 수 있을 겁니다. 이야기하기에 앞서 먼저 저에 대한 이야기를 조금 하지 않을 수 없군요. 저는 지구 물리학자로 최근에 남극 대륙 쪽을 탐사하고 돌아왔습니다. 영국에 돌아온 지 몇 주 되지 않았지요."

"헤이스 벤틀리 탐험대에 계셨나요?"

그웬다가 물었다.

캘거리는 기꺼워하며 그녀를 돌아보았다.

"예, 헤이스 벤틀리 탐험대에 있었지요. 이런 말씀을 드리는 것은 제가 그럴 수밖에 없었던 상황에 대한 이해를 구하는 한편, 지난 2년 동안 있었던 일들에 대해 전혀 알지 못했다는 사실을 설명하기 위해서입니다."

그웬다가 다시 한 번 캘거리를 도와주었다.

"그러니까 그동안 살인 사건 재판 같은 일은 모르고 계셨다는 말씀이군요."

"그렇습니다. 본 양, 제가 드리고 싶었던 말이 바로 그겁니다."

캘거리는 레오 아가일을 돌아보았다.

"제 이야기가 듣기 괴로우시더라도, 용서해 주시기 바랍니다. 하지만 전 아가일 씨께 확실한 날짜와 시간들을 확인해야만 합니다. 작년 11월 9일, 저녁 6시경에 (당신은 재코라고 부르시는) 잭 아가일이 이 집으로 찾아와 어머니 아가일 부인을 만났습니다."

"내 아내를 만났지. 그랬습니다."

"잭은 문제가 생겼다면서 부인에게 돈을 요구했습니다. 그전에도 그런 일이 있었죠……."

"한두 번이 아니었죠."

레오가 한숨을 쉬며 대답했다.

"아가일 부인이 거절하자, 잭은 욕설을 퍼부으며 부인을 위협했습니다. 그런 다음 그는 방을 뛰쳐나가면서 '다시 돌아올 테니 돈을 내놓는 편이 좋을 거예요.'라고 외쳤습니다. 그리고 잭은 '내가 감옥에 가는 걸 원하지는 않겠죠?'라고 말했죠. 부인은 '너를 위해서는 차라리 그 편이 최선인지도 몰라.'라고 대답했습니다."

레오 아가일이 거북한 듯 몸을 움직였다.

"아내와 나는 그 일에 대해 이야기를 나누었습니다. 우리는, 그 아이 때문에 골머리를 앓고 있었으니까. 우리는 재코를 여러 번 곤경에서 구해 주었고, 새 출발을 할 수 있게 도와주었어요. 차라리 감옥에 가게 되면, 그 아이도 충격을 받아 나아질지 모른다는 생각도 했지요."

그의 목소리가 잦아들었다.

"계속해 보세요."

캘거리가 말을 이었다.

"그날 저녁 그 일이 있은 뒤, 부인은 살해당했습니다. 흉기에 맞아 목숨을 잃었죠. 범행에 사용된 부지깽이에는 아드님의 지문이 남아 있었고, 부인이 돈을 넣어 두었던 책상 서랍에서 큰 액수의 돈이 없어졌습니다. 경찰은 드리머스에서 아드님을 붙잡았습니다. 그에게서 돈이 발견되었죠. 대부분 5파운드짜리 지폐로, 그중 한 장에는 이름과 주소가 씌어 있었습니다. 은행에서 그것을 보고, 아가일 부인이 아침에 찾아갔던 돈이라는 사실을 확인해 주었죠. 아드님인 잭은 살인 혐의로 법정에 서게 되었습니다."

캘거리가 잠시 말을 멈췄다.

"그리고 계획적인 살인으로 판결이 났습니다."

치명적인 단어가 입 밖으로 나왔다. 살인……. 울려 퍼질 수 없는 말, 감추어야 하는 단어, 커튼이나 책, 부드러운 양탄자에 빨려 들어가는 단어……. 그 말은 감출 수 있다. 하지만 살인 그 자체는…….

"저는 그 사건의 담당 변호사였던 마셜 씨로부터 아드님이 체포되던 순간부터 확고하게 무죄를 주장했다는 이야기를 들었습니다. 경찰이 살인이 일어났다고 추정하는 7시에서 7시 30분 사이에 잭은 완벽한 알리바이가 있다고 주장했죠. 그는 7시가 되기 전, 여기에서 1.6킬로미터 가량 떨어진 레드민에서 드리머스로 통하는 도로에서 히치하이킹으로 차를 얻어 타고 드리머스로 갔다고 했습니다. 잭은 날이 어두웠기 때문에 그 차종을 정확하게 기억하지 못한다고 말했습니다. 그저 중년 남자가 운전하던 차이고 검은색이나 감청색의 세단이었다는 말만 했죠. 그 자동차와 운전자를 찾아내기 위해 갖은 노력을 다 했지만, 잭의 진술을 확인해 줄 수 있는 증거는 찾지 못했습니다. 결국 변호사들은 잭이 그 이야기를 급조해 냈다고 보고 서툰 수작이라고 생각하게 되었죠…….

재판에서 변호사들은 잭 아가일의 정신 상태가 불안정하다는 것을 입증하는 심리학자들의 증언을 토대로 변론을 진행했습니다. 판사는 그런 증언들에 대해 신랄하게 대꾸하며, 피고를 철저히 몰아붙였습니다. 결국 잭 아가일은 종신형을 선고받았지요. 그리고 그는 감옥에서 복역한 지 6개월 만에 폐렴으로 죽었습니다."

캘거리는 말을 멈췄다. 방 안에 있는 세 사람의 눈동자가 그에게 집중되어 있었다. 그웬다 본의 눈동자에는 흥미와 관심이, 헤스터의 눈동자에는 여전히 의구심이 남아 있었다. 레오 아가일의 눈은 텅 빈 것처럼 흐려져 있었다.

캘거리가 말했다.

"제가 말씀드린 내용이 모두 정확합니까?"

"정확해요. 다만 우리 모두가 그토록 잊으려고 애쓰는 고통스러운 일들을 들춰내는 이유를 모르겠군요."

레오가 대답했다.

"그 점은 용서해 주십시오. 이럴 수밖에 없습니다. 제가 생각하기에는 아가일 씨도 배심원들이 내린 판결에 이의가 없으셨던 것 같습니다만?"

"사건은 박사님이 이야기한 대로입니다. 사건의 배후까지 알지 못한다면 말 그대로, 잔인한 살인이지요. 하지만 그 사건에 대해 속속들이 알게 된다면, 그 사건은 좀 덜 끔찍하게 느껴질 겁니다. 그 아이는 정서적으로 불안정한 상태였어요. 운이 없게도 그에 따른 법적인 해석이 적용되지 못했지만 말입니다. 맥노턴 법은 편협할 뿐만 아니라, 부족한 부분이 많습니다. 난 확신할 수 있어요, 캘거리 박사님. 죽은 내 아내 레이철이 누구보다도 먼저 그 불운한 아이의 무모한 행동을 용서하고 변명해 주었으리라는 걸 말이죠. 아내는 진보적이었을 뿐만 아니라, 인간적으로 생각하는 사람이었습니다. 심리적인 요소에 대해서도 많은 지식을 가지고 있었죠. 아내는 그 아이를 비난하지 않았을 겁니다."

"어머니는 재코가 얼마나 무서운 일을 저지를 수 있는지 알고 계셨어요. 항상 그랬으니까요. 도저히 어쩔 수 없는 사람이었지요."

헤스터가 덧붙였다.

캘거리가 천천히 말을 꺼냈다.

"그렇다면 여러분은 의심해 본 적이 없으십니까? 잭이 유죄 선고를 받은 것을 의심해 본 적이 없느냐는 말입니다."

헤스터가 그를 뚫어져라 쳐다보았다.

"왜요? 재코는 유죄였어요."

레오가 말했다.

"정말 유죄라고 할 수는 없지. 난 그 말을 쓰는 것이 싫구나."

"그 말씀이 맞습니다."

캘거리는 숨을 깊이 들이마셨다.

"잭 아가일은…… 결백했으니까요."

제2장

캘거리의 말은 모두에게 큰 충격을 안겨 주었어야 옳았다. 하지만 그들은 담담하게 받아들였다. 캘거리는 그들이 어리둥절해하고 믿을 수 없는 그 상황에 놀라면서도 기뻐하며 질문들을 퍼부을 거라고 기대했다……. 하지만 그런 반응을 보이는 사람은 아무도 없었다. 오직 경계심과 의심만이 남아 있는 듯했다. 그웬다 본은 얼굴을 찌푸렸다. 헤스터는 눈을 크게 뜨고 그를 바라보았다. 어쩌면 그런 모습이 자연스러운 반응일지도 몰랐다. 이런 엄청난 사실을 금세 받아들이기는 힘들 테니까.

레오 아가일이 머뭇거리며 말했다.

"캘거리 박사님, 그 말씀은 당신도 내 의견에 동의한다는 뜻인가요? 그 아이가 자신의 행동에 책임을 질 수 없는 상태였다고 생각한다는 겁니까?"

"제 말은 그가 범인이 아니라는 겁니다! 무슨 말인지 모르시겠습니까? 잭이 살인을 저지른 것이 아니란 말입니다. 그는 살인을 할수가 없었어요. 정말 재수 없게 상황이 꼬이지만 않았더라도 잭은자신의 결백을 입증할 수 있었을 겁니다. 그가 죄가 없다는 것은 제가 입증할 수 있습니다."

"당신이?"

"그를 차에 태워 줬던 사람이 바로 저니까요."

캘거리가 너무 간단하게 말한 탓인지 그들은 그 말을 제대로 이해하지 못했다. 그런데 그들이 생각을 가다듬기도 전에 갑자기 방해꾼이 나타났다. 그 평범한 얼굴의 여자가 방문을 열고 밀어닥치듯 들어왔던 것이다. 그녀가 단도직입적으로 말했다.

"문 밖을 지나가다 이야기를 들었어요. 이 사람이 재코가 아가일부인을 죽이지 않았다고 말하는 소리가 들리더군요. 어째서 이 남자가 그런 말을 하는 거죠? 어떻게 이 남자가 그런 사실을 알 수 있다는 건가요?"

전투적이고 공격적인 그녀의 얼굴에 갑자기 주름이 생긴 것 같았다. 그녀가 애처로운 목소리로 말했다.

"저도 이 자리에서 들어야겠어요. 아무것도 모른 채 밖에 있을 수는 없어요."

"물론이에요, 커스티. 당신도 우리 가족이잖아요."

레오 아가일이 그녀를 소개했다.

"캘거리 박사님, 이쪽은 린드스트롬 양입니다. 커스티, 지금 믿을 수 없는 이야기를 하고 있는 이분은 캘거리 박사님이세요."

캘거리는 커스티라는 스코틀랜드 식 이름에 어리둥절했다. 그녀의 영어는 완벽했지만 억양에 희미하게 외국 느낌이 남아 있었기 때문이었다.

커스티가 비난하는 투로 그에게 말했다.

"당신은 이곳에 오지 말았어야 했어요. 그리고 사람들을 당황시키는 그런 이야기도 하지 말았어야 했고요. 그동안 가족들은 모두 고통스러운 시간을 보냈어요. 그런데 지금 당신이 한 이야기는 이분들을 다시 당황하게 만들고 있다고요. 무슨 일이 일어나든 그건 하느님의 뜻이에요."

캘거리는 그녀에게서 끊임없이 쏟아져 나오는 자기 과시의 말에 기분이 언짢았다. 그는 저 여자도 재앙이 닥치는 것을 반기는 잔인한 사람들 중 하나일 거라고 생각했다. 이제 그녀는 지금까지 누렸던 그런 즐거움들을 모두 빼앗기게 될 터였다.

캘거리는 재빨리 불쾌한 목소리로 말했다.

"그날 저녁 7시 5분경, 저는 레드민에서 드리머스로 이어지는 도로에서 손을 흔들고 있는 젊은이를 차에 태웠습니다. 그리고 그와 함께 드리머스까지 갔죠. 우리는 대화를 나누었습니다. 제가 보기에 그는 매력적이고 호감 가는 젊은이였습니다."

"재코는 매력이 넘치는 아이였어요. 모든 사람들이 그 아이를 매력적이라고 생각했죠. 성질을 부리는 바람에 그 매력이 줄어들기는 했지만. 물론 재코는 성격이 비뚤어진 아이였어요."

그웬다는 이렇게 말하고는 조심스럽게 덧붙였다.

"그렇지만 대부분의 사람들은 처음 얼마 동안은 그런 사실을 알 아차리지 못하죠."

린드스트롬이 그웬다를 쳐다보았다.

"죽은 사람한테 그런 식으로 말하면 안 돼죠."

레오 아가일이 조금은 무뚝뚝하게 말했다.

"캘거리 박사님, 계속 말씀해 보시죠. 그렇다면 그때는 왜 나타나 지 않았던 겁니까?"

"그래요. 어째서 그때는 숨어 있었던 거죠? 신문에 광고까지 냈는 데 말이에요. 어쩌면 그렇게 이기적이고, 지독할 수가……."

헤스터가 숨가쁘게 말했다.

"헤스터, 얘야. 캘거리 박사님이 막 설명해 주시려는 참이잖니."

레오 아가일이 딸을 만류했다.

캘거리는 헤스터를 똑바로 쳐다보며 말했다.

"아가씨가 어떤 기분일지는 잘 알고 있습니다. 제가 어떤 감정을 느껴야 하는지도 잘 알고 있어요. 언제까지라도 벗어날 수 없을 겁 니다……."

캘거리는 마음을 가다듬고 다시 말을 이었다.

"이야기를 계속하겠습니다. 그날 저녁, 도로는 교통 체증이 심했 습니다. 저는 7시 30분이 지나서야 그 젊은이를 드리머스 한가운데 에 내려 줄 수 있었습니다. 그때까지만 해도 그 청년의 이름도 모르 고 있었죠. 그래서 제가 잭의 결백을 입증할 수 있다고 말씀드린 겁니다. 왜냐하면 경찰은 살인이 일어난 시간을 7시에서 7시 30분 사이라고 추정하고 있으니까요."

"그래요. 하지만 박사님은⋯⋯."

헤스터가 말했다.

"조금만 더 참고 제 이야기를 들어주시겠습니까? 이해를 돕기 위해 잠시 시간을 앞으로 돌려야겠군요. 전 당시 드리머스에 있는 친구의 아파트에서 이틀 정도 묵고 있었습니다. 그 친구는 해군인데, 그때 항해 중이었죠. 그래서 개인 차고에 넣어 둔 자기 차를 제게 빌려주었습니다. 문제의 그날, 11월 9일에 저는 런던으로 돌아갈 예정이었습니다. 그래서 저는 저녁 기차로 돌아가기로 결심하고, 낮 시간 동안 우리 가족과 잘 알고 지내시는 나이 든 유모를 찾아가기로 마음 먹었습니다. 그분은 드리머스에서 64킬로미터 정도 떨어진 폴가스의 작은 저택에 살고 계셨죠. 저는 예정대로 움직였습니다. 그 유모는 몹시 연로해서 정신이 희미해지셨는데도 저를 알아보고 무척 반가워하셨습니다. 신문에서 제 얘기가 실린 '극지에 가다'라는 기사를 읽으셨다며 몹시 기뻐하셨죠. 저는 유모가 너무 피곤해하지 않도록 금세 자리에서 일어났습니다. 그런 다음 왔던 대로 해안 도로를 따라 드리머스로 곧장 돌아가는 대신, 레드민으로 가서 캐논 피시마쉬 노인을 만나 보고 가기로 마음먹었습니다. 그분은 초기 항해에 관한 논문들을 비롯해 희귀한 서적들을 많이 소장하고 있어서, 그곳에서 필요한 자료를 몇 장 복사해 갈 생각이었어요. 그런데 그 노인은 문명의 이기는 모조리 악마의 기구라며 전화도 없이 살고 있었습니다. 라디오나 텔레비전, 시네마 오르간, 비행기에 대해서도 마찬가지로 여겼죠. 그래서 직접 댁까지 찾아가야 했습니다. 하지만 전 운이 나빴습니다. 그 집은 문이 잠겨 있었고, 그분은 어디 먼 곳으로 외출하신 게 분명했으니까요. 할 수 없이 저는 성당에서 잠시 시간을 보내다가 주도로를 타고 드리머스로 돌아왔습니다. 지도상으로 보면 삼각형의 모양을 그리며 여행을 한 셈이죠. 아파트에서 짐을 가지고 나와 자동차를 개인 차고에 갖다놓은 뒤, 기차를 타러 가도 될 정도로 시간은 넉넉하게 남아 있었습니다.

아까 말씀드렸다시피, 그렇게 드리머스로 돌아오는 길에 낯선 젊은이를 차에 태운 겁니다. 그를 시내에 내려 주고, 저는 예정대로 움직였습니다. 역에 도착한 후에도 시간이 남아서 저는 담배를 사러 밖으로 나갔습니다. 그런데 길을 건너다가 모퉁이에서 빠른 속도로 돌아 나오던 화물차에 그만 치이고 말았죠.

지나가던 사람들의 말에 따르면, 저는 금세 자리에서 일어나 아무렇지도 않은 듯 움직였고 다친 데도 없어 보였다고 하더군요. 저는 괜찮다면서 기차를 놓치면 안 된다고 급히 역으로 돌아갔답니다. 그 후 기차가 패딩턴 역에 도착하자 저는 그만 의식을 잃어버렸고, 구급차에 실려 병원에 갔답니다. 진단 결과 뇌진탕이었습니다. 뇌진탕 같은 경우에는 증상이 뒤늦게 나타나는 일이 드물게 있다고 하더군요.

제가 의식을 되찾았을 때는 며칠이 지난 뒤였습니다. 저는 그 사고는 물론 런던에 어떻게 돌아왔는지도 기억할 수 없었습니다. 마지막으로 기억나는 것이 유모를 만나기 위해 폴가스에 갔던 일이었어요. 그 이후의 일은 완전히 백지 상태였습니다. 하지만 흔히 있는 증상이라는 이야기를 듣고 저는 안심했습니다. 사실 제 인생에서 잃어버린 몇 시간이 그렇게 중요한 일이 될 거라고 생각할 만한 이유가 없었으니까요. 저뿐만 아니라 어느 누구도 그날 저녁 제가 레드민에서 드리머스로 통하는 도로를 달렸을 거라는 생각은 하지 못했습니다.

영국을 떠나는 날까지는 시간이 얼마 없었습니다. 저는 신문도 보지 않은 채, 병원에서 절대 안정을 취했습니다. 그런 다음 탐험대와 합류하기 위해 곧장 공항으로 가 오스트레일리아행 비행기를 탔죠. 그렇게 움직여도 되는 건지 확신은 없었지만 그냥 감행했습니다. 그때 저는 출발 준비로 몹시 바빴고 걱정도 많았습니다. 그래서 살인 사건 기사 같은 것에 관심을 가질 만한 여유가 없었죠. 그리고 보통 그런 사건은 범인이 잡히면 흥미가 가시게 마련이지 않습니까. 그래서 그 사건의 재판이 진행되고 그 과정이 보도되고 있을 때 전 남극으로 가고 있는 중이었습니다."

캘거리는 잠시 말을 멈췄다. 방 안에 있는 사람들은 모두 그의 말에 집중하고 있었다.

"저는 한 달 전 영국으로 돌아왔습니다. 그리고 이 일을 알게 된 겁니다. 그때 저는 표본들을 싸기 위해 지난 신문들이 필요했습니다. 그랬더니 하숙집 아주머니가 창고에서 낡은 신문들을 한 뭉치 가져다 주시더군요. 신문 한 장을 탁자에 펼쳤을 때, 한 젊은이의 사진이 보였습니다. 얼굴이 매우 낯익더군요. 그래서 저는 그가 누구인지, 언제 만난 사람인지를 기억해 내려고 애를 썼습니다. 하지만 도통 기억이 나지 않는 것이었습니다. 그런데 이상하게도 그 젊은이와 나눴던 대화 내용은 생각이 나더군요. 뱀장어에 관한 이야기를 했죠. 제가 뱀장어의 일생에 관한 전설을 들려주자, 그 젊은이는 아주 흥미로워했습니다. 하지만 그 일이 언제, 어디서 있었던 일인지 도무지 생각이 나지 않았죠. 저는 신문 기사를 읽기 시작했습니다. 그리고 그 젊은이의 이름이 잭 아가일이고, 살인 혐의를 받고 있으며, 경찰에게 어떤 남자가 운전하는 검은 세단에 탔다고 진술했다는 것을 알게 되었습니다.

그러자 갑자기 잃어버렸던 기억들이 모두 돌아왔습니다. 제가 그 젊은이를 드리머스까지 태워다 주었고, 그와 헤어진 다음 아파트에 들렀다가, 담배를 사러 길을 건너던 일까지 기억이 되살아났습니다. 저를 친 화물차가 달려오던 모습도 어렴풋이 생각나더군요. 하지만 그 뒤로 병원에 올 때까지 무슨 일이 있었는지 기억이 나지 않았습니다. 어떻게 역까지 가서 기차를 타고 런던에 왔는지는 전혀 떠오르지 않더군요. 저는 그 기사를 읽고 또 읽었습니다. 재판은 이미 1년 전에 끝나 버렸고, 사건은 거의 잊혀진 상황이었죠. 하숙집 아주머니는 어렴풋이 '자기 어머니를 죽인 그 젊은이는 잘은 모르겠지만 아마 교수형을 당했을 것'으로 기억하고 있었습니다. 저는 사건 당시의 신문들을 모두 모아 기사들을 읽은 뒤, 당시 피고 측 변호인이었던 마셜 씨를 찾아 '마셜 앤드 마셜' 법률사무소로 찾아갔습니다. 그리고 그 불쌍한 청년을 구하기에는 너무 늦었다는 사실을 알게 되었습니다. 그 젊은이가 감옥에서 폐렴으로 사망한 뒤였으니까요. 물론 이제 와서 정의를 밝힌다 한들 그를 위해 해 줄 수 있는 일은 아무것도 없을 겁니다. 하지만 적어도 그의 결백만은 밝혀 주어야 한다고 생각했습니다. 그래서 마셜 씨와 함께 경찰서로 갔지요. 결국 이 사건은 다시 검찰 쪽으로 넘어갔습니다. 마셜 씨 말로는 검사가 이 사건을 내무부 장관에게 새로 보고하게 될 거라고 하더군요.

물론 아가일 씨는 마셜 씨로부터 자세한 내용을 듣게 되실 겁니다. 마셜 씨가 먼저 알려 드리지 않은 건, 제가 다른 누구보다도 먼저 찾아와 진실을 전해 드리고 싶다고 했기 때문입니다. 어려운 일이기는 하지만, 이것이 제가 해야 할 의무라고 생각했습니다. 앞으로도 제가 이 일로 깊은 죄의식에 시달리며 살아갈 거라는 걸 알아주셨으면 합니다. 그때 제가 길을 조금만 조심해서 건넜더라도……."

캘거리는 말을 멈췄다.

"저에 대한 여러분의 감정이 좋지 않을 거라는 걸 알고 있습니다. 비록 법적으로는 제가 비난받을 상황이 아니라고 해도, 여러분 입장에서는 저를 비난하는 것이 당연할 테니까요."

그웬다 본이 부드럽고 친절한 목소리로 재빨리 대답했다.

"저희는 박사님을 비난하지 않아요. 이번 일은 어쩔 수 없는 일 중에 하나이니까요. 도저히 믿고 싶지 않은 비극이기는 하지만."

헤스터가 말했다.

"그 사람들이 박사님 말을 믿던가요?"

캘거리는 깜짝 놀라 그녀를 쳐다보았다.

"경찰 말이에요. 그들이 박사님 말을 믿던가요? 박사님이 꾸며 낸 이야기일 수도 있잖아요."

캘거리는 무심코 살짝 미소를 지었다.

"난 꽤 믿을 만한 증인이랍니다. 물론 경찰들은 내가 다른 속셈을 가지고 있는 건 아닌지 확인하기 위해 내 증언을 자세히 조사했지요. 의료 기록은 물론, 드리머스에서 내 행적을 따라 여러 가지 세세한 사실들도 확인했답니다. 또 있어요, 마셜 씨 말입니다. 다른 변호사들과 마찬가지로 그 역시 아주 신중한 사람이었습니다. 마셜 씨는 성공을 확신하기 전에는 여러분에게 기대를 심어 주려 하지 않았어요."

그가 부드럽게 말했다.

레오 아가일이 의자에서 몸을 들썩이며 처음으로 입을 열었다.

"성공이라니 정확하게 무슨 뜻입니까?"

"죄송합니다."

캘거리가 재빨리 사과했다.

"이 상황에서 적절하지 못한 말이었습니다. 아드님은 자신이 저지르지도 않은 범죄로 기소되었고, 재판 받아 유죄 판결을 받았습니다. 결국 감옥에서 목숨을 잃었지요. 그에게 정의는 너무 늦게 찾아왔습니다. 하지만 이처럼 실현될 수 있는 정의는 언젠가는 실현

될 것이며, 그 정의가 실현되는 것을 보게 될 것입니다. 내무부 장관은 아마도 여왕 폐하께 아드님의 특별 사면을 요청할 것입니다."

헤스터가 웃었다.

"특별 사면이라니. 자기가 저지르지도 않은 죄를 사면한단 말인가요?"

"그래요, 사실 그런 전문 용어들은 현실과 괴리되는 경우가 많습니다. 하지만 이런 경우 관례적으로 상원에 요청해 사면받는 것으로 결정되면, 유죄 판결을 받았던 잭 아가일이 그 사건의 범인이 아니라는 것을 법적으로 인정받게 되는 겁니다. 그런 다음 신문을 통해 세상에 진상을 공표하는 거죠."

캘거리는 말을 멈췄다. 아무도 말하지 않았다. 가족들이 엄청난 충격을 받은 모양이라고 캘거리는 생각했다. 그래도 그들에겐 행복한 충격일 것이었다.

그는 자리에서 일어나 자신 없는 목소리로 말했다.

"더 드릴 말씀이 없어 유감입니다……. 제가 정말 죄송하게 생각하고 있고, 안타까워하고 있다는 것을 거듭 말씀드립니다. 그저 용서를 구할 따름입니다. 가족분들은 이미 알고 계신 일이었겠지만. 잭의 목숨을 앗아간 이 비극은 제 인생에도 그늘을 드리웠습니다. 하지만 적어도……."

캘거리는 애원하듯 말을 이었다.

"그가 그런 무서운 일을 저지르지 않았다는 것을 알게 되었다는 점에서는 의미가 있을 겁니다. 잭과 여러분의 이름을 더럽혔던 오명을 씻어 버리게 되었잖습니까……?"

캘거리가 대답을 기대하고 한 말이었지만, 아무도 대답해 주지 않았다.

레오 아가일은 무너지듯 의자에 몸을 기대었다. 그웬다의 시선은 레오의 얼굴에 고정되어 있었다. 헤스터는 슬픔이 가득한 커다란 눈동자로 멍하니 앞만 바라보고 있었다. 린드스트롬은 작은 소리로 뭔가를 투덜거리며 고개를 내저었다.

캘거리는 문 옆에 서서 그들을 돌아보며 어쩔 줄 몰라 하고 있었다. 그 상황을 수습하기 위해 나선 사람은 그웬다 본이었다. 그녀는 캘거리에게 다가와 그의 팔에 손을 올리며 낮은 목소리로 말했다.

"그만 가 보시는 게 좋겠어요, 캘거리 박사님. 모두들 너무 큰 충격을 받았어요. 이 일을 받아들이는 데 시간이 필요할 것 같아요."

그는 고개를 끄덕이고는 방에서 나왔다. 층계참에 막 올라섰을 때 린드스트롬이 따라 나왔다.

"제가 배웅해 드리죠."

캘거리는 문이 닫히기 전에 뒤를 돌아보았다가 그웬다 본이 레오 아가일의 의자 앞에 무릎을 꿇고 앉아 있다는 것을 알아차렸다. 그 모습에 그는 약간 놀랐다.

린드스트롬은 마치 근위병이라도 되는 것처럼 층계참에서 캘거리를 마주 보고 선 채 귀에 거슬리는 목소리로 이렇게 말했다.

"박사님은 잭을 돌아오게 하지 못해요. 그런데 왜 그 일을 다시 들고 나와 저분들의 마음을 아프게 하는 거죠? 지금까지 가족들은 그 일을 체념하고 살아왔어요. 이제 모두들 다시 고통받을 테죠. 세상일이란 언제나 그냥 내버려 두는 게 나은 법이에요."

그녀의 말에는 불쾌한 감정이 고스란히 묻어 있었다.

"그의 결백은 반드시 밝혀져야 합니다."

아서 캘거리가 대답했다.

"참 고결한 생각이군요! 이 집 사람들은 이제껏 잘 지내고 있었어요. 이런 행동이 모두에게 어떤 영향을 미치고 있는지 박사님은 전혀 몰라요. 사람들은 전혀 생각하지 않죠."

그녀가 발까지 구르며 말했다.

"전 이 집 가족들을 모두 사랑해요. 전 아가일 부인을 돕기 위해 1940년에 이 집에 왔지요. 그때 부인은 이 집에서 전쟁으로 집을 잃은 아이들을 보살피는 일을 막 시작하던 참이었어요. 그리고 아이들을 정성껏 보살펴 주셨죠. 그 애들을 위해서라면 무슨 일이든 하셨어요. 그게 벌써 18년 전 일이군요. 전 지금도 이 집에 있어요. 부인이 돌아가신 뒤에도 말이에요. 가족을 보살피기 위해서죠. 전 이집을 깨끗이 청소하고 안락하게 가꿔요. 그리고 가족들이 먹을 좋은 음식을 만들죠. 전 이 가족을 사랑해요. 그래요. 그들을 사랑해요……. 하지만 재코 도련님은 사악한 사람이었어요! 그래요. 전 도련님도 사랑했어요. 하지만 도련님은 사악했어요!"

린드스트롬이 갑자기 몸을 돌려 가 버렸다. 자기가 캘거리를 배웅해 주겠다고 말해 놓고 잊어버린 모양이었다. 캘거리는 천천히 계단을 내려갔다. 그가 현관문 앞에서 어떻게 여는 건지 알 수 없는 안전 자물쇠를 어설프게 만지작거리고 있을 때 계단을 내려오는 가벼운 발소리가 들렸다. 돌아보니 헤스터가 나는 듯이 계단을 내려오고 있었다.

그녀는 문의 자물쇠를 풀고 문을 열어 주었다. 두 사람은 서로 쳐다보며 서 있었다. 캘거리는 그녀가 왜 그렇게 슬픔과 비난이 뒤섞인 시선으로 자신을 쳐다보는지 이해할 수가 없었다.

헤스터는 숨을 몰아쉬며 말했다.

"박사님은 왜 오신 거죠? 아, 도대체 왜 오셨어요?"

캘거리는 뭐가 뭔지 모르겠다는 얼굴로 그녀를 바라보았다.

"아가씨를 이해할 수 없군요. 오빠의 누명이 벗겨지는 것을 바라지 않나요? 정의가 실현되는 것을 원하지 않는 겁니까?"

"정의라고 했나요!"

헤스터가 내뱉듯이 말했다.

캘거리가 다시 말했다.

"정말 이해하지 못하겠어요······."

"그 정의란 거 계속해 보시죠! 그런 게 재코에게 무슨 소용이 있어요? 오빠는 죽었어요. 이제 이건 재코의 문제가 아니에요. 우리 일이 된 거예요!"

"그게 무슨 말이죠?"

"죄를 지은 사람의 문제가 아니에요. 이제는 죄가 없는 사람들의 문제가 돼 버렸어요."

헤스터는 손가락이 팔에 파고들 정도로 캘거리의 팔을 꽉 움켜잡

왔다.

"문제가 되는 사람은 우리라고요. 박사님이 우리한테 무슨 짓을 한 건지 아직도 모르시겠어요?"

그는 그녀를 쳐다보았다.

밖에는 어둠이 내려앉고 있었다. 한 남자의 모습이 어렴풋이 나타났다.

"캘거리 박사님? 택시입니다. 드리머스까지 가신다고 하셨죠?"

그 남자가 말했다.

"아…… 고맙습니다."

캘거리는 다시 한 번 헤스터를 돌아보았지만 이미 그녀는 집 안으로 사라진 뒤였다.

현관문이 쾅 닫혔다.

제3장

I

　헤스터는 이마에 흘러내린 검은 머리카락을 위로 쓸어 올리며 천천히 계단을 올라가다가 계단 위에 서 있던 커스턴 린드스트롬과 마주쳤다.

　"그 사람 갔어요?"

　"예, 갔어요."

　"헤스터 아가씨, 많이 놀랐을 거예요."

　커스턴 린드스트롬이 헤스터의 어깨 위에 부드럽게 손을 올리며 말했다.

　"같이 가요. 브랜디 한 잔 줄게요. 너무 엄청난 일이었으니까."

　"브랜디 생각 없어요."

　"마시고 싶지 않더라도 도움이 될 거예요."

　헤스터는 더 이상 거절하지 않고 복도를 따라 커스턴이 거처하는 작은 방으로 갔다. 그녀는 커스턴이 주는 브랜디를 천천히 한 모금 씩 마셨다. 린드스트롬이 화가 잔뜩 난 목소리로 말했다.

"너무 갑작스러운 일이에요. 이런 일이 있을 줄 미리 알고 있었어 야 했는데. 왜 마셜 씨가 먼저 편지로 알려 주지 않았을까요?"

"캘거리 박사가 그렇게 하지 말라고 한 것 같아요. 그 사람은 우 리에게 직접 이야기하고 싶었던 거예요."

"직접 와서 그런 말을 하다니! 그 사람은 그 소식이 우리에게 어 떤 영향을 끼칠지 생각이나 했을까요?"

"그 사람은 우리가 기뻐할 거라고 생각했던 것 같아요."

헤스터가 이상하게 억양이 없는 목소리로 대답했다.

"기뻐하든 그렇지 않든 충격적이라는 건 분명하죠. 그 사람은 여 기 와서 그런 소리를 하면 안 되는 거였어요."

"하지만 그에게는 용기가 필요한 일이었을 거예요."

헤스터가 말했다. 그녀의 얼굴이 서서히 달아오르고 있었다.

"그러니까 여기 와서 그런 말을 전한다는 게 쉬운 일은 아니었을 거라는 말이에요. 살인 사건에 유죄 판결을 받고 감옥에서 죽은 사 람의 가족을 찾아가 사실 그는 무죄였다는 말을 전하는 것 말이에 요. 그래요. 난 그 사람이 용감하다고 생각해요. 그렇지만 난 그에게 그런 용기가 없었던 편이 좋았을 거라고 생각해요."

"그건 우리 모두의 바람이지요."

린드스트롬이 힘차게 대꾸했다.

헤스터가 갑자기 관심을 나타내며 그녀를 쳐다보았다.

"정말 커스티도 그렇게 느꼈어요? 나만 그런 생각을 하는 줄 알았는데."

"난 바보가 아니에요. 캘거리 박사가 우리의 이런 상황까지 생각하지 않았을 거라는 것 정도는 똑똑히 알 수 있으니까."

린드스트롬이 날카롭게 대답했다.

헤스터가 자리에서 일어났다.

"그만 아버지한테 가 봐야겠어요."

커스턴 린드스트롬은 동의했다.

"그래요, 아버님께서는 지금 어떻게 하는 것이 최선인지 생각하고 계실 거예요."

헤스터가 서재에 들어섰을 때 그웬다 본은 어딘가로 바삐 전화를 걸고 있었다. 레오 아가일이 딸에게 손짓하자, 헤스터는 아버지가 앉아 있는 의자의 팔걸이에 걸터앉았다.

"메리와 미키에게 전화를 하려던 참이었단다. 그 애들도 알아야 하는 일이니까."

그가 말했다.

"여보세요? 더랜트 부인 계신가요? 메리? 그웬다 본이에요. 아버님이 통화하고 싶어 하세요."

그웬다가 말했다.

레오가 다가가 수화기를 받아 들었다.

"메리, 그동안 어떻게 지냈니? 필립은 잘 있고? 그래, 잘 지낸다. 사실은 이상한 일이 생겨서 말이야. 너도 알아야 할 일인 것 같아서 이렇게 연락한 거란다. 조금 전에 캘거리 박사님이라는 분이 찾아 왔어. 그 사람은 앤드류 마셜의 편지를 가지고 왔더구나. 재코에 관한 일로 말이다. 그게…… 너무 뜻밖의 일이라서 말이야. 재코가 재판 받을 때 했던 이야기 말이다. 그날 저녁 드리머스까지 모르는 사람의 차를 타고 갔다는 그 이야기가 사실이었지 뭐냐. 그 아이를 태워다 준 사람이 바로 캘거리 박사님이었던 거지……."

레오는 말을 멈추고 수화기 너머로 딸이 하는 이야기를 가만히 듣고 있었다.

"그래, 그렇단다. 메리, 전화로는 그 사람이 그 당시에 나타나지 못했던 이유를 자세히 설명할 수는 없다만, 간단히 말하자면 교통사고로 뇌진탕을 일으켰다고 하더구나. 전체적인 상황은 모두 들어맞는 것 같았어. 가능한 한 빨리 식구들이 모여서 의논해야 할 것 같아 전화한 거란다. 그리고 마셜을 불러서 법률상의 충고를 받는 편이 좋을 것 같아. 필립하고 같이 올 수 있겠니? 그래……. 그래, 알았다. 하지만 이 일은 정말 중요하다는 생각이 드는구나……. 그래…… 나중에 시간 괜찮을 때 전화하렴. 이제 난 미키한테 전화해 봐야겠다."

그는 수화기를 내려놓았다.

그웬다 본이 전화기 앞으로 다가서며 물었다.

"지금 미키한테 전화를 걸까요?"

헤스터가 말했다.

"시간이 많이 걸릴 것 같으면 제가 먼저 전화를 써도 될까요, 그웬다? 도널드한테 전화할 일이 있어서요."

"그렇게 하렴. 오늘 저녁에 그 친구와 만나기로 하지 않았니?"

레오가 물었다.

"그랬죠."

헤스터가 대답했다.

아버지는 재빨리 딸의 표정을 살폈다.

"얘야, 오늘 일 때문에 많이 놀랐니?"

"모르겠어요. 제 기분이 어떤지 잘 모르겠어요."

헤스터가 말했다.

그웬다가 자리를 비켜 주자 헤스터는 전화를 걸기 시작했다.

"크레이그 선생님 좀 부탁합니다. 예, 헤스터 아가일이라고 전해 주세요."

잠시 후 헤스터가 다시 말했다.

"도널드, 당신이에요? 오늘 밤 강연에 같이 갈 수 없을 것 같아서 전화했어요……. 아니요, 아픈 건 아니에요. 그런 게 아니라, 그냥 좀 이상한 말을 들어서 그래요."

다시 크레이그가 뭐라고 말을 하는 모양이었다.

헤스터는 아버지를 돌아보았다. 그녀는 손으로 수화기를 막은 채 아버지에게 물었다.

"이 이야기 비밀 아니죠?"

"그래. 비밀이라고 할 건 없지. 그래도 당분간은 도널드에게 혼자만 알고 있으라고 하렴. 소문이라는 게 얼마나 빨리 돌고 과장되는지는 잘 알고 있겠지?"

"예, 알았어요."

헤스터는 다시 수화기에다 대고 말하기 시작했다.

"어떻게 보면 좋은 소식일 수도 있어요, 도널드. 하지만 좀 당황스러워요. 전화로 할 이야기는 아닌데……. 아니요, 아니에요, 여기까지 올 필요 없어요……. 부탁이에요. 오늘 저녁은 그냥 있을래요. 내일 만나요. 재코에 대한 일이에요. 예, 맞아요. 우리 오빠요. 그러니까 오빠가 어머니를 죽이지 않았다는 사실이 밝혀졌어요……. 제발 아무 말 하지 마요. 그리고 아무한테도 이야기하지 말아 주세요. 내일 자세하게 얘기해 줄게요……. 아니요, 도널드. 괜찮아요……. 그냥 오늘 저녁에는 아무도 만나고 싶지 않아서 그래요. 당신도요……. 부탁이에요. 아무 말 하지 마요."

헤스터는 수화기를 내려놓고는 그웬다에게 전화를 쓰라는 몸짓을 했다.

그웬다가 교환에게 드리머스로 연결해 달라고 말하는 동안, 레오가 부드럽게 말했다.

"헤스터, 도널드와 함께 강연회에 가지 그러니? 마음을 진정시키는 데 도움이 될 거다."

"가고 싶지 않아요, 아버지. 안 갈래요."

레오가 말했다.

"넌 도널드에게 이 소식이 좋은 일이 아니라는 식으로 말을 하더구나. 헤스터, 하지만 그런 게 아니라는 건 알고 있잖니. 우리 모두 많이 놀라기는 했지만, 이번 일은 아주 행복한 일이야. 정말 기쁜 일이지……. 달리 어떻게 생각할 수 있겠니?"

"정말 그렇게 생각해야 하는 거예요?"

레오가 타이르듯 말했다.

"얘야……."

"하지만 그건 사실이 아니잖아요? 이 일은 좋은 소식이 아니에요. 끔찍하게 당혹스러울 뿐이지."

그때 그웬다가 말했다.

"미키가 연결되었어요."

레오는 다시 그웬다에게서 수화기를 받았다. 그는 좀 전에 딸에게 했던 것과 똑같은 이야기를 아들에게도 전했다. 하지만 그 소식을 들은 미키의 반응은 메리 더랜트와는 판이하게 달랐다. 그는 불신이나 놀라움, 저항감 같은 것은 보이지 않고 즉시 받아들였다.

"어떻게 그런 일이! 이제 와서 그토록 찾았던 목격자가 나타났단 말인가요! 이런, 정말 재코의 운은 그날로 끝났나 보군요."

미키의 목소리가 들렸다.

레오가 다시 이야기하자 미키는 잠자코 들었다.

"알았어요. 아버지 말씀이 맞아요. 우리는 가능한 한 빨리 모여 마셜의 조언을 듣는 게 좋겠어요."

그러더니 미키가 갑자기 웃음을 터뜨렸다. 그 웃음소리는 레오로 하여금 그 옛날 창밖 정원에서 뛰어놀던 소년의 웃음을 떠올리게 했다.

"이제 내기라도 걸어야 할까요? 우리 중에 누가 그랬는지?"

미키가 말했다.

레오는 수화기를 떨어뜨리고 전화기에서 몸을 돌렸다.

"미키가 뭐라고 그러던가요?"

그웬다가 물었다.

레오가 대답해 주었다.

"정말 말도 안 되는 농담을 했군요."

그웬다의 말에 레오는 그녀를 흘긋 쳐다보았다.

"어쩌면 농담이 아닐 수도 있지."

그가 부드럽게 말했다.

II

메리 더랜트는 방을 가로질러 화병에서 떨어진 국화 꽃잎을 주워 들었다. 그리고 그 꽃잎들을 조심스럽게 휴지통에 버렸다. 메리는 큰 키에 침착해 보이는 외모를 가진 스물일곱 살의 젊은 여성이었다. 얼굴에 주름 같은 게 없는데도 나이보다 좀 더 들어 보이는 것은 어느 정도는 차분하게 보이는 화장 때문이었다. 그녀는 화려하지는 않았지만 보기 좋은 모습이었다. 단정한 얼굴, 매끈한 피부, 빛나는 푸른 눈동자에 금발 머리카락은 단정하게 빗어 넘겨 목 뒤로 둥글게 말아 올렸다. 유행을 좇아 옷차림을 한 것이 아닌데도 그녀는 무척 세련되게 보였다. 메리는 언제나 자신만의 스타일을 가지고 있는 여자였다. 그녀가 사는 집 역시 그런 그녀의 외모와 똑같은 느낌으로 꾸며져 있어서 깨끗하고 단정했다. 메리는 약간이라도 어질러지거나 먼지가 쌓이는 것을 두고 보지 못했다.

휠체어에 앉은 남자는 그녀가 떨어진 꽃잎을 조심스레 집어 올리는 모습을 보며 살짝 비꼬는 듯한 미소를 지었다.

"정말 단정한 사람이지, 당신은. 무슨 물건이든 그것을 위한 장소가 있고, 그 장소에는 그 물건이 놓여 있으니 말이야."

그는 이렇게 말하고 웃기 시작했다. 어딘지 모르게 심술궂게 느껴지는 그런 웃음이었다. 하지만 메리 더랜트는 전혀 신경 쓰지 않았다.

"난 정리하는 걸 좋아해요. 필, 당신도 집 안이 엉망으로 어질러져 있는 건 좋아하지 않잖아요."

그녀의 남편은 은근히 신랄하게 대꾸했다.

"글쎄, 어쨌든 한 번도 집 안을 그렇게 만들어 볼 기회가 없었으니 그건 모르는 일이지."

결혼한 지 얼마 되지 않아 필립 더랜트는 마비 증상을 보이는 소아마비에 걸리고 말았다. 그를 거의 숭배하듯 하던 메리에게 그는 남편이자 아이가 되었다. 소유욕이 강한 그녀의 사랑에 필은 가끔씩 부담을 느끼고 있었다. 하지만 메리는 남편이 자신에게 완전히 의지한다는 데 큰 기쁨을 느끼고 있었다. 더군다나 그녀는 때때로 필이 그녀를 지겨워하고 있다는 것을 알아차릴 만한 상상력은 전혀 가지고 있지 않았다.

필은 아내가 동정이나 연민이 담긴 말을 할지도 모른다는 두려움에 재빨리 화제를 돌렸다.

"정말 뭐라 설명하기 어려운 이야기로군, 장인어른이 전해 주신 소식 말이야! 그것도 이런 상황에서! 그런데 당신은 어떻게 그렇게 침착할 수가 있지?"

"사실 받아들이기 힘든 내용이에요……. 너무 이상한 일이잖아요. 처음에는 아버지 말씀을 믿을 수가 없었어요. 만일 헤스터가 그 소식을 알려 줬다면, 난 틀림없이 그 애가 만들어 낸 이야기일 거라고 생각했을 거예요. 그 애가 어떤 아이인지는 당신도 알겠지만."

필립 더랜트는 얼굴에서 신랄한 표정을 누그러뜨리며 부드럽게 말했다.

"너무나도 열정적인 아가씨지. 인생에서 일부러 고난을 찾고, 또 확실히 찾아내니 말이야."

메리는 남편의 말을 흘려들었다. 다른 사람의 성격 같은 데는 아무런 관심이 없었던 것이다.

그녀가 의심스럽다는 투로 말했다.

"그게 사실일까요? 그 남자가 전부 만들어 낸 이야기일 거라는 생각 안 들어요?"

"정신이 나간 과학자란 말인가? 아주 재미있는 생각인걸. 하지만 앤드류 마셜은 이 일을 심각하게 받아들였다지? 마셜이나 '마셜 앤드 마셜' 법률 사무소에 있는 사람들은 모두 법률적인 일을 처리할 때 빈틈없는 사람들인 걸로 알고 있는데."

메리 더랜트가 얼굴을 찡그리며 물었다.

"그러면 어떻게 되는 거죠?"

필립이 대답했다.

"재코가 완전히 무죄라는 사실이 입증되는 거지. 당국의 인정을 받기만 한다면. 그런데 내가 보기에 그건 문제가 없을 것 같군."

"그렇군요. 그렇다면 그건 잘된 일이네요."

메리가 가볍게 안도의 한숨을 내쉬었다. 필립 더랜트는 다시 웃었다. 비꼬는 듯한 분위기는 같았지만 한층 더 신랄한 웃음이었다.

"폴리! 난 정말 당신 때문에 웃다 죽을 것 같아."

메리 더랜트를 폴리(여자 이름이지만 여기서는 앵무새의 의미로 쓰임 — 옮긴이)라고 부르는 사람은 오직 남편뿐이었다. 그건 그녀의 단정한 모습에 전혀 어울리지 않는 우스꽝스러운 별명이었다. 메리는 조금 놀란 얼굴로 남편을 바라보았다.

"내가 무슨 말을 했다고 그렇게 재미있어 하는 거예요?"

"이 일에 대해 당신이 너무 자애로워서 말이야! 마치 바자에서 마을 회관에 내놓은 수제품들을 칭찬해 주는 귀부인 같다니까."

메리가 영문을 모르겠다는 듯 대꾸했다.

"하지만 이건 좋은 일이잖아요! 가족 중에 살인자가 있다는 건 기분 좋은 일은 아니니까요."

"사실 '가족' 중에 있진 않았지."

"그런 거나 마찬가지였어요. 그 일로 모두들 걱정하고 커다란 불편을 느껴야 했으니까. 다른 사람들이야 호기심에 눈을 빛내며 난

리들이었죠. 난 그게 너무 싫었어요."

"당신은 아주 잘 처신했어. 당신의 차가운 푸른 눈동자로 그 사람들을 얼어붙게 만들었으니까. 모두들 입을 다물고 자기 자신을 부끄럽게 생각하기 시작했지. 감정을 조금도 내비치지 않은 건 정말 훌륭한 방법이었어."

"난 그 모든 일이 정말 싫었어요. 온통 불쾌한 일들뿐이었으니까. 하지만 어쨌든 그 아이는 죽었고, 모든 일은 끝났어요. 그런데 지금, 이제 와서 그 모든 일들이 다시 들춰질 것 아니에요. 정말 지긋지긋해요."

"그렇지."

필립 더랜트가 생각에 잠긴 채 대답했다. 그가 약간 고통스러운 얼굴로 어깨를 가볍게 들썩였다. 아내가 재빠르게 그의 앞으로 다가왔다.

"경련이 일어요? 잠깐만요. 이 쿠션을 움직여 볼게요. 좀 나아진 것 같아요?"

"당신은 간호사가 될걸 그랬어."

필립이 말했다.

"난 다른 사람들을 위해 간호사가 되고 싶은 생각은 없어요. 오직 당신만을 위해서라고요."

간단한 말이었지만 그 속에는 깊은 애정이 담겨 있었다.

그때 전화벨이 울렸다. 메리가 전화를 받았다.

"여보세요……. 예……. 그런데요……. 아, 너로구나……."

그녀가 필립을 돌아보며 말했다.

"미키예요."

"그래…… 알고 있어. 우리도 들었단다. 아버지가 전화하셨지…… 그래, 물론이야…… 응……. 그래……. 필립 말로는 변호사들만 인정하면 아무 문제가 없을 거라고 하던데……. 미키, 사실 난 네가 왜 그렇게 흥분하는지 모르겠다……. 내가 특히 둔한 것도 아닌데 말이야……. 정말이야. 미키, 내 생각에는 네가…… 미키? 여보세요……?"

그녀는 화가 난 듯 얼굴을 찡그렸다.

"그냥 전화를 끊어 버렸네."

메리는 수화기를 내려놓았다.

"정말, 필립, 난 미키를 이해하지 못하겠어요."

"처남이 뭐라고 그랬는데?"

"그 애는 좀 흥분한 것 같았어요. 이 일이 가져올 파장에 대해 내가 아무것도 모른다면서, 나보고 둔하다고 그러네요. 굉장히 곤란한 일이라고! 뭐 이런 식으로 말했어요. 하지만 왜 저러는 걸까요? 난 정말 모르겠어요."

"미키가 많이 놀란 것 같아?"

필립이 생각에 잠긴 채 물었다.

"예, 하지만 무엇 때문에요?"

"처남 말이 옳아. 이 일은 엄청난 파장을 몰고 올 거야."

메리는 좀 어리둥절한 듯 보였다.

"그 사건에 대한 세상의 관심이 되살아날 거라는 뜻인가요? 물론 나도 재코가 결백하다는 사실이 밝혀진 건 기쁘게 생각해요. 하지만 사람들이 그 일에 대해 다시 떠들기 시작한다면 분명히 불쾌할 거예요."

"이건 단순히 이웃 사람들이 떠드는 정도가 아닐걸. 그보다 더한 일이 있을 거야."

그녀는 호기심이 가득한 얼굴로 남편을 쳐다보았다.

"경찰들도 다시 관심을 가질 테니까!"

"경찰이오? 그 사람들이 무엇 때문에요?"

메리가 날카로운 목소리로 되물었다.

"여보, 생각을 좀 해 봐."

필립이 말했다.

메리는 천천히 남편 옆에 앉았다.

"이제 그 일은 다시 미해결 사건이 된 거야."

필립이 말했다.

"하지만 시간이 이렇게나 많이 지났는데, 경찰들도 귀찮지 않을까요?"

"그건 우리의 희망 사항일 뿐이지. 근본적으로는 말이 안 되는 소리야."

"사실 경찰들도 재코를 범인으로 몰아넣는 엄청난 일을 저질렀으니 다시 그 사건을 들춰내고 싶지 않을 거 아니에요?"

"경찰들이야 원하지 않겠지. 하지만 그렇게 해야만 할 거야! 의무는 의무니까."

"필립, 당신 생각이 틀렸을 거예요. 그냥 좀 시끄럽다가 이내 잠 잠해질 거예요."

"그리고 우리의 생활은 지금까지 그래 왔던 것처럼 앞으로도 행 복할 거다 이건가."

필립이 비아냥거리는 목소리로 말했다.

"그렇지 못할 이유가 없잖아요?"

그는 고개를 저었다.

"이번 일은 그렇게 단순하지 않을걸……. 장인어른 말씀이 옳아. 일단 가족들이 모여서 상의를 하는 편이 낫겠어. 마셜을 불러서 조 언도 듣고."

"당신이…… 태양의 곳으로 가겠다는 말이에요?"

"그래."

"우리는 갈 수 없어요."

"왜 못 간다는 거야?"

"가능한 일이 아니니까요. 당신은 환자인 데다가, 또……."

필립이 짜증을 내며 말했다.

"날 환자 취급하지 마. 난 괜찮고 충분히 건강해. 단지 다리를 사 용하지 못하게 됐을 뿐이야. 적당한 교통 수단만 있으면 팀북투까 지도 갈 수 있어."

"태양의 곳에 가게 되면 당신한테 좋지 않을 게 분명해요. 더군다 나 불쾌한 일들이 일어날 텐데."

"난 그 정도 일에 영향받지 않아."

"게다가 우리 집을 비워 놓고 갈 수는 없어요. 요즘은 도둑도 많다던데."

"집 봐 줄 사람을 구하면 되잖아."

"말이야 쉽지, 사람 구하는 일이 어디 그래요?"

"일하는 할머니 아무나 오라고 하면 되지. 집안일은 하지 말라고 하고. 폴리, 사실 당신이 가고 싶지 않아서 그러는 거잖아."

"그래요, 난 가고 싶지 않아요."

"오래 있지 않아도 될 거야. 하지만 난 반드시 가야 한다고 생각해. 이번 일은 가족들이 단합해서 세상에 맞서야 할 일이야. 모두 모여 이 일을 어떻게 이겨 낼 것인지 방법을 찾아야지."

필립이 아내를 안심시키며 말했다.

III

드리머스의 호텔에서 캘거리는 이른 저녁 식사를 하고, 방에 들어갔다. 그는 태양의 곶에서 있었던 일이 적잖이 신경 쓰였다. 캘거리는 가족들에게 그 소식을 전하는 일이 고통스러우리라는 것은 충분히 예상하고 있었다. 그래서 더욱 그 일은 자기가 해야 한다고 결심했던 것이다. 하지만 그 일은 그가 예상했던 것과는 완전히 다른 측면에서 고통스럽고 난감했다. 캘거리는 침대 위에 몸을 던진 다음 담배를 피우며 그 일을 마음속으로 계속 되새기고 있었다.

헤어지던 순간에 헤스터가 지었던 표정이 가장 선명하게 떠올랐다. 정의를 실현해야 한다는 그의 말을 조소하며 거부한 그녀! 그때 헤스터가 무슨 말을 했더라?

"죄를 지은 사람의 문제가 아니에요. 이젠 죄가 없는 사람들의 문제가 돼 버렸어요."

그리고 또 이런 말도 했다.

"박사님이 우리한테 무슨 짓을 한 건지 아직도 모르시겠어요?"

도대체 그가 무슨 짓을 했단 말인가? 캘거리는 이해할 수 없었다.

그리고 다른 사람들도 마찬가지였다. 커스티라고 불리는 여자도 이상했다.(왜 커스티라고 부르는 걸까? 그건 스코틀랜드 식 이름이었다. 그 여자는 분명 스코틀랜드 인이 아니었다. 덴마크 인이나 노르웨이 인인 것 같았는데.) 왜 그 여자는 그에게 그토록 거칠게, 비난하듯 그에게 말했던 것일까?

레오 아가일 역시 뭔가 이상했다. 어딘가 모르게 뒤로 물러서서 경계하는 분위기였다. 당연히 나타났어야 할 "하느님, 아들의 결백을 밝혀 주셔서 감사합니다!" 같은 반응은 전혀 없었다!

그리고 그 여자, 레오의 비서라는 여자도 있다. 그녀는 캘거리를 친절하게 도와주었다. 하지만 그녀 역시 이상하게 행동했다. 캘거리는 그녀가 아가일의 의자 옆에 무릎 꿇고 앉던 모습을 떠올렸다. 그 모습은 마치 레오를 동정하고 위로하는 듯한 모습이었다. 위로할 일이 대체 뭐란 말인가? 아들이 살인범의 누명을 벗었다는 것이 위로받을 일인가? 그리고 분명히…… 그래, 틀림없었다. 오랜 세월

같이 지낸 비서라고는 하지만, 그 두 사람 사이에는 비서 이상의 감정이 있었다……. 이 모든 것이 의미하는 것은 무엇일까? 왜 그들은 그렇게 행동했던 것일까……?

그때 침대 옆 탁자 위에 있던 전화가 울리기 시작했다. 캘거리는 수화기를 들었다.

"여보세요?"

"캘거리 박사님이십니까? 박사님과 통화하고 싶어 하는 분이 계십니다."

"나하고 말입니까?"

캘거리는 깜짝 놀랐다. 그가 알고 있는 한, 자기가 드리머스에 묵고 있다는 것을 알고 있는 사람은 아무도 없었다.

"누구라고 합니까?"

잠시 아무 말도 없더니 다시 급사가 말했다.

"아가일 씨입니다."

"아, 그분한테 전해 주세요……."

아서 캘거리는 호텔 로비에서 만나자고 말하려고 했다. 하지만 곧 레오 아가일이 드리머스까지 와서 그가 묵고 있는 숙소를 찾아올 정도라면 틀림없이 복잡한 아래층에서 나누기는 곤란한 이야기일 거라는 생각이 들었다.

그래서 그는 이렇게 말했다.

"내 방까지 올라오시라고 전해 주겠습니까?"

캘거리는 자리에서 일어났다. 그는 방문 앞에서 노크 소리가 들릴 때까지 방 안을 서성이고 있었다.

그는 방문을 열었다.

"어서 들어오세요, 아가일 씨. 저는……."

캘거리는 깜짝 놀라 말을 멈췄다. 레오 아가일이 아니었다. 20대 초반으로 보이는 젊은 남자였다. 그의 가무잡잡하고 잘생긴 얼굴은 비통함으로 잔뜩 일그러져 있었다. 자신의 모습이 어떻게 보이든 개의치 않는다는 듯 화가 잔뜩 나고 불행해 보이는 모습이었다.

"제가 아니라 아버지인 줄 아셨겠죠. 저는 마이클 아가일입니다."

젊은 남자가 말했다.

"들어와요."

캘거리가 문을 활짝 열어 주자 그 청년은 방 안으로 들어왔다.

"어떻게 내가 여기 있는 걸 알았습니까?"

캘거리가 젊은이에게 담배 상자를 내밀며 물었다.

마이클 아가일은 담배를 하나 집어 들고는 잠깐 기분 나쁜 웃음을 지었다.

"그거야 아주 쉬운 일이죠! 오늘 밤 박사님이 머물 만한 고급 호텔 몇 군데에 전화만 걸어 보면 되니까요. 두 번째로 전화 건 호텔이 이곳이었죠."

"찾아온 이유가 뭔가요?"

마이클 아가일이 천천히 대답했다.

"박사님이 어떤 사람인지 보고 싶어서 왔습니다……."

마이클은 평가라도 내리려는 듯 캘거리의 약간 구부정한 어깨와

회색으로 변해 가는 머리카락, 예민해 보이는 마른 얼굴을 유심히 쳐다보았다.

"헤이스 벤틀리 탐사대의 일원으로 남극에 갔다 왔다죠? 그 정도로 강인해 보이는 모습은 아니군요."

아서 캘거리가 희미하게 미소 지었다.

"외모로 사람을 평가하다 보면 가끔 어긋나기도 하는 법이죠. 난 꽤 튼튼한 사람입니다. 탐사대 일에 꼭 근력이 있어야 하는 건 아니고요. 다른 중요한 자질들도 많이 필요해요. 이를테면 인내심이라든가, 지구력, 전문 지식 같은."

"나이가 어떻게 되십니까? 마흔다섯쯤 됐나요?"

"서른…… 여덟입니다."

"나이보다 더 들어 보이는군요."

"예, 나도 그렇게 생각해요."

한창나이의 젊은이와 마주하고 있는 자신의 나이를 생각하며, 캘거리는 잠시 가슴이 미어지는 슬픔을 느껴야 했다.

그는 다시 무뚝뚝하게 물었다.

"도대체 왜 찾아온 거죠?"

상대방은 못마땅한 얼굴이었다.

"찾아오는 게 당연하지 않나요? 박사님이 새로운 소식을 가지고 오셨다고 들었습니다. 사랑하는 제 동생에 대한."

캘거리는 아무 말도 하지 않았다. 마이클 아가일이 계속 말을 이었다.

"재코에게 너무 늦었다는 생각은 안 드시나요?"

"그래요, 그를 생각하면 너무 늦은 일이죠."

캘거리가 나지막한 목소리로 대답했다.

"어째서 그동안 아무 말 하지 않았던 거죠? 정말 뇌진탕 때문에 그런 겁니까?"

캘거리는 인내심을 가지고 다시 한 번 마이클에게 그 당시 상황을 설명했다. 이상한 일이었지만, 그는 지금 무례하고 거친 청년을 앞에 두고 오히려 기운이 나는 듯했다. 어쨌든 이제야 가족을 위해 강경한 태도를 보이는 사람이 나타난 셈이었다.

"박사님이 하신 말의 요점은 재코의 알리바이를 입증할 수 있다는 것 아닙니까? 어떻게 그렇게 정확하게 시간을 알 수 있죠?"

"시간 문제는 확실해요."

캘거리가 단호하게 대답했다.

"박사님이 잘못 알고 계신 걸 수도 있죠. 과학자란 사람들은 시간이나 장소 같은 사소한 문제는 신경 쓰지 않는 경우가 많잖아요?"

캘거리는 조금 즐거운 듯 보였다.

"아무래도 당신은 소설에나 나올 법한 얼빠진 교수를 생각하고 있었던 모양이군요. 이상한 양말이나 신고, 오늘이 무슨 날인지, 자기가 어디서 무슨 일을 했는지도 모르는 그런 사람 말이지요. 이봐요, 전문적인 작업은 대단한 정밀성을 필요로 합니다. 이를테면 양이라든가 시간, 계산 같은 것이 정확해야 해요. 분명히 말하지만 내가 잘못 알고 있을 가능성은 조금도 없어요. 난 그쪽 동생을 7시가 되기 전에 차에 태웠고, 35분 뒤에 드리머스에 내려 줬어요."

"박사님 시계가 고장났을 수도 있지 않을까요? 아니면 차 안에 있는 시계가 틀렸을 수도 있죠."

"내 시계와 차에 달린 시계는 정확했어요."

"재코가 박사님을 속였을지도 모릅니다. 그 아이는 속임수에 능했으니까요."

"어떤 속임수도 없었어요. 왜 그렇게 내가 잘못 알고 있는 거라고 믿고 싶어 하는 겁니까?"

캘거리는 약간 흥분한 채 계속 말했다.

"한 사람에게 부당한 판결을 내렸다는 걸 당국에 설명하는 게 어려우리란 생각은 하고 있었습니다. 하지만 그 사람의 가족들에게 그 일을 이해시키는 일이 이렇게 힘들 거라고는 전혀 생각하지 못했어요!"

"그 말은 우리 가족들을 이해시키기가 그렇게까지 어려웠다는 말입니까?"

"반응이 좀…… 이상하더군요."

미키가 날카롭게 그를 노려보았다.

"가족들이 박사님 말을 믿고 싶어 하지 않았다는 말인가요?"

"거의…… 그랬던 것 같아요……."

"그랬던 것 같은 게 아니라, 그렇습니다. 당연한 일입니다. 박사님도 생각을 해 보시면 알게 될 겁니다."

"어째서? 도대체 왜 당연한 일이라는 거죠? 당신 어머니가 목숨을 잃었어요. 동생이 그 범인으로 지목되어 유죄 판결을 받았고. 이제 그가 결백하다는 사실이 밝혀졌으니 당연히 기뻐하고 감사해야 하는 일이잖아요? 친동생의 일인데."

"그 애는 내 친동생이 아닙니다. 어머니도 친어머니가 아니고요."

"뭐라고요?"

"아무 얘기도 듣지 못하셨나요? 우리는 전부 입양되었습니다. 우리 모두 말이에요. '큰누나'인 메리는 뉴욕에서, 나머지 우리들은 모두 전쟁 중에 데려온 겁니다. 박사님이 말하는 우리 '어머니'는 아이를 낳을 수 없었습니다. 그래서 입양을 통해 단란한 가정을 만드셨지요. 메리와 저, 티나, 헤스터, 재코를 자식으로 삼아서 말입니다. 안락하고 풍요로운 가정에서 어머니는 우리를 무척 사랑해 주셨습니다. 우리가 친자식이 아니라는 걸 잊어버릴 정도였지요. 하지만 운이 없게도 어머니는 그토록 사랑하는 자식들 중 하나로 재코를 선택하셨습니다."

"뭐라 할 말이 없군요."

캘거리가 말했다.

"그러니까 내 앞에서 '당신 어머니'라느니, '친동생'이라느니 하는 말은 하지 말란 말입니다! 재코는 기생충 같은 녀석이었어요!"

"그래도 살인자는 아니죠."

캘거리가 대꾸했다. 그의 목소리는 단호했다. 미키가 그를 쳐다보며 고개를 끄덕였다.

"좋습니다. 그렇게 말한다면, 박사님 말이 맞겠죠. 재코는 어머니를 죽이지 않았습니다. 그렇다면 누가 그분을 죽인 거지요? 그건 생각해 본 적이 없으실 겁니다. 이제 한번 생각해 보세요. 생각해 보시란 말입니다. 그러면 박사님이 우리 모두에게 무슨 짓을 한 건지 알 수 있을 겁니다……."

마이클 아가일은 몸을 돌리고 불쑥 밖으로 나가 버렸다.

제4장

캘거리가 미안해하며 말했다.

"이렇게 다시 만나 주셔서 감사합니다, 마셜 씨."

"별 말씀을요."

"이미 알고 계시겠지만, 전 태양의 곶에 가서 잭 아가일의 가족을 만나고 왔습니다."

"그러셨군요."

"제가 찾아가서 무슨 일이 있었는지는 이미 들으셨지요?"

"예, 캘거리 박사님. 들었습니다."

"제가 왜 다시 마셜 씨를 찾아왔는지 이해하기 어려우실지 모르 겠습니다만…… 갔던 일이 제 생각대로 되지 않았습니다."

"예, 아마 그러셨을 겁니다."

변호사가 대답했다. 그의 목소리는 평상시처럼 무뚝뚝하고 덤덤

했다. 그럼에도 아서 캘거리가 이야기를 계속할 수 있게끔 용기를 주는 뭔가가 있었다.

"저는 찾아가서 사실을 밝히기만 하면 모든 일이 끝날 거라고 생각했습니다. 마음의 준비를 단단히 하고 있었죠. 가족들이 당연히 분노할 거라고 생각했으니까요. 아무리 제가 뇌진탕을 일으킨 것이 불가항력의 사고라 할지라도 그 사람들의 입장에서는 저를 용서하기가 어려울 테니까요. 사실 잭 아가일의 누명이 벗겨진 것에 대한 고마움이 조금은 그 분노를 감해 주지 않을까 하는 기대도 있었습니다. 하지만 일은 제 예상대로 되지 않았습니다."

"그러셨군요."

"마셜 씨는 무슨 일이 있을지 미리 알고 계셨던 것 아닙니까? 지난번에 이 자리에서 만났을 때 마셜 씨가 몹시 곤란해하셨던 걸 분명히 기억하고 있습니다. 제가 이런 상황에 처하게 되리라는 걸 이미 예상하셨던 겁니까?"

"캘거리 박사님, 아직 그 가족이 어떤 반응을 보였는지는 말씀해 주지 않으셨습니다."

아서 캘거리는 의자를 앞으로 끌어당겼다.

"저는 이미 쓰인 결말과는 다른 결말로 이 일이 끝날 수 있을 거라고 생각했습니다. 하지만 지금은 제가 무언가를 끝낸 것이 아니라, 새로 시작한 것처럼 보이고 또 그렇게 느껴집니다. 전혀 새로운 문제를 일으킨 거죠. 이런 상황에 어울리는 표현인지는 모르겠습니다만."

마셜은 천천히 고개를 끄덕였다.

"이해합니다. 그런 식으로 해석될 수도 있겠군요. 이제 와서 말이지만 전 박사님이 이 사건에 내재된 복잡한 문제들을 전혀 이해하지 못할 거라고 생각했습니다. 박사님은 법률 서류에 기록되지 않은 사실들이나, 사건 배경에 대해서는 아무것도 모르셨을 테니까 당연히 그럴 수밖에 없었겠죠."

"아니요, 아닙니다. 이제는 다 알고 있습니다. 너무나 잘 알죠."

흥분한 듯 캘거리의 목소리는 점점 커졌다.

"아가일 가족이 느끼는 것은 고마움도 안도감도 아닙니다. 불안이죠. 다음에 무슨 일이 일어날지 두려워하는 거라고요. 제 말이 맞나요?"

마셜은 조심스럽게 대답했다.

"아마 박사님의 생각이 맞을 겁니다. 다만 제 생각을 말씀드린 건 아니라는 것만 알아주십시오."

"그렇다면 이제 전 제 의무를 다했다고 만족하면서 평소 생활로 돌아갈 수 없습니다. 전 아직도 이 사건에 얽혀 있습니다. 여러 사람들의 삶에 새로운 문제를 일으킨 책임을 질 겁니다. 이대로 그냥 손을 뗄 수는 없습니다."

변호사는 목소리를 가다듬었다.

"그건 좀 지나친 생각인 것 같군요. 캘거리 박사님."

"전 그렇게 생각하지 않습니다. 절대로요. 사람은 자신의 행동에 책임을 져야 하는 법입니다. 그리고 그 행동뿐만 아니라 거기에 따른 결과도 책임을 져야 하지요. 2년 전에 저는 길에서 젊은이를 차에 태워 주었습니다. 그때 이미 저도 이 사건의 흐름 속에 들어온 겁니다. 이 일에서 발을 뺄 수는 없어요."

변호사는 계속 고개를 가로저었다.

아서 캘거리는 차분히 말했다.

"알고 있습니다. 제가 지나친 거라고 말씀하셔도 좋습니다. 하지만 제 감정이, 아니 양심이 그 사건에서 벗어나지 못하고 있습니다. 비록 제 힘으로 그 일을 막지는 못했지만 조금이나마 바로잡을 수 있기를 바랐습니다. 그런데 전 잘못된 일을 바로잡지 못했습니다. 오히려 이미 충분히 고통받았던 사람들을 더 힘들게 만들었습니다. 하지만 지금도 왜 이렇게 된 건지 이유를 모르겠습니다."

"그럴 겁니다. 박사님은 이유를 모를 수밖에 없습니다. 아무래도 지난 18개월 동안 문명과는 떨어진 생활을 하셨으니까요. 신문도 읽지 못하셨을 테니, 그동안의 재판 진행 과정이나 가족들의 배경에 대해 자세히 알지 못하실 겁니다. 하지만 신문을 읽지 않더라도, 박사님은 이 사건을 모르고 넘어갈 수 없었을 겁니다. 그 가족에 대한 이야기를 어디선가 듣게 될 테니까요. 박사님, 진상은 아주 간단합니다. 숨겨진 사실도 없죠. 사건이 일어났을 때 모르는 사람이 없었으니까요. 그 가족이 그런 반응을 보이는 이유는 간단합니다. 잭아가일이 범인이 아니라면(박사님 증언대로 그가 범행을 저지를 수 없었다면) 누가 범인이란 말인가? 결국 우리 모두를 사건 당시의 상황으로 돌려보내는 셈이지요. 살인은 그 11월 저녁, 7시에서 7시 30분 사이에 일어났습니다. 가족들과 함께 집에 있던 여인이 살해당했지요. 그 집은 안전하게 자물쇠로 잠겨 있었기 때문에, 밖에서 그 집에 들어가기 위해서는 열쇠를 가지고 있거나, 아가일 부인의 허락을 받아야만 했습니다. 다시 말하자면, 범인은 부인이 아는 사람이었던 거죠. 이와 비슷한 사건으로 미국에서 일어났던 보든 사건이 있습니다. 보든 씨 부부는 어느 일요일 아침, 도끼로 머리를 맞은 채 사체로 발견되었죠. 집 안에 있던 사람들은 아무 소리도 못 들었고, 그 집에 접근했던 사람을 본 사람도, 아는 사람도 없었습니다. 캘거리 박사님, 이제 아시겠습니까? 왜 가족들이 박사님이 가져간 소식에 안도하기보다는 불안에 떨고 있는지 말입니다."

캘거리는 천천히 대답했다.

"가족들에게는 차라리 잭 아가일이 범인인 편이 나았다는 말씀이군요."

"그렇습니다. 분명히 그렇죠. 조금 신랄하게 말하자면, 잭 아가일은 가족 중에 살인자가 있다는 유쾌하지 못한 상황에 완벽한 해결책이었던 겁니다. 그는 어릴 때부터 문제아였고 폭력적인 성향을 가진 불량한 청년이었습니다. 가족들은 잭을 위해 변명을 해 줄 수 있었고, 또 실제로 그렇게 했습니다. 그들은 잭을 위로하고 동정했죠. 가족들은 서로에게, 또 세상을 향해 '그건 잭의 잘못이 아니다. 심리학자들이 그 사실을 증명해 줄 것이다!'라고 주장했습니다. 그래요, 그건 아주 편리했습니다."

"그런데 지금……."

캘거리가 말을 꺼내다가 멈췄다.

"그런데 지금은 모든 일이 변해 버렸죠. 완전히 달라진 겁니다. 아주 위급한 상황에 처했다고 할 수도 있겠죠."

캘거리가 날카롭게 말했다.

"마셜 씨한테도 제가 가져온 소식이 별로 달갑지 않았겠군요?"

"그렇다고 인정할 수밖에 없겠군요. 예, 사실 그랬습니다. 당황했죠. 만족스럽게 끝난 사건을 다시 시작해야 하는 상황이었으니까요. 만족스럽다는 표현을 계속 쓸 수밖에 없군요."

"공식적으로 말입니까? 경찰의 입장에서 그렇다는 뜻인가요?"

"아, 그럴 겁니다. 당시에는 잭 아가일이 유죄라는 확실한 증거들이 발견되자(배심원들도 평결을 내리는 데 15분밖에 걸리지 않았을 정도니까요.) 경찰은 그 사건에서 바로 손을 떼었죠. 하지만 이제 사후이기는 하지만 그에게 특별 사면이 내려질 테니, 그 사건은 다시 시작하게 될 겁니다."

"그렇다면 경찰이 다시 수사를 시작한다는 말인가요?"

"거의 그렇게 될 거라고 말씀드릴 수 있습니다. 사건 자체가 특이한 데다가 시간이 많이 경과된 뒤라, 수확을 얻을 수 있을지는 장담할 수 없습니다만…… 제 생각에는 별 성과가 없을 것 같지만요. 경찰들도 당시 그 집에 있던 누군가가 범인이라는 사실은 알고 있을 겁니다. 그리고 그 사람이 누군지는 알아낼 수 있을지 모르지만 확실한 증거를 얻는 일은 쉽지가 않을 겁니다."

마셜은 생각에 잠긴 채 턱을 문지르며 말했다.

"그렇군요. 알겠습니다……. 그래요, 이제야 그녀가 한 말이 무슨 뜻인지 알겠어요."

변호사가 날카롭게 물었다.

"누가 박사님께 뭐라고 그랬습니까?"

"그 아가씨요, 헤스터 아가일이라는."

"아, 헤스터 양 말이군요. 그 아가씨가 뭐라고 그러던가요?"

그가 궁금해하며 물었다.

"그 아가씨는 죄가 없는 사람들에 대해 말하더군요. 그녀 말로는 이제 이 사건은 죄를 지은 사람의 문제가 아니라, 죄가 없는 사람들의 문제가 되었다고 하더군요. 이제야 그 말이 무슨 뜻인지 알 것 같습니다……."

마셜은 그에게 날카로운 시선을 던졌다.

"그러실 겁니다."

"그건 마셜 씨가 방금 전에 했던 이야기와 같은 뜻이었어요. 가족들이 다시 한 번 의심받게 될 거라는……."

마셜이 말을 가로챘다.

"다시 한 번이라고는 할 수 없습니다. 당시 그 가족들은 아무도 의심받지 않았으니까요. 처음부터 잭 아가일이 범인으로 지목되었지요."

캘거리는 그의 방해를 뿌리쳤다.

"아가일 가족은 의심받게 될 겁니다. 그리고 오랫동안 그 상태가 지속되겠죠. 어쩌면 영원히 말입니다. 가족 중 한 사람이 범인이라고 하더라도, 그들 스스로는 누가 범인인지 모르고 있을 겁니다. 가족들은 서로를 쳐다보며, 누가 살인범인지 궁금해하겠죠……. 그래요, 그건 다른 무엇보다도 고통스러운 일이 될 겁니다. 누가 범인인지 모르는 채……."

침묵이 흘렀다. 마셜은 캘거리를 조용히, 평가하는 듯한 시선으로 쳐다보았다. 하지만 아무 말도 하지 않았다.

"정말 끔찍한 일입니다……."

그의 갸름하고 섬세한 얼굴에서 감정의 물결이 일렁이고 있었다.

"그래요, 정말 무서운 일이에요……. 누가 범인인지 모르는 채 그렇게 계속 시간이 흘러가게 되면, 의심은 결국 가족 관계에 영향을 미치게 될 겁니다. 서로 사랑을 잃고 신뢰도 잃어버리게 되는……."

마셜은 목소리를 가다듬었다.

"박사님, 너무…… 지나친 생각 아닐까요?"

"아닙니다. 전 그렇게 생각하지 않습니다. 실례의 말씀일지 모릅니다만, 그건 마셜 씨보다 제가 더 잘 알 수 있습니다. 이번 일로 그 가족에게 무슨 일이 일어날지 눈에 훤합니다."

다시 두 사람 사이에 침묵이 흘렀다.

"그건…… 죄 없는 사람들이 고통받게 된다는 걸 뜻합니다……. 죄가 없는 사람들이 고통받아서는 안 됩니다. 그건 죄를 진 사람이 당해야 할 몫이죠. 그렇기 때문에 전 이 일에서 손을 뗄 수가 없습니다. 전 '난 올바른 일을 한 거야. 정의를 지키기 위해 내가 바로잡을 수 있는 일은 모두 했어.'라고 말하고, 그냥 가 버릴 수 없습니다.

제가 한 일은 정의를 지키는 일이 아니었습니다. 전 죄인에게 가책을 주지도 죄 없는 사람들에게서 의심의 그림자를 걷어 주지도 못했습니다."

"캘거리 박사님, 지나치게 자책하지 마십시오. 지금 박사님 말씀이 진심이라는 건 의심하지 않습니다만, 그렇다고 해서 박사님이 이 사건을 위해 정확하게 무슨 일을 하시겠다는 건지 저는 잘 모르겠군요."

캘거리가 솔직하게 대답했다.

"저 역시 잘 모릅니다. 하지만 무슨 노력이든 해야 한다는 건 알고 있죠. 이것이 제가 마셜 씨를 찾아온 진짜 이유이기도 합니다. 전이 사건의 배경을 알고 싶습니다. 저도 알 권리가 있다고 생각합니다만."

마셜이 조금은 가벼워진 목소리로 대답했다.

"아, 그럼요. 이 사건에는 비밀 같은 건 아무것도 없습니다. 박사님이 궁금해하시는 건 무엇이든 대답해 드릴 수 있습니다. 그 이상은 저도 알려 드릴 수 있는 입장이 못 되지만 말입니다. 저도 그 가족과 그다지 친밀한 관계가 아니라서 말이죠. 우리 회사는 오랫동안 아가일 부인의 일을 담당했습니다. 부인의 신탁을 만드는 일부터 시작해서 여러 가지 법률적인 문제들을 처리해 왔지요. 전 아가일 부인이나 아가일 씨와는 잘 아는 사이입니다. 태양의 곶의 분위기나 그 집에 있는 사람들의 성격이나 기질은 말씀드린 것처럼 아가일 부인을 통해서만 알고 있습니다."

"잘 알겠습니다. 일단 이것부터 시작을 해야겠군요. 아가일 부인의 친자녀는 없다고 들었습니다. 모두 입양되었다고 하던데요?"

"그렇습니다. 아가일 부인의 결혼 전 이름은 레이철 콘스탐입니다. 엄청난 부자인 루돌프 콘스탐의 외동딸이죠. 부인의 어머니 역시 미국인으로 부유한 여성이었습니다. 루돌프 콘스탐은 자선 사업에 많은 관심을 가지고 있었고, 딸이 그 일에 관심을 가지도록 키웠죠. 콘스탐 부부가 비행기 사고로 죽자, 부인은 부모로부터 물려받은 유산 중 상당한 액수를 우리가 자선 사업이라고 부르는 일에 기부했습니다. 개인적으로 부인은 자선 사업에 관심이 많았고, 많은 일에 직접 관여하기도 했답니다. 부인이 레오 아가일 씨를 만난 건 바로 그때였죠. 그는 경제와 사회 개혁에 관심이 많은 옥스퍼드 연구원이었습니다. 아가일 부인이 어떤 사람인지 이해하기 위해서는 그녀의 일생 중 가장 큰 비극이 아이를 가지지 못한다는 사실이었다는 걸 알아야만 합니다. 같은 경우의 다른 많은 여성들과 마찬가지로, 아이를 낳을 수 없다는 사실은 그녀의 인생 전반에 점차 어둠을 드리우기 시작했죠. 그 방면의 전문가들을 모두 찾아가 본 끝에 자신이 엄마가 될 가능성이 전혀 없다는 것을 확인하게 되자, 그녀는 다른 대안을 찾아야 했습니다. 그래서 뉴욕의 빈민가에서 첫째 아이를 입양했죠. 그 아이가 현재의 더랜트 부인입니다. 아가일 부인은 헌신적으로 아이들과 관련된 자선 사업에 몸을 바쳤습니다. 1939년에 전쟁이 일어나자, 부인은 보건부의 후원 아래 전쟁 고아들을 위한 보육원을 만들었습니다. 박사님이 다녀오신 태양의 곳에 말이지요."

"그 당시에는 독사의 곳이라고 불렸던 곳이죠."

캘거리가 말했다.

"그렇습니다. 그래요. 원래 그런 이름이었죠. 그 집에서 있었던 일들을 생각하면, 부인이 지은 태양의 곳보다는 원래 이름이 더 어울리는 것 같기도 합니다. 1940년대에 부인은 열두 명에서 열여섯 명에 이르는 아이들을 데리고 있었습니다. 대부분 제대로 돌봐 주지 못하는 부모 밑에 있던 아이들이나 피난 가다 가족과 헤어진 아이들이었죠. 부인은 그 아이들을 위해서 무엇이든 다 해 주었습니다. 그 애들은 풍족한 생활을 누렸지요. 전 부인에게 아이들이 이렇게 호화로운 생활을 하다가 전쟁이 끝난 뒤 자기 집으로 돌아가게 되면, 적응하기 힘들어할 거라고 충고했습니다. 하지만 부인은 제 말을 듣지 않았습니다. 그녀는 아이들에게 아주 깊은 애정을 가지고 있었으니까요. 결국에는 고아나 환경이 특별히 안 좋은 아이들 중에 몇 명을 골라 자기 아이로 입양하기로 했죠. 그 결과 지금의 가족이 만들어진 겁니다. 필립 더랜트와 결혼한 메리, 드리머스에서 일하고 있는 마이클, 백인과 인도인의 혼혈인 티나, 헤스터, 이렇게요. 물론 거기에 재코도 들어가지요. 그들은 아가일 부부를 부모로 여기며 성장했죠. 부인은 아이들에게 돈으로 해 줄 수 있는 최고의 교육을 받게 해 주었습니다. 사실 환경만으로 본다면, 지금 그들은 더 크게 성공을 했어야 옳지요. 그들은 모든 이점을 다 누렸으니까요. 잭(가족들은 재코라고 부르죠.)은 언제나 문제아였습니다. 학교에서 돈을 훔쳐서 도망간 적도 있고, 대학 1학년 때는 문제를 일으켜 경찰서에 끌려간 적도 있었죠. 감옥에 들어갈 것을 아슬아슬하게 빠져나온 적도 두 번이나 됩니다. 잭은 도저히 다스릴 수 없는 성질을 가지고 있었죠. 박사님도 아마 짐작하고 계신 일들일 겁니다. 아가일 부부는 두 번이나 횡령 사건을 무마해 주었고, 사업 자금도 두 번이나 대 주었죠. 그 사업은 모두 망했습니다. 그가 죽은 뒤에는 미망인에게 생활비를 지불해 주었고, 지금까지도 계속 대 주고 있는 상황이죠."

캘거리가 깜짝 놀라 몸을 앞으로 굽혔다.

"미망인이라니요? 잭이 결혼했다는 이야기는 아무도 안 해 주었는데요."

"자, 진정하세요."

변호사는 신경질적으로 엄지손가락을 퉁겼다.

"제가 부주의했습니다. 박사님이 신문을 읽지 않았다는 사실을 자꾸만 잊어버리게 되는군요. 아가일 가족 중에도 그가 결혼했다는 걸 알았던 사람은 아무도 없었습니다. 그런데 잭이 체포되자마자 그 아내라는 여자가 태양의 곳에 나타났어요. 가족들 모두 커다란 슬픔에 잠겨 있었을 때죠. 아가일 씨는 그 여자에게 아주 잘해 주었습니다. 잭의 아내는 드리머스에 있는 '팔라 드 당스'에서 일하는 댄서로 아주 어린 여자였죠. 그 여자는 잭이 죽은 후 몇 주 되지 않아 재혼해 버렸기 때문에 박사님께 말씀드리는 걸 잊어버렸나 봅니다. 현재 남편은 전기 기사라고 합니다. 드리머스에 살고 있는 걸로 압니다."

"그녀를 만나러 가 봐야겠군요."

캘거리는 이렇게 말하고는 마셜을 책망하듯 덧붙였다.

"가장 먼저 만났어야 할 사람이었는데 말입니다."

"그러셔야죠. 물론입니다. 주소를 드리겠습니다. 박사님이 처음 오셨을 때 왜 그 이야기를 빠뜨렸는지 모르겠습니다."

캘거리는 아무 말도 하지 않았다.

"그 여자는 좀…… 이 사건에서 예외적인 존재라서 말입니다. 신문에서조차 그녀에 대해서 그다지 언급하지 않았을 정도니까요. 남편이 감옥에 들어갔는데도 면회 한 번 가지 않았죠……. 잭이 그렇게 되고 나니까 더 이상 관심이 없었는지……."

변호사가 미안한 듯 말을 이었다.

잠시 깊은 생각에 잠겨 있던 캘거리가 마침내 입을 열었다.

"아가일 부인이 살해되던 날 밤, 집에 누가 있었는지 정확하게 알 수 있을까요?"

마셜은 날카로운 시선으로 그를 흘긋 쳐다보았다.

"레오 아가일이 있었고, 막내딸인 헤스터가 있었죠. 메리 더랜트와 그녀의 남편도 있었습니다. 그 사람은 병원에서 막 퇴원한 환자였죠. 그리고 커스턴 린드스트롬이 있었습니다. 만나 보셨겠지만, 그 여자는 스웨덴 인으로 전문 간호사에 안마사랍니다. 원래 아가일 부인이 보육원을 열 때 와서 일을 돕다가 그대로 눌러앉았지요. 마이클과 티나는 그 집에 없었어요. 마이클은 드리머스에서 자동차 영업을 하고 있고, 티나는 레드민에 있는 주립 도서관에서 일하면서 그곳에 있는 아파트에서 살고 있습니다."

마셜은 잠시 멈췄다가 말을 이었다.

"그리고 아가일 씨의 비서인 그웬다 본 양이 있었습니다. 그녀는 부인의 사체가 발견되기 직전에 퇴근하기 위해 그 집에서 나왔다고 했습니다."

"저도 본 양을 만나 봤습니다. 그녀는 아가일 씨와 무척 가까운 사이인 것 같던데요."

캘거리가 말했다.

"그렇습니다. 두 사람은 머지않아 약혼 발표를 할 거라고 알고 있습니다."

"아!"

"아가일 씨도 부인이 죽은 후로 많이 외로웠을 겁니다."

변호사의 목소리에는 약간 비난의 기미가 묻어 있었다.

"그랬겠죠. 마셜 씨, 범행 동기는 무엇일까요?"

"캘거리 박사님, 전 정말 거기까지는 생각할 수 없습니다!"

"생각하실 수 있을 겁니다. 마셜 씨, 지금까지 말씀해 주신 사실들만으로도 생각해 볼 수 있을 것 같은데요."

"금전적인 이익을 얻는 사람은 아무도 없습니다. 아가일 부인은 연속 자유 재량 신탁에 들어 있었습니다. 요즘 많이 하는 방식이죠. 그 신탁은 아이들을 위한 것입니다. 세 명의 수탁자가 관리하고 있죠. 저와 레오 아가일 씨, 그리고 아가일 부인의 먼 친척이라는 미국인 변호사가 그 일을 맡고 있습니다. 우리 세 사람의 수탁자들은 엄청난 액수가 들어 있는 이 신탁을 관리하고, 그 이익을 필요에 따라 신탁자, 곧 자녀들에게 나누어 주고 있습니다."

"아가일 씨는 어떻습니까? 부인이 죽은 후 재정적인 이득이 있었나요?"

"그다지 큰 액수는 아니었습니다. 조금 전에 말씀드렸다시피 부인의 재산 대부분은 신탁에 들어 있으니까요. 남편에게 잔여 재산을 남기긴 했지만 큰 액수는 아닙니다."

"린드스트롬 양은요?"

"아가일 부인은 이미 수년 전에 린드스트롬 양이 상당한 액수의 연금을 받을 수 있게 해 주었습니다."

마셜이 짜증스레 말을 이었다.

"동기라고 하셨습니까? 제게는 이 사건의 동기가 조금도 보이지 않습니다. 다만 경제적인 이유로 범행을 저지르지 않았다는 것만은 확실합니다."

"그렇다면 감정적인 부분은 어떨까요? 가족 사이에 어떤 특별한 마찰 같은 건 없었나요?"

"그 문제에 관해서는 도와드릴 수 없겠군요. 전 그 가족들의 생활을 지켜본 사람이 아니니까 말입니다."

마셜이 단호하게 대답했다.

"누구 짚이는 사람은 없으십니까?"

마셜은 잠시 생각에 잠기더니 마지못해 대답했다.

"그런 문제라면 그 마을 의사를 만나 보시는 편이 좋을 겁니다. 음, 맥마스터 선생님, 아마 그분 성함이 맞을 겁니다. 지금은 은퇴했지만, 여전히 이웃에 살고 있죠. 전쟁 때 보육원에서 같이 일했던 분입니다. 틀림없이 태양의 곳의 생활에 대해 많은 것을 알고 계실 겁니다. 의사 선생님을 설득해서 이야기를 하게 만드는 일은 전적으로 박사님께 달렸습니다. 그 이야기를 들을 수만 있다면 틀림없이 많은 도움이 될 겁니다. 실례의 말씀인 줄은 알지만, 그렇게 한다고 하더라도 경찰도 쉽게 해결하지 못한 일을 박사님이 어떻게 하시겠다는 겁니까?"

"저도 모릅니다. 아마 별 성과도 없겠지요. 하지만 이것만은 알고 있습니다. 제가 노력해야 한다는 거죠. 그래요, 전 노력할 겁니다."

제5장

경찰 서장의 눈썹이 서서히 이마 쪽으로 치켜 올라가다가 이마 위로 흘러내린 회색 머리카락에 닿을락 말락 하게 멈추었다. 그는 눈을 들어 천장을 바라보다가, 다시 책상 위에 놓인 서류를 내려다보았다.

"정말 무슨 말을 해야 할지 모르겠군!"

그가 말했다.

경찰 서장에게 곧바로 대답을 하는 것이 자신의 의무인 양 옆에 서 있던 젊은이가 대답했다.

"예, 그렇습니다."

"정말 골치 아픈 일이야."

피니 경찰 서장은 투덜거렸다. 그는 손가락으로 책상을 두드렸다.

"휘시 왔나?"

"예, 휘시 총경은 5분 전에 도착해서 기다리고 있습니다."

"좋아, 안으로 들여보내게."

휘시 총경은 큰 키에 슬퍼 보이는 얼굴을 가진 사람이었다. 그는 아이들의 파티에서 재미있는 농담을 하며 꼬마 아이의 귀 뒤에서 동전을 꺼내 주는, 아이들에게는 없어서는 안 되는 사람이었다. 하지만 감상적인 분위기가 너무 짙은 탓에 아무도 그 사실을 믿지 못했다.

경찰 서장이 말했다.

"어서 오게, 휘시. 아주 골치 아픈 일이 생겼네. 이 일을 어떻게 생각하나?"

휘시 총경은 깊이 숨을 내쉬며 피니 경찰 서장이 가리킨 의자에 앉았다.

"아무래도 2년 전에 저희가 실수를 한 것 같습니다. 이름이……."

경찰 서장이 재빨리 서류를 넘기며 대답했다.

"칼로리, 아니, 캘거리야. 무슨 교수라고 하던데. 얼빠진 친구 아닐까? 왜 개념 같은 게 확실하지 않은 그런 친구 말이야."

서장의 목소리는 자신의 말에 동의해 주기를 바라는 듯했지만 휘시는 그에 응하지 않았다. 휘시가 말했다.

"그는 과학자인 걸로 알고 있습니다만."

"그렇다면 자네 생각에는 그 친구의 말을 우리가 받아들여야 한다는 건가?"

"이미 레지널드 경이 그 사람의 말을 인정하신 걸로 알고 있습니다. 그분의 의견을 무시할 수는 없지 않습니까."

그건 검찰 총장에 대한 예우였다. 피니 경찰 서장이 마지못해 말했다.

"그야 그렇지. 만약 검찰 총장이 그렇게 확신하고 있다면 우리도 거기에 따를 수밖에 없어. 그렇다면 수사를 다시 재개해야 한다는 소린데. 사건 자료들은 모두 가지고 왔나?"

"예, 여기 있습니다."

총경은 여러 가지 서류들을 탁자 위에 펼쳤다.

"검토해 봤나?"

"예, 어젯밤 전부 살펴보았습니다. 그리고 아직도 기억이 뚜렷합니다. 그리 오래된 사건이 아니니까요."

"그럼, 시작해 보지. 어디서부터 해야 하나?"

"사건이 일어났을 당시부터입니다. 문제는 그 당시에는 의심할 만한 사항이 아무것도 없었다는 데 있습니다."

휘시 총경이 대답했다.

"그래, 아주 깨끗하게 해결된 사건이었지. 자네를 비난할 생각은 없네, 휘시. 난 백 퍼센트 자네를 지지했으니까 말이야."

"더 생각할 여지가 전혀 없었죠. 아가일 부인이 살해당했다는 신고가 들어왔고, 그 청년이 부인을 협박했다는 증언과 지문이 있었습니다. 흉기와 돈에도 지문이 남아 있었죠. 우리는 즉시 그를 검거했습니다. 그 청년의 주머니에는 돈이 있었습니다."

휘시가 신중하게 대답했다.

"그 젊은이를 봤을 때 인상이 어땠지?"

휘시는 잠시 생각했다가 대답했다.

"안 좋았습니다. 아주 건방진 데다가 말주변만 좋은 친구였죠. 거침없이 알리바이를 늘어놓더군요. 한마디로 건방졌습니다. 서장님도 어떤 부류인지 아실 겁니다. 살인자들은 대부분 건방지게 마련이죠. 자기들이 똑똑하다고 생각하고 말입니다. 다른 사람들이 어떻게 여기든, 자기들은 완벽하게 해냈다고 생각하는 겁니다. 그 젊은이는 거기에 딱 들어맞았지요."

"그래, 그 친구는 정말 그랬어. 기록들을 봐도 알 수 있었지. 자네는 그가 범인이라는 걸 단번에 확신할 수 있었나?"

총경은 잠시 생각했다가 말했다.

"확신할 수 있었던 건 아닙니다. 하지만 말씀드린 대로, 그런 부류의 인간은 결국에는 살인자가 되는 경우가 많았습니다. 1938년의 하먼처럼 말입니다. 그의 기록을 보면 자전거를 훔치고, 거짓말로 돈을 뜯어내고, 나이 많은 여자들을 속이다가 결국 한 여자에게 염산을 뒤집어씌웠죠. 그는 나쁜 짓을 하면서 즐거워했고, 결국에는 그것이 습관처럼 몸에 배고 말았던 것입니다. 전 재코 아가일도 그런 종류의 인간이라고 생각했습니다."

"하지만 이 사건에서는 우리가 틀린 셈이지."

경찰 서장이 천천히 말했다.

"그렇습니다. 우리가 틀린 거죠. 그리고 그는 죽었습니다. 좋지 않은 상황이죠. 하지만……"

그가 갑자기 기운차게 말을 이었다.

"그 젊은이가 정말 나쁜 인간이었다는 건 잊어서는 안 됩니다. 그가 살인자는 아닐지도 모르지만(사실 우리는 지금 그 사실을 알게 되었습니다.) 좋지 못한 부류의 인간이었습니다."

"그건 그렇지. 이봐, 그 얘기는 그만두세."

피니 경찰 서장은 휘시의 말을 가로막았다.

"누가 아가일 부인을 죽였을까? 어젯밤 이 사건을 검토했다고 했지? 누군가 그녀를 살해했네. 죽은 여자가 자기 머리 뒤를 부지깽이로 내리칠 리는 없어. 그러니 누군가 다른 사람이 그랬다는 얘기지. 누가 그랬을 것 같나?"

휘시 총경은 한숨을 쉬며 의자에 몸을 기대었다.

"우리가 범인을 알아낼 수 있을지 궁금합니다."

"아무래도 어렵겠지?"

"예, 이미 단서는 사라졌고, 증거도 거의 남아 있지 않으니까요. 아니, 처음부터 증거는 많지 않았던 걸로 생각됩니다."

"그렇다면 집 안에 있던 사람, 부인과 가까운 누군가가 그랬다는 것밖에는 알 수 없다는 건가?"

"반드시 그렇다고 볼 수도 없습니다. 집 안에 있던 사람일 수도 있고, 부인이 직접 문을 열고, 집 안으로 들인 사람일 수도 있습니다. 아가일 가족은 항상 문을 잠그고 사는 사람들이었지요. 창문에는 도난 방지용 빗장을 질렀고, 현관문에는 쇠사슬에 특수 자물쇠까지 채우고 살았습니다. 2년 전에 강도가 든 후로 그렇게 방범에 주의를 기울이게 되었답니다."

총경은 잠시 멈췄다가 다시 말을 이었다.

"문제는 그 당시 다른 곳은 전혀 신경 쓰지 않았다는 점입니다. 전적으로 재코 아가일을 범인으로 생각하고 수사를 했으니까요. 물론 지금 와서 보니, 살인자는 그 점을 이용했던 것 같습니다."

"잭이 그 자리에 있었고, 부인과 싸우고 위협했다는 걸 살인범이 이용했다는 말인가?"

"그렇습니다. 범인은 방 안으로 들어가 재코가 집어던졌던 부지깽이를 장갑 낀 손으로 집어 든 다음, 탁자 앞에서 무언가를 쓰고 있던 아가일 부인의 머리를 내리친 겁니다."

피니 경찰 서장이 짧게 되물었다.

"왜?"

휘시 총경이 천천히 고개를 끄덕였다.

"그 점이 우리가 알아내야 할 일입니다. 힘든 작업이 될 겁니다. 동기가 없으니까요."

"자네가 말한 것처럼 사건 당시에는 뚜렷한 동기가 있는 것 같지 않았네. 재산이 많은 다른 여자들처럼 아가일 부인도 상속세가 면제되는 여러 가지 사업을 벌이고 있었지. 신탁 수취인도 미리 정해져 있었으니, 아이들은 부인이 죽기 전에 이미 받을 건 다 받은 셈이야. 부인이 죽는다고 해서 더 나올 것도 없었지. 또 이 경우에는 보기 싫은 여자가 잔소리를 퍼붓거나, 괴롭힌다고 해서 죽여 버린 거라고 보기에도 문제가 있어. 부인은 아이들을 위해 아낌없이 돈을 썼으니까 말이야. 훌륭한 교육을 받게 해 주었고, 사업 자금을 대 주었을 뿐만 아니라, 용돈도 넉넉하게 안겨 주었지. 애정과 호의, 자비심을 베풀어 주었어."

"그랬죠. 표면적으로는 그 부인을 죽일 만한 이유가 있는 사람은 아무도 없습니다. 하지만……."

그가 말을 멈췄다.

"뭔가, 휘시?"

"아가일 씨가 재혼을 하는 걸로 알고 있습니다. 오랫동안 비서로 일해 온 그웬다 본 양과 결혼하기로 되어 있지요."

"그래, 어쩌면 거기에 동기가 있을지도 모른다는 생각이 들어. 그 당시에는 몰랐던 일이지. 자네 말처럼 그 여자는 아가일과 몇 년이나 같이 일했어. 살인이 일어났을 때 두 사람 사이에 무슨 일이 있었다고 생각하나?"

피니 서장이 생각에 잠기며 말했다.

"그 점이 좀 의문입니다. 그런 종류의 일은 마을에 금세 소문이 퍼지게 마련이니까요. 당시에는 아무 일도 없었던 것 같습니다. 아가일 부인이 몰랐던 일이나, 마음 상해할 일은 당시엔 전혀 없었던 셈이죠."

휘시 총경이 대답했다.

"그래, 하지만 레오 아가일이 마음속으로 그웬다 본과 몹시 결혼하고 싶어 했을지도 모르는 일이지 않나."

"그녀는 매력적인 젊은 여자입니다. 매혹적이라고 할 수는 없지만, 뛰어난 외모에 나름대로 매력이 있더군요."

"오랫동안 아가일을 위해 헌신적으로 일했을 거야. 그런 여비서들은 늘 상사와 사랑에 빠지는 것 같더군."

피니 서장이 말했다.

"그 두 사람에게도 살인 동기가 있다고 가정해야겠습니다. 다음으로는 부인을 돕던 스웨덴 여자가 있습니다. 그 여자는 자기 말과는 달리 아가일 부인을 좋아하지 않았던 것 같더군요. 부인에게 무시를 당했거나, 아니면 그랬다고 생각하고 있는 모양입니다. 그래서 부인을 원망했던 듯합니다. 그 여자 역시 아가일 부인이 죽는다고 해서 경제적인 이득을 얻은 건 전혀 없습니다. 부인이 이미 상당한 액수의 연금을 받을 수 있게 해 주었으니까요. 그 여자는 착하고 나름대로 똑똑해 보이는 여자죠. 도저히 사람의 머리를 부지깽이로 내려칠 사람으로는 보이지 않습니다! 하지만 그건 모르는 일이죠. 리지 보든 사건을 생각해 보십시오."

휘시가 말했다.

"그래, 그야 모르는 일이지. 외부인이 침입했을 가능성은 전혀 없었나?"

경찰 서장이 물었다.

"그런 흔적은 없었습니다. 돈이 가득 든 서랍이 열려 있기는 했죠. 마치 방에 강도가 들었던 것처럼 보이게 하려는 듯했습니다만 서툰 수법이었습니다. 도리어 재코가 그렇게 보이도록 해 놨다고 한다면 딱 들어맞을 정도였지요."

"이상한 건…… 돈이야."

경찰 서장이 말했다.

"그렇습니다. 정말 이해하기 어려운 일입니다. 잭 아가일이 가지고 있던 5파운드짜리 지폐 중 한 장이 그날 아침 아가일 부인이 은행에서 찾아온 돈과 똑같았죠. 지폐 뒷면에 보틀베리 부인의 이름이 씌어 있었으니까요. 잭의 말로는 어머니가 그 돈을 주었다고 했습니다. 하지만 아가일 씨와 그웬다 본의 진술은 완전히 달랐습니다. 그녀는 아가일 부인이 6시 45분에 서재로 들어와서는 돈을 달라는 잭의 요구를 단호하게 거절했다고 했으니까요."

휘시가 말했다.

"물론 지금 우리가 알고 있는 사실로 보면 레오 아가일과 그웬다 본이 거짓말을 하고 있을 가능성도 충분하지."

경찰 서장이 지적했다.

"그렇죠, 그럴 가능성도 있습니다. 아니면……."

총경이 말을 끊었다.

"뭔가, 휘시?"

피니가 그를 독촉했다.

"누군가가(남자든 여자든 편의상 X라고 부르겠습니다.) 재코가 아가일 부인과 싸우면서 협박하는 소리를 엿들었다고 하죠. 그자가 그 기회를 이용했다고 가정해 보는 겁니다. 범인은 돈을 가지고 잭을 쫓아가 어머니가 주는 거라고 말합니다. 약간의 술책으로 잭을 범인으로 포장했던 거죠. 그런 다음 잭이 부인을 협박할 때 썼던 부지깽이에 지문을 남기지 않도록 조심하기만 하면 되었을 겁니다."

"이런 망할."

경찰 서장이 화를 내며 투덜거렸다.

"그 가족 중에는 그런 가정에 들어맞는 사람이 없는 것처럼 보인단 말이야. 그날 저녁, 그 집에 있었던 사람은 누구지? 레오 아가일과 그웬다 본, 헤스터 아가일과 커스턴 린드스트롬이라는 여자 외에 말이야."

"결혼한 큰딸 메리 더랜트와 남편이 있었죠."

"그 남편이라는 자는 불구자 아니었나? 그자는 제외해야겠군. 메리 더랜트는 어떤가?"

"아주 차분한 분위기의 여자입니다. 화를 내거나 누구를 죽이는 건 도저히 상상이 되지 않는 그런 사람이지요."

"그렇다면 하인들은?"

"모두 출퇴근을 합니다. 6시면 모두 퇴근하지요."

"시간 순서대로 살펴보세."

총경이 서류를 피니에게 건넸다.

"음……. 그래, 알겠군. 6시 45분에 아가일 부인이 서재로 와서 남편에게 재코의 협박에 대한 이야기를 했어. 그웬다 본도 그 문제에 대해 같이 대화를 나누었지. 그리고 7시가 지나자 그녀는 퇴근했고, 헤스터 아가일이 7시 2분인가 3분에 아직 살아 있는 어머니를 봤다 이거로군. 그 후로 7시 30분이 지날 때까지 아가일 부인을 본 사람이 없어. 그리고 린드스트롬 양이 부인의 사체를 발견했지. 7시에서

7시 30분 사이에 부인을 살해할 기회는 누구에게나 있었던 거야. 헤스터가 부인을 죽였을 수도 있고, 그웬다 본이 서재를 나와 퇴근하기 전에 죽였을 수도 있어. 린드스트롬 양이 부인을 죽이고 '사체를 발견했다'고 할 수도 있고. 레오 아가일은 7시 10분부터 린드스트롬 양이 비명을 지를 때까지는 혼자 서재에 있었다고 되어 있군. 그 역시 그 20분 동안 언제라도 아내의 거처로 가서 죽일 수 있었겠지. 메리 더랜트는 2층에 있었지만, 그 30분 동안 언제라도 내려와 어머니를 죽일 수 있었을 거야. 그리고……."

피니는 생각에 잠긴 채 말을 이었다.

"우리가 아가일 부인이 직접 잭 아가일을 들어오게 했을 거라고 생각했던 것처럼, 부인이 다른 누군가에게 문을 열어 주었을 수도 있어. 자네도 기억하고 있는지 모르겠지만, 레오 아가일은 초인종 소리와 현관문을 여닫는 소리를 들은 기억이 난다고 했지. 정확한 시간을 떠올리지는 못했지만 말이야. 그래서 우리는 그게 재코가 되돌아와 부인을 죽였을 때 났던 소리일 거라고 추측했지 않은가."

"재코였다면 초인종을 울리지 않았겠죠. 그는 열쇠를 가지고 있었으니까 말입니다. 가족들은 모두 가지고 있죠."

"그때 잭의 형이라는 친구는 그 집에 있지 않았나?"

"마이클 말씀이군요. 예, 그는 드리머스에서 자동차 영업 일을 하고 있으니까요."

"사건이 있던 날 저녁, 그가 무엇을 했는지 알아보는 편이 좋을 것 같군."

"2년 전의 일을 말입니까? 그때 일을 기억하고 있는 사람은 아무도 없을 겁니다."

"그때 마이클도 심문했나?"

"고객의 차를 검사하고 있었다고 하더군요. 당시에는 그를 의심할 이유가 없었지만, 마이클도 집 열쇠를 가지고 있으니 아가일 부인을 죽일 여건은 되는 셈이죠."

경찰 서장은 한숨을 쉬었다.

"자네가 이 일을 어떻게 해결할지 도무지 모르겠네, 휘시. 결과가 어떻게 나올지 막막하군."

"저는 부인을 죽인 자를 꼭 알아내고 싶습니다. 제가 보기에 아가일 부인은 훌륭한 여성이었습니다. 사람들을 위해 많은 일을 했지요. 불쌍한 아이들을 위해서 수많은 자선을 베풀었습니다. 그녀는 그렇게 죽어서는 안 되는 사람이었습니다. 예, 저는 정말 알고 싶습니다. 검찰 총장님을 만족시킬 수 있을 만큼 충분한 증거를 얻어내지 못하더라도, 범인이 누군지는 꼭 밝혀 내고 싶습니다."

휘시가 말했다.

"자네에게 행운을 빌어 주지, 휘시. 지금 당장은 뭔가를 알아내기 힘들 거야. 하지만 일이 뜻대로 되지 않더라도 실망하지 말게. 이번 사건의 범인을 추적하기 위해서는 냉정해져야 하니까. 아주 냉정해져야 하고말고."

제6장

I

극장 안에 불이 켜졌다. 스크린 위로 광고가 비쳤다. 극장 안내원들이 레모네이드와 아이스크림을 들고 좌석 사이를 돌아다니기 시작했다. 아서 캘거리는 그들을 찬찬히 살펴보았다. 갈색 머리카락에 포동포동한 여자, 키가 큰 검은 머리 여자, 그리고 금발에 자그마한 여자가 있었다. 그는 그 금발머리 여자를 보러 여기에 왔다. 재코의 아내였던 여자. 재코의 미망인이었고, 지금은 조 클레그라는 남자의 아내인 여자. 그녀는 예쁘기는 했지만, 작은 얼굴은 생기가 없었고, 짙은 화장으로 뒤덮여 있었다. 잡아 뽑은 듯한 눈썹과 싸구려 파마로 뻣뻣하게 세운 머리 모양은 그다지 보기 좋지 않았다. 아서 캘거리는 그녀에게서 아이스크림을 샀다. 그는 여자의 주소를 알고 있었고, 이미 찾아가기로 약속을 해 둔 상태였다. 하지만 캘거리는 먼저 자신에 대해 모르는 무방비 상태의 그녀를 만나 보고 싶었다. 그래서 지금 이 자리에 왔던 것이다. 캘거리가 보기에 그녀는 어디를 봐도 아가일 부인이 며느리로 받아들이기에 탐탁지 않을 여자였다. 그것이 재코가 아내의 존재를 숨긴 이유일 것이다.

캘거리는 한숨을 쉬었다. 그런 다음 아이스크림을 조심스레 의자 아래 내려놓고 의자에 깊숙이 몸을 묻었다. 극장에 다시 불이 꺼지고, 스크린 위에 새로운 화면이 비치기 시작했다. 그는 이내 자리에서 일어나 극장을 나왔다.

다음 날 오전 11시, 그는 가지고 있던 주소대로 찾아가 초인종을 울렸다. 열여섯 살쯤 되는 남자아이가 문을 열어 주고는 캘거리의 질문에 답해 주었다.

"클레그 씨요? 2층이에요."

캘거리는 계단을 올라갔다. 그가 문을 두드리자 모린 클레그가 문을 열어 주었다. 단정한 극장용 제복을 벗고 화장을 지운 그녀는 전혀 다르게 보였다. 멍청하지만 착해 보이는 작은 얼굴은 특별히 눈에 띄는 부분이 없었다. 그녀는 얼굴을 찌푸린 채 그를 의심스러운 눈초리로 쳐다보았다.

"저는 캘거리라고 합니다. 마셜 씨로부터 저에 대해 들으셨을 겁니다."

그녀의 얼굴이 펴졌다.

"아, 그분이군요. 어서 들어오세요."

그녀는 캘거리가 집으로 들어갈 수 있게 뒤로 물러섰다.

"집 안이 엉망이라 죄송해요. 도저히 치울 시간이 없어서요."

모린은 의자 위에 걸쳐져 있는 옷들을 치우고, 먹은 지 좀 되어 보이는 아침 식사 그릇들을 옆으로 밀어 놓으며 말했다.

"이리 앉으세요. 찾아 주셔서 기뻐요."

"당연히 제가 해야 할 도리죠."

캘거리가 대답했다.

그녀는 그의 말을 알아듣지 못한 듯 어색한 미소를 지어 보였다.

"마셜 씨가 편지를 보내 주셨어요. 재코에 관해서…… 그 사람 말이 모두 사실이었다는 이야기였어요. 드리머스까지 차를 태워 준 사람이 있다고 그랬는데, 그 사람이 캘거리 씨라면서요?"

모린이 말했다.

"예, 그렇습니다."

캘거리가 대답했다.

"정말 놀랐지 뭐예요. 어젯밤에 조한테도 이야기했어요. 정말 영화 같은 일이 아니냐고 말이에요. 그 일이 2년 전의 일이었죠? 그쯤 지나지 않았나요?"

"맞습니다."

"영화에서 이런 이야기가 나왔다면 캘거리 씨도 '정말 말도 안 되는 일이야, 현실에서는 절대로 일어날 수 없는 일이지.' 하고 말씀하시지 않으셨을까요. 그런데 그런 일이 정말로 일어나다니! 정말 재미있는 일이죠? 그렇죠?"

"어떻게 보면 그렇게 생각할 수도 있겠군요."

캘거리는 말했다. 그는 그녀를 보며 알 수 없는 희미한 아픔을 느졌다. 모린은 기분이 좋은지 계속 재잘거렸다.

"불쌍한 재키는 이미 죽어 버려서 이 일을 알 수 없겠죠. 아시다 시피 그이는 감옥에서 폐렴에 걸렸어요. 감옥 안의 습기 같은 것 때문에 병에 걸렸을 거예요. 그렇죠?"

캘거리는 그녀가 감옥에 대해 낭만적인 환상을 가지고 있다는 것을 알아차렸다. 이를테면 습기가 가득하고, 쥐들이 발가락을 물어뜯는 지하 감방 같은 곳을 생각하고 있는 것 같았다.

"그 당시에는 그이가 죽는 것이 최선이라는 생각이 들었다는 걸 말씀드리지 않을 수 없네요."

"물론 그러셨을 겁니다……. 예, 틀림없이 그랬을 거라고 생각합니다."

"제 말은 그가 감옥에 갇힌 채로 하염없이 세월을 보내야 한다면 차라리 그게 나을 거라는 뜻이에요. 조는 제가 이혼하는 편이 좋을 거라고 했고, 저도 그렇게 하려고 했죠."

"잭과 이혼하고 싶었습니까?"

"감옥에서 언제 나올지도 모르는 남자한테 매여 있어서 좋을 게 없잖아요. 그렇지 않아요? 그리고 제가 재키를 좋아하기는 했지만, 그이는 도저히 안정적인 남자라고 할 수 없었거든요. 전 우리 결혼이 영원히 지속되리라는 생각은 한 번도 해 본 적이 없어요."

"그가 죽었을 때는 이미 이혼 수속을 밟고 계셨지요?"

"별 문제 없이 잘 진행되고 있었어요. 변호사의 도움을 받았거든요. 조가 변호사를 만나 보라고 했지요. 물론 조는 재키를 아주 싫어했어요."

"조가 지금 남편 되시는 분인가요?"

"예, 조는 전기 기사죠. 아주 좋은 직업을 가지고 있는 데다가 사람들도 그이를 대단하게 생각해요. 그이는 늘 제게 재키가 좋은 사람이 아니라고 말하곤 했어요. 물론 그때는 제가 어리고 어리석었지요. 아시다시피 재키는 사람들을 아주 잘 다루는 편이었거든요."

"그에 대한 이야기를 들어 보니 정말 그런 것 같더군요."

"재키는 특히 여자들을 대하는 솜씨가 뛰어났어요. 정말 모르겠어요. 그 비결이 뭔지. 얼굴이 잘생겼다거나 그런 것도 아니었거든요. 원숭이 얼굴처럼 생겼답니다. 제가 그렇게 부르곤 했죠. 하지만 그러면서도 사람들을 정말 잘 다루었어요. 누구라도 자기가 원하는 대로 하게 만들었어요. 그 덕에 한 번인가 두 번 정도는 아주 유용했던 적도 있어요. 우리가 결혼한 지 얼마 되지 않았을 때일 거예요. 재키가 일하던 정비공장에서 손님의 차 때문에 문제가 생긴 적이 있어요. 누가 잘못한 건지는 모르겠어요. 어쨌든 주인이 굉장히 화를 냈죠. 그런데 재키가 주인의 아내에게 손을 썼어요. 나이가 굉장히 많은 여자였는데, 아마 쉰 살은 됐을 거예요. 재키는 그 여자를 살살 치켜세우면서 아예 정신을 못 차리게 만들어 버렸죠. 결국 그 여자는 그이를 도와주었어요. 남편을 구슬려서 재키가 변상만 하면 고소는 하지 않겠다는 약속을 받아내었죠. 하지만 주인은 그 돈이 어디서 나온 건지도 몰랐어요! 재키에게 그 돈을 준 건 그 사람 아내였는데도 말이에요. 그때 재키와 제가 얼마나 웃었는지 몰라요!"

캘거리는 약간 혐오스럽다는 얼굴로 그녀를 쳐다보았다.

"그 일이 그렇게도 재미있었습니까?"

"그럼요, 우습지 않나요? 정말 재미있잖아요. 늙은 여자가 재키한테 미쳐서 모아 둔 돈을 전부 내놓았다는 게."

캘거리는 한숨을 쉬었다. 이건 상상했던 것과는 전혀 다른 모습이었다. 그는 자신이 명예를 회복시키려고 애쓰고 있는 남자에 대한 호감이 점차 줄어들고 있다는 걸 알아차렸다. 이제는 태양의 곶에서 자신을 놀라게 만들었던 사람들의 반응을 어느 정도 이해할 수 있을 것 같았다.

"클레그 부인, 제가 여기 온 것은 제가 뭔가 할 일이 없는지, 부인을 위해 해 드릴 만한 일이 없는지 알아보기 위해서입니다."

모린 클레그가 어리둥절해하며 그를 쳐다보았다.

"정말 친절하신 분이시라는 건 잘 알겠어요. 하지만 왜 그러시는 거죠? 우린 잘 지내요. 조는 돈을 많이 벌어 와요. 저도 직장에 다니고 있고요. 아시는지 모르겠지만 '픽처 드롬'에서 극장 안내원을 하고 있답니다."

"예, 그건 알고 있습니다."

"다음 달에는 텔레비전도 살 거랍니다."

여자가 자랑스레 말했다.

"정말 잘됐군요. 그리고 이 불행한 일이 부인에게 어떤, 그러니까 영원한 그림자를 남기지 않았다고 말할 수 있어서 다행이라고 생각합니다."

캘거리는 재코와 결혼했던 여자와 대화를 나누면서 적당한 단어를 찾기가 점점 더 어려웠다. 캘거리에게는 자신의 말이 모두 가식적이고 과장되게 들렸다. 왜 이 여자에게는 자연스럽게 말할 수 없는 걸까?

"전 부인에게 커다란 슬픔을 안겨 드리게 될까 봐 무척 걱정했습니다."

그녀는 캘거리의 말을 전혀 이해하지 못하겠다는 듯 푸른 눈동자를 크게 뜨고 그를 쳐다보았다.

"그때는 정말 끔찍했어요. 이웃 사람들이 모두 그 이야기를 했고, 정말 걱정도 많이 했죠. 이 말은 해야겠네요. 그때 경찰들은 모두 친절하고 사려 깊었어요. 그 사람들은 아주 정중했을 뿐만 아니라, 모든 일이 잘될 거라고 말해 주었거든요."

캘거리는 그녀가 죽은 남자에 대해 어떤 느낌을 가지고 있는지 궁금했다. 그래서 느닷없이 물어보았다.

"부인은 정말로 잭이 범인이라고 생각하셨습니까?"

"재키가 자기 어머니를 해쳤다고 생각하느냐는 말인가요?"

"예, 그렇습니다."

"그야, 물론. 음, 그래요, 전 그랬다고 생각해요. 물론 재키는 자기가 하지 않았다고 했지만, 그이 말을 그대로 믿을 수는 없었으니까요. 그때는 정말 그 사람이 한 것처럼 보였어요. 잘 아시겠지만, 재키는 성격이 아주 거칠었거든요. 자기한테 대드는 사람에게 그런 일을 저지르고도 남을 사람이었어요. 저는 그때 그이가 여러 가지로 어려움에 처해 있다는 것을 알고 있었어요. 저한테 직접 얘기해 주지는 않았지만요. 제가 물어봐도 돌아오는 건 욕밖에 없었죠. 하지만 그날은 그 사람이 나가면서 이제 모든 일이 잘될 거랬어요. 자기 어머니가 틀림없이 돈을 줄 거라더군요. 주지 않을 수 없을 거라고요. 저야 재키를 믿었죠."

"제가 알기로, 잭은 가족에게 부인과 결혼한 사실을 알리지 않았습니다. 잭의 가족들을 만나 본 적이 있습니까?"

"아니요. 아시겠지만, 재키의 가족들은 상류층이고, 커다란 집과 많은 것을 가지고 있는 사람들이에요. 절 받아들이기가 어려운 집안이었죠. 그래서 재키는 숨기는 편이 낫겠다고 생각한 거예요. 그리고 그이 말로는 절 그 집에 데려가면 자기 어머니가 자기 인생을 쥐고 흔드는 것처럼 제 인생도 맘대로 할 거라고 했어요. 자기 어머니는 다른 사람의 인생을 그대로 내버려 두지 못하는 사람이고, 자기는 당할 만큼 당했다면서요. 그래서 그이 말대로 하는 게 좋을 거라고 생각했어요."

그녀는 조금도 화가 난 것처럼 보이지 않았다. 도리어 전 남편 잭의 행동이 당연하다고 생각하는 것 같았다.

"잭이 체포되었을 때 많이 놀라지 않으셨나요?"

"왜요, 당연히 놀랐죠. 그 사람이 정말 그런 짓을 할 수 있었을까? 제 자신에게 물어보았지만, 아니라고 할 수만은 없더군요. 재키는 자기 맘대로 안 될 때마다 난폭하게 성질을 부리곤 했으니까요."

캘거리가 몸을 앞으로 내밀었다.

"그러니까 다시 말하자면, 부인은 정말로 남편이 자기 어머니의 머리를 부지깽이로 내려치고, 엄청난 액수의 돈을 빼앗아 도망간 게 놀랄 일이 아니라고 생각하신다는 거군요?"

"그건, 캘거리 씨. 실례지만, 말씀이 좀 심하시네요. 전 그이가 어머니를 그렇게 힘껏 내려쳤을 거라고는 생각하지 않아요. 재키가 자기 어머니를 죽이려고 했다는 생각은 하지 마세요. 어머니가 돈을 주지 않겠다고 하자 재키는 부지깽이를 들고 돈을 내놓으라고 위협했을 거예요. 그러다가 그이가 이성을 잃고 휘두른 부지깽이에 어머니가 맞아서 쓰러진 거죠. 재키가 정말 어머니를 죽이려고 그랬을 거라고는 생각하지 않아요. 그저 운이 나빴을 뿐이죠. 그이는 그때 돈이 절실하게 필요했거든요. 그 돈을 구하지 못하면 감옥에 가야 할 상황이었으니까요."

"그렇다면 부인은 잭을 비난하지 않는다는 겁니까?"

"그야, 물론 저도 그이가 잘못했다고 생각해요……. 그런 폭력적인 행동은 좋아하지 않으니까요. 그것도 자기 어머니한테 말이에요! 아니요, 재키가 전부 잘못한 거라고 생각해요. 그이를 만나면 안 된다는 조의 말이 옳았다는 생각도 들었어요. 하지만 일이 어떻게 됐는지는 아실 거예요. 여자란 마음을 잡기가 힘든 법이니까요. 조는 언제나 한결같은 사람이에요. 오래전부터 알고 지낸 사이였죠. 하지만 재키는 달랐어요. 그이는 교육도 많이 받고 가진 게 많은 사람이었죠. 재키는 언제나 부유해 보였고 돈도 잘 썼어요. 그리고 아까도 말씀드렸지만, 정말 사람을 잘 다루었어요. 누구든 마음대로 할 수 있었죠. 저 역시 재키에게서 벗어날 수 없었어요. 조는 이렇게 말하더군요. '후회하게 될 거야.' 그때는 그냥 질투 때문인 줄 알았어요. 하지만 결국 조의 말이 옳았다는 게 판명되었죠."

캘거리는 그녀를 쳐다보았다. 그는 아직도 그녀가 그의 이야기에 담긴 뜻을 이해하지 못하고 있는 게 아닌지 궁금했다.

"정확하게 어떤 점이 옳았다는 겁니까?"

캘거리가 물었다.

"그야, 재키가 절 엄청난 곤경에 빠뜨렸다는 말이죠. 그때까지 우린 남부럽지 않게 살고 있었어요. 엄마는 우리를 아주 곱게 키우셨죠. 언제나 좋은 걸 누리며 살았고 소문 같은 것도 난 적이 없었어요. 그런데 남편이 경찰에 체포된 거예요! 이웃들이 모두 알게 되었죠. 신문에도 그 기사가 실렸어요.《세계의 뉴스》와 그 외에 다른 신문들에도 전부 다요. 기자들이 몰려와 질문들을 퍼부어 댔죠. 정말 견디기 힘든 시간이었어요."

"부인, 이제 잭이 범인이 아니라는 사실이 밝혀졌다는 걸 알고는 계신 겁니까?"

아서 캘거리가 물었다.

순간 하얗고 예쁜 그녀의 얼굴에는 당황해하는 빛이 역력했다.

"물론이죠! 깜짝 잊고 있었을 뿐이에요. 하지만 마찬가지예요. 그러니까 제 말은, 잭이 어머니를 찾아가 난동을 부리고 위협했다는 뜻이었어요. 그이가 그런 짓만 하지 않았어도 체포되는 일은 없었을 거 아니에요. 안 그런가요?"

"그렇죠. 그건 그렇습니다."

캘거리는 이 예쁘고 어리석은 여자가 어쩌면 자신보다 더 현실적일지도 모른다는 생각이 들었다.

모린이 말을 이었다.

"오, 정말 무서운 일이었어요. 어떻게 해야 할지 몰랐죠. 그때 엄마가 재키의 가족들을 찾아가 보는 게 좋겠다고 하셨어요. 그 사람들이 절 위해 뭔가 해 줄 거라면서요. 엄마는 '넌 그럴 만한 권리가 있고, 네가 그 권리들을 제대로 알고 있다는 걸 그 사람들에게 분명히 보여 주는 거야.'라고 하셨어요. 그래서 전 그 집으로 갔어요. 어떤 외국 여자가 문을 열어 주더군요. 처음에 전 그 여자가 무슨 말을 하는지 알 수 없었어요. 믿을 수 없다는 얼굴로 이렇게 말하는 거예요. '있을 수 없는 일이야.' 그러면서 계속 중얼거렸어요. '재코가 당신 같은 여자랑 결혼했다니 정말 말도 안 돼.' 전 그때 기분이 좀 상했어요. '우리는 정식으로 결혼했어요. 호적 등기소 같은 곳이 아니라, 교회에서 식을 올렸다니까요.' 엄마가 그렇게 하기를 원했거든요! 그러자 그 여자가 이러는 거예요. '사실이 아닐 거야, 도저히 믿을 수 없어.' 그때 아버님이 나타나셨어요. 아버님은 아주 친절하셨죠. 제게 가능한 한 모든 것을 도울 것이며, 재키를 지키기 위해서 최선을 다할 거라고 하셨어요. 그리고 저한테 돈을 좀 보내 주면 어떻겠냐는 말도 하셨고요. 그 뒤로 매주 생활비를 보내 주세요. 지금까지도 말이에요. 조는 그 돈을 받는 걸 싫어하지만, 전 이렇게 말해요. '어리석게 굴지 마요. 보내 줄 만하니까 보내 주는 거예요. 안 그래요?' 그리고 조와 결혼할 때는 결혼 선물이라면서 상당한 액수의 수표도 보내 주셨어요. 제가 결혼하는 게 기쁘다면서, 지난번보다는 행복한 결혼이 되기를 바란다고 말씀해 주셨죠. 정말이에요. 아가일 씨는 정말 좋은 분이세요."

그때 문이 열리자 그녀가 돌아보았다.

"아, 조가 왔군요."

조는 얇은 입술과 금발을 가진 젊은 남자였다. 그는 모린에게서 캘거리에 대한 설명을 듣고는 약간 인상을 쓰며 인사를 했다.

"모든 일이 다 끝났기만을 바랐습니다. 이런 말씀드려서 죄송합니다만, 지나간 일을 들춰서 좋을 건 없지요. 전 그렇게 생각합니다. 모린은 운이 없었어요. 제가 할 말은 이게 전부입니다."

조가 불만을 드러내며 말했다.

"알겠습니다. 저도 클레그 씨의 입장을 이해합니다."

"물론 모린이 그런 놈과 사귄 건 잘못입니다. 전 그자가 나쁜 인간이라는 걸 알고 있었습니다. 이미 전력이 있었죠. 그자는 두 번이나 보호 감찰을 받은 적이 있었으니까요. 한번 그렇게 손을 더럽히면 빠져나오지 못하는 법 아닙니까? 처음에는 여자들에게서 돈을 횡령하고, 사기를 쳐서 돈을 뜯었다는 혐의를 받았습니다. 그러더니 결국에는 살인까지 저지른 겁니다."

"하지만 잭은 살인자가 아닙니다."

캘거리가 말했다.

"그렇게 말씀하신다면야."

조 클레그가 전혀 믿지 않는다는 투로 말했다.

"잭 아가일은 범행이 일어났던 시각에 완벽한 알리바이가 있습니다. 그는 내 차를 타고 드리머스로 가고 있었어요. 클레그 씨, 잭은 살인을 저지를 수가 없었습니다."

"물론 그는 범인이 아니겠지요. 하지만 이런 말씀드려 죄송합니다다만, 그 일을 다시 들춰서 좋을 일은 없습니다. 무엇보다도 이미 잭 아가일은 죽었으니, 그로서는 어떻게 되든 상관없는 일 아닙니까? 다시 사람들 사이에 말만 많아지고 골치 아파질 뿐입니다."

캘거리가 자리에서 일어났다.

"글쎄, 클레그 씨의 생각도 이 사건을 보는 한 가지 방법은 될 수 있겠군요. 하지만 이건 정의의 문제입니다."

"잘 알고 있습니다. 영국 법정이 얼마나 공정한지."

클레그가 대꾸했다.

"세상에서 가장 훌륭한 체계라 할지라도 실수는 있을 수 있는 법이죠. 정의도 인간의 손에 달린 문제고, 인간은 실수할 수 있는 법이니까."

그렇게 말한 캘거리는 두 사람을 뒤로하고 밖으로 나왔다. 길을 따라 걸으면서 그는 생각했던 것보다 훨씬 더 마음이 동요되고 있음을 느꼈다. 그날의 기억이 되돌아오지 않았던 편이 더 낫지 않았을까? 그는 스스로에게 물었다. 그 독선적이고 말수 적은 친구가 말한 것처럼 잭 아가일은 이미 죽었다. 그는 옳은 판결만 내리는 판사에게 보내졌다. 살인범으로 기억되건 단순한 도둑으로 남건 막상 잭 본인에게는 별다른 차이가 없다.

캘거리는 갑자기 분노가 치솟는 걸 느꼈다.

"하지만 누군가 그 차이에 의미를 가지는 사람이 있을 거야!"

그는 생각했다.

'기뻐하는 사람이 있겠지. 그들은 왜 그러지 않는 걸까? 저 여자의 마음도 충분히 이해할 수는 있어. 재코에게 끌린 건 사실이겠지만 결코 사랑하지는 않았지. 아마 저 여자는 누구도 사랑하지 못할 거야. 하지만 다른 사람들, 아버지라든가, 누나, 유모…… 그들은 기뻐했어야 하는데. 그 사람들은 자기들에게 닥친 두려움보다는 그를 먼저 생각했어야 하는 게 아닐까…… 그래, 그래도 누군가는 내 말을 듣고 기뻐할 사람이 있을 거야.'

II

"아가일 양요? 저기 두 번째 책상에 앉아 있습니다."

캘거리는 잠시 그 자리에 서서 그녀를 지켜보았다.

그녀는 단아하고 자그마한 체구에, 아주 차분하고 유능해 보였다. 하얀 소맷부리와 옷깃이 달린 감청색 옷을 입고, 푸른빛이 도는 검은 머리카락은 목 뒤에 단정히 묶었다. 피부는 보통 영국인보다 검고 가무잡잡했고, 체구 또한 작았다. 그녀는 영국인과 인도인 사이의 혼혈로 태어난 아가일 부인의 양녀였다.

캘거리를 쳐다보는 그녀의 검은색 눈은 불투명했다. 아무것도 담겨 있지 않은 눈동자였다.

그녀는 나지막하지만 친절한 목소리로 물었다.

"무엇을 도와드릴까요?"

"아가일 양이신가요? 크리스티나 아가일 양?"

"그런데요."

"저는 캘거리, 아서 캘거리라고 합니다. 이미 들으셨는지 모르겠지만요."

"예, 이야기는 이미 들었어요. 아버지가 편지를 보내 주셨죠."

"이야기를 나누고 싶습니다만."

그녀는 시계를 흘긋 쳐다보았다.

"도서관 폐관 시간까지 30분 남았어요. 그때까지 기다려 주실 수 있겠어요?"

"물론입니다. 어디 가서 차나 한잔하시겠어요?"

"고맙습니다."

티나 아가일은 그렇게 말하고는 캘거리의 뒤에 서 있는 사람을 돌아보았다.

"무엇을 도와드릴까요?"

아서 캘거리는 그 자리에서 물러섰다. 그는 왔다 갔다 하면서 서가에 꽂힌 책들을 둘러보기도 하고, 티나 아가일이 일하는 모습을 지켜보기도 했다. 그녀는 여전히 차분하고 유능하며 침착했다. 그에게 그 30분은 한없이 길게만 느껴졌다. 마침내 도서관 근무 시간이 끝났음을 알리는 벨이 울리자 그녀가 캘거리에게 고개를 끄덕였다.

"몇 분 뒤에 밖에서 뵐게요."

티나는 그를 오래 기다리게 하지 않았다. 그녀는 모자도 쓰지 않고, 두꺼운 검은색 코트만 걸치고 나왔다. 캘거리는 그녀에게 어디로 가고 싶냐고 물었다.

"레드민에 아는 곳이 없어서요."

그가 변명하듯 말했다.

"성당 근처에 찻집이 있어요. 별로 좋은 곳은 아니에요. 하지만 그 덕에 사람들이 많지 않아요."

얼마 후 두 사람은 작은 탁자를 사이에 두고 자리에 앉았다. 아주 귀찮아하는 것처럼 보이는 여자 종업원이 성의 없는 태도로 주문을 받았다.

"차 맛이 좋지 않을 거예요. 하지만 조용한 곳을 좋아하실 거라고 생각했어요."

티나가 미안해하며 말했다.

"맞아요. 전 그 편이 좋습니다. 이제 아가씨를 찾아온 이유를 설명해야겠군요. 다른 가족분들은 모두 만나 봤습니다. 이런 말을 해도 될지 모르겠지만, 올케되시는 분, 재코 씨의 미망인까지 만났죠. 가족 중 유일하게 아가씨만 만나지 못했습니다. 아, 결혼한 언니도 못 만나 봤군요."

"우리 모두를 만나야 할 필요가 있나요?"

아주 정중하게 묻고 있었지만, 그녀의 초연한 목소리는 캘거리를 불편하게 만들었다.

"사교적인 필요성이야 없지요. 하지만 단순히 호기심 때문에 이러는 것도 아닙니다."(정말 아닐까?)

캘거리가 무뚝뚝하게 대꾸했다.

"전 재판에서 동생분의 무죄를 밝히지 못한 데 대한 깊은 유감을 여러분께 전하고 싶었을 뿐입니다."

"예……."

"아가씨가 잭을 좋아했다면…… 그를 좋아했나요?"

그녀는 잠시 생각에 잠겼다가 대답했다.

"아니요, 전 재코를 좋아하지 않았어요."

"하지만 제가 들은 바로는 잭 아가일은 아주 매력적인 젊은이였다던데요."

티나는 아무 감정 없이 분명하게 대답했다.

"전 그 애를 믿지 않았고, 또 싫어했어요."

"이런 말을 해도 될지 모르겠지만, 잭이 어머니를 죽였다는 사실을 의심해 본 적은 없나요?"

"다른 대안이 있을 거라는 생각은 해 본 적이 없어요."

여자 종업원이 차를 가지고 왔다. 빵과 버터는 딱딱하게 굳어 있었고, 성분을 알 수 없는 잼은 젤리 모양으로 뭉쳐 있었다. 케이크는 먹고 싶다는 생각이 전혀 들지 않을 정도로 모양만 요란했다. 차는 묽었다.

캘거리는 자기 앞에 놓인 차를 한 모금 마신 다음, 이야기를 계속했다.

"이제는…… 저도 알 것 같습니다. 제가 가지고 온 동생의 살인 혐의를 벗길 수 있다는 소식이 반갑지 않은 반향을 일으킨 모양이더군요. 여러분 모두에게 새로운 불안감만 안겨 준 셈입니다."

"그 사건에 대한 수사가 재개되기 때문인가요?"

"그래요. 벌써 그런 생각까지 했습니까?"

"아버지는 그걸 피할 수 없는 일이라고 생각하시는 것 같았어요."

"죄송합니다. 정말 유감스럽게 생각합니다."

"왜 캘거리 박사님이 사과를 하시는 거죠?"

"여러분에게 새로운 문제를 안겨 드리게 되었으니까요."

"하지만 아무 말을 하시지 않았어도 만족하지 못하셨을 거 아닌가요?"

"정의라는 측면에서 말입니까?"

"예, 아닌가요?"

"물론입니다. 정의는 제가 중요하게 생각했던 부분이죠. 하지만 지금은 그보다 더 중요한 게 있을지도 모른다는 생각을 하게 되었습니다."

"이를테면요?"

캘거리는 헤스터를 떠올렸다.

"이를테면 결백 같은 거겠죠."

그녀의 눈동자가 더욱 짙어졌다.

"아가일 양은 어떻게 생각하십니까?"

그녀는 잠시 아무 말도 하지 않다가 한참 후에야 대답했다.

"전 대헌장에 있는 말을 생각했어요. '모든 사람에게 정의는 실현되어야 한다.'"

"그래요. 그게 아가씨의 대답이군요……."

제7장

맥마스터 의사는 숱이 많은 눈썹에 날카로운 잿빛 눈동자, 호전적으로 보이는 턱을 가진 노인이었다. 그는 낡은 안락의자에 깊숙이 몸을 묻은 채 자신을 찾아온 방문객을 유심히 쳐다보았다. 그는 방문객이 괜찮은 사람이라는 결론을 내렸다.

캘거리 역시 노인에게 호감을 느끼고 있었다. 영국으로 돌아온 뒤 처음으로 자신의 느낌이나 입장을 알아주는 사람과 이야기를 나누는 느낌이었다.

"시간을 내주셔서 감사합니다, 맥마스터 선생님."

캘거리가 말했다.

"별 말을 다하는군. 은퇴한 뒤로는 지루해서 죽을 지경이라네. 젊은 의사들이 나보고 이렇게 인형처럼 가만히 앉아 있으라고 해서 말이야. 별로 튼튼하지 못한 심장 때문에 이렇게 요양을 해야 한다는데, 도무지 그렇게 되지가 않는군. 잘되지 않지. 어쩔 수 없이 앉아서 라디오라도 들어 볼까 했더니, 바보 같고 시시하고 재미가 없어. 그래서 가정부가 권하는 대로 텔레비전을 보니, 온통 휙, 휙, 휙 지나가기만 하더군. 난 바쁘게 살아온 사람일세. 평생을 발로 뛰어다녔어. 이렇게 앉아만 있는 건 정말 어울리지 않아. 하지만 어쩔 수 없이 눈이 아플 정도로 책만 읽으며 지내고 있다네. 그러니까 내 시간을 빼앗았다고 사과할 필요는 전혀 없어."

"먼저 제가 왜 이 일에 이토록 몰두하고 있는지 그 연유부터 말씀드려야 할 것 같습니다. 논리적으로 보면, 전 제가 해야 할 일을 다 했습니다. 뇌진탕으로 기억을 잃어버리는 바람에 책이 결백하다는 것을 밝혀 주지 못했다는 사실을 가족들에게 알렸으니까요. 그러니 이제는 제 생활로 돌아가 이 일들을 잊으려고 애쓰며 살아가는 것이 순리에 맞고 분별 있는 행동일 겁니다. 그렇지 않습니까?"

"그렇기는 하지. 그런데 뭔가 걱정되는 일이 있나 보군?"

"예, 모든 일이 다 걱정됩니다. 제가 그 가족에게 전한 소식이 생각처럼 잘 받아들여지지 않아서 말입니다."

"그거야 이상할 것도 없네. 그런 건 매일 일어나는 일이니까. 누구나 마음속으로 먼저 연습을 하지. 다른 개업의에게 자문을 구할 때건, 젊은 아가씨에게 청혼을 할 때건, 학창시절을 떠올리며 아들과 이야기를 나눌 때건 말일세. 그렇지만 그 일이 현실로 닥치면, 결코 생각했던 대로는 되지 않는 법이야. 아마 자네도 어떤 식으로 이야기해야 할지, 어떤 반응들이 나올지 혼자 미리 생각했을 걸세. 물

론 이 일이 아니더라도 무슨 일에나 그렇게 하겠지만 말이야. 그랬
는데 그 사람들의 반응이 자네가 생각했던 것과 달라서 몹시 당황
했다는 말을 하려는 거겠지. 그렇지 않은가?"

"그렇습니다."

"자네는 어떤 걸 기대했지? 모두가 자네를 공손하게 대해 줄 거
라고 생각했나?"

"제가 기대했던 반응은……."

캘거리는 잠시 생각에 잠겼다.

"비난 같은 것? 아마 그럴 겁니다. 아니면 저에 대한 분노일 수도
있죠. 분명히 그럴 만하니까요. 하지만 저에 대한 고마움도 있을 거
라고 생각했습니다."

맥마스터가 투덜거리듯 말했다.

"그런데 그 가족은 자네한테 고마움도 표하지도 않았고, 화도 내
지 않더라는 말인가?"

"그랬던 것 같습니다."

"그거야 자네가 그 집 사정도 모르는 채 갔으니 그런 거지. 그런
데 무슨 일로 날 찾아온 건가?"

캘거리가 천천히 대답했다.

"그 가족에 대해 좀 더 알고 싶습니다. 전 알려진 사실들만 알고
있을 뿐입니다. 입양한 아이들을 최선을 다해 보살핀 헌신적이고,
심성 고운 부인이 있었다. 그녀는 사회 활동에 관심도 많고 성품도
훌륭했다. 그런데 문제아로 불리던 한 아이가 부인에게 반항하기

시작했고, 그 애는 점점 더 잘못된 길을 가기 시작했다. 결국 불량한 젊은이가 되었다. 이게 제가 알고 있는 전부입니다. 그 밖에는 아는 게 없어요. 아가일 부인에 대해서도 전혀 모릅니다."

"자네 말이 옳아. 문제의 핵심을 찌르고 있군. 자네도 생각해 보면 알 수 있을 걸세. 어떤 살인 사건이든 흥미로운 면들을 가지고 있다는 걸 말이야. 살해당한 사람은 어떤 사람이었을까, 살인자가 무슨 마음으로 그런 짓을 벌인 걸까, 모두들 궁금해하지. 자네도 이런 생각을 해 봤을 걸세. 아가일 부인은 그렇게 살해당해서는 안 되는 사람이라고 말이야."

"누구라도 그렇게 생각하지 않을 수 없을 겁니다."

"윤리적으로는 자네 말이 맞지. 혹시 알고 있나?"

그는 코를 문질렀다.

"중국인들은 자선을 베푸는 걸 미덕이 아니라 죄를 짓는 일이라고 여긴다는 걸 말이네. 그 사람들은 뭔가 아는 거지. 자선은 사람들을 구속한다네. 우리 모두 인간의 본성을 잘 알고 있지 않은가. 자네가 어떤 사람에게 호의를 가지고 대했다고 생각해 보세. 자네야 그 사람을 좋아하니까 그렇게 한 거겠지. 하지만 그 호의를 받은 그 사람도 자네에게 똑같이 잘해 줄까? 그는 정말로 자네를 좋아할까? 물론 그래야 마땅하겠지만, 과연 그런가? 자."

의사는 잠시 말을 끊었다가 다시 입을 열었다.

"한번 보게나. 아가일 부인은 훌륭한 어머니라고 불릴 만한 사람이었지. 하지만 그녀는 지나치게 은혜를 베풀었어. 그건 분명한 사실이야. 부인은 정말 그렇게 하고 싶었거나, 아니면 그렇게 하려고 노력했던 거지."

"모두 부인의 친자식이 아니었으니까요."

캘거리가 지적했다.

"그래, 내가 보기에 문제는 거기에 있었던 것 같네. 자네도 어미 고양이를 본 적이 있을 거야. 어미 고양이들은 새끼를 가지게 되면 지나칠 정도로 보호를 하지. 누가 새끼들에게 가까이 다가가기라도 하면 사납게 덤비면서 말일세. 그러다 일주일쯤 지나면 어미 고양이는 다시 본래의 생활로 돌아가기 시작하지. 새끼 옆을 떠나 먹이를 잡으러 가기도 하고 떨어져서 쉬기도 한다네. 물론 누가 새끼를 공격하지 못하게 계속 지키기는 하지. 하지만 어미 고양이는 더 이상 새끼들에게만 전적으로 매여 있지 않게 되는 걸세. 가끔씩 놀아주기는 하지만, 새끼들이 장난이라도 치려고 하면 어미를 귀찮게 하지 말라는 듯 때리기까지 하지. 어미 고양이는 그렇게 본성을 찾아가는 거야. 새끼 고양이들이 자라날수록 점점 더 관심이 적어지면서, 생각은 점점 옆집 수고양이에게 기울어지게 되지. 그런 게 바로 정상적인 여자들의 생활이네. 난 많은 여자들을 봐 왔어. 모성 본능이 강한 여자일수록 결혼을 더 열망하게 되지. 당사자들은 빨리 엄마가 되고 싶은 마음에 미처 알아차리지 못하지만 말이야. 그런 여자들은 아이가 태어나면 행복과 만족감을 얻고, 그러면서 생활이 균형을 이루게 되지. 남편에게도 신경을 쓰게 되고, 마을에서 일어나는 일이나 떠도는 소문에도 귀를 기울이게 되는 거야. 아이들에 대한 관심이야 당연한 거고. 하지만 그 정도가 지나치지 않다네. 모성 본능은 아이들을 낳는 순간 충족되니까.

아가일 부인은 모성 본능이 아주 강한 여자였어. 하지만 아이를 낳으면 느끼는 충족감을 얻을 수 없었지. 그래서 그녀의 모성에 대한 집착은 전혀 줄어들지 않았네. 부인은 아이들을 원했어, 많은 아이들을. 하지만 그 아이들만으로는 충분하지 않았지. 그녀의 마음속에는 밤이나 낮이나 온통 아이들로만 가득했네. 남편한테는 더 이상 관심도 없었어. 그는 그저 가정을 이루는 데 필요한 추상적인 존재일 뿐이었지. 그래, 그녀에게는 아이들만이 전부였네. 그녀는 먹이고, 입히고, 놀아 주고, 아이들을 위해서라면 무슨 일이든 했어. 아이들에게는 지나칠 정도로 많은 걸 해 줬지. 아이들에게 필요한데 부인이 해 주지 않은 건 어느 정도의 무관심뿐이었어. 그 아이들은 마을의 다른 아이들처럼 마당에서 뛰어놀지 못했지. 온갖 종류의 기구들, 인공 언덕과 징검다리, 나무 위에 만든 집 그리고 강가에 만들어 놓은 모래밭에서 놀아야 했어. 먹는 음식 역시 보통 아이들과는 달랐지. 거의 다섯 살이 될 때까지 곱게 갈아 만든 야채 죽을 먹였고, 살균한 우유와 정수한 물만 마셨네. 음식물의 칼로리를 따지는 건 물론 비타민의 양까지 계산했으니까! 지금 내가 자네에게 이야기하는 내용은 직업 윤리와는 상관없다는 걸 알아주게. 아가일 부인은 내 환자가 아니었으니 말이야. 그녀는 몸이 아프면 할리 가에 있는 의사를 찾아가곤 했지. 그것도 어쩌다 한 번이었네. 부인은 건강하고 튼튼한 여자였으니까.

하지만 난 마을 의사라 아이들이 아플 때마다 불려 갔지. 부인은 내가 아이들에게 무심하다고 생각했을 거야. 난 그녀에게 아이들이 울타리 밑에서 산딸기 같은 걸 따먹도록 내버려 두라고 말했으니까. 또 아이들 발이 좀 젖거나, 감기에 걸리거나, 열이 37도로 올라도 별일 아니라고 했지. 사실 아이들이야 열이 38도까지 오르지 않는 한 난리 칠 필요 없거든. 그 집 아이들이 조금만 몸이 안 좋아도, 부인은 응석을 받아 주고, 음식을 숟가락으로 먹여 주는 등 호들갑을 떨었다네. 그런 식으로 사랑해 주는 건 아이들에게 좋을 게 없는데 말이야."

　"그렇다면 선생님 말씀은 그런 상황들이 결국 재코에게 좋을 게 없었다는 뜻인가요?"

　"그렇지, 하지만 이건 재코에게만 해당되는 이야기는 아닐세. 내가 보기에 재코는 처음부터 문제가 있는 아이였지. 요즘 말로 '정서 불안 아동'이랄까. 뭐, 다른 말로 불러도 상관없지만. 아가일 부부는 재코에게 최선을 다했어. 할 수 있는 일이라면 무엇이든 다 했지. 나는 이제껏 재코 같은 아이를 많이 봐 왔네. 나중에 그런 아이가 더 이상 어쩔 수 없을 정도로 나빠지고 나면 부모들은 대개 이렇게 말하지. '저 애가 어릴 때 좀 더 엄하게 키웠더라면.' 아니면 '내가 너무 아이한테 엄하게 대했어. 조금만 잘해 주었더라도.' 하는 식으로. 내가 보기에는 어느 쪽도 별 차이 없다네. 가정 환경이 불행하거나 충분한 사랑을 받지 못해 아이들이 잘못되는 거야 흔한 일이지만, 꼭 그런 환경이 아닐지라도 잘못될 아이들은 결국 그렇게 되는 법이니까 말일세. 재코는 후자의 경우라고 말하고 싶군."

"그러면 선생님은 그가 살인범으로 체포되었을 때도 놀라지 않으셨겠군요?"

"아니, 솔직히 말하자면 놀랐네. 딱히 재코가 살인범이 되지 않을 거라고 생각했기 때문에 그런 건 아니야. 재코 같은 아이들은 양심이라고는 없는 부류니까. 하지만 그가 살인을 저지른 방식이 날 놀라게 했지. 물론 그 아이가 난폭한 성향을 가지고 있다는 건 알고 있었어. 어릴 때부터 다른 아이들을 넘어뜨리거나, 무거운 장난감이나 나무 조각 같은 걸로 때리곤 했으니까 말이야. 하지만 대개는 그 대상이 자기보다 몸집이 작은 아이들이었어. 또 그 아이는 시도 때도 없이 다른 사람을 다치게 하거나 자기가 원하는 걸 가지려고 무작정 덤비지도 않았네. 만일 재코가 살인을 저지른다면 이런 식이었을 거야. 비슷한 나이의 청년과 나쁜 짓을 하다가 경찰한테 쫓기게 되었다거나 할 때 재코가 말하는 거지. '머리를 내려치는 거야, 친구. 다시는 일어나지 못하게 만들어 주라니까.' 재코 같은 부류의 아이들은 다른 사람이 살인을 저지르도록 선동은 할지언정, 직접 살인을 저지를 만큼 뻔뻔하지는 않은 법이지. 당시에 이 말을 할걸 그랬군. 이제 와 보니······."

의사가 잠시 말을 멈췄다가 다시 덧붙였다.

"내 생각이 옳았어."

캘거리는 양탄자를 내려다보고 있었다. 무늬를 알아보기 힘들 정도로 낡은 양탄자였다.

"전 모르겠습니다. 무엇이 문제인지. 전 이 일이 사람들에게 어떤 의미를 가져다 줄지 전혀 알지 못했어요. 일이 이렇게 될 줄은 몰랐습니다. 반드시⋯⋯."

의사가 부드럽게 고개를 끄덕였다.

"그래, 그렇게 보일 수도 있네. 하지만 그 가운데에서 올바른 길을 찾아야 하지 않겠나."

"그게 제가 선생님을 찾아온 진짜 이유입니다. 겉으로 봐서는 아무도 부인을 죽일 동기가 없는 것 같아서 말입니다."

"표면적으로야 그렇지. 하지만 그 이면을 조금이라도 볼 수 있다면. 그래, 누군가는 그녀를 죽이고 싶은 이유가 아주 많을 거라고 생각하네."

"어째서요?"

"정말로 자네가 알아야 한다고 생각하는 건가?"

"그렇습니다. 도저히 그렇게 생각하지 않을 수 없으니까요."

"내가 자네 입장이었어도 그랬을 것 같군⋯⋯. 하지만 나도 모른다네. 내가 말할 수 있는 건 그 사람들 중에 진정으로 가족이라 부를 수 있는 사람은 아무도 없다는 거야. 그들의 어머니(편의상 그렇게 부르겠네.)가 살아 있지 않으니 말이지. 알고 있겠지만, 그녀는 그들을 결속시켜 주는 존재였다네."

"어떤 식으로 말인가요?"

"아가일 부인은 그들에게 경제적 공급원이었어. 각자 상당한 액수의 돈을 받았을 거야. 수입이 엄청났으니까. 그녀는 신탁을 통해 들어오는 돈을 아이들에게 상황에 따라 적당한 비율로 나누어 주었어. 아가일 부인이 수탁자는 아니었지만, 살아 있는 동안은 본인이 바라지 않았다고 하더라도 영향력이 지대했지."

맥마스터는 잠시 말을 멈췄다가 다시 입을 열었다.

"재미있는 사실은 아이들 모두가 어머니에게서 벗어나고 싶어 했다는 거지. 아이들은 어머니가 정해 놓은 대로 따르지 않으려고 얼마나 싸웠는지 모른다네. 사실 부인은 아이들을 위해 온갖 계획을 다 세워 놓았지. 계획이야 좋았어. 아가일 부인은 아이들이 좋은 가정에서 훌륭한 교육을 받기를 원했고, 용돈이든 뭐든 풍족하게 주면서, 아이들이 자기가 고른 직장에 다니기를 바랐으니까. 그녀는 아이들을 레오 아가일과 자신의 친자식처럼 대해 주고 싶어 했지. 사실 두 사람의 친자식이 아니었기에 더 그랬던 건지도 모르겠네. 하지만 아이들은 재능이나 성격, 태도, 바라는 것이 모두 달랐어. 지금 미키는 자동차 영업 일을 하고 있네. 그나마 헤스터는 연극을 한다고 얼마간 집에서 떨어져 있었지. 그러다 별 볼일 없는 남자와 사랑에 빠졌고, 배우로서도 별 재미를 못 봤어. 그래서 집으로 돌아오게 된 거네. 결국 헤스터도 어머니가 옳았다는 걸 인정하지 않을 수 없었을 거야. 메리 더랜트는 전쟁 때 어머니가 반대하는 남자와 결혼하겠다고 고집을 부렸어. 상대는 용감하고 머리가 좋은 청년이었지만, 생활력이 전혀 없었지. 게다가 소아마비까지 걸려 버렸지 뭔가. 메리는 남편이 회복기에 접어들자 그를 데리고 태양의 곳으로 왔네. 아가일 부인은 두 사람에게 같이 살자고 끈질기게 권했어. 레오 아가일도 찬성이었고. 하지만 메리 더랜트가 결사적으로 거부했지. 그녀는 자기와 남편만의 가정을 갖고 싶었던 거야. 어쨌든 어머니가 죽지 않았으면 메리도 끝까지 버티지는 못했을 걸세.

장남인 미키는 언제나 불만이 가득한 젊은이지. 자기를 버린 친어머니에 대한 분노가 가슴속에 계속 남아서 그런 모양이야. 어릴 때부터 지금까지 계속 그랬네. 내가 보기에 그 아이는 마음속으로 양어머니를 증오하고 있는 것 같아.

그 집에는 또 안마사인 스웨덴 여자가 있지. 그 여자 역시 아가일 부인을 좋아하지 않았어. 그녀는 아이들을 좋아하고, 레오 아가일을 좋아했지. 아가일 부인에게 많은 은혜를 입었으니 고마워하려는 노력이야 했을지도 모르지만, 잘되지는 않았던 것 같네. 하지만 단순히 싫어한다고 해서 은인의 머리를 부지깽이로 내려쳤을 거라는 생각은 들지 않아. 그 여자는 언제라도 마음에 안 들면 그 집을 떠날 수 있었으니까. 레오 아가일은……."

"그는 어떤 사람이지요?"

"그는 곧 재혼할 걸세. 아주 운이 좋은 남자야. 젊고 괜찮은 여자를 만났으니. 마음이 따뜻하고 상냥한 데다 좋은 친구이면서, 그를 아주 많이 사랑하는 여자지. 오랫동안 그 마음을 간직해 왔고. 그렇다면 그 여자는 아가일 부인에 대해 어떤 느낌을 가지고 있었을까? 내가 무슨 말을 하고 싶은지 자네도 알 거야. 다행히 아가일 부인의 죽음으로 모든 일이 간단하게 해결되었지. 레오 아가일은 아내와 같이 사는 집에서 비서와 관계를 맺을 수 있는 남자는 아니었어. 난 그가 아내를 저버렸다고는 생각하지 않네."

캘거리가 천천히 말했다.

"전 두 사람을 모두 만나 보았고, 이야기도 나누었습니다. 사실 전 그들 중 한 사람은 믿음이 가지 않더군요."

"그랬군. 한 사람을 믿을 수 없다면, 다른 한쪽은 어떤가? 더욱이 그 집 사람들 중 누군가가 범인일 텐데."

"정말 그렇게 생각하시나요?"

"달리 생각할 수가 없잖나. 경찰도 외부인의 소행이라고는 생각하지 않고 있는 모양이던데. 아마 그 사람들 생각이 맞을 걸세."

"그렇다면 그중에 누구일까요?"

맥마스터는 어깨를 으쓱해 보였다.

"간단히 알 수 있는 문제가 아니지."

"그 집 사람들에 대해 알고 계신 걸로 미루어 짐작 가는 사람이 없으십니까?"

"그런 사람이 있다고 하더라도 자네한테 말해 줄 수는 없네. 말한들 달리 어떻게 할 수 있단 말인가? 내가 모든 것을 빠짐없이 알고 있지 않는 한 그들 중 누구도 살인범으로 보기 힘들다네. 게다가 그 사람들을 그런 대상으로 취급하고 싶지 않아."

그는 천천히 말을 덧붙였다.

"내가 보기에는 누가 범인인지 끝까지 밝혀지지 않을 것 같네. 경찰은 이 사건을 전면적으로 다시 수사하겠지. 그 사람들이야 최선을 다하겠지만, 이제 와서 증거를 찾아내는 건 거의 불가능에 가까울 거야."

맥마스터는 고개를 저었다.

"그래, 난 이 사건의 진실이 절대로 밝혀지지 않을 거라고 생각해. 그런 경우도 많지 않은가. 예전에 이런 글을 읽은 적이 있네. 50년인 가 100년 전에도 서너 명 중 한 명이 틀림없이 범인인 사건들이 있었는데 증거가 없어 끝내 해결하지 못했다고 하더군."

"이번 사건도 그렇게 될 거라고 생각하시는 건가요?"

"글쎄, 그래, 난 그럴 거라 생각하네……."

맥마스터는 이렇게 말하고는 다시 날카로운 시선으로 캘거리를 쳐다보았다.

"그렇게 되면 정말 끔찍한 일이 되겠군, 안 그런가?"

"정말 그럴 겁니다, 죄가 없는 사람들에게는. 그녀가 말한 대로 말이죠."

캘거리가 대답했다.

"그녀라니? 누가 그런 말을 하던가?"

"헤스터라는 아가씨요. 그녀가 이제 이 사건은 죄가 없는 사람들의 문제가 되었다고 말했을 때 전 이해하지 못했습니다. 지금 선생님이 말씀하신 것과 같은 말 아닙니까? 우리는 절대 알지 못할 수도 있죠."

"죄 없는 사람이 누군지 말인가?"

의사가 캘거리의 말을 받았다.

"그래, 우리가 진실을 알 수만 있어도 다행이지. 범인을 체포해서

재판하고 유죄 판결을 내리지 못하더라도 말일세. 그저 알 수만 있어도 좋을 텐데. 그렇지 않으면……."

맥마스터는 잠시 말을 멈췄다.

"그렇지 않으면요?"

캘거리가 되물었다.

"알아서 생각하게나. 아니, 난 말할 필요가 없어. 자네도 이미 알고 있잖나. 브라보 사건이 생각나는군. 지금부터 거의 100년도 더 전에 있었던 일일 거야. 하지만 아직도 그 사건에 대해 쓴 책들이 나오고 있다네. 피살자의 아내가 범인인지, 콕스 부인이나 굴리 박사가 범인인지 의견이 분분하지. 심지어는 검시관의 의견에도 아랑곳없이 찰스 브라보의 자살극이라는 말까지 나왔다네. 완벽하게 미궁에 빠진 사건이었어. 수많은 이론들이 나왔지만 진실을 알아낸 사람은 아무도 없었지. 결국 아내인 플로렌스 브라보는 가족들에게 버림받은 뒤 알코올 중독으로 홀로 쓸쓸히 죽음을 맞이했고, 콕스 부인은 사람들의 멸시를 받으며 어린 세 명의 아들들과 함께 늙어 죽을 때까지 살아야 했네. 대부분의 사람들은 그녀가 범인이라고 믿고 있었지. 굴리 박사도 직업을 잃고 사회에서 버림받아야 했어. 진짜 죄를 지은 사람은 이미 도망간 뒤였지. 하지만 죄가 없는 다른 사람들은 어디에도 갈 수가 없었네."

"여기서 그런 일이 다시 일어나서는 안 됩니다. 안 되고 말고요!"

캘거리가 다짐했다.

제8장

I

　헤스터 아가일은 거울에 비친 자기 모습을 바라보고 있었다. 그녀의 시선에서는 어떤 자부심도 찾아볼 수 없었다. 그건 까닭 모를 불안감의 이면 뒤로 자기 자신에 대한 확신이 없는 데 대한 수치심이 더 많았기 때문이다. 그녀는 머리카락을 이마 뒤로 쓸어 넘겼다가 다시 한쪽 어깨 위로 끌어당기고는 마음에 들지 않는다는 듯 얼굴을 찌푸렸다. 그때 헤스터의 뒤로 다른 사람의 얼굴이 거울에 비쳤다. 그녀는 깜짝 놀라 몸을 움찔했지만, 이내 누군지 알아보고는 고개를 돌렸다.

　"이런, 놀랐나 봐요!"

　커스턴 린드스트롬이 말했다.

　"놀라다니 무슨 말이에요, 커스티?"

　"지금 나 때문에 놀랐잖아요. 내가 몰래 다가와 아가씨를 내려칠

지도 모른다고 생각한 것 아니에요?"

"그런 바보 같은 말이 어디 있어요, 커스티. 그런 생각은 한 적 없어요."

"아니, 그런 생각했을 거예요. 그렇게 생각하는 게 당연해요. 누구라도 어둠 속을 들여다볼 때나, 알 수 없는 뭔가를 봤을 때는 그런 법이니까. 이 집에는 사람을 두렵게 만드는 뭔가가 있어요. 이제 우리 모두 알고 있잖아요."

"어쨌든 제가 커스티를 무서워할 이유는 없어요."

"그걸 어떻게 알아요? 얼마 전에 신문에 났던 기사 못 봤어요? 몇 년 동안 같이 살던 여자한테 어느 날 갑자기 살해당한 여자 이야기 말이에요. 목을 졸라 죽인 다음 눈을 뽑으려고 했대요. 그런데 그 이유가 뭐였는지 알아요? 붙잡힌 여자가 경찰한테 말하기를 얼마 전부터 죽은 여자 속에 악마가 있는 걸 봤다나요. 그 여자의 눈에서 악마를 보게 되자, 자기가 용감하게 힘을 내어 그 악마를 죽여야 한다는 걸 알았다는 거죠!"

"아, 그 기사 기억나요. 하지만 그 여자는 미친 거잖아요."

"그렇죠. 하지만 그 여자는 자기가 미친 줄 모르고 있었어요. 주위 사람들도 그 여자가 미친 줄 몰랐죠. 그 여자의 약하고 비뚤어진 마음에서 무슨 생각이 자라고 있었는지 아무도 알 수가 없었으니까요. 아가씨도 내가 마음속으로 무슨 생각을 하고 있는지 모르잖아요. 어쩌면 나도 미쳤을지도 몰라요. 혹시 내가 아가씨 어머니를 적그리스도라고 생각해서 죽였을지도 모르지요."

"커스티, 말도 안 돼요! 도저히 있을 수 없는 일이에요."

커스턴 린드스트롬이 한숨을 쉬며 자리에 앉았다.

"그래요, 있을 수 없는 일이죠. 난 아가씨의 어머니를 무척 좋아했으니까요. 그분은 언제나 내게 잘해 주셨어요. 하지만 헤스터, 내가 아가씨한테 말하고 싶은 것은, 그러니까 아가씨가 믿고 알아야 할 일은 이제는 그 누구도, 그 어떤 것도 '말이 안 된다'고 말할 수 없다는 거예요. 아가씨는 나뿐만 아니라, 어느 누구도 믿을 수 없을 거예요."

헤스터가 고개를 돌려 그녀를 쳐다보았다.

"너무 심각한 거 아니에요?"

"난 아주 심각해요. 이제 우리 모두 이 일을 심각하게 받아들이고 대처해야 해요. 아무 일도 없었던 것처럼 행동한다고 해서 좋을 게 없어요. 사실 오지 않았으면 좋았을 거라고 생각하지만, 어쨌든 그 사람은 왔고, 결국 일을 이렇게 만들어 놨어요. 이제는 나도 재코가 살인자가 아니라는 사실을 분명히 알겠어요. 그렇다면 살인범은 우리 중 한 사람이 분명해요."

"아니에요, 커스티. 그렇지 않아요. 범인은 틀림없이……."

"누구란 말인가요?"

"뭔가 훔치러 왔던 사람이거나, 아니면 예전부터 어머니에게 무슨 이유로든 원한을 품고 있던 사람일 거예요."

"아가씨는 어머니가 그런 사람을 집 안에 들여놨을 거라고 생각하는 거예요?"

"그랬을 수도 있죠. 어머니가 어떤 사람인지 잘 알고 있잖아요. 예를 들어 어떤 사람이 어려운 일이 생겼다거나, 버림받았거나 학대받는 아이에 대한 일로 찾아왔다면 어땠겠어요? 어머니가 그 사람을 집에 들어오게 한 뒤, 방에 들어가 그 이야기를 들어주었을 거라고 생각하지 않아요?"

"그랬을 것 같지 않아요. 적어도 내 생각에 아가씨 어머니는 그런 사람과 같이 탁자에 앉아 있다가 머리 뒤를 부지깽이로 얻어맞을 때까지 가만있지 않았을 거예요. 아니, 틀림없이 누군가 잘 아는 사람과 아무 의심 없이 편안하게 앉아 있었을 거예요."

커스턴이 말했다.

"그런 생각하지 마요, 커스티. 정말 그런 말 안 했으면 좋겠어요. 그런 일이 진짜 있었던 일이고, 사실인 것 같은 생각이 들잖아요."

헤스터가 외쳤다.

"그 일은 진짜 있었던 일이고 사실이에요. 이제 더 이상은 이야기 하지 않을 게요. 하지만 잊지 마요, 아가씨가 잘 알거나 믿을 수 있다고 생각하는 사람이라고 해도 마음을 놓으면 안 된다는 걸. 그러니까 방심해서는 안 돼요. 나나 메리 아가씨, 아버님이나 그웬다 본에 대해서도 주의를 늦추지 마요."

"그렇게 모든 사람을 의심하게 되면 내가 어떻게 여기서 살 수 있겠어요?"

"아가씨가 내 충고를 따르지 못할 거라면 차라리 이 집을 떠나는 편이 나아요."

"지금은 그럴 수 없어요."

"왜 안 된다는 거예요? 그 젊은 의사 선생 때문인가요?"

"정말 무슨 말을 하는지 모르겠어요, 커스티."

헤스터의 뺨이 발그스름하게 달아올랐다.

"크레이그 선생을 말하는 거예요. 아주 괜찮은 젊은이지요. 유능하고 좋은 의사고 성실한 데다 성품도 온화하니, 아가씨도 헤어지고 싶지는 않을 거예요. 하지만 그렇다 하더라도 난 아가씨가 이 집을 멀리 떠나는 편이 낫다고 생각해요."

"전부 말도 안 되는 소리예요. 말도 안 돼. 정말 말도 안 돼. 있을 수 없는 일이야. 아, 캘거리 박사님이 차라리 오지 않았다면 얼마나 좋을까."

헤스터가 화가 난 듯 소리쳤다.

"나도 그렇게 생각해요. 진심으로."

커스턴이 말했다.

II

레오 아가일은 그웬다 본이 그의 앞에 놓은 편지들에 마지막 한 통까지 서명을 했다.

"이게 단가?"

그가 물었다.

"예."

"오늘은 일이 빨리 끝났군."

잠시 후, 그웬다가 편지에 우표를 붙여 차곡차곡 쌓으며 물었다.

"해외 여행을 갈 때가 되지 않았나요?"

"해외 여행이라니?"

레오 아가일이 의아해하자 그웬다가 대답했다.

"로마나 시에나에 갔던 일, 기억나지 않으세요?"

"아, 그래. 맞아. 거기 갔었지."

"마실리니 추기경께서 기록 보관소의 서류들을 보러 오라고 편지를 보내셨잖아요."

"그래, 생각나."

"항공편을 예약할까요? 아니면 기차로 가시겠어요?"

먼 여행길에서 돌아오기라도 한 듯 레오는 그녀를 바라보며 희미하게 미소 지었다.

"그웬다, 날 아주 보내 버리려고 작심했나 본데?"

"아, 아니에요. 절대로 그렇지 않아요."

그녀는 재빨리 그의 옆에 다가가 무릎을 꿇고 앉았다.

"당신을 떠나보내고 싶지 않아요, 절대로. 하지만, 하지만 제가 생각하기에는, 그러니까 차라리 당신이 이 집에서 멀리 떨어져 있는 편이 나을 것 같아요. 그때부터 계속……."

"지난 주부터 말인가? 캘거리 박사님이 다녀간 후부터?"

"그 사람이 오지 않았더라면 얼마나 좋았을까요. 예전처럼 지낼 수 있으면 정말 좋겠어요."

"재코는 저지르지도 않은 죄를 부당하게 뒤집어쓰고?"

"정말 그 애가 한 짓일 수도 있어요. 재코는 언제라도 그런 짓을 저지를 수 있는 아이였잖아요. 그 애가 범인이 아닌 건 순전히 우연일 거예요."

"이상한 일이군. 난 그 애가 범인이라고 믿은 적이 한 번도 없어. 물론 증거가 뚜렷하게 있기는 했지만. 왠지 아닐 거라는 생각이 들었어."

레오가 생각에 잠겨 말했다.

"어째서요? 그 애는 늘 난폭했는데?"

"그래, 그야 그랬지. 재코는 늘 다른 아이들을 때리곤 했으니까. 하지만 상대는 대개 자기보다 작은 아이들이었어. 그래서 난 그 애가 레이철을 공격한다는 생각을 도저히 할 수 없었던 거야."

"그건 왜요?"

"그 애는 그녀를 무서워했으니까. 당신도 알겠지만 레이철은 엄청나게 권위적이었지. 다른 사람들처럼 재코도 그걸 느꼈을 거야."

레오가 대답했다.

"하지만 그렇게 생각하지 마요. 왜냐하면……."

그녀가 말을 멈췄다.

레오가 미심쩍은 듯 그웬다를 쳐다보았다. 그녀는 그의 시선에서 뭔가를 느꼈는지 뺨이 달아올랐다. 그웬다는 몸을 돌려 벽난로 앞으로 가더니 무릎을 꿇고 앉아 불에 손을 쬐기 시작했다.

'맞아. 레이철은 권위적이었어. 자신이 하는 모든 일에 만족하고,

자기 자신을 굳게 믿었지. 마치 우리 모두를 다스리는 여왕벌처럼. 그것만으로도 누군가에게는 그녀를 흉기로 내려칠 만한 충분한 이유가 되지 않을까? 레이철은 언제나 옳았어. 그리고 모든 걸 잘 알고 있었지. 그녀에겐 자기만의 방식이 있었어.'

그렇게 생각에 잠겨 있던 그웬다가 갑자기 벌떡 일어났다.

"레오, 우리 말이에요……. 우리, 3월까지 기다리지 말고 가능한 한 빨리 결혼하면 안 될까요?"

레오는 그녀를 바라보았다. 잠시 침묵이 흐른 뒤, 그가 대답했다.

"안 돼, 그웬다. 그렇게는 할 수 없어. 그건 별로 좋은 생각이 아닌 것 같군."

"어째서요?"

"내가 생각하기에 뭐든 서둘러서 좋을 건 없으니까."

"그게 무슨 말이에요?"

그웬다는 레오의 옆으로 다가가서 다시 그의 옆에 무릎을 꿇고 앉았다.

"레오, 그게 무슨 뜻이에요? 말씀해 보세요."

"그웬다, 말 그대로야. 무슨 일이든 서둘러서는 안 된다는 거지."

"그럼 계획했던 대로 3월에는 결혼할 수 있는 거죠?"

"그렇게 돼야지……. 그래, 그럴 수 있으면 좋겠어."

"확실하게 대답하지 않는군요……. 레오, 이제는 절 사랑하지 않는 건가요?"

"오, 그웬다. 당신에 대한 내 사랑은 결코 변함없어. 당신은 나의 전부야."

레오가 그녀의 어깨 위로 손을 올리며 말했다.

"그럼 제 말대로 해요."

그웬다가 조바심을 내며 말했다.

"안 돼."

그가 자리에서 일어났다.

"안 돼. 아직은 그럴 수 없어. 우리는 기다려야만 해. 확실해질 때까지."

"뭐가 확실해질 때까지요?"

레오가 대답이 없자 그웬다가 말했다.

"당신, 그런 생각하지 마요. 생각하면 안 돼요."

"난, 난 아무것도 생각하지 않아."

그때 문이 열리고 커스턴 린드스트롬이 들어와 책상 위에 쟁반을 내려놓았다.

"차를 가져왔어요, 아가일 씨. 그웬다, 여기서 마실 수 있게 잔을 하나 더 가져올까요, 아니면 내려가서 같이 마실래요?"

그웬다가 대답했다.

"내려가서 식당에서 마실게요. 이 편지들을 가지고 가야겠어요. 오늘 안으로 부쳐야 하거든요."

그녀는 조금 불안정한 손놀림으로 레오가 조금 전에 서명한 편지들을 챙겨 밖으로 나갔다. 그런 그웬다를 지켜보던 커스턴 린드스트롬이 이번에는 레오를 쳐다보며 물었다.

"무슨 말씀을 하셨어요? 왜 저렇게 그웬다가 당황해하는 거죠?"

"아무것도 아니에요. 별 말 안 했어요."

그가 지친 목소리로 대답했다.

커스턴 린드스트롬은 어깨를 으쓱하고는 아무 말 없이 방을 나갔다. 티를 낸 것도, 말을 한 것도 아니었지만 레오는 그녀가 자신을 비난하고 있음을 느낄 수 있었다. 그는 한숨을 내쉬며 의자에 몸을 깊이 묻었다. 레오는 몹시 피곤했다. 차를 잔에 따랐지만 마시지는 않았다. 대신 의자에 앉은 채 멍하니 앞을 바라보았다. 지난 일들이 뇌리를 스쳐 지나가기 시작했다.

그는 런던 이스트엔드에 있는 사교 클럽에 관심이 있었다……. 그곳에서 그는 레이철 콘스탐을 처음 만났다. 지금도 레오는 그때 그녀의 모습을 고스란히 떠올릴 수 있었다. 레이철은 중간 정도 되는 키에 다부진 체격을 가지고 있었고, 그 당시 그는 알아차리지 못했지만, 아주 비싼 옷을 아무렇게나 걸치고 있었다. 둥그스름한 얼굴에 진지함과 따뜻한 마음, 열정과 소박함을 가진 그녀에게 그는 마음이 끌렸다. 이 세상은 해야 할 일이 너무나 많고, 보람 있는 일도 넘친다! 조리는 없지만 열정적으로 그런 말을 쏟아내는 레이철에게 그는 완전히 마음을 빼앗겨 버렸다. 레오가 생각하기에도 이 세상에는 해야 할 일도, 보람 있는 일도 많았기 때문이다. 비록 그는 그런 보람 있는 일들이 언제나 성공적으로 이루어지는가에 대해서 의구심을 가지고 있었지만. 그러나 레이철은 그런 생각을 전혀 하지 않았다. 그저 누가 이런 일을 한다면, 또 저런 일을 한다면, 이러 이러한 기관에 기부를 하게 된다면 유익한 결과가 저절로 따라온다 고 믿고 있었다.

지금 와서 생각해 보면 그녀는 인간의 본성을 절대로 인정하지 않았다. 레이철은 언제나 사람들을 구호의 대상이나, 처리해야 할 문제로만 보았던 것이다. 인간이 얼마나 개별적인 존재인지, 사람마 다 얼마나 다른 반응을 보이는지, 사람마다 얼마나 독특한 개성을 가지고 있는지 그녀는 알지 못했다. 지금 기억하기로 당시 레오는 그녀에게 너무 많은 기대를 하지 말라고 이야기하곤 했다. 하지만 레이철은 그의 말을 받아들이지 않았고, 그래서 항상 지나치게 기 대하다 실망하곤 했다. 그는 상당히 빨리 그녀와 사랑에 빠졌다. 그 리고 레이철이 엄청난 부호의 딸이라는 사실을 알고 깜짝 놀랐다.

두 사람은 평범한 생활이 아니라, 높은 이상을 기반으로 해서 그 들이 함께할 인생을 설계했다. 이제 와서 생각해 보면, 그가 레이철 에게 끌렸던 이유를 분명히 알 수 있었다. 그건 그녀의 따뜻한 마음 이었다. 하지만 그 따뜻한 마음은 레오에게 비극만 안겨 주었다. 레 이철은 그를 사랑했다. 그건 사실이었다. 그러나 그녀가 정말로 그 에게서, 결혼에서 얻고자 원했던 것은 아이였다. 그렇지만 아이들은 태어나지 않았다.

두 사람은 의사들을 찾아다녔다. 명성이 자자한 의사들은 물론, 그렇지 못한 의사들도 만났다. 심지어 돌팔이까지 찾아가 진찰을 받고 나서야 그녀도 진단을 받아들였다. 레이철은 아이를 가질 수 없었다. 레오는 그녀에게 미안했다. 너무 미안했다. 그래서 그녀가 입양을 하자고 얘기했을 때 그는 기꺼이 받아들였다. 두 사람이 입양 기관에 연락한 것은 뉴욕을 방문하고 있을 때였다. 어느 날 두 사람이 탄 차가 도심의 빈민가를 지나가다가 어디선가 뛰어나온 아이를 치고 말았다.

레이철은 차에서 뛰어내려 바닥에 앉아 아이를 살폈다. 다행히 아이는 타박상만 입었을 뿐 크게 다친 곳은 없었다. 금발에 푸른 눈을 가진 예쁜 아이였다. 레이철은 그 애를 병원에 데려가 정말 다친 곳이 없는지 확인해 봐야 한다고 고집을 부렸다. 그리고 그녀는 아이의 친척들을 만났다. 고모라는 여자는 단정하지 못해 보였고, 그 여자의 남편이라는 자는 알코올 중독이 분명했다. 그 두 사람은 아이의 부모가 죽은 뒤에 어쩔 수 없이 아이를 떠맡은 모양이었다. 레이철은 아이와 며칠 동안 같이 지내고 싶다고 말했고, 그 여자는 반색을 했다.

"사실 여기서는 아이를 잘 돌볼 수가 없어요."

고모라는 여자가 말했다.

그래서 메리는 두 사람이 묶고 있던 호텔로 오게 되었다. 아이는 푹신한 침대와 호화로운 욕실을 좋아했다. 레이철은 아이에게 새 옷을 사 입혔다. 마침내 아이는 이렇게 말했다.

"집에 돌아가기 싫어요. 아줌마하고 같이 살고 싶어요."

레이철은 그를 쳐다보았다. 기쁨과 열망이 가득 담긴 시선이었다. 둘만 있게 되자 그녀가 그에게 말했다.

"우리가 저 애를 맡아. 쉽게 키울 수 있을 거야. 저 애를 양녀로 삼아. 틀림없이 우리 두 사람의 아이가 되어 줄 거야. 그 고모라는 여자도 저 애를 맡지 않아도 돼서 더 기뻐할 거고."

레오는 선뜻 동의했다. 그 아이는 얌전하고 품행이 단정했으며 유순해 보였다. 또 같이 살았던 자기 고모와 고모부에게 별다른 애정이 없는 것이 분명했다. 무엇보다도 그 아이를 입양함으로써 레이철이 행복해질 수 있다면 그는 무엇이든 할 수 있었다. 변호사들과 상담을 하고 서류에 서명을 받았다. 그 뒤로 메리 오쇼니시는 메리 아가일이 되었다. 그들은 함께 배를 타고 유럽으로 향했다. 그는 마침내 가엾은 레이철이 행복해질 거라고 생각했다. 그리고 그녀는 행복해하고 있었다. 행복에 취한 레이철은 열에 들뜬 것처럼 메리에게 맹목적으로 사랑을 퍼붓고 온갖 값비싼 장난감을 다 사 주었다. 메리는 모든 것을 조용히, 상냥하게 받아들였다. 하지만 레오는 아이가 너무 쉽게 받아들인다는 점이 왠지 마음에 걸렸다. 그 애는 자기가 태어나고 자란 고향이나 사람들에 대한 향수를 느끼지 않았다. 레오는 메리가 나중에라도 진정한 애정을 알게 되기를 바랐다. 하지만 지금까지도 그녀에게선 그런 기미를 찾아볼 수가 없었다. 그 애는 자신에게 제공되는 모든 이익과 만족감, 즐거움을 받아들였다. 그렇다면 메리는 그렇게 해 주는 양엄마를 사랑했을까? 아니, 그는 전혀 그렇게 생각하지 않았다.

레오는 레이철 아가일의 인생에서 자신이 뒷전으로 밀려나게 된 건 그때부터라고 생각했다. 그녀는 아내보다는 어머니로 태어난 여자였다. 메리를 얻고 나서도 한번 자극받은 모성애는 만족할 줄을 몰랐다. 한 아이로는 모자랐다.

그때부터 레이철은 아이들과 관련된 사업에 매달렸다. 고아원이나 불구인 아이들을 위한 기부금 문제, 지진아, 뇌성마비에 걸렸거나 정형 수술을 받아야 하는 아이들 등등 온통 아이들에게만 관심을 쏟았다. 그건 정말 존경할 만한 일이었다. 레오 역시 그런 그녀가 대단하다고 생각했다. 하지만 결국 그 일은 레이철의 인생의 중심이 되고 말았다. 그래서 그는 조금씩 자기만의 일에 빠져들기 시작했다. 레오는 늘 관심을 가지고 있었던 경제학의 역사적 배경을 연구하는 데 몰두하기 시작했다. 점점 더 서재에만 들어앉아 있는 날들이 많아졌다. 레오는 연구를 하기도 하고, 짧은 논문을 쓰기도 했다. 그동안 아내는 끊임없이 바쁘고, 열성적이고, 행복해하면서, 집을 벗어나 점점 더 활발한 활동을 벌였다. 그는 그런 그녀를 잠자코 인정해 주고 격려했다. "여보, 그건 정말 좋은 계획인 것 같은데.", "그래, 맞아. 계속 그렇게 해 나가는 게 좋을 것 같아." 때로는 충고의 말을 해 주기도 했다. "내 생각에는 당신이 그 일을 하기 전에 좀 더 충분히 생각해 봤으면 좋겠어. 분위기에 휩쓸리지 말고 말이지."

레이철은 계속 그와 상의했지만, 거의 형식적인 경우일 때가 많았다. 시간이 지나갈수록 그녀는 점점 더 권위적으로 변해 갔다. 그녀는 무엇이 옳은지 알고 있었고, 어떤 것이 최선인지도 알고 있었다. 레오는 조용히 자신의 생각이나 충고를 접는 수밖에 없었다.

레오의 생각에 레이철은 더 이상 그의 도움과 사랑을 필요로 하지 않았다. 그녀는 언제나 바빴고 행복했으며 놀라울 정도로 기운이 넘쳤다.

레오는 자신이 더는 필요없는 존재라는 걸 알고 상처받았다. 한편으로는 레이철에 대한 이상한 안쓰러운 마음도 느꼈다. 그때 그는 이미 레이철이 쫓고 있는 길이 얼마나 위험한지 알고 있었던 것 같았다.

1939년, 전쟁이 일어나자 아가일 부인의 활동은 두 배로 늘어났다. 어느 날 그녀는 런던 빈민가에 아이들을 위한 보육원을 지어야겠다는 생각을 해냈다. 레이철은 즉시 런던에서 영향력 있는 사람들을 만나기 시작했고, 결국 보건부의 협력을 얻어낼 수 있었다. 그녀는 적당한 장소를 물색하기 시작했다. 폭격을 피해 잉글랜드에서 멀리 떨어진 곳에 새로 지은 현대적인 주택이었다. 레이철은 그곳에 두 살에서 일곱 살 사이의 아이들 열여덟 명을 모아 수용했다. 그들 중에는 집이 가난해서 온 아이들도 있었고, 불행한 가정의 아이들도 있었다. 대개 고아나 엄마들이 피난 갈 때 일부러 버리거나, 키우기 싫다고 버린 사생아들이었다. 대부분 가정에서 학대당하거나 무관심하게 대해졌던 아이들이었다. 그중 서너 명은 불구였다. 레이철은 그런 아이들에게 정형 외과 치료를 받게 해 주고, 집안일도 돌볼 겸 스웨덴 인 안마사와 정식 간호사 두 명을 채용했다. 그곳에서 아이들의 생활은 안락하고 풍요로웠다. 한번은 레오가 그녀에게 충고했다.

"레이철, 당신이 잊어버리면 안 되는 일이 있어. 이 아이들은 언젠가는 모두 자기 집으로 돌아가게 될 거야. 본래 환경에 적응하기 어렵게 만들어서는 안 돼."

그녀는 흥분해서 대답했다.

"그 불쌍한 어린 것들에게는 어떻게 해 줘도 지나치지 않아. 아무리 해 줘도 말이야!"

그는 주장했다.

"그렇겠지. 하지만 저 애들은 다시 돌아가야 해. 그걸 잊지 마."

하지만 레이철은 그의 말을 들으려 하지 않았다.

"꼭 그렇게 할 필요가 없을지도 몰라. 어쩌면 이 애들과 계속 함께 지낼 수 있을 거야."

전황이 긴박해지기 시작하자 이내 변화가 일어났다. 간호사들은 완벽하게 건강한 아이들을 보살피는 데 지쳐 막상 일손이 필요할 때는 나가 버리곤 했기 때문에, 사람이 자주 바뀌었다. 결국에는 나이가 지긋한 간호사와 커스턴 린드스트롬만이 남았다. 집안일을 할 사람도 없어, 커스턴 린드스트롬이 그 일까지 맡게 되었다. 그녀는 헌신적으로 사심 없이 일했다.

레이철 아가일은 여전히 바쁘고 행복했다. 하지만 레오가 기억하기로는 그 와중에도 그녀를 당혹스럽게 만드는 순간이 있었다. 어느 날, 어린 미키가 식욕을 잃고 몸무게가 줄기 시작하여 레이철은 의사를 불렀다. 의사는 아이에게서 아무 이상도 발견하지 못했지만, 향수병에 걸린 것 같다고 그녀에게 말했다. 레이철은 그 말에 즉각 반박하고 나섰다.

"그건 말도 안 돼요! 선생님은 이 애가 어떤 집에서 왔는지 몰라서 그러시는 거예요. 저 애는 늘 얻어맞고 학대당했어요. 그 집은 미키에게는 지옥 같은 곳이란 말이에요."

"그럴 겁니다. 그렇다라도 그건 놀랄 만한 일이 아니에요. 아이는 향수병으로 말을 안 하는 겁니다."

의사 맥마스터가 말했다.

그러던 어느 날 미키가 입을 열었다. 아이는 침대 속에서 흐느껴 울다가 달래러 온 레이철을 주먹으로 밀어냈다.

"집에 가고 싶어. 엄마하고 우리 누나한테 가고 싶단 말이야."

레이철은 당황했고 그 사실을 믿지 못했다.

"미키가 자기 엄마한테 가고 싶어 할 리 없어. 그 여자는 저 아이를 조금도 돌보지 않았단 말이야. 술에 취해 늘 아이를 때리기나 했는데."

그러자 레오가 부드럽게 대답했다.

"그렇다고 해도 핏줄에 끌리는 걸 막을 수는 없는 법이야. 그 여자는 저 아이의 엄마고, 미키는 자기 엄마를 사랑하고 있으니까."

"그 여자는 엄마라고 할 수 없어!"

"미키의 몸에는 그 여자의 피가 흐르고 있어. 저 애는 그걸 느끼는 거야. 그 무엇도 그걸 대신할 수는 없을 거야."

"하지만 지금까지 미키는 나를 자기 엄마라고 생각하고 있었단 말이야."

불쌍한 레이철. 레오는 생각했다. 불쌍한 레이철, 무엇이든 돈으로 살 수 있는 사람……. 그녀는 자신만을 위하거나, 자기 생각만 하지 않았다. 그저 원하지 않는 부모에게서 태어난 아이들에게 사랑과 보살핌과 가정을 주고 싶어 했을 뿐이다. 그녀는 아이들을 위해 무엇이든 사 주었지만 아이들의 사랑을 얻을 수는 없었다.

그리고 전쟁이 끝났다. 아이들은 부모나 친척들의 부름을 받고 런던으로 돌아가기 시작했다. 하지만 모두 돌아간 것은 아니었다. 돌아갈 곳이 없어 남은 아이들이 있었다. 그때 레이철이 말했다.

"레오, 저 애들은 이제 우리 자식이나 마찬가지야. 이번이 우리가 진정한 가족을 만들 기회야. 네다섯 명쯤 되는 아이들이 우리와 함께 있을 수 있어. 그 애들을 입양해서 잘 키우면 정말 우리 애들이 되어 줄 거야."

그때 그는 왜 그런지 알 수는 없지만 희미한 불안감을 느꼈다. 아이들을 받아들이는 걸 반대하는 건 아니었지만, 레오는 본능적으로 일이 잘못될 거라고 느끼고 있었다. 인위적인 방법으로 가족을 만드는 일을 쉽다고 생각하다니.

"당신은 위험한 일이라는 생각은 안 들어?"

그가 물었다.

"위험이라니? 설령 위험하다 한들 그게 무슨 문제지? 이건 보람 있는 일이잖아."

그렇긴 했다. 그녀 같은 확신은 없었지만, 레오도 이 일이 보람 있는 일이라고 생각했다. 사실 그때까지 그녀의 일과 멀리 떨어진 채 자신만의 고립된 공간에서 무관심하게 지내 온 그로서는 새삼스레 반대할 수도 없었다. 레오는 이제까지 늘 해 왔던 말을 할 수밖에 없었다.

"당신 좋을 대로 해, 레이첼."

그녀는 자신의 뜻이 이루어지자 기쁨과 행복을 느꼈다. 그녀는 먼저 계획을 세우고, 변호사를 찾아가 상의하여 평상시에 하던 대로 일을 진행시켰다. 그렇게 그녀는 가족을 얻었다. 뉴욕에서 데리고 온 장녀 메리, 자기를 학대하고 버린 몹쓸 엄마가 있는 빈민가의 집으로 돌아가고 싶어 수많은 밤을 울며 지새웠던 향수병에 걸린 미키, 창녀인 어머니와 인도인 선원 아버지 사이에 태어나 우아한 갈색 피부를 가진 혼혈아 티나, 새 출발을 원하는 어린 아일랜드인 미혼모 어머니를 둔 헤스터가 있었다. 그리고 재코는 익살스러운 몸짓으로 사람들을 웃기고, 시끄럽게 떠들어 종종 벌을 받으면서도 엄격한 린드스트롬 양에게 더 많은 사탕을 얻어내곤 하던 원숭이 같은 얼굴을 가진 꼬마였다. 그는 교도소에 있는 아버지와 다른 남자랑 도망가 버린 어머니 사이에 태어난 아이였다.

그랬다. 레오가 생각하기에도 그런 아이들을 맡아 가정을 이루어 아버지와 어머니로서의 사랑을 주는 일은 분명히 가치 있는 일이었다. 레이첼에게는 충분히 의기양양해할 권리가 있었다. 다만 일이 뜻대로 되지 않았을 뿐이었다……. 아마 그 아이들이 그와 레이첼이 낳은 아이가 아니라는 점 때문이었을 것이다. 아이들 중에는 레이첼 가계에 흐르는 근면성과 검소함을 가진 아이가 없었다. 레이첼의 가문 사람들은 이름이 없는 사람조차도 사회에서 인정받는 자리를 차지하고 있었다. 그들에게는 추진력과 야망이 있었기 때문이다. 하지만 이 아이들에게선 그런 추진력이나 야망을 찾아볼 수 없었다. 레오가 기억하고 있는 그의 아버지나 조부모님이 보여 주었던 온화하고 고결한 성품이나 지적인 총명함 역시 아이들은 가지고 있지 못했다.

그들을 위한 환경적인 조건은 무엇이든 갖추어졌다. 그건 대단한 일이었지만, 모든 것이 될 수는 없었다. 아이들에게는 처음 보육원에 있을 때부터 심어 준 유약함이라는 씨앗이 계속 자라고 있었고, 엄청난 스트레스 아래서 그 씨앗은 마침내 꽃을 피우고 말았다. 단적인 예로 재코를 들 수 있었다. 재코는 매력적이고, 민첩하며 재치 있는 말솜씨를 가지고 있었다. 그 애의 매력은 모든 사람들을 마음대로 다룰 수 있는 힘을 발휘했지만, 본질적으로 그 아이는 불량스러운 부류의 인간이었다. 재코는 아주 어렸을 때부터 도둑질을 하고 거짓말을 했다. 본래의 잘못된 가정 환경이 그 아이를 그렇게 만들었던 것이다. 레이철은 시간이 지나면 괜찮아질 거라며 그런 사실들에 신경 쓰지 않았다. 하지만 그건 그렇게 무시해 버릴 성질의 것이 아니었다.

재코는 학교 성적이 좋지 않았다. 그 아이가 대학에서 퇴학당한 뒤부터 레오와 레이철에게는 기나긴 시간 동안 연이어 고통스러운 사건들이 닥쳤다. 두 사람은 최선을 다해 그 모든 일들에 대처했고, 재코에게 부모로서 사랑과 믿음을 확신시켜 주기 위해 노력했다. 또한 재코의 적성에 맞을 법한 일거리를 찾기 위해 애를 써 보기도 했다. 레오는 두 사람이 지나치게 그 아이에게 관대했던 건 아닌지 생각해 보았다. 하지만 아니었다. 관대하게 대했든, 엄하게 대했든 재코의 경우에는 아마 똑같은 결과를 가지고 왔을 것이었다. 재코는 원하는 것은 반드시 가져야 하는 아이였다. 합법적인 수단으로 얻을 수 없다면, 다른 방법을 동원해서라도 말이다. 그렇다고 성공적으로 범죄를 저지를 만큼 영리한 것도 아니었다. 그건 사소한 범죄에서도 마찬가지였다. 마지막 날, 그가 돈을 달라고 화를 내며 협박하던 그날도 결국은 감옥에 가게 될지도 모른다는 두려움 때문에 찾아온 것이었다. 재코는 다시 돌아올 테니 돈을 준비해 놓는 편이 좋을 거라고 큰 소리 치며 집을 나갔다. 그렇지 않으면!

그리고 레이철이 죽었다. 그 일들이 모두 아득하게만 느껴졌다. 아이들을 키우던 전쟁 때 그 긴 세월까지도. 그 자신의 모습은 어떤가? 마찬가지로 아득하고 퇴색했다. 레이철은 레오의 삶에 대한 기운 넘치는 힘과 열정을 부숴 버렸다. 그는 약해지고 지치고 온정과 사랑에 목말라 하며 혼자 남았다.

지금도 그는 언제 그런 일들이 일어났는지 기억하기 힘들었다. 손에 잡힐 듯 가까웠던…… 그에게 주어진 것은 아니었지만 그 자리에 있었던 일들이었는데.

그웬다……. 완벽하고 유능한 비서, 언제나 그를 위해 일하고, 늘 가까운 곳에서 따뜻한 도움을 주는. 레오가 그녀를 처음 만났을 때, 그는 왠지 모르게 레이철과의 첫 만남을 떠올렸다. 그건 그녀가 레이철과 똑같이 온정과 열정 그리고 따뜻한 마음을 가지고 있었기 때문이다. 그웬다에게 다른 점이 있다면 그 온정과 열정, 따뜻한 마음이 모두 레오를 위해서라는 것이었다. 그녀는 오직 그만을 위해 존재했다. 가상의 아이들을 위해서가 아니라. 마치 차갑고 딱딱하게 얼어붙은 손으로 따스한 난롯불을 쬐는 느낌이랄까…… 그웬다가 자신을 좋아하고 있다는 사실을 처음 느낀 것이 언제였더라? 그건 말하기 어렵다. 갑자기 드러난 감정이 아니었으니까.

하지만 어느 날 갑자기 그는 자신이 그녀를 사랑한다는 사실을 알게 되었다.

그렇지만 레이철이 계속 살아 있었다면, 두 사람은 결코 결혼할 수 없었을 것이다.

레오는 한숨을 내쉬었다. 그리고 자세를 바로 하고 차갑게 식어 버린 차를 마셨다.

제9장

캘거리가 떠난 지 몇 분 지나지 않아, 맥마스터는 두 번째 손님을 맞이했다. 이번 방문객은 그가 아주 잘 아는 사람이었기에 반갑게 맞이했다.

"돈, 만나서 반갑네. 어서 들어와 무슨 일인지 얘기해 보게. 무슨 근심이 있는 모양이군. 자네 이마에 그렇게 이상한 주름이 잡혀 있을 때는 뭔가 걱정이 있다는 뜻이지."

의사인 도널드 크레이그는 맥마스터를 보며 애처로운 미소를 지었다. 그는 진지하고 깔끔한 외모를 가진, 무슨 일이든 신중하게 처리하는 청년이었다. 늙은 은퇴한 의사는 이 젊은 후임자를 무척 좋아했다. 바람이 있다면, 도널드 크레이그가 농담을 좀 알아들었으면 하는 것뿐이었다.

크레이그는 마실 것도 거절하고 곧장 본론으로 들어갔다.

"맥, 너무 걱정되는 일이 있어요."

"비타민 결핍증은 아니었으면 좋겠군."

맥마스터가 말했다. 비타민 결핍증은 그가 평상시에 즐겨 하는 농담이었다. 그건 예전에 어떤 수의사가 크레이그에게 어린이 환자가 키우는 고양이가 윤선에 걸려 있다는 사실을 지적해 주기 위해 썼던 말이었다.

"환자 때문이 아닙니다. 제 개인적인 문제예요."

도널드 크레이그가 대답했다.

맥마스터의 표정이 이내 변했다.

"미안하네, 정말 미안해. 안 좋은 일이라도 생긴 건가?"

젊은 의사는 고개를 저었다.

"그런 건 아닙니다. 그냥, 제 말 좀 들어주십시오. 누구한테라도 이야기를 해야겠는데, 아무래도 선생님이 잘 알고 계실 것 같아서요. 오랫동안 여기 계셨으니, 그 사람들에 대해 잘 알고 계실 겁니다. 이제 저도 알아야겠습니다. 제가 직면한 문제가 무엇인지, 어떻게 대처해야 할지 말입니다."

맥마스터는 숱이 많은 눈썹을 천천히 치켜세웠다.

"그 문제가 뭔지 한번 들어 보세."

"아가일 가족의 일입니다. 이미 알고 계시겠지만(모든 사람들이 다 알고 있을 겁니다.) 헤스터 아가일과 저는……."

늙은 의사는 고개를 끄덕였다.

"무슨 말인지 알겠네. 사람들이 곧잘 쓰곤 하는 구식 표현이지.

아주 괜찮은 말이야."

그가 흡족해하며 말했다.

"전 그녀를 깊이 사랑합니다. 그리고 제가 보기에는(아마 틀림없을 거라고 생각합니다만.) 그녀도 저를 사랑하고 있습니다. 그런데 지금 이런 일이 일어나고 말았습니다."

도널드가 간결하게 말했다.

늙은 의사의 얼굴에 뭔가 깨달았다는 표정이 떠올랐다.

"아, 그래! 재코 아가일이 특별 사면을 받게 된 일을 말하는 거로 군. 사실 그에게는 너무 늦은 감이 있지."

"그렇습니다. 저는 차라리 새로운 증거가 안 나타나는 편이 좋았 을 거라는 생각이 듭니다. 전적으로 잘못된 생각이라는 것은 알지 만, 어쩔 수가 없습니다."

"자네만 그렇게 생각하는 건 아니니 염려 말게. 내가 보기에는 경 찰 서장부터 시작해서 아가일 집안 사람들, 증거를 가지고 왔다는 그 남극에서 돌아온 사람까지 그런 느낌을 받고 있는 모양이니까."

맥마스터가 덧붙였다.

"그 친구가 오늘 오후에 여기 왔다 갔다네."

도널드 크레이그는 깜짝 놀란 듯했다.

"그 사람이 왜요? 무슨 말을 하던가요?"

"무슨 말을 했을 것 같나?"

"누가 범인인지……."

맥마스터는 천천히 고개를 저었다.

"아니, 그건 그 사람도 모르고 있어. 불쑥 찾아와 처음으로 아가일 가족을 만났는데, 그걸 어떻게 알 수 있겠나? 아마 범인이 누군지 아는 사람은 아무도 없을 거야."

"아니, 아닙니다. 그런 것 같지 않습니다."

"자네는 대체 무엇 때문에 그렇게 안절부절못하는 건가?"

도널드 크레이그는 깊이 숨을 들이마셨다.

"지난번 그 캘거리라는 사람이 찾아왔던 저녁, 헤스터의 전화를 받았습니다. 그날 수술이 끝난 후에 전 헤스터와 함께 셰익스피어에 나오는 범죄 유형에 관한 강연을 들으러 드리머스로 갈 예정이었습니다."

"지금 상황에 기가 막히게 어울리는 강연회였군."

"그런데 그때 헤스터가 전화를 걸었습니다. 같이 갈 수 없다고 말하더군요. 아주 당혹스러운 소식을 들었다고 하면서 말입니다."

"그래, 캘거리 박사가 전해 준 소식 말이군."

"예, 그렇습니다. 그 당시에는 그녀가 그 사람 이야기를 하지 않았지만 말입니다. 하지만 헤스터는 몹시 당황하고 있었어요. 그녀의 목소리가 그렇게 들리더군요. 뭐라고 설명하기 어렵지만 그렇게 들렸어요."

"아무래도 아일랜드 태생이니까."

"그녀의 목소리는 잔뜩 긴장한 데다가 겁에 질린 것처럼 들렸어요. 어떻게 들렸는지 설명할 수는 없지만요."

"그럼 자네는 대체 뭘 기대한 건가? 헤스터는 아직 스무 살도 안

됐지, 안 그런가?"

"하지만 그녀는 왜 그렇게 당혹스러워했던 걸까요? 분명히 말할
수 있습니다. 헤스터는 뭔가에 놀라 두려워하고 있었어요."

"음, 그래, 알겠네. 그래, 그럴 수도 있을 거야."

"그 점에 대해…… 어떻게 생각하십니까?"

"그보다 중요한 건 자네가 어떻게 생각하느냐는 거지."

맥마스터가 지적했다.

젊은 의사가 씁쓸하게 대답했다.

"제가 의사가 아니었다면, 그런 일은 생각조차 하지 않았을 겁니
다. 그녀는 제가 사랑하는 사람이고, 제가 사랑하는 여자는 잘못하
는 일이 없을 테니까요. 하지만……."

"그래, 계속 말해 보게. 가슴속에 있는 걸 모두 털어놓는 편이 좋
을 것 같군."

"전 알고 있습니다. 헤스터의 마음속에서 뭔가가 일어나고 있다
는 걸 말입니다. 그녀는, 그녀는 예전부터 불안해 보였어요."

"그래, 지금 생각해 보면 그렇게 보이는 면이 있어."

"헤스터는 아직 그 사건에서 완전히 벗어나지 못했습니다. 살인
사건이 일어났을 당시, 그녀는 젊은 여자라면 당연히 느낄 그런 혼
란에 빠져 고통스러워했습니다. 권위에 저항하고, 숨 막히게 하는
사랑에서 벗어나려 했죠. 지금 와서 생각해 보면 그로 인해 너무 많
은 손해를 입은 셈이지만 말입니다. 헤스터는 반항하고 싶어 했고,
멀리 떠나고 싶어 했습니다. 그 모든 이야기를 그녀는 제게 다 해

주었죠. 결국 그녀는 집을 나가 극단을 떠돌며 밑바닥 생활을 경험했습니다. 제가 보기에는 그 상황에서 그녀의 어머니는 아주 이성적으로 행동하셨어요. 그분은 헤스터에게 그렇게 연기가 하고 싶다면 런던 왕립 연기 학교에 들어가 공부를 하라고 권하셨어요. 하지만 그건 헤스터가 원하는 일이 아니었습니다. 그녀에게 연기란 집에서 벗어나고자 하는 핑계에 불과했으니까요. 헤스터는 정식으로 연기 공부를 하거나, 진지하게 연기를 직업으로 삼고 싶어 하지 않았습니다. 그녀는 그저 혼자서도 자기 인생을 살 수 있다는 걸 보여 주고 싶었던 겁니다. 어쨌든 아가일 부부는 그녀에게 더 강요하지 않았습니다. 두 분은 헤스터에게 넉넉한 생활비를 보내 주었죠."

"그건 아주 현명한 처신이었지."

맥마스터가 말했다.

"그런데 헤스터는 어리석게도 극단에 있던 중년 남자와 연애를 했습니다. 결국에는 그녀도 그 남자가 좋은 사람이 아니라는 걸 깨달았지만 말입니다. 아가일 부인은 그 남자의 일을 처리한 다음 헤스터를 데리고 집으로 돌아왔죠."

"헤스터도 뭔가 배운 게 있었겠지. 내가 젊었을 때 사람들이 말했던 것처럼 말이야. 물론 그런 식으로 교훈을 얻는 걸 좋아하는 사람은 없겠지만 말이네. 헤스터도 좋아하지 않았을 테고."

도널드 크레이그는 불안해 보이는 얼굴로 말을 이었다.

"헤스터의 마음은 계속 울분으로 가득 차 있습니다. 그 전보다 상황은 더 나빠졌죠. 왜냐하면 어머니가 결국은 옳았다는 점을 겉으로 표현할 수는 없어도 속으로나마 인정하지 않을 수 없었던 데다가, 배우로서의 소질도 없었고, 그녀가 좋아했던 남자는 그럴 만한 가치가 없는 사람이었으니 말입니다. 더군다나 헤스터는 그 남자를 정말로 사랑하지도 않았습니다. '어머니가 가장 잘 알고 계신다.' 헤스터에겐 그 점이 가장 짜증났겠지요."

"그래, 그건 가엾은 아가일 부인의 문제점 중 하나지. 본인은 결코 그렇게 생각하지 않겠지만 말이야. 물론 부인이 거의 모든 일에서 옳았고, 가장 잘 알고 있다는 것은 사실이야. 만일 그녀가 다른 여자들처럼 빚을 진다거나, 열쇠를 잃어버린다거나, 기차를 놓친다거나 하는 어리석은 행동을 했다면, 다른 사람들도 그녀를 도와주었을 걸세. 그리고 부인의 가족들도 한층 더 그녀를 좋아했겠지. 어찌 보면 슬프고 잔인한 말이지만, 아가일 부인을 위해서는 그 편이 나았을 거야. 그녀는 자기가 원하는 것을 얻기 위해 교활한 꾀를 부릴 정도로 영리하지 못했지. 자네도 알겠지만 부인은 자신에게 만족하는 사람이었어. 자기 능력과 판단에 큰 기쁨을 느끼고, 자신에 대한 확신이 강한 여자였으니까. 어릴 때는 부모의 그런 모습을 받아들이기가 어려운 법이지."

"알고 있습니다. 그건 저도 느끼고 있었습니다. 제가 그 사실을 알아차린 건, 제가 보기에도 좀…… 이상하다고 느꼈기 때문이죠."

도널드 크레이그가 말을 멈췄다.

맥마스터가 부드럽게 대꾸했다.

"돈, 자네에게 이런 말을 해도 좋을지 모르겠군. 자네는 지금 헤스터가 어머니와 재코가 싸우는 것을 엿듣고, 그걸 기회 삼아, 모르는 것이 없는 것처럼 행동하는 어머니의 권위에 대한 반항심에 불타, 그 방에 들어가 부지깽이로 어머니를 내려쳤을지도 모른다는 생각으로 두려워하고 있는 건 아닌가? 그게 지금 자네가 걱정하고 있는 일이겠지?"

젊은이는 비참한 얼굴로 고개를 끄덕였다.

"그건 그렇지 않습니다. 전 정말 그렇게 믿지 않습니다. 하지만, 하지만 지금 전 이런 생각이 듭니다. 정말 그런 일이 있었을지도 모르겠구나. 헤스터가 정신적인 균형을 잃었을지도 모르겠다. 그녀는 너무 어렸고, 자신에 대한 확신이 없었으니 자칫 정신착란을 일으킬 여지가 있었을지도 모르죠. 집 안에 있는 다른 사람들을 생각해봐도 헤스터 외에는 도저히 그런 일을 저지를 만한 사람이 없습니다. 그렇다고 분명한 확신이 있는 건 아닙니다만."

"알겠네, 그래. 알아듣겠어."

"그렇다고 제가 그녀를 비난하려는 건 아닙니다."

도널드 크레이그가 재빨리 말했다.

"아마 불쌍한 이 아가씨는 자기가 무슨 짓을 하는지도 몰랐을 겁니다. 그런 걸 살인이라고 부를 수는 없습니다. 감정적인 격동, 반항, 자유를 향한 열망에 따른 행동이었을 뿐이죠. 헤스터는 그렇게 하지 않는 한 도저히 어머니로부터 자유로워질 수 없다고 믿었을 겁니다."

"마지막 말은 충분히 있을 법한 일이네. 그것이 이 사건의 유일한 동기가 될 수 있으니까. 범행 동기 치고 특이하기는 하군. 법의 시각에서 보면 그렇게 강한 동기라고는 볼 수 없어. 자유를 갈구한다는 것, 결국은 자기보다 강한 사람의 영향에서 벗어나고자 한다는 건 말이야. 그렇지만 아가일 부인이 죽는다고 해도 엄청난 유산을 물려받는 사람은 아무도 없으니까 경제적인 이유를 동기로 생각하는 사람은 아무도 없겠지. 내가 알기로는 아가일 부인이 신탁에 직접적인 영향력을 행사하고 있었지만 말이야. 그래, 부인이 죽음으로써 모두가 자유로워졌지. 이보게, 헤스터만이 아니야. 레오 역시 다른 여자와 결혼할 수 있게 되었고, 메리는 자기 마음대로 남편을 보살필 수 있게 되었네. 미키도 이제는 자기가 원하는 대로 살 수 있게 됐어. 심지어 작은 검은 말 티나까지도 도서관에 앉아서 자유를 원하고 있었고."

맥마스터가 말했다.

"선생님과 이야기를 나누어야만 했습니다. 선생님께서 어떻게 생각하고 계신지 알고 싶었으니까요. 그런 일이 진짜 있을 수 있다고 생각하십니까?"

"헤스터에 대해서 말인가?"

"예."

"있을 수 있는 일이라고 생각하네. 그게 사실인지는 모르겠네만."

맥마스터가 천천히 대답했다.

"제가 말씀드린 것 같은 일이 일어났을 수도 있다고 생각하신다는 겁니까?"

"그래, 자네 생각대로 충분히 그럴 수 있다고 생각하네. 그럴 가능성도 있지. 하지만 확실한 건 아니야, 도널드."

젊은이는 진저리를 치며 한숨을 내쉬었다.

"하지만 그건 확실해져야 합니다. 반드시 그래야만 합니다. 전 알아야만 해요. 헤스터가 내게 사실대로 말해 주기만 한다면, 모든 일은 잘될 겁니다. 그렇게만 되면 우리는 가능한 한 빨리 결혼할 겁니다. 제가 그녀를 보살펴 줄 겁니다."

"휘시 총경이 자네 말을 들어주지 않을 텐데."

맥마스터가 객관적으로 말했다.

"전 법을 준수하는 시민입니다. 하지만 선생님도 잘 알고 계시잖아요. 법정에서 심리적인 증거를 어떻게 취급하는지 말입니다. 제가 보기에 이 사건은 불행한 사고입니다. 이번 경우는 잔인한 살인 사건이 아닐 뿐만 아니라, 우발적인 살인으로도 볼 수 없어요."

"자넨 그 아가씨를 정말 사랑하는군."

"그 점은 자신 있게 말씀드릴 수 있습니다."

"잘 알겠네."

"제가 말하고 싶은 건, 헤스터가 사실대로 말해 준다면, 우리는 그 사실을 잊고 살아갈 수 있을 거라는 겁니다. 하지만 반드시 그녀는 제게 진실을 이야기해 주어야 합니다. 아무것도 모르는 채로 같이 살 수는 없으니까요."

"그러니까 자네 말은 그 일이 밝혀지지 않으면, 그녀와 결혼할 생각이 없다는 의미인가?"

"선생님이 저라면 어떻게 하시겠습니까?"

"잘 모르겠군. 하지만 만일 내게 그런 일이 일어났고, 그 아가씨와 사랑에 빠졌다면 아마 난 그녀가 결백하다고 믿었을 거야."

"이건 죄가 있느냐, 없느냐의 문제가 아닙니다. 제가 사실을 알아야 한다는 거지요."

"그렇다면 자네는 그 아가씨가 어머니를 죽였어도 결혼해서 행복하게 살 각오가 되어 있다는 말인가?"

"그렇습니다."

"그 말은 믿을 수 없군! 아마 자네는 커피 맛이 쓰면 원래 커피 맛이 그런 건지 의심할 테고, 벽난로 옆에 세워 둔 부지깽이가 너무 크고 단단하다고 생각할 거야. 그러면 그 아가씨도 자네가 무슨 생각을 하는지 알게 되겠지. 있을 수 없는 일이야……."

제10장

"마셜, 여기까지 와서 이 자리에 참석해 달라고 부탁한 걸 이해해
주리라 생각합니다."

"물론입니다. 아가일 씨가 말씀하시지 않으셨다면 아마 제가 먼
저 내려왔을 겁니다. 오늘 아침 모든 신문에 이 일에 관한 기사가
나왔더군요. 이제 틀림없이 언론의 관심이 다시 이곳에 집중될 겁
니다."

마셜이 대답했다.

"벌써 몇 군데서 인터뷰하자는 전화가 왔어요."

메리 더랜트가 말했다.

"그럴 겁니다. 예상했던 일이죠. 그쪽에는 아무 말씀도 하지 말라
는 조언을 드리고 싶군요. 기쁘고 고마운 마음이야 당연하겠지만,
이 문제에 관해서는 언급하지 않는 편이 좋을 겁니다."

"그때 당시 이 사건을 담당했던 휘시 총경이 우리 가족을 만나기 위해 내일 아침 온다고 하더군요."

레오가 말했다.

"그렇군요. 저도 이 사건에 대한 수사가 어느 정도까지 재개될지 걱정입니다. 제가 보기에 경찰이 별다른 성과를 얻을 것 같지는 않습니다. 2년이나 지난 데다가, 그 당시에는 마을 사람들이 기억하고 있었을 일들도 지금은 기억에서 다 사라졌을 테니 말입니다. 물론 어떤 면에서는 안타까운 일입니다만, 어쩔 수 없는 일이죠."

"그 사건은 모든 것이 명백해 보였어요. 강도에 대비해 집은 완전히 안전하게 잠겨 있었거든요. 하지만 어머니한테 특별히 부탁이 있어서 누군가 찾아왔거나, 그 사람이 어머니의 친구인 척했다거나 친구였다면 집 안에 들어오는 건 어렵지 않았을 거예요. 분명히 그랬을 거예요. 아버지가 7시가 좀 지났을 때 초인종 소리를 들으셨다고 했으니까 말이에요."

마셜이 그 사실을 확인하듯 레오를 쳐다보았다.

"그래, 그런 말을 했던 기억이 나는군. 물론 지금이야 정확하게 기억나지 않지만, 그 당시에는 초인종 소리를 분명히 들었던 것 같아. 아래층으로 내려가려던 참이었는데, 문이 열리고 닫히는 소리가 들린 것 같았지. 하지만 억지로 문을 밀고 들어오려는 고함이나 거친 소리 같은 건 들리지 않았네. 그런 소리를 들었어야 했는데."

레오가 대답했다.

"그랬을 테죠. 그랬을 겁니다. 예, 저도 틀림없이 그런 일이 있었을 거라고 생각합니다. 어떤 파렴치한 인간들이 그럴 듯한 이야기를 꾸며 들어와도 좋다는 허락을 받고는 집 안에 들어서자 부인을 흉기로 내려치고 돈을 챙겨 도망간 거죠. 지금으로서는 그렇게 생각할 수밖에 없습니다."

마셜이 말했다.

그는 상당히 설득력 있는 목소리로 말했다. 마셜은 이야기를 하면서 모여 있는 사람들을 둘러보았다. 주의 깊게 살피면서 마음속으로 신중하게 그들을 분류해 나갔다. 그는 그들을 세심하게 살폈다. 메리 더랜트는 예쁘장한 용모에 별다른 생각이 없는 듯 조용히 앉아 있었다. 스스로에 대해 확신이 넘치는 그녀의 태도는 초연해 보이기까지 했다. 그 뒤에는 휠체어를 탄 그녀의 남편이 자리 잡고 있었다. 필립 더랜트라, 이지적인 느낌이군. 마셜은 속으로 생각했다. 사업 능력이 전혀 없다는 평가만 아니라면 대단히 큰일을 해낼 것 같은 인물로 보였다. 마셜이 보기에 그는 아내처럼 평온해 보이지 않았다. 필립의 눈은 조심스러우면서 사려 깊어 보였다. 마셜은 그에게서 더 이상 아무것도 알아낼 수 없다는 사실을 알아차렸다. 물론 메리 더랜트 역시 보이는 것처럼 평온하지 않을 수도 있었다. 어렸을 때나 지금이나 그녀는 언제나 자신의 감정을 숨길 줄 알았다.

필립 더랜트가 희미하게 비웃는 듯 밝게 빛나는 눈으로 변호사를 지켜보기 위해 휠체어를 약간 움직였다. 메리는 곧장 남편 쪽으로 고개를 돌렸다. 남편을 완전히 숭배하는 듯한 그녀의 표정에 마셜은 깜짝 놀랐다. 물론 마셜도 메리 더랜트가 헌신적인 아내라는 점은 잘 알고 있었지만, 그녀를 강한 애정이나 혐오 같은 감정이 없는 냉정하고 차분한 여자로 생각하고 있었던 터라 그 갑작스러운 감정 표현에 무척 놀랐다. 메리는 그 정도로 남편에 대해 강한 애정을 가지고 있는 걸까? 필립 더랜트는 아내의 시선을 불편해하는 듯했다. 마셜은 두 사람의 앞날이 걱정스러웠다. 자신이 그랬던 것처럼!

변호사의 맞은편에는 미키가 앉아 있었다. 젊고 잘생겼지만 불만이 가득한 표정이었다. 왜 미키는 항상 저렇게 불만이 가득한 걸까? 마셜은 불쑥 이런 생각이 들었다. 항상 일이 뜻대로 되지 않는 걸까? 왜 끊임없이 세상을 적대시하는 표정을 짓고 있어야 하는 걸까? 그의 옆에는 작고 우아한 검은 고양이처럼 보이는 티나가 앉아 있었다. 상당히 가무잡잡한 피부, 부드러운 목소리, 커다란 검은 눈동자를 가진 그녀는 물결처럼 우아한 태도를 보여 주었다. 얌전해 보이지만 어쩌면 그 이면에 가려진 성격은 감상적일지도 몰랐다. 사실 마셜은 티나에 대해 잘 알지 못했다. 그녀는 아가일 부인이 마련해 준 대로 주립 도서관의 사서로 일하고 있었다. 레드민에 있는 아파트에서 살며 집에는 주말에만 오곤 했다. 겉으로 보기에는 온순하고 아가일 가족의 일원으로서 만족하고 있는 것처럼 보였다. 하지만 누가 알까? 어쨌든 그녀는 이 일과 관련이 없어 보였고, 또 그래야 했다. 그녀는 그날 저녁 이곳에 없었다. 레드민은 여기서 40킬로미터밖에 떨어지지 않았지만. 아마도 티나와 미키는 사건이 있었던 날, 이곳에 오지 않았을 것이다.

마셜은 호전적인 눈으로 자신을 보고 있는 커스턴 린드스트롬을 힐끔 쳐다보았다. 그는 생각했다. 어쩌면 저 여자가 자신의 고용주를 미친 듯이 공격했던 건 아닐까? 정말 그랬다고 해도 마셜은 전혀 놀라지 않을 것 같았다. 오랜 세월 법조계에 몸을 담고 있다 보니 이제는 그다지 놀랄 일이 없었다. 현대 법률 용어에는 저런 여자를 뜻하는 단어도 있었다. 억압된 노처녀. 질투와 시기심에 가득하고, 현실에서든 환상에서든 불만을 키워 가는 그런 여자를 가리키는 말이었다. 아, 그렇다. 그런 여자들에게 어울리는 말이 있다. 부적절하다기보다는 얼마나 편리한 말인지. 그렇다. 아주 편리하다. 이방인. 그녀는 가족의 일원이 아니다. 하지만 커스턴 린드스트롬이 재코를 의도적으로 속일 수 있었을까? 재코와 아가일 부인이 싸우는 소리를 엿듣고 그 기회를 이용할 수 있었을까? 아무래도 믿기 어려운 일이었다. 커스턴 린드스트롬은 재코를 떠받들었다. 그녀는 아이들 모두에게 언제나 헌신적이었다. 아니다. 마셜은 그녀가 범인이라고는 믿을 수가 없었다. 동정심 때문이기도 했지만, 정말은 더 이상 생각이 그런 쪽으로 흐르게 할 수 없었다.

그는 레오 아가일과 그웬다 본에게 시선을 돌렸다. 두 사람은 아직 공식적으로 약혼을 발표하지 않았다. 그건 정말 잘한 일이었고, 현명한 결정이었다. 사실 마셜이 편지에 그렇게 하라고 언급했다. 물론 이 지역에서는 공공연한 비밀일 것이고 경찰도 그 사실을 분명히 알고 있을 터였다. 경찰 입장에서는 이 두 사람의 관계에서 해답을 찾으려 들 것이다. 그런 전례는 수도 없이 많다. 남편과 아내,

그리고 또 다른 여자. 하지만 마셜은 레오 아가일이 아내를 공격했다고 믿을 수 없었다. 그렇다. 그건 정말 믿을 수 없는 일이었다. 무엇보다도 마셜은 오랫동안 레오 아가일을 알아 왔고, 그를 높이 평가하고 있었다. 레오 아가일은 지적이고 따뜻한 마음을 가진 사람이었다. 깊이 있는 독서와 인생을 관조적으로 바라보는 철학적인 가치관을 가진 사람. 그는 아내를 부지깽이로 내려칠 수 있는 부류의 사람이 아니었다. 하지만 어떤 경우라면, 사랑에 빠졌다든가 하는 상황이라면…… 하지만 아니다! 물론 신문에서는 흔히 볼 수 있는 일이다. 영국 전역은 일요일마다 이런 재미로 읽을 거리를 제공받는다. 하지만 레오가 그런 짓을 했다는 것은 도저히 상상할 수가 없다…….

그렇다면 저 여자는 어떨까? 마셜은 그웬다 본을 잘 알지 못했다. 그는 그녀의 도톰한 입술과 성숙한 몸매를 지켜보았다. 그녀가 레오와 사랑에 빠진 것은 잘된 일이다. 그래, 아마 저 여자는 오래전부터 그를 사랑했을 거야. 이혼을 생각해 본 적은 없을까? 마셜은 궁금했다. 아가일 부인은 이혼을 어떻게 생각했을까? 그는 알 수 없었다. 하지만 보수적인 레오 아가일이 아내에게 이혼하자는 소리를 꺼내는 모습도 상상할 수 없었다. 마셜은 그웬다 본이 레오 아가일의 정부라는 생각은 하지 않았다. 만일 그랬다면 그웬다 본은 틀림없이 아무에게도 의심받지 않게 접근해 아가일 부인을 제거할 기회를 노렸을 것이다. 마셜은 잠시 생각을 멈추었다. 그녀가 과연 양심의 가책 없이 재코를 희생시킬 수 있었을까? 그는 그웬다가 재코를 좋아했을 거라는 생각은 하지 않았다. 그녀에게는 재코의 매력도 통하지 않았다. 그리고 여자들이란 잔인한 구석이 있는 법이다. 마셜은 그 점을 잘 알고 있었다. 결국 그는 그웬다 본을 용의선상에서 제외시킬 수는 없었다. 이후로 경찰이 무엇이든 증거를 찾아낼 수 있을지 궁금했다. 마셜은 그녀가 범인이라는 증거를 가지고 있지 않았다. 그녀는 사건이 일어났던 날 집 안에 있었고, 레오와 함께 서재에 있었다. 레오에게 작별 인사를 하고, 아래층으로 내려왔을 것이다. 그녀가 아가일 부인의 응접실로 들어가 부지깽이를 집어 들고, 방심한 상태에서 책상 위에서 고개를 숙인 채 편지를 쓰고 있는 부인에게 다가갔는지 아닌지 말해 줄 수 있는 사람은 아무도 없다. 아가일 부인이 비명도 지르지 못하고 쓰러지자 그웬다 본은 부지깽이를 집어던지고는 평상시와 마찬가지로 현관문을 나와 집으로 돌아갔을 것이다. 마셜은 경찰이나 다른 누구라도 그녀가 그런 짓을 저질렀는지 아닌지 확인할 수 없을 거라고 생각했다.

이제 그의 시선은 헤스터에게 향했다. 아주 예쁜 아가씨였다. 아니, 예쁜 정도가 아니라 정말로 아름다웠다. 하지만 왠지 낯설고 편안하지 못한 느낌을 주는 미모였다. 마셜은 헤스터의 친부모가 어떤 사람인지 알고 싶었다. 그녀에게는 무모하고 야성적인 뭔가가 있었다. 그렇다. 그녀를 보면 절망이라는 단어가 떠올랐다. 그녀는 무엇 때문에 절망하고 있을까? 헤스터는 어리석게도 연극 무대에 서겠다고 집을 나간 적도 있고, 별 볼일 없는 남자와 쓸데없는 연애를 하기도 했다. 그리고 나서야 그녀는 정신을 차리고 아가일 부인

과 함께 집으로 돌아와 안정을 되찾았다. 그렇다고 헤스터를 용의
선상에서 완전히 제외할 수는 없었다. 그녀가 무슨 마음을 먹고 있
는지 알 수 없었기 때문이다. 절망적이고 극한 상황에 처했을 때 그
녀가 무슨 짓을 저지를지는 알 수 없었다. 하지만 이 경우에도 경찰
은 증거를 찾을 수 없을 터였다.

사실 마셜이 보기에는 경찰이 그들 중 누구에게 확실한 심증을
가지고 있다 할지라도 어떻게 해 볼 도리가 없을 것 같았다. 그러므
로 전체적인 상황은 만족스러운 편이었다. 만족스럽다고? 그는 자
신이 그런 단어를 고른 데 약간 놀랐다. 하지만 달리 뭐라고 한단
말인가? 사실 사건이 이렇게 미궁에 빠지게 되면 전체적인 결과는
만족스럽다고 할 수밖에 없었다. 문득 아가일 가 사람들은 진실을
알고 있는 게 아닌지 궁금해졌다. 그는 그렇지 않을 거라고 결론을
내렸다. 그 사람들은 아무것도 모른다. 물론 그들 중 한 사람은 진실
을 알고 있겠지만……. 아니다. 그들은 아무것도 모른다. 하지만 그
들도 의심하게 될까? 그래, 지금 당장은 서로를 의심하지 않더라도
머지않아 그렇게 될 것이다. 알지 못하면 의심할 수밖에 없고, 당시
의 일을 기억해 내려고 애를 쓰게 될 것이다……. 곤란한 일이다. 그
래, 그렇다. 정말 곤란한 상황이다.

그런 생각들을 하는 데 그리 오랜 시간이 필요하지는 않았다. 마
셜이 깊은 생각에서 깨어나 정신을 차려 보니, 미키가 조롱하는 듯
한 눈빛으로 그를 빤히 쳐다보고 있었다.

"그래, 그게 당신이 내린 결론입니까, 마셜 씨? 외부인, 그러니까

알 수 없는 침입자란 말이지요? 난폭한 누군가가 들어와 살인을 저지르고 돈을 훔쳐 달아났다는 말인가요?"

미키가 물었다.

"그렇게 생각해야 할 겁니다."

마셜이 말했다.

그러자 미키가 의자에 몸을 기대며 크게 웃었다.

"그렇다면 그게 우리 진술이고, 앞으로 계속 주장해야 하는 내용인가요, 하?"

"그래요, 그게 내가 할 수 있는 조언입니다."

마셜의 목소리에는 경고의 의미가 담겨 있었다.

미키는 고개를 끄덕였다.

"알겠어요. 그게 조언이란 말이죠. 좋아요, 좋아. 변호사 선생님의 말씀인데 그게 옳겠죠. 하지만 당신도 그걸 믿지 않잖아요, 그렇죠?"

마셜은 그를 보며 차가운 표정을 지었다. 이것이 법적 개념에 대한 신중함이라고는 찾아볼 수 없는 사람들이 가진 문제였다. 보통 말하지 않는 편이 좋은 것을 말해야 한다고 고집 부리는 사람들.

"그럴 만한 가치가 있다는 게 내 생각입니다."

마셜의 단호한 목소리에는 비난이 담겨 있었다. 미키는 탁자 주위를 둘러보다가 대수롭지 않다는 투로 물었다.

"모두들 어떻게 생각하죠? 자, 티나. 그렇게 가만히 고개만 처박고 있지 말고, 아무 생각 없어? 무슨 말이든 좀 해 보지? 누나는 어때? 별로 말이 없네?"

"난 마셜 씨의 의견에 동의해. 그것 말고는 다른 방법도 없잖아?"

메리가 날카롭게 대답했다.

"매형은 누나와 생각이 다른 것 같은데."

미키의 말에 메리는 고개를 돌려 남편을 쳐다보았다. 필립 더랜트가 조용히 말했다.

"말조심하는 게 좋을 거야, 미키. 이런 난처한 상황에서는 말을 많이 해 봐야 좋을 게 없지. 우린 지금 난처한 상황에 처해 있다고."

"그렇다면 다른 의견을 가진 분은 여기 아무도 안 계신 건가요? 그래요?"

미키가 물었다.

"좋아요. 그렇게 해요. 하지만 오늘 밤, 침대에 들어가서 조금씩만 더 생각해 봅시다. 그러는 게 좋겠죠? 무엇보다도 다들 자기 자리가 어딘지 알고 싶어 하잖아요. 혹시 아는 것 없어요, 커스티? 아줌마는 늘 많이 알고 있잖아요. 내가 기억하기로는 아줌마는 언제나 집 안에 무슨 일이 일어나고 있는지 알고 있었어요. 뭐, 이렇게 물어봐도 아무 말 하지 않겠지만."

커스턴 린드스트롬이 위엄 있게 말했다.

"도련님, 내 생각에는 말을 조심하는 편이 좋겠어요. 마셜 씨 말씀이 옳아요. 말을 너무 많이 하는 건 영리하지 못한 일이에요."

"이 일은 투표에 부치도록 하지요. 아니면 종이에 이름을 써서 모자에 던지든가요. 정말 재미있을 것 같지 않아요? 누가 표를 제일 많이 얻을까?"

미키가 말했다.

커스턴 린드스트롬이 큰 소리로 말했다.

"그만 조용히 해요. 바보 같은 소리 하지 마요. 도련님은 어릴 때도 그렇게 무모한 아이였어요. 하지만 이제는 다 컸잖아요."

"난 좀 더 생각을 해 보자고 말했을 뿐이에요."

미키가 놀라며 대답했다.

"모두들 이 일에 대해 생각하고 있을 거예요."

커스턴 린드스트롬이 비통한 목소리로 말했다.

제11장

I

태양의 곳에 밤이 찾아왔다.

벽으로 둘러싸인 집에서 지친 일곱 사람은 모두 잠자리에 들었다. 하지만 그들 중 쉽게 잠들 수 있는 사람은 아무도 없었다······.

필립 더랜트는 병에 걸려 신체 활동이 부자유스러워진 뒤부터 점점 더 정신적인 활동에서 위안을 찾고 있었다. 원래 고도의 지성을 가지고 있던 그는 이제는 지적 매개체를 통해 의식적으로 자신의 재능을 이용할 수 있게 되었다. 가끔씩 필립은 주위 사람들을 적당히 자극한 뒤, 그들의 반응을 예측하며 즐기곤 했다. 종종 그의 말이나 행동이 자연스럽지 못한 경우가 있었지만, 그것은 오로지 다른 사람들의 반응을 살피기 위해 의도적으로 철저히 계산된 것이었다. 그건 그가 벌이는 일종의 놀이였다. 필립은 다른 사람의 반응을 예측하고, 그 예측이 맞을 때마다 점수를 내곤 했다.

그런 놀이의 결과로 그는 태어나서 처음으로, 자신이 인간의 성격적 차이와 실체를 날카롭게 알아볼 수 있게 되었음을 알았다.

이제까지 필립은 인간의 성격 같은 데 관심을 가져 본 적이 없었다. 주위에 있는 사람이나 만났던 사람들을 좋아하거나 싫어했고, 그 사람들을 재미있어 하거나 지루하게 생각했을 뿐이다. 그는 언제나 행동하는 사람이었지, 생각하는 사람은 아니었다. 그의 엄청난 상상력은 돈을 벌기 위한 다양한 계획들을 세우는 데 이용되곤 했다. 그 모든 계획들은 그럴듯하게 들렸지만, 언제나 실질적인 사업 능력이 부족한 탓에 아무 성과 없이 끝나곤 했다. 그는 그때까지 사람들을 체스 경기의 졸로만 생각하고 있었다. 병이 든 후, 예전처럼 활동적인 생활을 못하게 된 필립은 이제는 사람이란 무엇인가에 대해 심각하게 고려해 볼 수밖에 없었다.

그건 그가 간호사들의 헌신적인 보살핌과 병마와의 보이지 않는 투쟁, 병원 생활의 사소한 불만 같은 일에 관심을 가지면서 시작되었다. 그 외에는 할 일이 아무것도 없었기 때문이다. 그리고 얼마 지나지 않아 그 생각은 필립에게 습관처럼 몸에 배게 되었다. 사람들. 이제 그의 삶을 지탱해 주는 것은 사람들이었다. 오직 사람들. 필립은 사람들에 대해 연구하고, 밝혀 내고, 결론을 내렸다. 그들을 시계 초침처럼 움직이게 만드는 것은 무엇인지, 그리고 알아낸 사실이 정확한지는 스스로 결정을 내렸다. 그건 무척 흥미로운 일이었다……

그날 저녁, 서재에 앉아 있던 필립은 자신이 아내의 가족에 대해 알고 있는 사실이 거의 없다는 것을 깨달았다. 그들의 진짜 모습은 무엇일까? 그가 이미 잘 알고 있는 그들의 겉모습 뒤에 자리 잡은 속마음은 과연 어떤 것일까?

이상한 일이지 않는가, 그들에 대해 알고 있는 사실이 거의 없다는 게. 그렇다면 정작 아내에 대해서는 어떤가?

필립은 메리에 대해 곰곰이 생각해 보았다. 과연 그는 아내에 대해 얼마나 알고 있는가?

그는 그녀와 사랑에 빠졌다. 메리의 예쁜 얼굴과 차분하고 진지한 태도가 마음에 들었다. 더군다나 그녀는 돈이 많았다. 그건 필립에게 중요한 일이었다. 예전에 그는 돈이 없는 여자와 결혼하려고 생각했던 적이 두 번 있었다. 어쩌면 그것이 그에게 어울리는 결혼이었을지도 몰랐다. 하지만 지금 필립은 메리와 결혼해서, 그녀를 괴롭히고, 폴리라고 놀리고, 그녀가 이해할 수 없는 농담을 듣고 어리둥절한 표정을 짓는 걸 보며 즐기기도 한다. 그러나 정말로 그는 그녀에 대해 무엇을 알고 있는 걸까? 메리는 무슨 생각을 하고 어떤 기분을 느끼는 걸까? 분명히 필립은 그녀가 자신을 깊이 사랑하고, 열렬히 헌신하고 있다는 것은 알고 있었다. 그러나 아내의 헌신은 생각만 해도 그를 갑갑하게 만들었다. 필립은 그 부담을 떨쳐 버리려는 듯 어깨를 비틀며 몸을 움직였다. 하루 중 아홉 시간이나 열 시간 정도 떨어져 지낸다면 아내가 헌신적으로 대해 주는 것도 썩 괜찮을 것이다. 일을 마치고 집에 돌아와 그런 대접을 받을 수 있다면. 하지만 지금 필립은 헌신에 휘감겨 있다. 아내는 온종일 그를 지켜보고 사랑하고 보살피고 있다. 이쯤 되면 누구나 잠깐이라도 가만 내버려 두기를 바라게 될 것이다……. 그래서 그는 거기서 벗어날 길을 찾아야만 했던 것이다. 정신적인 방법을, 다른 방법은 불가능하므로. 공상이나 사색이라는 영역으로 도망가야 했던 것이다.

사색. 이를테면 장모의 죽음에 책임이 있는 사람은 누구인가? 필립은 장모를 싫어했다. 장모도 그를 싫어했다. 장모는 메리가 그와 결혼하는 걸 원하지 않았지만(그가 아닌 다른 사람이었으면 메리를 결혼시키고 싶어 했을까?) 그 결혼을 막을 수는 없었다.

필립과 메리는 행복하고 독립적인 생활을 시작했다. 그러나 시작부터 뭔가 잘못되고 있었다. 처음에는 사우스 아메리칸 회사 그리고 그 다음에는 자전거 부속품 회사. 모두 사업 계획은 괜찮았다. 하지만 두 군데 다 자금 조달에 대한 판단을 잘못 내렸고, 때마침 아르헨티나 철도 파업이 일어나 완전히 재기 불능의 상태가 되고 말았다. 사업이 그렇게 실패한 것은 운이 없었던 탓도 있지만, 필립이 느끼기에는 어느 정도 아가일 부인의 책임도 있었다. 장모는 그가 성공하는 것을 바라지 않았다. 그 뒤 필립은 병에 걸렸다. 유일한 해결책은 태양의 곳에 들어가 사는 것이었다. 장모는 그들을 환영해 줄 것이 분명했다. 그는 그렇게 꺼리지 않았다. 불구에 이제 몸을 반밖에 못 쓰는 남자가 어디서 살든 무슨 상관이 있겠는가? 하지만 메리는 싫어했다.

아, 태양의 곳에 들어왔다고 해서 영원히 살 필요는 없었다. 아가일 부인이 살해당했으니까. 수탁자들은 메리의 지분을 올려 주었고, 두 사람은 그 돈으로 충분히 살아갈 수 있었다.

그는 아가일 부인의 죽음에 특별히 슬픔을 느끼지 않았다. 물론 그녀가 폐렴이나 그 비슷한 병으로 침대에 누운 채 죽었다면 좀 더 나았을 것이다. 살인이란 건 요란스럽게 신문을 장식하고 안 좋은 평판을 떨치는 불쾌한 일이다. 그래도 그 사건은 살인 사건 중에서도 꽤 만족스러운 경우였다. 가해자가 정신적인 이상이 뚜렷이 나타나는 경우, 수많은 심리학적 용어로 감싸 줄 수 있었으므로. 하지만 메리의 동생만 그런 게 아니다. 나쁜 유전자를 가진 '입양된 아이들'은 종종 잘못되곤 했다. 하지만 지금은 상황이 좋지 않다. 내일이면 휘시 총경이 찾아와 부드러운 서부 지방 사투리로 질문들을 퍼부을 것이다. 아마 각자 대답할 말을 생각하고 있어야 할 것이다…….

메리는 거울 앞에서 긴 금발 머리카락을 빗고 있었다. 왠지 필립은 그녀의 차분하고 담담한 태도에 짜증이 났다.

"내일 할 말은 준비한 거야, 폴리?"

메리가 놀란 눈으로 그를 돌아보았다.

"휘시 총경이 오잖아. 그 사람은 지난 11월 9일 저녁에 당신이 뭘 하고 있었는지 다시 물어볼 거야."

"알아요. 하지만 너무 오래전 일이잖아요. 기억하고 있는 사람이 거의 없을 텐데."

"하지만 휘시 총경은 기억하고 있을 거야, 폴리. 그게 문제지. 그 사람은 기억하고 있어. 조그만 경찰 수첩 같은 데 다 기록해 놓았을 테니까."

"그래요? 그런 걸 아직까지도 가지고 있을까요?"

"아마 그 사람들은 뭐든 세 개씩 만들어서 10년은 보관하고 있을 걸! 자, 당신이 그날 저녁에 했던 일은 아주 간단해, 폴리. 별다른 일은 없었어. 당신은 나하고 같이 이 방에 있었으니까. 하지만 내가 당신이라면, 7시에서 7시 30분 사이에 잠깐 이 방을 나갔던 건 말하지 않을 거야."

"그때는 화장실에 갔던 거였어요. 화장실에 가지 않는 사람도 있나요?"

메리가 논리적으로 말했다.

"하지만 그 당시에 경찰한테는 그 일을 말하지 않았지. 난 분명히 기억해."

"아마 잊어버렸나 보죠."

"어쩌면 자기 보호 본능이었을지도 모르지……. 어쨌든 나도 당신과 비슷하게 얘기했던 걸로 기억나. 우리는 같이 이 방에 있었고, 6시 30분부터 커스티의 비명을 들을 때까지 피켓 게임을 하고 있었다고 말이지. 계속 이 이야기로 밀고 나가는 편이 좋겠어."

"알았어요, 여보."

메리는 관심 없다는 듯 조용히 대답했다.

필립은 생각했다.

'저 여자는 어쩌면 저렇게 상상력이 없지? 앞으로 우리에게 어려

운 시간이 닥칠 거라는 걸 알지 못한단 말인가?'

그가 몸을 앞으로 숙였다.

"정말 흥미로운 일이야……. 당신은 누가 어머님을 죽였는지 알고 싶지 않아? 우리 모두 알잖아. 미키의 말이 옳다는 걸 말이야. 범인은 우리 중에 한 사람이야. 그 사람이 누군지 당신은 안 궁금해?"

"당신이나 나는 아니에요."

"당신한테 관심 있는 건 그것뿐이라는 건가? 폴리, 당신은 정말 대단한 여자야!"

그녀는 살짝 얼굴을 붉혔다.

"그게 뭐가 이상하다는 건지 모르겠군요."

"그래, 당신은 그럴 거야……. 하지만 난 달라. 정말 알고 싶어."

"누가 범인인지 알 수 없을 것 같아요. 내 생각에는 경찰도 밝혀내지 못할 것 같아요."

"그럴 수도 있겠지. 경찰들도 별 다른 사실을 알아내기는 힘들 테니. 하지만 우리는 경찰과는 입장이 다르지."

"무슨 말이에요, 필립?"

"글쎄, 우리만 알 수 있는 것들이 있다고 할까. 사소한 일들을 꽤 많이 알고 있잖아. 사람들의 속내를 자세히 살펴보는 것도 괜찮은 생각인 것 같아. 당신도 꽤 많이 알고 있을 거야. 아무래도 이 집에서 함께 살았으니 말이야. 당신 생각을 말해 줘. 당신이 보기엔 누가 범인일 것 같아?"

"난 모르겠어요, 필립."

"그럼 추측이라도 한번 해 봐."

메리가 날카롭게 대꾸했다.

"누가 범인인지 몰라요. 누구일 거라고 생각해 본 적도 없고요."

"현실을 도피하는군."

"정직하게 말한 거예요. 추측해 보라니, 무슨 뜻으로 그러는지 모르겠어요. 차라리 모르는 게 나아요. 그러면 우리 모두 예전과 다름없이 살 수 있을 거예요."

"아니, 그렇게 되지 않을 거야. 당신 생각은 틀렸어, 여보. 이미 썩어 들어가기 시작했으니까."

"무슨 뜻이죠?"

"자, 그럼 먼저 헤스터와 그 젊은 친구. 열정적인 젊은 의사 도널드부터 생각해 볼까. 좋은 친구야. 진지하고 걱정이 많지만. 그 친구는 헤스터가 진짜로 범인일 거라고 생각하지 않아. 하지만 처제가 범인이 아니라는 확신도 없지. 그 친구는 헤스터를 걱정스러운 눈길로 쳐다보면서 처제는 알아차리지 못할 거라고 생각해. 하지만 처제는 이미 다 눈치 채고 있지. 그러니까 당신 생각대로 될 수 없다는 거야! 만일 헤스터가 범인이라면, 그때는 당신 말처럼 그냥 넘어가는 게 나을지도 몰라. 하지만 처제가 범인이 아니라면, 왜 헤스터가 그 젊은 친구한테 그런 끔찍한 의심을 받으며 지내야 하지? '정말이에요. 난 아니에요.'라는 말을 되풀이하면서 말이야. 처제는 그 말밖에 할 수 없겠지."

"필립, 지금 당신은 지나친 상상을 하는 거예요."

"당신은 전혀 생각해 본 적이 없을 거야, 폴리. 그럼 다음에는 불쌍한 장인어른을 생각해 볼까? 그웬다와 결혼 행진곡을 울릴 일이 자꾸만 멀어지고 있잖아. 그래서 그웬다는 굉장히 당황하고 있는 것 같던데. 당신은 몰랐어?"

"난 아버지가 그 연세에 왜 재혼을 하고 싶어 하시는지도 모르겠어요."

"장인어른이야 하고 싶으시지! 하지만 그웬다와의 관계가 살인 사건의 동기라고 여겨질까 봐 조심하고 계신 것뿐이야. 그 정도도 모르다니!"

"아버지가 어머니를 죽였다는 생각은 정말 터무니없어요. 도저히 있을 수 없는 일이에요."

"아니, 충분히 있을 수 있는 일이야. 신문을 읽어 봐."

"그런 짓을 하는 건 우리와 다른 사람들이죠."

"살인이랑 신분은 상관없는 법이야, 폴리. 그럼 다음은 미키야. 처남을 괴롭히는 뭔가가 있는 게 분명해. 미키는 성격도 이상하고 신랄하기까지 하지. 티나는 온화하고, 걱정할 것도 염려할 것도 없어 보여. 하지만 다른 사람과 같이 있을 때는 얼굴에 표정이 없잖아. 다음은 불쌍한 커스티에 대해 이야기해 볼까……."

메리의 얼굴에 희미하게 생기가 돌기 시작했다.

"이제 이 문제가 해결된 것 같아요!"

"커스티란 말이야?"

"그래요, 일단 커스티는 이방인이잖아요. 커스티는 지난 일이 년

동안 심한 두통을 앓고 있었어요……. 아무래도 우리 가족들보다는 커스티가 범인일 확률이 높은 것 같아요."

"한심하기는. 커스티가 그런 말이 나올 줄 모를 것 같아? 그 여자가 범인이라고 모두 동의할까? 그렇게 되면 편하기야 하지. 그 여자는 가족이 아니니까. 당신은 오늘 저녁 때 커스티가 굳은 얼굴로 근심에 잠긴 걸 보지 못했어? 지금 그 여자의 입장도 헤스터와 마찬가지야. 그녀가 무슨 말을 할 수 있겠어? 이렇게 말할까? '전 고용주이자 친구였던 부인을 죽이지 않았어요.'라고? 그런 말을 한들 무슨 의미가 있겠어? 자기 입장만 나빠질 텐데……. 커스티는 혼자니까 말이야. 그 여자는 아마 장모님에게 했던 말 한마디, 화가 나서 지었던 표정 하나하나 마음속으로 떠올리고 있을 거야. 그런 것 때문에 자기에게 불리해질까 봐. 어떻게 해도 자기의 결백을 입증하기란 쉬운 일이 아니겠지."

"그만 마음을 가라앉혀요, 여보. 그렇다고 우리가 무슨 일을 할 수 있겠어요?"

"진실을 밝히기 위해 노력해야지."

"하지만 어떻게요?"

"방법이 있을 거야. 노력해 봐야지."

메리의 얼굴이 어두워졌다.

"어떤 식으로 할 건데요?"

"음, 이야기를 한 다음 사람들의 반응을 지켜보는 거야. 어떻게 할 생각이냐 하면……."

필립은 생각에 잠겨 말을 멈췄다.

"죄를 지은 사람에게는 의미심장하겠지만 죄가 없는 사람들에게는 아무 의미도 없는 그런 이야기……."

필립은 무슨 생각이 떠오르는지 다시 입을 다물었다. 그는 고개를 들고 말했다.

"메리, 죄가 없는 사람들을 도와주고 싶다는 생각은 안 들어?"

"안 들어요."

그 말은 폭발하듯 나왔다.

메리는 남편의 옆으로 다가가 의자 옆에 무릎을 꿇고 앉았다.

"난 당신이 이런 일에 관여하는 게 싫어요, 필. 무슨 이야기를 한다거나 덫을 놓으려고 하지 마요. 그냥 내버려 둬요. 제발 그냥 내버려 둬요!"

필립은 눈썹을 치켜세웠다.

"어쩌면……."

그는 이렇게 대답하고는 자기 아내의 부드러운 금발 위에 손을 올렸다.

II

마이클 아가일은 잠이 오지 않아 어둠 속을 가만히 응시하고 있었다.

그의 마음은 쳇바퀴를 돌리는 다람쥐처럼 빙글빙글 과거를 맴돌고 있었다. 그는 왜 과거를 떨쳐 버릴 수가 없는 걸까? 왜 살면서 과거를 질질 끌고 다녀야만 하는 걸까? 대체 무엇이 문제일까? 어째서 런던 빈민가에 있던 퀴퀴한 냄새나는 북적거리는 방과 '우리 미키'라고 불리던 자신의 모습을 이처럼 선명하게 기억하고 있는 것일까? 정말 태평하고 즐거운 분위기였다! 거리에는 재미있는 일들이 많았다! 다른 아이들과 떼를 지어 몰려다녔다! 미키의 엄마는 밝은 금발(어른이 된 지금 생각해 보니 싸구려 염색약으로 염색한 것이었다.)이었고, 갑자기 화를 내면서 그를 두들겨 패곤 했다.(물론 진에 취해서였다.) 기분이 좋을 때면 엄마는 명랑하게 떠들기도 했다. 그리고 감상적인 유행가를 부르며 생선과 감자 튀김으로 정성껏 저녁 식사를 차려 주었다. 가끔씩 두 사람은 영화를 보러 갔다. 그곳엔 언제나 아저씨들이 있었다. 미키는 그 사람들을 그렇게 불러야 했다. 아버지는 미키가 얼굴도 기억하지도 못할 만큼 어릴 때 집을 나갔다고 했다……. 하지만 엄마는 그 아저씨들이 미키의 머리를 쓰다듬어 주려고만 해도 몹시 싫어하며 이렇게 말하곤 했다. "미키만 내버려 두고 가요."

그 뒤 전쟁의 열기가 닥쳐 왔다. 비행기만 보여도 히틀러의 폭격기인 줄 알고 무조건 사이렌이 울렸다. 폭탄이 떨어진다는 경고 사이렌이 울리기 시작하면, 모두 지하철 역으로 대피해 거기서 밤을 보내곤 했다. 정말 재미있었다! 거리는 온통 샌드위치와 깨진 병 조각들로 가득했다. 전동차들은 밤새 빠른 속도로 달렸다. 그것이 진정한 삶이었다! 모든 것은 그때가 한창이었다!

그러다가 미키는 이곳으로 오게 되었다. 시골로. 이곳은 결코 아무 일도 일어나지 않는, 살아 있으면서도 죽은 장소였다!

"얘야, 전쟁이 끝나면 돌아오게 될 거야."

미키의 엄마는 말했다. 하지만 진심이 아니었는지 가벼운 말투였다. 엄마는 그가 떠나는 것에 별로 신경 쓰지 않았다. 그렇다면 왜 엄마는 같이 오지 않았는가? 다른 아이들은 모두 자기 엄마와 함께 피난을 갔다. 하지만 미키의 엄마는 그와 같이 가고 싶어 하지 않았다. 엄마는 군수품을 만드는 일을 하기 위해 북쪽으로(그 당시 사귀던 해리 아저씨와 함께!) 가기로 되어 있었다.

엄마의 따뜻한 작별 인사에도 불구하고, 미키는 그때 알았어야 했다. 엄마가 자기를 사랑하지 않는다는 사실을……. 그래, 진이야. 그는 생각했다. 엄마가 좋아하는 건 진과 아저씨들뿐이라고…….

그리고 미키는 이곳에 붙잡혀 포로처럼 지내야 했다. 음식은 맛도 없고, 처음 먹어 보는 것들뿐이었다. 저녁 식사로 우유와 비스킷을 먹고,(우유와 비스킷이라니!) 도저히 믿을 수 없는 일이지만, 6시만 되면 잠자리에 들어야 했다. 미키는 누워서 담요를 뒤집어쓴 채 울었다. 엄마와 집을 그리워하며 큰 소리로 울었다.

이렇게 만든 건 그 여자였다! 그 여자가 그를 데리고 와서는 보내주지 않았다. 질척거리는 말만 많았다. 항상 바보 같은 놀이만 시켰다. 그 여자는 미키에게 바라는 것이 있었다. 그게 무엇이든 그는 절대로 주지 않기로 결심했다. 걱정할 건 없었다. 미키는 기다렸다. 인내심을 가지고 기다렸다! 언젠가는, 화창한 어느 날에 집으로 돌아갈 것이다. 거리의 집들과 아이들, 멋진 붉은 버스와 지하철, 생선과 감자 튀김, 오가는 사람들과 고양이들. 그는 마음속으로 그 모든 것들을 떠올리며 더욱 간절히 고향을 그리워했다. 그는 기다려야 했다. 전쟁은 언젠가 끝날 것이다. 이 지겨운 곳에 갇혀서 런던 위로 폭탄이 떨어지고 런던 시가지의 절반이 화염에 휩싸이는 것을 지켜보며 말이다! 불길이 일어나면 사람들은 죽어 나가고, 집들은 무너져 내릴 것이다. 미키는 마음속으로 그 광경을 화려한 총천연색으로 그려 보았다. 걱정할 것 없다. 전쟁이 끝나면 그는 엄마에게 돌아갈 것이다. 엄마는 몰라보게 많이 자란 그를 보고 깜짝 놀랄 것이다.

미키 아가일은 어둠 속에서 길게 한숨을 내쉬었다.

전쟁은 끝났다. 연합군은 히틀러와 무솔리니를 이겼다……. 같이 지내던 아이들 중 일부는 자기 집으로 돌아갔다. 이제 얼마 안 남았다. 얼마 안 있으면……. 그 뒤 그 여자는 런던에 갔다 왔다. 그러고는 미키에게 계속 태양의 곳에 살면서 자기 아들이 되어야 한다고 말했다…….

미키가 물었다.

"우리 엄마는 어디 있어요? 폭격을 맞기라도 했나요?"

만일 엄마가 폭격을 맞아 죽었다면……. 그래, 그건 나쁘지 않았다. 다른 아이들의 엄마 중에도 그런 사람이 많았다.

하지만 아가일 부인은 대답했다.

"그렇지 않단다."

엄마는 죽지 않았지만 힘든 일을 해야 하기 때문에 아이를 잘 보살필 수 없다고 했다. 하지만 그런 말들은 부드러운 비누 거품처럼 아무 의미가 없었다……. 엄마는 그를 사랑하지 않았고, 그가 돌아가는 것도 원하지 않았다. 그는 계속 이곳에 머물러야 했다. 영원히…….

그 후 미키는 아가일 부부의 말을 엿들으려고 살금살금 근처를 기웃거렸다. 마침내 아가일 부인이 남편에게 하는 말을 들을 수 있었다. "그 아이가 없어지는 걸 너무 기뻐하는 거야. 전혀 관심이 없었어." 그리고 100파운드라는 말도 들렸다. 그때 미키는 알아차렸다. 그의 엄마는 아들을 100파운드에 팔아 버린 것이었다.

그 수치. 그 고통. 미키는 도저히 그 일을 극복할 수가 없었다……. 그 여자는 그를 샀다! 미키는 어렴풋이 그 여자에게서 힘의 화신을 보았다. 그의 보잘것없는 힘으로는 대항할 수도 없고, 어떻게 할 수도 없는 그런 존재. 하지만 그도 자랄 것이다. 언젠가는 힘센 남자가 될 것이다. 그렇게 되면 그 여자를 죽일 것이다…….

그렇게 결심하고 나자 미키는 기분이 한결 나아졌다.

그 후, 학교에 다니면서 집을 떠나 있게 되자 상황은 조금 나아졌다. 하지만 미키는 여전히 휴일이 싫었다. 그 여자 때문이었다. 아가일 부인은 그를 위해 모든 것을 준비하고, 계획하고, 온갖 종류의 선물은 다 안겨 주었다. 하지만 그가 별로 기쁜 내색을 하지 않아서 그 여자는 어리둥절해했다. 미키는 그 여자의 입맞춤을 받고 싶지 않았다……. 그 뒤로도 미키는 계속 아가일 부인의 어리석은 계획들을 망치면서 기쁨을 느끼곤 했다. 은행원이 되렴! 석유회사에 일자리를 알아봤단다. 하지만 그는 그 말에 따르지 않았다. 미키는 자기가 다닐 직장을 직접 찾았다.

대학에 들어갔을 때 미키는 엄마의 행방을 수소문해 보았다. 하지만 그녀는 이미 몇 년 전에 세상을 떠난 뒤였다. 그가 알아본 바로는 술에 취한 남자가 운전하는 차에 같이 타고 있다가 교통 사고로 세상을 떠났다고 했다…….

그런데 왜 이렇게 잊을 수가 없는 걸까? 어째서 즐거운 마음으로 살아갈 수 없는 것일까? 왜 그렇게 할 수 없는지 그는 도무지 알 수가 없었다.

그리고 지금 무슨 일이 일어나고 있는 것일까? 그 여자는 죽었다. 그렇지 않은가? 그녀가 고작 100파운드로 그를 샀던 일을 생각해 본다. 그 여자는 무엇이든 살 수 있었을 거라는 생각이 든다. 집이든, 차든, 심지어 자기가 낳지 못하는 아이들까지도. 그 여자는 전능하신 하느님이었다!

이제 그 여자는 없다. 부지깽이에 맞아 머리가 깨졌고, 이제는 다른 시체와 똑같은 그냥 시체에 불과하다!(그레이트 노스 로드에서 교통 사고로 죽은 금발의 시체와 마찬가지로…….)

그 여자는 죽었다. 그렇지 않은가? 그런데 무엇을 걱정하고 있는 걸까?

그와는 전혀 상관없는 일이 아닌가? 그 여자가 죽어서, 더 이상 증오할 대상이 없어졌기 때문에 이러는 것일까?

아무래도 그 죽음이 문제였다…….

그는 더 이상 증오를 느끼지 않았다. 당혹스럽고 두려웠다.

제12장

I

먼지 하나 없이 깨끗한 침실에서 커스턴 린드스트롬은 하얗게 센 금발을 어울리지 않게 두 가닥으로 땋아 내린 뒤, 잠자리에 들 준비를 했다.

그녀는 두렵고 무서웠다.

경찰은 외국인들을 좋아하지 않았다. 영국에서 오래 살아 그녀 자신은 외국인이라는 자각이 없었지만, 경찰들은 그런 사실을 알지 못했다.

캘거리 박사. 그 사람은 도대체 왜 이곳에 와서 그녀가 이런 일을 겪게 만드는 것일까?

정의는 이루어진다. 커스턴은 재코를 생각했다. 그리고 정의는 이루어진다는 그 말을 자신에게 되풀이해서 말했다.

그녀는 아직 꼬마였을 때 재코의 모습을 떠올렸다.

항상 그랬어. 그래, 그 애는 항상 그랬어. 언제나 거짓말을 하고 다른 사람을 속였지! 하지만 너무 귀엽고 매력적인 아이였다. 그래서 누구나 그 아이를 용서해 주었고, 벌을 받지 않게 감싸 주려고 했다.

재코는 거짓말을 정말 잘했다. 끔찍한 일이었지만 그건 사실이었다. 그는 교묘하게 거짓말을 했고, 사람들은 잘 속아 넘어갔다. 누구라도 그의 말을 믿지 않을 수 없었다. 사악하고 잔인했던 재코.

캘거리 박사는 자기가 무슨 말을 했는지 알고 있다고 생각할지도 모른다! 하지만 캘거리 박사는 잘못 알고 있다. 때와 장소, 거기다 알리바이라니! 재코라면 그 정도는 얼마든지 꾸며 낼 수 있다. 재코에 대해 그녀만큼 잘 아는 사람도 없었다.

재코가 어떤 아이인지 사실대로 털어놓는다고 해도, 누가 그녀의 말을 믿어 줄 것인가? 그리고 이제 내일이 되면 무슨 일이 일어날까? 경찰이 올 것이다. 사람들은 모두 불쾌한 기분에 사로잡혀 서로를 의심하게 될 것이다. 서로를 쳐다보며⋯⋯. 무엇을 믿어야 할지 확신할 수 없는 채로.

커스턴은 그들을 사랑했다. 많이⋯⋯ 아주 많이 사랑했다. 그녀는 어느 누구보다도 그들에 대해 많은 것을 알고 있었다. 아가일 부인보다도 훨씬 더 많이 알고 있었다. 아가일 부인은 강한 모성적 소유욕에 눈이 멀어 있었다. 그들은 그녀의 아이들이었다. 부인은 언제나 아이들이 자신에게 속해 있어야 한다고 생각했다. 하지만 커스턴은 아이들을 그 자체로 보았다. 각자 장점과 단점을 지닌 개별적인 존재로. 그 아이들이 모두 자기 아이들이었다면, 그녀 역시 소유욕을 느꼈을지도 몰랐다. 하지만 그녀는 특별히 모성애가 강한 여자가 아니었다. 그녀에게 가장 중요한 것은 한 번도 가져 보지 못한 남편에 대한 사랑이었다.

커스턴은 아가일 부인 같은 여자를 이해할 수가 없었다. 자기가 낳지도 않은 아이들에게 미쳐서 남편은 있으나마나 한 취급을 하다니! 그 이상 착하고 좋은 남자가 없는데도 아가일 부인은 남편을 무시하고 옆으로 밀어냈다. 아가일 부인은 자기 일에만 너무 몰두해서 바로 코밑에서 무슨 일이 일어나고 있는지 알아차리지 못했다. 그 비서, 예쁜 얼굴에 빈틈없는 여자. 사실 레오를 위해서는 그리 늦지 않았다. 아니, 이미 너무 늦어 버린 걸까? 이제 가만히 누워 있던 살인 사건이 무덤 위로 고개를 들었다. 그런데도 두 사람이 같이 있을 수 있을까?

커스턴은 근심스레 한숨을 내쉬었다. 이제 그들 모두에게 무슨 일이 일어날 것인가? 양어머니에게 거의 병적인 원한을 뼛속 깊이 품고 있는 미키. 자신에 대한 확신이 없어 무모하게 굴었던 헤스터. 그녀는 이제 둔하지만 착해 보이는 젊은 의사와 함께 평화롭고 안정된 삶을 시작하려 하고 있다. 동기도 있고 기회를 기다렸을지도 모르는 레오와 그웬다. 두 사람은 자신들이 의심을 받을 수 있다는 걸 분명히 알고 있을 것이다. 작고 날씬한 고양이 같은 티나. 결혼하기 전에는 어느 누구에게도 애정을 보인 적 없는 이기적이고 냉정한 메리.

커스턴은 한때는 자신도 고용주에 대한 애정과 존경의 마음으로 가득했던 적이 있었다고 생각했다. 정확하게 언제부터 아가일 부인을 싫어하게 됐는지, 언제부터 그녀를 비판하고 결점을 찾아내기 시작했는지 기억나지 않았다. 아가일 부인은 자신에 대한 확신이 강했고, 인정이 많았지만 자신의 힘을 마구 휘둘렀다. "어머니가 가장 잘 알고 있다."라는 말을 몸소 실천해 보이는 사람이었다. 그렇지만 사실은 어머니도 아니었다! 만일 부인이 아이를 직접 낳아 보았다면, 조금 겸손해졌을지도 몰랐다.

어째서 계속 레이철 아가일을 생각하는 걸까? 레이철 아가일은 죽었는데.

커스턴은 자기 자신과 남은 가족들을 생각해야 했다. 또한 내일 일어날 일에 대해서도 생각해야 했다.

II

가장 먼저 잠을 깬 것은 메리 더랜트였다.

메리는 꿈을 꿨다. 아이가 되어 뉴욕에 있었던 때로 되돌아간 꿈이었다.

정말 이상한 일이었다. 그녀는 최근 몇 년 동안 그때 일은 생각해 본 적도 없었다.

그 일을 전부 다 기억하고 있다는 것 자체가 정말 놀라운 일이었다. 그 당시 그녀는 몇 살이었을까? 다섯 살, 아니면 여섯 살?

메리는 호텔에서 나와 원래 살고 있던 집으로 돌아가는 꿈을 꿨다. 아가일 부부는 결국 그녀를 놔둔 채로 배를 타고 영국으로 돌아가고 있었다. 그녀의 가슴속에는 분노와 울분이 가득했다. 하지만 잠시 후 깨어 보니 그것은 꿈이었다.

얼마나 멋진 일이었던가. 자동차를 타고 호텔에 가서 18층까지 엘리베이터를 타고 올라갔다. 커다란 객실에 근사한 욕실. 이 세상에 그런 곳도 있었다. 만일 그녀가 부자라면 얼마나 좋을까! 계속 호텔에 머물면서 이 모든 것을 누릴 수 있다면, 영원히…….

실제로 그렇게 되는 데는 전혀 어려움이 없었다. 애정을 표현하기만 하면 원하는 것은 뭐든 가질 수 있었다. 하지만 메리에게 그건 쉬운 일이 아니었다. 원래 애정 표현을 잘하지 못하는 성격이었기 때문이다. 하지만 그녀는 해냈다. 그래서 메리는 계속 그곳에 있게 되었고, 새로운 삶을 얻을 수 있었다! 부자 아버지와 어머니, 옷, 자동차, 배, 비행기, 하인들이 그녀를 기다리고 있었다. 값비싼 인형과 장난감까지도. 동화가 현실로 이루어진 것이다…….

안타깝게도 다른 아이들 역시 그 집에서 같이 지내야 했다. 그것은 물론 전쟁 때문이었다. 전쟁이 아니었어도 이런 일이 일어났을까? 만약 그랬다면 그건 어머니의 만족할 줄 모르는 사랑 때문이었을 것이다! 어머니의 사랑은 뭔가 부자연스러운 데가 있었다. 너무 동물적이랄까.

그녀는 언제나 양어머니를 은근히 경멸해 왔다. 어머니는 아이들을 고를 때마다 어리석은 선택을 하곤 했다. 전부 하류층 아이들이었다! 범죄 성향이 있는 재코, 정서가 불안정한 헤스터, 거칠기 짝이 없는 미키, 혼혈아 티나까지! 그 아이들 모두에게 문제가 생긴다고 해도 전혀 이상할 것이 없는 상황이었다. 메리는 동생들이 어머니에게 반항하는 것을 비난하지 않았다. 다른 누구도 아닌 자기 자신부터 어머니에게 반항하고 있었으므로. 그녀는 필립을 처음 만났을 때를 기억하고 있다. 그는 기운이 넘치는 젊은 비행사였다. 어머니는 반대했다. "그렇게 결혼을 서둘러서는 안 돼. 전쟁이 끝날 때까지 기다리렴." 하지만 메리는 기다리고 싶지 않았다. 그녀도 어머니처럼 의지가 강했던 것이다. 아버지가 도와주었다. 두 사람은 결혼했고 얼마 지나지 않아 전쟁도 끝났다.

메리는 어머니의 그늘에서 멀리 벗어나 혼자서만 필립을 독점하고 싶었다. 하지만 그녀를 좌절시킨 건 어머니가 아니라 운명이었다. 먼저 필립의 사업이 잇달아 실패했고, 그 다음에는 무서운 불행이 닥쳤다. 필립이 소아마비에 걸렸던 것이다. 얼마 후 필립이 병원에서 퇴원하자 두 사람은 태양의 곳으로 갔다. 그곳에서 살림을 차리는 것은 도저히 피할 수 없는 일로 보였다. 필립은 어쩔 수 없다고 생각하는 것 같았다. 그가 가지고 있던 돈을 다 날린 상태였고, 신탁에서 나오는 그녀의 수당은 얼마 되지 않았다. 메리는 좀 더 수당을 올려 달라고 했지만, 당분간은 태양의 곳에서 지내는 것이 좋을 거라는 답변밖에 얻지 못했다. 하지만 메리는 필립을 독점하고 싶었다. 온전히 그녀 혼자서만 그를 누리고 싶었다. 남편이 레이철 아가일의 '아이들' 중 마지막이 되는 것을 원하지 않았다. 그녀는 아이도 낳고 싶지 않았다. 오직 필립만을 원했다.

하지만 필립은 태양의 곳에서 살게 되는 것을 어느 정도 반기는 듯했다.

"당신이 좀 더 편해질 거야. 그리고 사람들이 노상 왔다 갔다 하니 심심하지도 않을 테고. 게다가 장인어른이 아주 좋은 말동무가 되어 주실 거야."

어째서 그는 메리가 바라는 것처럼 단둘이 있고 싶어 하지 않을까? 왜 아버지나 헤스터 같은 다른 사람들과 사귀고 싶어 할까?

메리는 다시 어머니에 대한 헛된 분노가 타오르는 걸 느꼈다. 어머니는 언제나 자기 마음대로 하려고 했다.

하지만 이제는 어머니 뜻대로 할 수 없을 것이다……. 어머니는 죽었으니까.

그리고 이제 모든 일이 다시 들춰질 것이다. 도대체 왜? 어째서?

필립은 왜 또 그렇게 이 일에 열심인 걸까? 왜 자꾸만 물어보고 뭔가를 탐색하면서, 아무 상관도 없는 일에 발을 들여놓으려 하는 걸까?

덫을 놓는다…….

그 덫은 어떤 것일까?

III

레오 아가일은 아침 햇살이 어슴푸레한 빛으로 서서히 방을 채우는 것을 바라보았다.

그는 모든 것을 아주 신중하게 생각했다.

그가, 아니 정확하게는 레오와 그웬다, 두 사람이 어떤 상황에 처해 있는지는 명확했다.

그는 침대에 누운 채로, 휘시 총경이 이 일을 어떻게 볼 것인지 전반적으로 생각하기 시작했다. 레이철이 들어와서 재코가 난폭하게 굴면서 협박했다고 말했다. 그러자 그웬다는 눈치껏 옆방으로 건너갔다. 그는 레이철을 다독거리면서 재코에게 단호하게 대한 건 잘한 일이라고 말했다. 또 지금까지 재코를 도와줬던 건 그 아이를 위해서 좋지 않았으니 앞으로는 일이 잘되든 그렇지 않든 자기 힘으로 처리하게 내버려 두어야 한다고 말했다. 그러자 레이철도 한결 마음이 가라앉은 것처럼 보였다.

그러고 나서 그웬다가 다시 방으로 돌아와 부칠 편지들을 모으며 다른 할 일은 없느냐고 물었다. 그녀의 목소리는 그 말 자체보다 더 많은 의미를 담고 있었다. 그래서 레오는 그웬다에게 고맙다고 말하고 더 해 줄 일은 없다고 대답했다. 그러자 그웬다는 작별 인사를 하고 그 방에서 나갔다. 복도를 지나 계단을 내려간 다음 레이철이 책상 앞에 앉아 있던 방을 지나쳐 집 밖으로 나갔다. 아무도 그녀를 지켜본 사람은 없었다…….

그리고 레오는 서재에 혼자 앉아 있었다. 그가 방에서 나와 레이철의 방에 갔다 왔는지 확인할 수 있는 사람은 아무도 없었다.

결국 두 사람 모두에게 기회가 있었다는 뜻이다.

동기도 있었다. 그때 이미 그는 그웬다를, 그녀는 그를 사랑하고 있었으니까. 두 사람 중 누군가에게 죄가 있는지 없는지 입증해 줄 수 있는 사람은 아무도 없었다.

IV

태양의 곶에서 400미터 가량 떨어진 곳에서 그웬다도 자리에 누운 채 잠을 이루지 못하고 있었다.

그녀는 양손을 꼭 움켜쥔 채 자신이 레이철 아가일을 얼마나 증오했는지를 떠올리고 있었다.

어둠 속에서 레이철 아가일이 이렇게 말하고 있었다.

"내가 죽었으니 넌 내 남편을 차지할 수 있을 거라고 생각하겠지. 하지만 그렇게는 되지 않아. 넌 그렇게 할 수 없어. 결코 내 남편을 차지할 수 없을 거야."

V

헤스터는 꿈을 꾸고 있었다. 도널드 크레이그와 함께 있었는데, 갑자기 그가 낭떠러지 끝에 그녀만 남겨 놓고 가 버렸다. 헤스터가 울면서 두려움에 떨고 있을 때 반대편에서 아서 캘거리가 그녀에게 손을 내미는 것이 보였다.

그녀는 울면서 비난하는 투로 말했다.

"왜 나한테 이러는 거예요?"

그러자 캘거리가 대답했다.

"아가씨를 도와주러 왔어요……."

헤스터는 잠에서 깨어났다.

VI

작은 손님용 침실에 놓인 침대에 조용히 누운 채 티나는 규칙적
으로 숨소리를 내고 있었다. 하지만 잠이 든 것은 아니었다.

그녀는 아가일 부인을 생각했다. 감사도 원망도 없이, 그저 사랑
하는 마음으로 생각했다. 아가일 부인은 티나에게 먹을 것과 마실
것, 따뜻한 잠자리와 장난감, 안락한 생활을 주었다. 그녀는 아가일
부인을 사랑했다. 그래서 부인이 죽었을 때는 슬펐다…….

하지만 이번 일은 그렇게 단순한 문제가 아니었다.

재코가 범인이었을 때는 아무 일도 없었다…….

하지만 지금은?

제13장

휘시 총경은 부드럽고 공손한 태도로 모인 사람들을 천천히 둘러
보았다. 그는 설득하는 듯한, 그러면서도 사과하는 듯한 어조로 말
했다.

"여러분 모두에게 고통스러운 일이 될 거라는 건 잘 알고 있습니
다. 모든 일들이 다시 한 번 되풀이될 것입니다. 그렇지만 저희로서
도 선택의 여지가 없는 일입니다. 공지는 보셨겠지요? 오늘 아침 신
문에 다 실렸으니까요."

"특별 사면이더군요."

레오가 대꾸했다.

"사실 늘 귀에 거슬리는 단어이긴 합니다. 법률 용어에 많이 나타
나는 시대 착오적인 표현이라고나 할까요. 하지만 그 의미는 분명
한 편입니다."

"당신들이 실수했다는 의미죠."

레오가 말했다.

"맞습니다. 우리가 실수했습니다."

휘시는 순순히 시인하고는 잠시 후, 이런 말을 덧붙였다.

"캘거리 박사의 증언이 없었다면 당연히 저지를 수밖에 없는 실수였습니다."

레오가 냉정하게 말했다.

"체포될 당시, 내 아들은 당신에게 그날 밤 자기를 태워 준 사람이 있다고 말했습니다."

"그랬습니다. 그렇게 말했지요. 그래서 우리도 최선을 다해 그 사실을 확인해 보려 했습니다. 하지만 그의 진술을 뒷받침해 줄 어떤 증거도 찾을 수 없었습니다. 아가일 씨, 이 일에 대해 틀림없이 엄청난 분노를 느끼고 계실 겁니다. 굳이 변명이나 사죄의 말씀은 드리지 않겠습니다. 우리 경찰이 하는 일은 증거를 수집하는 일입니다. 그렇게 찾아낸 증거를 검사에게 넘기면, 그 사건에 대한 모든 결정은 검사의 손에 달려 있습니다. 검사가 이 사건에 대해 그렇게 결정을 내린 겁니다. 가능할지는 모르겠습니다만, 저는 아가일 씨가 마음속에 쌓인 분노를 모두 털어내시고, 사건 당시의 정황들을 다시 한 번 살펴 주시기 바랍니다."

"이제 와서 그게 무슨 소용이죠? 범인이 누구든 벌써 멀리 도망갔으니 결코 찾아내지 못할 텐데 말이에요."

헤스터가 날카롭게 말했다.

휘시 총경이 고개를 돌려 그녀를 쳐다보았다.

"그럴 수도 있고, 그렇지 않을 수도 있지요. 아가씨는 몇 년이 지난 후에 범인을 잡는 경우도 있다는 걸 알게 된다면 깜짝 놀라시겠군요. 우리가 하는 일은 인내심을 필요로 하지요. 인내심을 가지고 절대로 포기하지 말아야 하는 일이랍니다."

휘시 총경이 부드럽게 대답했다.

헤스터는 고개를 돌렸다. 그웬다는 차가운 바람이라도 맞은 것처럼 잠시 몸을 떨었다. 이해력이 빠른 그녀는 총경의 조용한 말 속에 위협이 숨어 있음을 느낄 수 있었다.

"괜찮으시다면, 아가일 씨부터 시작해 볼까요."

휘시가 기대에 찬 표정으로 레오를 바라보며 말했다.

"정말 알고 싶은 게 뭡니까? 당신들은 처음에 내가 했던 진술 기록을 가지고 있을 것 아닙니까? 아마 지금은 그때보다 덜 정확할 겁니다. 시간 같은 것도 정확하게 기억하지 못할 테고."

"그 점은 잘 알고 있습니다. 하지만 그 당시에 그냥 지나쳤던 아주 사소한 일도 지금 중요한 단서가 될 수 있는 법이니까요."

"어쩌면 시간이 좀 지난 다음에 생각했을 때 더 많은 것이 떠오를 가능성도 있지 않을까요?"

필립이 물었다.

"충분히 그럴 수 있습니다."

휘시는 흥미롭다는 시선으로 필립을 돌아보았다.

'똑똑한 친구군. 이 사건에 대해 어떤 생각을 가지고 있는지 궁금

한걸……?'

휘시는 생각했다.

"그럼, 아가일 씨, 사건 당일, 무슨 일을 했는지 차례대로 말씀해 주시겠습니까? 차를 마셨다고 하셨죠?"

"그렇습니다, 그날도 평상시와 마찬가지로 식당에서 5시에 차를 마셨습니다. 큰딸 내외를 제외하고 모두 같이 있었지요. 메리는 남편과 같이 마실 차를 준비해서 자기 방으로 올라갔고요."

"그때 전 지금보다 훨씬 더 거동하기가 불편했습니다. 병원에서 퇴원한 지 얼마 되지 않았을 때니까요."

필립이 설명했다.

"그러셨군요."

휘시는 다시 레오를 보았다.

"여러분 모두가 계셨던 겁니까?"

"아내와 나, 딸 헤스터, 본 양과 린드스트롬 양이 있었습니다."

"그 다음에는 무엇을 하셨습니까? 아가일 씨가 했던 일을 말씀해 주시면 됩니다."

"난 차를 마신 후, 본 양과 서재로 돌아왔습니다. 중세 경제에 관해 내가 쓴 책에서 일부분을 수정하는 일을 계속하려고 했지요. 아내는 1층에 있는 거실로 들어갔습니다. 그 방은 사무실로도 이용하고 있었습니다. 아시겠지만, 아내는 무척 바쁜 사람이었으니까. 그때 레이철은 지방 의회에 의견을 내놓으려고 새 어린이 놀이터에 대한 계획을 구상 중이었지요."

"잭이 집에 들어오는 소리를 들으셨나요?"

"아니요, 난 그 애가 온 줄 몰랐습니다. 현관 초인종이 울리는 걸 듣기는 했죠. 본 양도 들었을 거예요. 하지만 누가 온 건지는 몰랐습니다."

"아가일 씨, 누가 왔을 거라고 생각하셨습니까?"

레오는 약간 즐기는 듯한 표정이었다.

"그때 나는 20세기가 아니라 15세기에 살고 있었어요. 아무 생각도 없었죠. 누군가 오기야 했을 거예요. 하지만 아래층에는 아내와 린드스트롬 양, 헤스터가 있었고, 아니면 하녀들 중에라도 나가 보는 사람이 있었을 거예요. 초인종 소리에 내가 나가 볼 거라고 생각하는 사람은 아무도 없었습니다."

레오가 꾸밈 없는 태도로 대답했다.

"그 다음에는 무슨 일이 있었나요?"

"별 다른 일은 없었습니다. 시간이 한참 지난 뒤 아내가 서재로 달려올 때까지는 말입니다."

"시간이 얼마나 지났을 때였죠?"

레오가 얼굴을 찡그렸다.

"지금은 잘 기억이 나지 않는군요. 아마 그 당시에는 대략 어느 정도 지났을 거라고 말했을 것 같군요. 30분쯤 지났을까. 아니, 더 지났던 것 같아요. 한 45분쯤 지나서였던 것 같아요."

"우리가 차를 다 마셨을 때가 5시 30분쯤이었어요. 제가 기억하기로는 아가일 부인이 서재에 들어오신 시각이 거의 6시 40분쯤이었어요."

그웬다가 말했다.

"부인이 무슨 말씀을 하시던가요?"

레오는 한숨을 쉬었다. 그는 별로 말하고 싶지 않은 듯 마지못해 입을 열었다.

"이 이야기는 벌써 여러 번 했을 텐데요. 아내는 재코가 다녀갔다고 하면서 그 애에게 문제가 생겼다고 했습니다. 그리고 그 애가 난폭하게 거친 말을 퍼부으며 돈을 요구했다고 하더군요. 이번에 돈을 마련하지 못하면 감옥에 가야 할지도 모른다면서 말입니다. 아내는 한 푼도 줄 수 없다고 단호하게 거절했다고 했어요. 그러면서 그렇게 한 게 잘한 일인지 걱정된다고 했죠."

"아가일 씨, 한 가지만 물어봐도 될까요? 잭이 돈을 요구했을 때 부인은 어째서 아가일 씨를 부르지 않았을까요? 어째서 나중에야 이야기를 했을까요? 이상하다고 생각하지 않으셨습니까?"

"아니, 그렇게 생각하지 않았습니다."

"제가 보기에는, 아가일 씨를 부르는 것이 자연스러운 행동이라고 생각합니다만. 아가일 씨는 그렇게 생각하지 않으시나 봅니다. 혹시 부인과 사이가 좋지 않으셨습니까?"

"그렇지 않습니다. 그건 그저 아내가 혼자서 모든 실질적인 결정들을 내리는 데 익숙해서 그랬던 것뿐이죠. 미리 상의를 하는 경우도 있었지만, 대개는 먼저 결정을 내리고 난 뒤 내 의견을 묻곤 했어요. 재코 문제는 특히 심각하게 상의했어요. 어떻게 하는 것이 그 아이를 위한 최선인지 말입니다. 그때까지 우리는 그 아이를 다루면서 이상하게 운이 없었어요. 아내는 그동안 여러 번 재코가 저지른 사고를 수습하고, 그 애를 지키기 위해 많은 돈을 써야 했지요. 우리는 다시 한 번 이런 일이 생기면 재코가 어려움을 겪게 하는 편이 그 아이를 위해서 좋을 거라고 생각했습니다."

"그런데도 부인은 당황하셨나 보군요?"

"그랬습니다. 아내는 당황해하고 있었지요. 그때 재코가 난폭하게 굴거나 위협하지 않았더라면, 아내도 다짐을 잊고 한 번 더 도와줬을 거예요. 그 아이의 태도가 아내의 결심만 더욱 굳혔던 셈이죠."

"그런 다음 재코가 집을 나간 건가요?"

"그래요."

"아가일 씨 혼자서 그렇게 생각하신 건가요, 아니면 부인이 말씀해 주신 건가요?"

"아내가 말해 줬습니다. 레이철은 재코가 욕설을 내뱉고 다시 올 거라고 하면서 갔다고 했습니다. 자기가 다시 올 때까지 돈을 마련해 놓는 편이 좋을 거라는 협박도 했다더군요."

"이건…… 정말 중요한 문제입니다만, 아가일 씨는 재코가 돌아올 거라고 생각하자 두려우셨습니까?"

"전혀요. 그건 재코가 그냥 하는 소리였고 우린 그 아이의 그런 행동에 익숙해져 있었어요."

"그렇다면 재코가 돌아와서 부인을 공격할지도 모른다는 생각은 전혀 하지 않았겠군요."

"물론이죠. 아마 그때도 이렇게 대답했을 거예요. 그래서 그 당시에는 정말 놀랐지요."

"아가일 씨의 생각이 옳았던 겁니다. 재코는 아가일 부인을 공격하지 않았으니까요. 아가일 부인이 서재에서 나간 시간은 정확하게 언제인가요?"

휘시가 부드럽게 말했다.

"그건 기억납니다. 그 시간쯤 아내와 이야기를 끝낸 적이 많았으니까요. 7시 되기 직전이나 7시 조금 지나서였을 겁니다."

휘시는 그웬다 본에게 시선을 돌렸다.

"확실한가요?"

"예."

"아가일 씨가 말씀하신 내용이 모두 맞습니까? 거기에 덧붙일 말은 없나요? 아가일 씨가 혹시 잊어버리신 내용은 없을까요?"

"전 두 분의 대화 내용을 다 듣지는 못했어요. 아가일 부인이 재코가 돈을 요구한다는 말을 꺼내셨을 때, 제가 자리를 비켜야 두 분이 편하게 말씀을 나누실 수 있을 거라고 생각했거든요. 전 저 방에 있었어요."

그웬다가 서재 뒤쪽에 있는 문을 가리켰다.

"제가 평상시에 타자를 치는 방이에요. 아가일 부인이 나가시는 소리를 듣고, 전 다시 서재로 돌아왔어요."

"그렇다면 그때가 6시 53분경이었습니까?"

"6시 55분쯤이었어요."

"그 다음에는 어떻게 했습니까, 본 양?"

"아가일 씨께 일을 계속하실 거냐고 물었더니 생각의 고리가 끊어졌다고 하시더군요. 그래서 다른 시키실 일이 있느냐고 물었더니 더 없다고 말씀하셨어요. 그래서 제가 쓰던 물건들을 정리하고 밖으로 나왔어요."

"그때가 언제였죠?"

"7시 5분이었어요."

"아래층으로 내려와 현관으로 나갔나요?"

"예."

"아가일 부인의 거실은 현관 바로 왼편에 있죠?"

"맞아요."

"문이 열려 있었습니까?"

"꽉 닫혀 있지는 않았어요. 아주 조금 열려 있었죠."

"그 방에 들어가거나 부인과 인사를 나누지는 않았습니까?"

"예."

"평상시에도 그랬나요?"

"예, 부인이 일하고 계실 때 인사나 드리자고 방해하는 건 좋지 않을 것 같아서요."

"그때 그 방에 들어갔더라면, 부인의 시신을 발견했을지도 모릅니다."

그웬다가 어깨를 으쓱했다.

"그랬을 수도 있죠……. 하지만 제가 알기로는, 그러니까 그 당시 우리는 부인이 살해당한 건 그 시간보다는 좀 더 나중이라고 생각했어요. 그때는 재코가 아직 돌아오지 않았으니까."

그녀는 말을 멈췄다.

"본 양은 여전히 재코가 부인을 죽였다는 쪽으로 생각하고 있군요. 하지만 이제는 아닙니다. 그러니까 그때 이미 부인이 죽은 다음이었을 수도 있겠죠?"

"그래요, 그럴 수도 있겠군요."

"그럼 여기서 나간 뒤 곧장 집으로 갔습니까?"

"예, 집에 돌아가니까 하숙집 아주머니가 이 사건을 말씀해 주셨어요."

"그랬군요. 그렇다면 돌아가는 길에 이 집 근처에서 마주친 사람은 없었습니까?"

"없었던 것 같은데요……. 없었어요. 정말 기억이 나지 않네요……. 그날은 춥고 깜깜했어요. 이쪽은 막다른 길이거든요. 레드 라이온에 이를 때까지 아무도 보지 못했던 것 같아요. 거기에서부터는 사람들이 몇 명 보였어요."

그웬다가 얼굴을 찡그렸다.

"지나가는 자동차도 없었습니까?"

그웬다는 깜짝 놀란 듯했다.

"맞아요. 차가 한 대 지나갔어요. 제 치마에 흙탕물을 튀기고 지나갔거든요. 그래서 집에 도착하자마자 옷에 묻은 흙을 닦아야 했어요."

"그 차는 어떤 종류였죠?"

"그건 기억이 나지 않아요. 제대로 보지 못했거든요. 여기 진입로 앞을 지나갔어요. 틀림없이 이 근처 집으로 가는 차였을 거예요."

휘시는 레오 쪽으로 고개를 돌렸다.

"부인이 서재를 나가신 후, 조금 있다가 초인종 소리를 들으셨다고 했지요?"

"아마 그랬을 겁니다. 확실하지는 않지만."

"그때가 몇 시쯤이었나요?"

"모르겠습니다. 시계를 보지 않았으니."

"그때 잭이 돌아왔을지도 모른다는 생각은 하지 않았습니까?"

"그런 생각은 하지 않았습니다. 난 그때 다시 일을 하고 있던 중이었습니다."

"한 가지만 더 물어 보겠습니다, 아가일 씨. 잭이 결혼했다는 걸 알고 계셨습니까?"

"전혀 모르고 있었습니다."

"부인도 그 사실을 모르고 계셨던 겁니까? 혹시 부인이 알면서도 아가일 씨에게 말하지 않았던 건 아닐까요?"

"아내도 몰랐던 것이 분명합니다. 레이철이 알았다면 틀림없이 내게 말을 했을 테니까요. 다음 날 그 애의 아내가 나타났을 때는 큰 충격을 받았지요. 린드스트롬 양이 서재에 들어와 이렇게 말하더군요. '아래층에 재코의 아내라는 젊은 여자가 찾아왔어요. 하지만 사실일 리가 없잖아요.' 그때는 정말 도저히 믿을 수가 없었어요.

커스티 역시 무척 당황해하고 있었죠. 안 그래요, 커스티?"

"전 믿을 수가 없었어요. 그 여자의 말을 재차 확인한 다음에야 아가일 씨께 알렸어요. 있을 수 없는 일처럼 보였으니까요."

커스턴이 설명했다.

"그 여자에게 아주 친절하게 대해 주셨다고 하더군요."

휘시가 레오에게 말했다.

"내가 해야 할 일을 한 것뿐입니다. 아시겠지만 그 애는 재혼했어요. 난 아주 기뻤죠. 남편이 아주 착실한 친구처럼 보이더군요."

휘시는 고개를 끄덕인 다음 헤스터를 돌아보았다.

"그럼, 아가일 양. 그날 차를 마신 다음 뭘 했는지 말씀해 주시겠습니까?"

"기억나지 않아요. 생각날 리가 없잖아요? 2년이나 지난 일인데. 뭔가 하고 있기야 했겠죠."

헤스터가 언짢다는 투로 대꾸했다.

"내가 알기로는 그때 아가일 양은 린드스트롬 양을 도와 찻잔을 씻었다고 했습니다."

"맞아요. 그런 다음 아가씨는 2층에 있는 침실로 올라갔잖아요. 얼마 후에 외출하기로 되어 있었으니까. 기억날 거예요. 드리머스 극장에서 아마추어 극단이 공연하는 「고도를 기다리며」를 보러 간다고 했잖아요."

커스턴이 말했다.

헤스터는 여전히 부루퉁한 얼굴에 비협조적인 태도였다.

"그때 다 적었던 내용일 텐데요. 왜 다시 묻는 거죠?"

그녀가 휘시에게 물었다.

"어떤 사실이 도움이 될지 모르니까요. 자 아가일 양, 그렇다면 집에서 나간 건 몇 시입니까?"

"7시였어요, 아니면 그 무렵이었거나."

"어머니와 잭의 언쟁을 들었습니까?"

"아니요, 아무 소리도 듣지 못했어요. 전 2층에 있었으니까요."

"하지만 집을 나가기 전에 어머니를 봤다고 했죠?"

"예, 그때 전 돈이 필요했거든요. 가지고 있던 돈이 다 떨어졌을 때였죠. 마침 차의 기름이 거의 바닥난 것도 생각났어요. 드리머스까지 가려면 가는 길에 기름을 넣어야 했죠. 그래서 전 나갈 준비를 마치고 어머니한테 가서 돈을 좀 달라고 했어요. 한 2파운드 정도요. 그 정도만 있으면 충분했으니까요."

"그래서 부인이 돈을 주었나요?"

"그 돈은 커스티가 줬어요."

휘시는 조금 놀란 표정이었다.

"그 당시에는 그런 얘기를 안 했던 것 같은데요."

헤스터가 도전적으로 말했다.

"어쨌든 그랬어요. 제가 어머니한테 가서 돈이 필요하다고 말하는 걸 커스턴이 홀에서 들었나 봐요. 아줌마는 자기한테도 돈이 좀 있으니까 그걸 가지고 가라고 했어요. 그때 커스티도 밖에 나가려던 참이었거든요. 그러자 어머니가 '그래, 커스티한테 받아 가렴.'

하고 말씀하셨어요."

"당시 전 여성 협회에 꽃꽂이 책을 몇 권 가져다 주러 가는 길이었어요. 그때 아가일 부인은 바빠서 방해받고 싶지 않으신 것 같았거든요."

커스턴이 말했다.

헤스터가 불만스러운 목소리로 말했다.

"누가 돈을 줬든 무슨 상관이에요? 총경님이 알고 싶은 건 어머니가 살아 계신 걸 제가 마지막으로 본 게 언제냐는 거잖아요. 그때가 마지막이었어요. 어머니는 탁자에 앉아 여러 가지 계획을 검토하고 계셨어요. 그때 제가 들어가서 돈이 필요하다고 한 거죠. 그래서 커스턴이 밖에서 절 불러서 돈을 줬고요. 전 돈을 받은 다음 다시 어머니 방에 들어갔어요. 다녀오겠다고 인사를 했더니 어머니는 제게 연극 재미있게 보라고 하시면서 운전 조심하라고 하셨어요. 운전을 주의하라는 건 제가 나갈 때마다 하시는 말씀이었죠. 그래서 전 밖으로 나와 차고에서 차를 타고 나갔어요."

"린드스트롬 양은 어떻게 했죠?"

"아, 아줌마는 제게 돈을 주고 먼저 나가셨어요."

커스턴 린드스트롬이 재빨리 헤스터의 말을 받았다.

"제가 이 저택 진입로를 막 벗어나려고 할 때 헤스터 아가씨가 탄차가 지나가더군요. 제가 나가고 바로 뒤따라 나왔던 모양이에요. 제가 마을에 가려고 왼쪽 길로 돌았을 때 아가씨는 큰길로 이어지는 언덕을 올라가고 있었어요."

헤스터는 뭔가 할 말이 있는 것처럼 입을 벌렸다가 이내 다시 다물었다.

휘시는 생각했다. 커스턴 린드스트롬이 헤스터가 살인을 저지를 만한 시간이 없었다는 걸 내세우려고 억지로 말을 꾸며 냈던 것은 아닐까? 헤스터가 아가일 부인에게 인사를 하는 대신, 언쟁을 벌이다가 싸움 끝에 부인의 머리를 내려친 것은 아닐까?

그는 태연하게 커스턴을 돌아보며 물었다.

"자, 이번에는 린드스트롬 양이 그날 무엇을 하셨는지 말씀해 주시죠."

린드스트롬은 안절부절못하면서 불안한 듯 손을 이리저리 비틀고 있었다.

"우린 차를 마셨어요. 그리고 찻잔을 정리했어요. 헤스터 아가씨가 도와주었죠. 그런 다음 아가씨는 2층으로 올라갔어요. 그리고 재코 도련님이 왔죠."

"그가 오는 소리를 들었나요?"

"예, 제가 문을 열어 줬으니까요. 도련님은 열쇠를 잃어버렸다고 했어요. 그러고는 곧장 아가일 부인한테 가더군요. '문제가 생겼어요. 어머니가 도와주셔야 해요.' 재코가 이런 말을 하는 소리가 들리더군요. 전 더 듣지 않았어요. 주방으로 돌아가 저녁 식사 준비를 했지요."

"재코가 나가는 소리도 들었습니까?"

"예, 재코 도련님이 소리를 질렀거든요. 제가 주방에서 나와 보니 재코는 현관 앞에 서 있었어요. 몹시 화를 내면서 다시 돌아올 테니 어머니에게 돈을 준비해 놓는 편이 좋을 거라고 소리쳤죠. '그렇지 않으면!' 이런 말도 했어요. '그렇지 않으면!'이라니, 그 말은 협박이었어요."

"그런 다음 어떻게 됐습니까?"

"재코 도련님이 문을 쾅 닫고 나갔어요. 그러자 아가일 부인이 홀로 나오셨어요. 파랗게 질린 채 어쩔 줄 몰라 하고 계셨죠. 부인이 제게 물었어요. '저 애가 하는 말 들었어요?' 제가 대답했죠. '도련님한테 무슨 곤란한 일이 생겼나 봐요?' 부인은 고개를 끄덕이셨어요. 그러고는 아가일 씨가 계신 2층 서재로 올라가셨죠. 전 저녁 식사를 차려 놓고, 들어가서 외출 준비를 시작했어요. 다음 날 여성 협회에서 꽃꽂이 대회가 있을 예정이었어요. 그래서 여기서 꽃꽂이 책을 몇 권 가져다 주기로 했거든요."

"협회에 책을 가져다 준 다음, 집에 다시 돌아온 것은 몇 시경이었습니까?"

"분명히 7시 30분쯤 되었을 거예요. 집에는 가지고 있던 열쇠로 들어갔어요. 전 곧장 아가일 부인 방으로 갔어요. 협회 사람들이 고마워하더라는 말을 전하려고 말이죠. 부인은 머리를 손으로 감싼 채 책상 위에 엎드려 있었어요. 그리고 부지깽이가 바닥에 내팽개쳐져 있었어요. 책상 서랍은 전부 열려 있었죠. 전 강도가 든 게 틀림없다고 생각했어요. 그래서 부인이 머리를 맞고 쓰러진 거라고. 제 생각이 옳았던 거죠. 이제는 제 생각이 맞았다는 걸 아실 거예요! 강도가 범인이에요. 누군가 외부 사람이 저지른 짓이에요!"

"아가일 부인이 그 누군가를 집에 들어오게 했다는 말입니까?"

"그게 어때서요?"

커스턴이 도전적으로 대꾸했다.

"부인은 친절한 분이셨어요. 언제나 인정이 넘치셨죠. 어떤 사람이든, 무엇이든 두려워하지 않으셨어요. 더군다나 이 집에 부인 혼자 있었던 것도 아니었잖아요. 다른 사람들이 있었어요. 아가일 씨, 그웬다, 메리 아가씨까지. 무슨 일이 생기더라도 누구든 부를 수 있었으니까요."

"하지만 부인은 아무도 부르지 않았습니다."

휘시가 지적했다.

"그래요, 그건 틀림없이 그 누군가가 부인에게 그럴듯한 이야기를 했기 때문일 거예요. 부인은 언제나 다른 사람의 이야기를 잘 들어주셨어요. 그리고 부인은 다시 책상에 앉으셨겠죠. 어쩌면 수표책을 찾으셨던 건지도 몰라요. 도무지 의심이라고는 없었던 분이니까. 범인은 그때를 기회로 여기고 부지깽이를 집어 들어 부인을 내려쳤을 거예요. 어쩌면 부인을 죽이려는 의도는 없었을지도 몰라요. 그저 부인을 기절시키고 돈과 보석을 챙겨 달아나려고 했던 걸 수도 있죠."

"범인은 여기저기 뒤지지 않았습니다. 그저 서랍 몇 개만 열어 봤을 뿐이죠."

"무슨 소리를 들었을지도 모르죠. 너무 당황해서 그랬거나, 아니면 부인이 죽었다는 것을 알아차렸을 수도 있어요. 그래서 겁에 질려 황급히 도망쳤을 거예요."

커스턴이 몸을 앞으로 숙였다. 두려움에 사로잡혀 애원하는 듯한 시선이었다.

"분명히 그렇게 된 걸 거예요. 틀림없이!"

휘시는 그녀의 억지에 흥미를 느꼈다. 자기 자신에 대한 두려움일까? 그녀가 고용주를 죽인 다음, 강도의 짓인 것처럼 꾸미기 위해 서랍을 열어 놓은 것일 수도 있었다. 의학적으로 사망 시간은 7시에서 7시 30분 사이로 추정하고 있지만, 더 자세한 시각은 알 수가 없었다.

"저도 그랬을 것 같다는 생각이 드는군요."

그는 그녀의 주장을 흔쾌히 받아들였다. 커스턴은 희미하게 안도의 한숨을 내뱉고는 다시 자세를 바로 했다. 휘시는 더랜트 부부 쪽을 돌아보았다.

"두 분은 아무 소리도 듣지 못하셨습니까?"

"듣지 못했습니다."

"전 쟁반에 차를 담아 가지고 우리 방으로 가지고 갔어요. 그 방은 다른 곳들과는 좀 떨어진 편이죠. 그리고 계속 방에 있었어요. 그 비명을 들을 때까지요. 커스턴이 지른 비명이었어요. 아마 어머니의 시신을 발견했을 때였나 봐요."

메리가 말했다.

"그때까지 한 번도 그 방에서 나온 적이 없습니까?"

"예, 우린 피켓 게임을 하고 있었거든요."

그녀는 휘시의 눈을 똑바로 쳐다보며 대답했다.

필립은 희미하게나마 왜 이토록 불안한 생각이 드는지 알 수가 없었다. 폴리는 그가 시킨 대로 하고 있었다. 그것은 아마도 그녀의 태도가 너무 완벽하기 때문이었으리라. 그녀는 차분하고, 신중하고, 확신에 가득 차 있었다.

'이런, 폴리, 귀여운 사람 같으니라고. 당신은 정말 굉장한 거짓말쟁이야!'

필립은 생각했다.

"총경님, 저는 그때나 지금이나 마음대로 오고 갈 수 없는 몸이랍니다."

"더랜트 씨, 그래도 그때보다는 많이 좋아지신 것 같은데요? 언젠가는 다시 걸을 날이 올 겁니다."

총경이 밝은 목소리로 말했다.

"그날이 그다지 빨리 올 것 같지는 않네요."

휘시는 가족들 중 그때까지 아무 말 없이 앉아 있던 두 사람에게 시선을 돌렸다. 미키는 팔짱을 낀 채 희미하게 비웃는 듯한 표정을 지으며 앉아 있었다. 티나는 작지만 우아한 몸을 의자에 파묻은 채 가끔씩 이 사람 저 사람의 얼굴을 쳐다보고 있었다.

"그 당시 두 분은 여기 계시지 않았던 걸 알고 있습니다. 그래도 그날 저녁 무엇을 했는지 제 기억을 환기시켜 주실 수 있을까요?"

휘시가 물었다.

"기억을 환기시킬 필요가 있나요?"

미키가 비웃는 듯한 말투로 물었다.

"지금도 그때 일은 분명히 말할 수 있습니다. 전 자동차를 검사하고 있었어요. 클러치에 문제가 있었죠. 검사하는 데 시간이 많이 걸렸습니다. 드리머스에서 민친 힐까지 올라갔다가 무어 로드를 따라 입슬리를 거쳐 돌아왔으니까요. 안타깝게도 자동차들은 벙어리라 그 사실을 입증해 줄 수 없죠."

그 순간 티나가 고개를 돌리더니 미키를 똑바로 쳐다보았다. 그녀의 얼굴은 여전히 무표정했다.

"아가일 양은 어떤가요? 레드민에 있는 도서관에 다닌다고 했던가요?"

"예, 도서관은 항상 5시 30분에 문을 닫아요. 그날 전 퇴근하는 길에 하이 스트리트에서 물건을 좀 샀어요. 그리고 집으로 갔죠. 전 모어콤브 맨션에 아파트를 가지고 있거든요. 사실은 작은 연립주택이지만. 집에 와서는 저녁을 만들어 먹은 다음 전축에 레코드를 걸고 음악을 들으며 조용히 시간을 보냈어요."

"밖에는 전혀 나가지 않았습니까?"

티나는 잠깐 시간을 두었다가 대답했다.

"예, 나가지 않았어요."

"확실한가요, 아가일 양?"

"예, 확실해요."

"아가일 양은 자동차를 가지고 있죠?"

"예."

"소형 자동차죠. 신나게 달리다가도 툭하면 고장나는."

미키가 끼어들었다.

"맞아요. 제 차는 소형 자동차예요."

티나가 가라앉은 목소리로 침착하게 대답했다.

"그 차는 어디에 세워 둡니까?"

"길에 세워요. 차고가 없거든요. 그래서 아파트 근처에 있는 샛길에 주차하지요. 다른 차들도 많아요."

"그 외에 우리에게 도움이 될 만한 이야기는 더 없을까요?"

티나에게 왜 이렇게 계속 끈질기게 물어보는 건지는 휘시 자신도 알 수 없었다.

"더 말씀드릴 만한 일이 생각나지 않네요."

미키가 티나를 흘긋 쳐다보았다.

휘시는 한숨을 쉬었다.

"별로 도움이 되지 못한 것 같군요, 휘시 총경."

레오가 말했다.

"아가일 씨, 알아차리지 못하신 것 같지만, 이 사건에는 아주 이상한 점이 하나 있습니다."

"내가 모르고 있는 거라니? 대체 무슨 말씀이신지?"

"돈이죠. 뒷면에 보틀베리 부인, 뱅거 로드 17번지라고 씌어 있는 5파운드짜리 지폐를 비롯해 그날 아가일 부인이 은행에서 찾은 돈 말입니다. 이 사건에서 가장 중요한 점은 그 5파운드짜리 지폐를 포함한 많은 돈이 체포 당시 잭 아가일에게서 발견되었다는 겁니다. 그는 아가일 부인이 돈을 줬다고 진술했어요. 하지만 부인은 분명 재코한테 돈을 주지 않았다고 아가일 씨와 본 양에게 말했습니다. 그렇다면 어떻게 잭이 50파운드나 되는 돈을 가지고 있을 수 있었던 걸까요? 그는 이 집으로 다시 돌아오지 않았습니다. 캘거리 박사님의 증언에 따르면 그건 명백한 사실이죠. 그러므로 틀림없이 잭은 여기서 나갈 때 이미 돈을 가지고 있었습니다. 누가 그에게 돈을 준 걸까요? 당신입니까?"

휘시는 화가 나서 얼굴이 벌겋게 달아오른 커스턴 린드스트롬을 똑바로 쳐다보며 물었다.

"저요? 아니에요. 절대로 아니에요. 어떻게 그럴 수가 있겠어요?"

"아가일 부인은 은행에서 찾아온 돈을 어디에 보관했습니까?"

"늘 책상 서랍에 넣어 두셨어요."

커스턴이 대답했다.

"그 서랍은 잠겨 있었나요?"

커스턴은 잠시 생각했다가 대답했다.

"아마 잠자리에 들기 전에는 잠그셨을 거예요."

휘시가 헤스터를 돌아보았다.

"그렇다면 아가씨가 오빠에게 서랍에 들어 있던 돈을 가져다 주었습니까?"

"전 오빠가 여기 온 줄도 몰랐어요. 게다가 어떻게 어머니 모르게 돈을 꺼내겠어요?"

"어머니가 아버지와 상의하러 서재에 올라가셨을 때라면 아주 쉬운 일이었겠죠."

휘시가 말했다.

그는 헤스터가 자신이 던진 올가미에 걸려들 것인지, 아니면 피해 갈 것인지 궁금했다. 헤스터는 바로 걸려들었다.

"하지만 그때는 재코가 이미 나간 뒤잖아요. 전……."

그녀는 당황한 듯 말을 멈췄다.

"아가씨는 오빠가 언제 나갔는지 알고 있다는 말이군요."

휘시의 말에 헤스터는 즉각 격렬하게 반응했다.

"저는, 전, 지금 알게 된 거예요. 그때는 몰랐어요. 아까 말씀드렸잖아요, 전 2층에 올라갔다고. 그래서 아무 소리도 못 들었어요. 그리고 그거야 어쨌든 전 재코한테 돈을 주고 싶지 않았을 거예요."

"저도 한 가지 말씀드리죠. 제가 만약 재코한테 돈을 줬다면, 제 돈을 줬을 거예요! 훔쳐서 줬을 리가 없잖아요!"

화가 가라앉지 않았는지 커스턴이 달아오른 얼굴로 말했다.

"저도 린드스트롬 양이 그랬을 거라고는 생각하지 않습니다. 하지만 이제 이 이야기가 어떤 방향으로 가고 있는지는 아실 겁니다. 아가일 부인이 말씀은 그렇게 하셨지만……."

휘시는 레오를 돌아보며 말을 이었다.

"재코에게 돈을 주었던 것이 분명합니다."

"그 말은 믿을 수 없군요. 아내가 그랬다면 왜 내게 그 사실을 말하지 않았겠습니까?"

"세상에는 아무리 굳게 다짐해도 아들 앞에서는 약해지는 어머니가 많습니다."

"그건 당신이 잘못 알고 있는 거예요, 휘시. 내 아내는 결코 그런 식으로 봐주는 사람이 아닙니다."

"그때만큼은 부인이 그렇게 하셨을 것 같아요. 틀림없이 부인이 재코에게 돈을 주셨을 거예요⋯⋯. 총경님 말씀처럼 말이에요. 그것만이 유일한 해답이잖아요."

그웬다가 끼어들었다.

"이제 우리는 이 사건을 지금까지와는 완전히 다른 관점에서 봐야 합니다. 사건 당시만 해도 우리는 잭 아가일이 거짓말을 하고 있다고 생각했습니다. 하지만 지금은 캘거리 박사의 차를 얻어 탔다던 잭의 말이 사실이었음이 밝혀졌습니다. 그렇다면 잭이 돈에 대해 한 말도 사실일 거라고 가정할 수 있습니다. 그는 부인이 돈을 주었다고 했습니다. 그러므로 부인이 정말 그렇게 했을 거라는 추측도 할 수 있는 거죠."

휘시가 부드럽게 설명했다.

순간 그 자리는 침묵에 휩싸였다. 불편한 침묵이었다.

휘시가 자리에서 일어났다.

"여러분 모두에게 감사드립니다. 이제는 범인의 흔적이 거의 사라진 것 같아 걱정이군요. 물론 여러분이야 이런 제 마음을 모르시겠지만 말입니다."

레오가 휘시를 현관까지 배웅했다. 그는 가족들이 모여 있는 서재로 돌아와 한숨을 쉬었다.

"어쨌든 일단은 끝났구나. 당분간이겠지만."

"앞으로도 경찰들은 알아내지 못할 거예요."

커스턴이 말했다.

"그렇게 돼서 우리에게 좋을 일이 뭐가 있어요?"

헤스터가 소리 질렀다.

"얘야, 진정하렴. 그렇게 흥분할 것 없어. 시간이 모든 것을 해결해 줄 거다."

레오가 막내딸에게 다가가며 말했다.

"그렇지 않은 일도 있어요. 이제 어떻게 해야 하는 거죠? 아, 정말 어떻게 해야 할까요?"

"헤스터 아가씨, 나하고 같이 방에 올라가요."

커스턴이 그녀의 어깨에 손을 올리며 말했다.

"아무도 같이 가 줄 필요 없어요."

헤스터는 방에서 뛰쳐나갔다. 잠시 후 현관문이 꽝 닫히는 소리가 들렸다.

커스턴이 말했다.

"전부 다! 헤스터 아가씨한테 좋지 않아요."

"내 생각에는 그럴 것 같지 않은데요."

필립 더랜트가 생각에 잠긴 채 말했다.

"그게 무슨 말이에요?"

그웬다가 물었다.

"범인이 누군지 영원히 밝혀지지 않을 거라는 말……. 그렇게 될 것 같지 않다는 예감이 들어요."

필립의 얼굴은 마치 고대의 목신처럼 장난기가 가득했고, 입가에는 기이한 미소가 어려 있었다.

"형부, 제발 조심하세요."

티나가 말했다.

필립은 놀란 얼굴로 그녀를 쳐다보았다.

"티나, 처제는 이 일에 대해 뭔가 알고 있는 거야?"

"전 제가 아무것도 모르고 있기를 바라요."

티나가 분명하고 단호한 목소리로 대답했다.

제14장

I

"새로 알아낸 사실 좀 있나?"

경찰 서장이 물었다.

"정확하게 말씀드리면 없습니다. 하지만 시간 낭비만 한 건 아니었습니다."

휘시가 대답했다.

"빠짐없이 이야기해 보게."

"우선, 주요 시간대나 전제들은 우리가 이미 알고 있던 대로였습니다. 아가일 부인은 7시 직전까지 살아 있었고, 남편과 그웬다 본과 이야기를 나누었습니다. 부인이 1층으로 내려온 다음에는 헤스터 아가일이 그녀를 목격했습니다. 세 사람이 공모했을 가능성은 없는 것 같습니다. 이제는 재코 아가일이 그 근거가 되어 주고 있지요. 부인은 7시 5분에서 30분 사이 아무 때라도 남편에게 살해됐을 수 있고, 7시 5분에 퇴근하던 그웬다 본에게 목숨을 잃었을 수도 있습니다. 또 그 직전에 헤스터가 범행을 저질렀을 수도 있고, 그 후 7시 30분경에 들어온 커스틴 린드스트롬에게 살해됐을 수도 있습니다. 필립 더랜트는 소아마비 때문에 알리바이가 인정되지만, 아내인 메리는 그의 증언을 통해서만 알리바이가 입증될 뿐입니다. 남편이 도와주기만 한다면 메리도 7시에서 7시 30분 사이에 아무 때나 내려와 아가일 부인을 죽일 수 있었습니다. 하지만 그 여자가 범인이라면 동기가 확실하지 않습니다. 사실 제가 생각할 때 이 사건에서 가장 확실한 동기를 가진 사람은 두 사람뿐입니다. 레오 아가일과 그웬다 본이죠."

"그렇다면 자네는 범인이 두 사람 중 하나이거나, 아니면 공범이라고 생각하고 있다는 건가?"

"두 사람이 같이 범죄를 저지른 것으로는 보이지 않습니다. 제가 보기에 이 사건은 계획적인 살인이라기보다는 우발적인 범죄니까요. 아가일 부인은 서재에 들어가 그 두 사람에게 재코의 돈을 달라는 요구와 협박에 대해 이야기했죠. 그리고 그 후에 레오 아가일은 재코 문제나 다른 일 때문에 아래층으로 내려갔을 겁니다. 집 안은 조용한 데다 근처엔 아무도 없었겠죠. 레오 아가일이 아내의 거실에 들어섭니다. 마침 부인은 남편에게 등을 보인 채 책상에 앉아 있었을 겁니다. 바닥에는 재코가 부인을 위협하느라 내던졌을 부지깽이가 그대로 놓여 있었죠. 평소에 자제심이 강하고 조용한 사람들은 때때로 돌발적인 행동을 합니다. 지문이 남지 않게 손수건으로 부지깽이를 감싸 들고 단숨에 부인의 머리를 내리치는 겁니다. 그리고 서랍들을 열어 돈이 목적인 범죄인 양 가장하는 거지요. 그런 다음, 다시 서재로 올라가 다른 사람이 시신을 발견할 때까지 가만히 기다리고 있었겠죠. 아니면 그웬다 본이 퇴근하는 길에 부인이 있는 방을 들여다보다 갑자기 죽이고 싶다는 충동을 느낀 건지도 모릅니다. 재코는 완벽한 희생양이 되어 줄 터였고, 그렇게 되면 레오 아가일과 결혼할 수 있는 길이 열리는 셈이었으니까요."

피니 경찰 서장은 생각에 잠긴 채 고개를 끄덕였다.

"그래, 가능한 일이야. 그리고 그들은 자신들의 약혼이 너무 빨리 알려지지 않게 조심했지. 불쌍한 재코가 살인죄로 유죄 판결을 받아 완전히 안전해질 때까지 말이야. 그래, 충분히 그럴 수 있는 일이지. 범죄란 아주 단순한 법이니까. 남편과 제3자, 아니면 아내와 제3자. 오래전부터 똑같은 양식이지. 그렇다면 이제 우리는 어떻게 해야 하는 건가, 응, 휘시? 뭘 할 수 있을까?"

"저도 모르겠습니다. 어떻게 해야 할지. 우리가 제대로 범인을 찾은 건지도 모릅니다. 하지만 증거가 어디에 있습니까? 법정에 내놓을 증거는 아무것도 없습니다."

휘시가 천천히 대답했다.

"없지, 없어. 그렇더라도 자네는 그자를 범인이라고 확신하고 있겠지? 확실하다고 믿는 건가?"

"저도 그랬으면 좋겠지만, 사실은 확신이 없습니다."

휘시 총경이 기운 없이 대답했다.

"아니! 어째서 확신이 서지 않는다는 건가?"

"그 사람, 아가일 씨 때문입니다."

"살인을 저지를 사람이 아니라는 뜻인가?"

"그런 것만은 아닙니다. 그가 살인자가 될 수 없는 사람이라서가 아니라, 재코 때문에 그런 생각이 들었습니다. 제가 보기에 그 사람은 고의로 아들에게 죄를 뒤집어씌울 사람이 아니니까요."

"재코는 그의 친아들이 아니었다는 걸 잊지 말게. 어쩌면 재코를 싫어했을 수도 있어. 아내가 아이들만 사랑해서 화가 났을지도 모르는 일이지."

"그럴 수도 있겠죠. 하지만 그 사람은 진심으로 자식들을 아끼는 것 같았습니다. 그들 모두를 사랑하는 것처럼 보였어요."

"틀림없이 레오 아가일은 아들이 교수형을 당하지 않으리라는 걸 알고 있었던 거야……. 그래서 그랬을 수도 있어."

피니가 생각에 잠기며 말했다.

"아, 무슨 말씀인지 알겠습니다. 레오 아가일은 아들이 10년쯤 감옥에서 살다 나와도 큰 해가 되지 않을 거라고 생각했을 수도 있다는 말이군요."

"그 젊은 여자, 그웬다 본은 어떤가?"

"만일 그 여자가 범인이라면, 재코에 대해서는 조금도 양심의 가책을 느끼지 않았을 겁니다. 여자들이란 무자비한 법이니까요."

"그렇다면 자네는 그 두 사람 중에 사건의 범인이 있다는 생각을 굳힌 건가?"

"그렇게 생각합니다."

"더 의심 가는 사항은 없나?"

경찰 서장이 재촉했다.

"없습니다. 하지만 뭔가 있기는 합니다. 뚜렷하게 드러나지는 않습니다만."

"무슨 말인지 설명해 보게."

"전 그들이 각자 서로에 대해 무슨 생각을 하고 있는지 알고 싶습니다."

"알겠네, 무슨 뜻인지 알겠어. 그들끼리는 누가 범인인지 알고 있는 게 아닌지 알고 싶은 거로군."

"예, 그 부분이 명확하지 않습니다. 그들은 과연 범인이 누군지 모두 알고 있을까요? 그래서 그 사실을 숨기기로 합의한 것일까요? 그렇지만 전 그렇게 생각하지는 않습니다. 각자 다른 생각을 하고 있을 수도 있지요. 그 스웨덴 여자, 그 여자는 신경이 예민해 보이더군요. 몹시 불안해하고 있었습니다. 물론 자기가 범인이어서 그런 걸 수도 있죠. 더군다나 그 나이 때의 여자들은 흥분하기 쉬우니까요. 어쨌든 그 여자는 자기가 범인이거나, 아니면 다른 누군가 때문에 겁에 질린 듯했습니다. 잘못 안 걸 수도 있지만, 다른 누군가 때문에 저러는 게 아닌가 하는 인상을 받았습니다."

"레오 때문일까?"

"아니요. 레오 때문에 그 여자가 그렇게 불안해할 거라는 생각은 들지 않았습니다. 제 생각에는 그 젊은 아가씨, 헤스터 때문인 것 같더군요."

"헤스터? 흠, 그 아가씨가 의심받을 이유라도 있나?"

"구체적으로 드러난 동기는 없습니다. 하지만 성격이 불같은 구석이 있더군요. 어쩌면 정서적으로 약간 불안한 아가씨일 수도 있습니다."

"그렇다면 아마도 린드스트롬은 그 아가씨에 대해 우리가 모르는 뭔가를 알고 있는 모양이군."

"그렇겠죠. 그리고 또 주립 도서관에서 일하고 있다는 작고 가무잡잡한 아가씨도 있습니다."

"사건이 있던 날 밤에 그 여자는 그 집에 없었다고 하지 않았나?"

"그렇습니다. 하지만 제가 보기에는 뭔가 알고 있는 눈치였습니다. 누가 범인인지 알고 있는 것 같더군요."

"추측인가, 아니면 확실히 알고 하는 말인가?"

"그 아가씨는 걱정하고 있었습니다. 단순히 추측하는 정도로 그러는 것 같지는 않더군요."

휘시가 계속 말을 이었다.

"그리고 장남인 미키가 있습니다. 그 친구도 사건이 있던 날 현장에 없었습니다. 하지만 계속 혼자서 차를 타고 있었다고 합니다. 그의 말로는 자동차를 검사하기 위해 무어 로드를 거쳐 민친 힐까지 갔다고 하더군요. 하지만 미키의 진술은 확인할 길이 없습니다. 그가 자동차를 몰고 집에 왔다가 부인을 죽이고 다시 돌아간 건지도 모르죠. 그웬다 본이 예전에는 말하지 않았던 새로운 진술을 했습니다. 그녀가 저택 진입로를 막 벗어났을 때 자동차가 한 대 지나갔답니다. 그 길에는 집이 열네 채 있습니다. 물론 그 차는 그중 한 집을 찾아가는 차였을지도 모르지요. 이미 2년이나 지나서 기억하고 있는 사람이 없을 겁니다. 하지만 그 자동차가 미키의 차였을 수도 있지요."

"그 친구가 왜 양어머니를 죽이고 싶어 한단 말인가?"

"우리는 그 이유를 모릅니다. 하지만 그들 중 누군가는 알고 있을지도 모릅니다."

"누가 알고 있다는 거지?"

"그들 모두 알고 있을 겁니다. 하지만 우리에게 말하지 않을 겁니다. 그들이 아무것도 모르고 있다면 말했겠죠."

"자네의 사악한 의도를 받아들이도록 하겠네. 누구에게 작업을 할 생각인가?"

피니 경찰 서장이 물었다.

"린드스트롬이 어떨까 생각합니다. 제가 그 여자의 방어막을 무너뜨릴 수 있다면 말입니다. 그리고 그 여자가 아가일 부인에게 원한이 있는 건 아닌지도 알아볼 생각입니다. 아니면 몸이 불편한 친구, 필립 더랜트가 괜찮을 것 같습니다."

휘시가 말했다.

"그 친구는 무엇 때문에 그러나?"

"제가 보기에 그 사람은 이 사건에 대해 몇 가지 생각하는 게 있는 것 같았습니다. 그런 것들을 제게 알려 줄 것 같지는 않습니다만,

잘하면 그 친구가 생각하고 있는 걸 어렴풋이 알아낼 수 있을 것도 같습니다. 아주 똑똑한 친구인 데다 관찰력이 뛰어나더군요. 어쩌면 벌써 한두 가지쯤 흥미로운 사실을 알아차렸을지도 모르지요."

II

"밖에 나가자, 티나. 바람이나 쐬러."

"바람 쐬자고?"

티나는 믿지 못하겠다는 얼굴로 미키를 쳐다보았다.

"이렇게 추운 날씨에 말이야?"

그녀는 몸을 조금 떨었다.

"티나, 넌 상쾌한 바람을 싫어하지? 그래서 하루 종일 도서관 안에 갇힌 채 버틸 수 있나 보다."

티나가 미소 지었다.

"겨울에는 갇혀 있어도 좋아. 도서관 안은 따뜻해서 아주 기분 좋으니까."

미키가 그녀를 쳐다보았다.

"여기 앉아 있는 널 보니까 난롯불 앞에서 기분 좋게 몸을 웅크리고 있는 새끼 고양이 같아. 하지만 밖에 나가 보는 것도 좋을 거야. 티나, 나가자. 너랑 얘기하고 싶어. 난…… 이 끔찍한 일들을 잊어버리고 시원하게 심호흡 한 번 해 보고 싶어서 그래."

티나가 의자에서 일어서는 자태는 미키가 말한 새끼 고양이와는 비교도 할 수 없을 만큼 나른해 보이면서도 우아했다.

현관에서 그녀는 목 주위에 털이 달린 트위드 코트로 온몸을 감쌌다. 그런 다음 두 사람은 밖으로 나갔다.

"오빠는 코트도 안 입고 나가는 거야?"

"난 추위를 안 타."

"휴, 난 겨울만 되면 이 나라가 얼마나 싫은지 몰라. 외국에 가고 싶어. 어디든 항상 햇살이 따뜻하게 비치고 촉촉하고 부드럽고 따뜻한 공기로 가득한 그런 곳으로 갔으면 좋겠어."

티나가 부드럽게 말했다.

"얼마 전에 페르시아 만에 있는 석유 회사에서 일하자는 제의를 받았어. 자동차 수송을 감독하는 일이야."

미키가 말했다.

"갈 거야?"

"아니, 별로 생각 없어……. 가 봐야 좋을 게 없잖아?"

두 사람은 집 뒤쪽으로 돌아 강 하류의 모래사장으로 이어지는 숲 사이의 구불구불한 길로 접어들었다. 그 길을 따라 가다 중간쯤에 이르면, 바람을 피할 수 있는 작은 정자가 서 있었다. 두 사람은 자리에 앉지 않고 흐르는 강물을 내려다보며 잠시 그 앞에 서 있었다.

"정말 아름다운 곳이지?"

미키가 물었다.

티나는 무심한 눈으로 강물을 내려다보며 대답했다.

"그래, 그런 것 같아."

"말은 그렇게 해도 그렇게 생각 안 하는 것 같은데?"

미키가 애정 어린 시선으로 그녀를 바라보며 말했다.

"넌 지금 이곳을 아름답다고 느끼지 않잖아, 티나. 한 번도 그런 적이 없지."

"내 기억으로는, 오빠야말로 우리가 여기 사는 내내 이곳의 아름 다움을 즐긴 적이 한 번도 없었어. 오빠는 늘 런던으로 돌아가고 싶 어서 안달이었으니까."

"그건 다른 문제야. 난 여기 사람이 아니었으니까."

미키가 짤막하게 대꾸했다.

"그거야 아무래도 상관없잖아? 오빠는 어디에도 속해 있지 않으 니까."

"그래, 난 아무 데도 속해 있지 않아. 그 말이 맞을 거야. 티나, 지 금 재미있는 게 생각났어. 이 옛날 노래 기억나니? 커스턴이 불러 줬던 기억이 나는데. 비둘기에 관한 노래 있잖아. '오, 예쁜 비둘기 야, 오, 다정한 비둘기야. 하얀, 새하얀 가슴을 가진 비둘기야.' 기억 나니?"

미키가 멍한 목소리로 말했다.

티나는 고개를 저었다.

"아마 오빠한테만 불러 줬던 노래인가 봐. 난 기억이 안 나."

미키는 노래의 반은 가사로, 나머지 반은 흥얼거리며 계속 노래 를 불렀다.

"오, 정말 사랑스러운 아가씨, 난 여기 없다오. 집도, 머물 곳도 없어. 바닷가에도 모래밭에도 있을 곳이 없네. 하지만 그대 마음속에 머무르리.'"

미키가 티나를 쳐다보았다.

"난 이 노래가 사실이라고 생각했어."

티나가 작은 손으로 그의 팔을 잡아당겼다.

"이리 와, 오빠. 여기 앉아 봐. 여긴 바람이 들어오지 않아서 그렇게 춥지 않아."

미키가 그녀 옆에 앉았다.

"오빠는 왜 항상 불행한 거야?"

"예쁜 내 동생, 너는 아마 내가 이러는 이유를 조금도 이해할 수 없을 거야."

"나도 잘 알아. 어째서 오빠는 그 사람을 잊지 못하는 거지?"

"잊지 못한다니? 누구를 말하는 거야?"

"오빠 어머니 말이야."

"어머니를 잊으라니! 오늘 아침에 그런 일이 있었는데, 그런 질문을 받았는데 어떻게 잊어버릴 수 있겠어! 누군가 살해당하면, 사람들은 '그 사람을 잊게' 해 주지 않는 법이야!"

미키가 씁쓸하게 말했다.

"그런 뜻이 아니야. 내 말은 오빠 친어머니 말이야."

"어째서 내가 그 여자를 생각한다는 거야? 여섯 살 이후로는 본 적도 없는데."

"하지만, 오빠. 오빠는 항상 친어머니를 생각하고 있잖아."

"내가 언제 너한테 그런 말을 했니?"

"때로는 말하지 않아도 알 수 있는 게 있어."

미키는 그녀를 쳐다보았다.

"넌 아주 조용하고 부드러운 아이야, 티나. 작고 검은 고양이 같아. 지금도 네 털을 쓰다듬고 싶어. 착한 고양이! 작고 예쁜 고양이 같으니라고!"

그는 손으로 티나의 외투 소매를 쓰다듬었다. 티나는 가만히 앉아 미소를 지으며 그가 하는 행동을 지켜보고 있었다.

미키가 말했다.

"넌 어머니를 싫어하지 않지, 티나? 우리들은 모두 어머니를 싫어했는데도 말이야."

"그건 정말 무정한 짓이야."

티나가 말했다. 그녀는 미키를 보고 고개를 젓더니 어떤 기운에 사로잡혀 말을 이어 갔다.

"어머니가 오빠한테, 우리 모두에게 어떻게 해 주셨는지 생각을 해 봐. 집, 따뜻함, 친절, 맛있는 음식, 가지고 놀 장난감 그리고 오빠를 안전하게 지켜 주고 보살펴 주는 사람들까지……."

"그래, 그래. 크림이 가득 담긴 접시를 주고 자주 털을 쓰다듬어 주면 되는 거지? 작은 고양이야, 네가 원하는 건 그게 전부였지?"

미키가 성급하게 티나의 말을 가로막았다.

"난 감사하게 생각했어. 다들 안 그랬던 모양이지만."

"넌 이해하지 못해, 티나. 마땅히 고마워해야 하는데도 그럴 수 없는 경우를 알아? 어떤 때는 감사해야 한다는 의무감 때문에 상황이 더 안 좋아지는 경우도 있어. 난 여기서 살고 싶지 않았어. 이렇게 풍족한 생활도 원하지 않았다고. 난 원래 살던 곳에서 이리로 오게 된 게 싫었단 말이야."

"그냥 그 집에 있었으면 폭격을 당했을 수도 있어. 어쩌면 죽었을지도 모르는 일이잖아."

티나가 지적했다.

"그게 무슨 상관이야? 죽었어도 상관없어. 난 내가 살던 곳에서, 내가 좋아하는 사람들과 같이 죽었을 거야. 내가 속해 있는 곳에서 말이야. 너도 알겠지만 그런 거야. 우린 다시 돌아왔어. 어디에도 속하지 못하는 것처럼 안 좋은 일은 없을 거야. 작은 고양이 티나, 넌 오로지 물질적인 것만 생각하지."

"어쩌면 그 말이 맞을지도 몰라. 아마 난 다른 형제들이 생각하는 것처럼 느낄 수 없을 거야. 모두들 느끼고 있는 그 이상한 분노를 난 느끼지 않아. 오빠, 나한테는 어머니에게 감사하는 게 너무 쉬웠어. 난 내 자신도, 내가 살던 곳도 모두 다 싫었거든. 그런 내 모습을 어떻게든 벗어 버리고 싶었어. 내가 아닌 다른 사람이 되고 싶었지. 그런데 어머니가 날 다른 사람으로 만들어 주셨어. 가정도 있고, 사랑받으며 사는 크리스티나 아가일이 되게 해 주셨지. 안정적이고 확실한 생활을 할 수 있게 말이야. 어머니는 내게 그 모든 것을 주셨어. 그래서 난 어머니를 사랑해."

"네 친어머니는 어떻게 되셨어? 생각해 본 적 있니?"

"내가 왜 그래야 하는 건데? 사실 기억조차 나지 않아. 난 겨우 세 살 때 여기 왔잖아. 기억나는 건, 늘 친어머니랑 있으면 무섭고 두렵다는 거였어. 항상 뱃사람들이랑 요란하게 싸우던 일 하며. 이제 와서 생각해 보면 엄마는 혼자 있을 때는 거의 온종일 취해 있었던 것 같아."

티나는 담담한 목소리로 말했다.

"아니, 친어머니에 대해서는 생각하고 싶지도, 기억하고 싶지도 않아. 내 어머니는 아가일 부인뿐이야. 여기가 내 집이고."

"네겐 무척 쉬운 일이구나, 티나."

"그렇다면 오빠한테는 왜 어려운 일인데? 그건 오빠가 그렇게 만들었기 때문이잖아! 오빠가 미워하는 사람은 아가일 부인이 아니야, 친어머니지. 그래, 내 말이 사실이라는 걸 난 알아. 만일 오빠가 아가일 부인을 죽인 거라면, 혹시 그랬다고 하더라도 오빠가 진짜 죽이고 싶었던 대상은 친어머니였을 거야."

"티나! 대체 무슨 말을 하고 있는 거야?"

"그리고 이제 오빠는 더 이상 아무도 미워하지 않아. 그 사실이 오빠를 외롭게 만들고 있는 거지? 하지만 이제는 증오 없이도 살아가는 방법을 배워야 해, 오빠. 어려운 일인지 모르지만 그래도 할 수 있을 거야."

티나가 차분히 말했다.

"네가 정말 무슨 말을 하는 건지 모르겠다. 지금 내가 어머니를 죽였을지도 모른다는 소리야? 그날 내가 이 근처에 없었다는 걸 넌 잘 알고 있잖아. 난 고객의 차를 시험해 보느라고 민친 힐에서 무어 로드까지 운전했단 말이야."

"정말 그랬어?"

그녀는 자리에서 일어나 강 하류를 내려다볼 수 있는 전망대까지 걸어갔다.

"무슨 뜻이야?"

미키가 그녀를 따라가며 물었다. 티나는 저 아래 있는 모래사장을 가리켰다.

"저기 서 있는 두 사람 누구지?"

미키는 관심 없다는 듯 흘긋 쳐다보고는 대답했다.

"헤스터와 그 의사 애인일 거야. 티나, 그보다 그 말 무슨 뜻이야? 제발 그렇게 절벽 바로 앞에 서지 마."

"왜…… 날 저 아래로 밀어 버리고 싶어서? 오빠는 할 수 있을 거야. 난 몸집이 작으니까."

미키가 쉰 듯한 목소리로 말했다.

"넌 왜 그날 저녁에 내가 이 근처에 왔을지도 모른다고 생각하는 거지?"

티나는 아무 말도 하지 않았다. 그녀는 몸을 돌려 집 쪽으로 걸어가기 시작했다.

"티나!"

티나가 조용하고 부드러운 목소리로 말했다.

"오빠, 난 걱정돼. 헤스터와 돈 크레이그가 아주 많이 걱정돼."

"헤스터와 그 남자 친구는 신경 쓸 것 없어."

"하지만 난 두 사람이 신경 쓰여. 헤스터가 무척 불안해하고 있어. 그게 마음에 걸려."

"지금 우리는 저 두 사람 이야기를 하는 게 아니야."

"난 저 두 사람 얘기를 하고 있어. 두 사람은 문제가 있어."

"티나, 넌 그동안 내내 내가 여기 와서 어머니를 죽였다고 믿고 있었던 거야?"

티나는 대답하지 않았다.

"넌 그 당시에는 아무 말도 안 했잖아."

"내가 왜 그런 말을 해? 그땐 그럴 필요가 없었어. 재코가 어머니를 죽인 게 분명했으니까."

"그리고 지금은 재코가 어머니를 죽이지 않았다는 사실이 분명해졌지."

티나가 다시 고개를 끄덕였다.

"그래서? 지금은 어떻다는 거야?"

그녀는 대답하지 않고, 집을 향해 난 길을 걷기 시작했다.

III

작은 모래사장에서 헤스터는 신발을 질질 끌며 발이 푹푹 빠지는 모래 위를 걷고 있었다.

"무슨 말을 하라는 건지 모르겠어요."

헤스터가 말했다.

"그 일에 대해 이야기해 줘."

돈 크레이그가 말했다.

"아무 소용없는 일을…… 무엇 때문에 말해 달라는 건지 모르겠군요. 그런다고 상황이 더 나아질 것도 아닌데."

"적어도 오늘 아침에 무슨 일이 있었는지 정도는 내게 말해 줄 수 있잖아."

"아무 일도 없었어요."

"아무 일도 없었다니 무슨 뜻이지? 경찰들이 오지 않았나?"

"아, 경찰들이야 왔죠."

"그 사람들이 가족 모두에게 질문을 했어?"

"예, 우리 모두에게 질문을 하더군요."

"어떤 질문을 했지?"

"그냥 일상적인 질문이었어요. 그때와 거의 같은 내용이었죠. 우리가 어디에 있었고, 뭘 하고 있었는지, 마지막으로 살아 있는 어머니를 본 건 언제인지 그런 거요. 돈, 정말 그 일에 관해서는 더 얘기하고 싶지 않아요. 이제 모두 끝난 일이에요."

"하지만 완전히 끝난 게 아니잖아. 중요한 건 그거지."

"당신이 이 일에 왜 그렇게 신경 쓰는지 모르겠어요. 당신은 이 사건과는 상관없잖아요."

"난 당신을 돕고 싶은 거야. 이해하지 못하겠어?"

"이런 이야기를 하는 자체가 날 도와주는 게 아니에요. 난 그저

잊어버리고 싶을 뿐이니까요. 이 일을 잊을 수 있도록 당신이 도와
주겠다면, 그건 얘기가 다르겠지만."

"헤스터, 자꾸 회피한다고 해서 좋을 건 없어. 상황을 받아들여야
만 해."

"당신 말처럼 난 이미 오늘 아침에 이 상황을 받아들였어요."

"헤스터, 당신을 사랑해. 당신도 알고 있잖아, 안 그래?"

"나도 그런 줄 알았어요."

"그런 줄 알았다니, 무슨 뜻이지?"

"이 일에 대해서 왜 자꾸만 알려고 하는 거예요?"

"난 알아야만 해."

"정말 이러는 이유를 모르겠어요. 당신은 경찰이 아니에요."

"당신 어머니가 살아 있는 모습을 마지막으로 본 사람이 누구지?"

"저예요."

"그건 나도 알고 있어. 그때가 7시 되기 직전 아니었나? 당신이
날 만나러 나오기 직전이었을 테니까."

"내가 드리머스에, 그러니까 극장에 가기 전이었어요."

"그래, 그때 극장에서 내가 기다리고 있었지. 아닌가?"

"맞아요, 당신이 기다리고 있었죠."

"그때 이미 알고 있었을 거야, 그렇지 않아? 내가 당신을 사랑하
고 있다는 걸."

"확실히 알지는 못했어요. 내가 당신을 사랑하기 시작했다는 것
도 잘 모르고 있었을 때니까."

"당신한테는 이유가 없어. 당신이 어머니에게 그런 짓을 할 이유가 전혀 없잖아?"

"아니요, 이유가 있어요."

"이유가 있다니 그게 무슨 소리지?"

"어머니를 죽여야겠다는 생각을 자주 했어요. 이런 생각도 했죠. '정말 어머니가 죽었으면 좋겠어. 어머니가 죽었으면 좋겠어.' 가끔은 내가 어머니를 죽이는 꿈을 꾸기도 했어요."

그녀가 무미건조한 목소리로 말했다.

"꿈에서는 어떤 방법으로 어머니를 죽였는데?"

순간 도널드 크레이그는 연인이 아니라, 호기심 넘치는 젊은 의사로 보였다.

"때로는 권총을 쏘기도 하고, 또 어떤 때는 어머니의 머리를 내려치기도 했죠."

헤스터가 장난스럽게 대꾸했다.

크레이그가 신음 소리를 냈다.

"그건 그저 꿈이에요. 난 꿈속에서 자주 폭력적이 되는걸요."

"내 말 잘 들어, 헤스터."

돈 크레이그가 그녀의 손을 잡았다.

"당신은 내게 사실대로 말해야 해. 날 믿어야 하고."

"당신이 무슨 말을 하는지 모르겠어요."

"사실대로 말해, 헤스터. 난 진실을 알고 싶어. 나는 당신을 사랑해. 앞으로도 지켜 줄 거고. 만일(혹시 당신이 어머니를 죽인 거라면)

난 그 이유가 무엇인지 알아낼 수 있을 거야. 그게 당신 잘못이라고는 생각하지 않아. 무슨 말인지 알아듣겠어? 당연히 경찰에도 알리지 않을 거야. 당신과 나만 알고 있는 거지. 그 누구도 고통받지 않을 거야. 증거가 없으니 사건은 그대로 잊혀지겠지. 하지만 난 알아야만 해."

그가 마지막 말에 힘을 주었다.

헤스터가 그를 쳐다보았다. 커다랗게 뜬 그녀의 눈동자에는 거의 초점이 없었다.

"당신은 내가 무슨 말을 하기를 원해요?"

헤스터가 물었다.

"사실대로 말해 주면 좋겠어."

"당신은 이미 진실을 알고 있다고 생각하고 있어요, 그렇죠? 내가 어머니를 죽였다고 생각하고 있잖아요."

"헤스터, 그런 눈으로 나를 쳐다보지 마."

크레이그는 그녀의 어깨를 잡고 부드럽게 흔들었다.

"난 의사야. 이런 일의 이면에는 분명한 이유가 있다는 걸 잘 알고 있지. 사람들이 늘 자기 행동에 책임질 수는 없다는 것도 알고. 난 당신이 어떤 사람인지 알고 있어. 착하고 사랑스럽고 본질적으로는 아주 좋은 여자지. 당신을 도와주겠어. 내가 보살펴 주겠어. 우리가 결혼하면 행복하게 살 수 있을 거야. 당신은 더 이상 방황할 필요도 없고, 자신을 불필요한 존재라 생각할 이유도 없고, 그 누구의 억압도 받지 않을 거야. 이런 일들은 대부분 사람들이 이해할 수 없는 이유에서 비롯되는 경우가 많지."

"그건 이제까지 우리가 재코를 놓고 수없이 해 왔던 말이잖아요?"

"재코는 신경 쓸 필요 없어. 내가 생각하는 건 당신이니까. 당신을 정말 사랑해, 헤스터. 하지만 난 진실을 알아야만 해."

"진실을요?"

헤스터가 되물었다. 아주 천천히 그녀의 입가가 휘어지며 비웃는 듯한 미소가 떠올랐다.

"제발 말해 줘, 헤스터."

헤스터는 고개를 돌린 채 저택이 있는 쪽을 올려다보았다.

"그웬다가 날 부르고 있어요. 점심 먹을 시간인가 봐요."

"헤스터!"

"내가 어머니를 죽이지 않았다고 말한다면 믿을 수 있겠어요?"

"물론 난…… 나는 당신을 믿어."

"당신은 날 믿지 않을 거예요."

그녀는 그에게 등을 돌리고 그대로 뛰어가 버렸다. 그는 그녀를 쫓아가려다가 그만두었다.

"이런 젠장. 빌어먹을!"

도널드 크레이그가 말했다.

제15장

"하지만 아직 난 집에 돌아가고 싶지 않아."

필립 더랜트가 애처롭게 안달하며 말했다.

"그렇지만 필립, 이제는 이곳에 더 있어야 할 이유가 없어요. 우리가 여기 온 건 마셜 씨를 만나 상의하기 위해서잖아요. 그 일도 끝났고, 더군다나 경찰을 만나기 위해 기다리기까지 했어요. 이제는 더 이상 집에 돌아가지 못할 이유가 없다고요."

"우리가 여기에 머무는 걸 장인어른은 좋아하시는 것 같던데. 저녁 때 같이 체스를 둘 사람이 있어서 좋으실 거야. 세상에! 장인어른은 체스 고수셨어. 내 실력도 나쁘지 않다고 생각했는데, 이건 도저히 당해 낼 수가 없다니까."

"당신 아니어도 아버지하고 체스 둘 사람 있어요."

메리가 쌀쌀맞게 대답했다.

"여성 협회에서 불러오기라도 한다는 거야?"

"어쨌든 우린 집에 돌아가야 해요. 내일은 카든 부인이 놋쇠 장식들을 닦아 주는 날이거든요."

"폴리, 당신은 정말 완벽한 가정 주부야!"

필립이 웃으며 말했다.

"그 여자는 당신 없어도 놋쇠 장식을 닦을 수 있을 거야, 안 그래? 만약 그 여자가 혼자서 그 일을 할 수 없다면, 다음에 하자고 전보를 보내면 되잖아."

"필립, 당신은 집안일이 어떤 건지, 얼마나 어려운 건지 몰라서 그러는 거예요."

"당신이 일을 어렵게 만들지만 않으면, 그게 무엇이든 어려울 건 없을 거야. 어쨌든 난 여기에 좀 더 있고 싶어."

"오, 필립. 난 정말 이 집이 싫단 말이에요."

메리가 격앙된 목소리로 말했다.

"대체 왜 싫다는 거야?"

"여기 있으면 너무 우울해지고 슬퍼져요. 모든 일들이 여기서 일어났어요. 살인도 그렇고, 다른 일들도 그렇고."

"폴리, 이제 와서 그런 식으로 신경이 예민한 것처럼 말하지 마. 살인 사건이 터져도 당신은 눈 하나 깜박하지 않는 사람이라는 걸 아니까. 아니, 당신은 그저 집에 돌아가고 싶어서 이러는 거야. 놋쇠 장식들을 살피고, 집에 먼지가 앉지 않았는지, 모피 코트에 좀은 슬지 않았는지 확인하고 싶은 거잖아."

"겨울에는 모피 코트에 좀이 슬지 않아요."

메리가 대꾸했다.

"내 말이 무슨 뜻인 줄 알잖아, 폴리. 말하자면 그렇다는 얘기야. 하지만 부디 내 입장에서는 여기 있는 편이 좀 더 재미있다는 걸 알아 줘."

"우리 집보다 여기 있는 게 재미있단 말이에요?"

메리는 그의 말에 충격과 상처를 받은 듯했다.

필립은 재빨리 그녀의 기색을 살폈다.

"미안해, 여보. 내가 말을 잘못했어. 자기 집보다 더 좋은 곳이 어디 있겠어? 더군다나 당신이 그토록 정성껏 꾸며 놓은 집인데 말이야. 편안하고 깨끗하고 보기 좋지. 만일 내가 예전과 똑같은 몸이었다면 상황이 달랐을 거야. 온종일 바쁘게 일하고 열심히 일한 뒤에 당신이 맞아 주는 집으로 돌아와 그날 있었던 일들을 서로 이야기할 수 있다면 정말 완벽할 거야. 하지만 당신도 알다시피 지금은 그렇지 못해."

"그렇지 못하다는 건 나도 알아요. 내가 그 사실을 잊어버렸다고 생각하지 마요, 필. 늘 가슴에 담고 있어요. 얼마나 신경 쓰고 있는지 몰라요."

"그래."

필립이 거의 들리지 않을 정도로 나지막이 대답했다.

"맞아, 당신은 지나칠 만큼 신경 쓰고 있지. 당신이 너무 신경 쓰다 보니 가끔은 내가 더 신경이 쓰일 때도 있어. 난 기분 전환을 하고 싶을 뿐이야. 그리고…… 아니."

필립이 손을 들어 올렸다.

"조각 그림 맞추기나 온갖 직업적인 치료 요법, 찾아와서 보살펴 주는 사람들, 끊임없이 책을 읽는 것 따위로 기분 전환이 될 거라는 말은 하지 마. 가끔씩 난 무언가에 열중해 보고 싶어! 그런데 여기, 이 집에서 열중할 만한 일이 생긴 거야."

"필립, 당신 지금 그때 말했던 그 생각대로 하겠다는 거예요?"

메리가 숨을 죽이며 물었다.

"살인범 잡기 놀이 말이야? 살인, 살인자, 누가 살인범일까? 그래, 폴리, 당신과도 상관 있는 일이니까. 난 대체 누가 범인인지 너무 알고 싶어."

"하지만 왜요? 당신이 어떻게 알아낼 수 있단 말이에요? 누군가 침입했거나, 문이 열려 있는 걸 보고……."

"아직도 외부인의 소행일 거라고 말하려는 거야? 그건 말도 안 되는 이야기라는 걸 당신도 알잖아. 마셜이 그럴듯하게 꾸며 내기는 했지만, 그건 사실 그 사람이 우리 체면을 세워 주느라고 그런 거야. 그 멋진 가설을 믿는 사람은 아무도 없어. 사실이 그렇지 않으니까."

메리가 그의 말을 가로챘다.

"그게 사실이 아니라면, 당신이 반드시 알아 둬야 할 일이 있어요. 정말 그렇지 않다면, 그게 사실이 아니고 우리 중에 범인이 있는 거라면, 난 누군지 알고 싶지 않아요. 우리가 왜 범인을 알아야만 하죠? 모르는 편이 훨씬 낫잖아요?"

필립 더랜트는 미심쩍다는 듯 아내를 쳐다보았다.

"당신은 타조처럼 머리를 모래 속에 집어넣고 모르는 척하겠다는 거야, 폴리? 타고난 호기심이라는 것도 없어?"

"난 누군지 알고 싶지 않다고 말했어요! 정말 모든 일이 끔찍하다는 생각밖에 안 들어요. 이 일을 전부 잊어버리고 다시는 떠올리고 싶지 않을 뿐이에요."

"당신은 장모님을 죽인 범인을 알아내고 싶지도 않을 만큼 그분을 사랑하지 않은 건가?"

"어머니를 누가 죽였는지 알아내서 좋을 일이 대체 뭐가 있어요? 우리는 지난 2년 동안 재코가 범인이라는 사실을 받아들이고 살았잖아요."

"그래, 우리 모두가 만족할 수 있는 정말 멋진 방안이었지."

그의 아내는 남편을 의심스럽다는 눈초리로 쳐다보았다.

"나는…… 난 정말 당신이 무슨 말을 하는 건지 도무지 모르겠어요, 필립."

"모르겠어, 폴리? 이번 일은 내게 도전이야. 내 머리에 대한 도전이랄까? 내가 특별히 장모님의 죽음을 슬퍼하고 있다거나, 정말 그분을 좋아해서 이러는 건 아니야. 사실이 그렇지 않으니까. 장모님은 당신이 나와 결혼하는 걸 어떻게 해서든 막으려고 하셨지. 하지만 난 장모님한테 원한 같은 건 없어. 결국 당신을 얻었으니까. 그렇지 않아? 그렇다고 복수하겠다거나, 정의를 실현시키겠다는 열정이 있는 것도 아니야. 내가 이러는 건…… 그래, 아마 호기심이 가장 큰 이유라고 할 수 있을 거야."

"이건 당신이 상관할 종류의 일이 아니에요. 당신이 관여해서 좋을 게 없어요. 오, 필립. 부탁이에요. 제발 그만둬요. 그냥 집에 돌아가서 전부 잊어버려요."

"그래, 당신이 원하면 날 어디로든 끌고 갈 수 있겠지, 안 그래? 하지만 난 여기 있고 싶어. 가끔은 내가 원하는 일을 하게 해 주면 안 되는 건가?"

"난 당신이 원하는 일이라면 무엇이든 할 수 있기를 바라요."

"사실은 그렇지 않다는 거 알아, 여보. 당신은 나를 품에 안은 아기처럼 보살펴 주고 싶을 뿐이야. 날마다 가능한 모든 방법을 동원해서 무엇이 내게 최선인지 알아내잖아."

필립이 웃었다.

메리는 의심스러운 듯 그를 쳐다보며 말했다.

"난 당신이 지금 진지하게 말하는 건지 잘 모르겠어요."

"호기심과는 별도로 누가 범인인지 진실은 밝혀야만 해."

"어째서요? 그렇게 해서 좋을 일이 뭐가 있어요? 누군가를 감옥에 보내는 일일 뿐이잖아요. 생각만 해도 끔찍해요."

"당신은 내 말을 이해하지 못하고 있군. 범인이 누구라는 걸 알아내더라도 난 그 사람을 경찰에 넘기겠다고 말한 적 없어. 그렇게 하지 않을 거야. 물론 상황에 따라 달라질 수도 있겠지만. 어쩌면 내가 경찰에게 알린다고 해도 아무 소용 없을 수도 있지. 확실한 증거를 찾을 수 없을 테니까.”

“확실한 증거도 없는데 어떻게 범인을 알아내겠다는 거예요?”

“방법이야 많지. 단번에 모든 것을 밝혀 낼 수 있는 그런 방법들이. 그리고 이제 곧 범인을 알아내야 할 필요가 생길 거야. 이 집은 지금 잘못되어 가고 있어. 머지않아 더 심각해지겠지.”

“무슨 말이에요?”

“아무것도 눈치 채지 못했단 말이야, 폴리? 장인어른과 그웬다 본의 사이가 어떤지?”

“두 사람이 어떤데요? 난 정말 아버지가 왜 그 연세에 재혼하려고 하는지…….”

“난 이해할 수 있어. 사실 장인어른은 이제까지 제대로 된 결혼 생활을 못하셨어. 이제야 진정한 행복을 누릴 기회가 생긴 거야. 황혼기의 행복이라고 불러도 좋아. 어쨌든 장인어른은 그 행복을 받아들이신 거지, 아니 받아들이셔야 해. 그런데 지금 두 사람 사이는 잘 안 풀리고 있어.”

“그러면 이번 일 때문에…….”

메리가 말끝을 흐렸다. 필립이 그녀의 말을 받아 주었다.

“맞아, 이번 일 때문이야. 두 사람 사이는 시간이 지날수록 점점 더 멀어지고 있지. 그렇게 된 건 두 가지 이유 때문이야. 바로 의심과 죄책감이지.”

“누구를 의심한다는 거예요?”

“그야 서로를 의심하는 거지. 그게 아니면 한쪽에서는 의심하고,

다른 한쪽에서는 죄책감에 시달리고 있을 거야. 당신이 원하면 그 반대라고 해도 상관없어."

"필립, 날 어리둥절하게 만들지 마요."

돌연 메리의 태도에 활기가 돌기 시작했다.

"그렇다면 당신은 그웬다가 범인이라는 거예요? 아마 당신 생각이 맞을 거예요. 오, 정말 그렇다면 얼마나 다행인지 몰라요."

"불쌍한 그웬다, 당신 말은 그녀가 가족이 아니라서 그렇다는 거겠지?"

"그래요. 범인이 우리 가족 중 하나가 아니라 정말 다행이라는 뜻이에요."

"그것밖에 느껴지는 게 없어? 그 일이 우리에게 얼마나 영향을 미치는데."

"물론 그렇기야 하죠."

"물론 그렇기야 하죠. 물론이죠."

필립이 짜증스럽게 말했다.

"폴리, 당신의 문제는 상상력이 전혀 없다는 거야. 다른 사람의 입장에서 생각해 볼 수 없어?"

"왜 그래야 하는데요?"

"그래, 왜 다른 사람의 입장에서 생각해야 하느냐고? 솔직하게 말하자면 나도 그냥 내버려 두고 싶어. 하지만 장인어른이나 그웬다의 입장에서 생각해 봐. 만일 두 사람 다 죄가 없다면, 얼마나 끔찍할지 말이야. 갑자기 거리를 두게 된 그웬다는 얼마나 괴롭겠어. 마음속으로 그녀는 자기가 사랑하는 사람과 결혼하지 못할 수도 있다고 생각할 거야. 당신 아버님의 입장에서도 생각해 봐. 사랑하는 여자가 살인을 저지를 기회도, 동기도 있다는 것을 알고 계실 거야. 알수밖에 없겠지. 장인어른은 그웬다가 살인을 저지르지 않았기를 바라셔. 그녀가 범인이 아닐 거라는 생각도 하시겠지. 하지만 그 사실을 확신하지 못하고 계실 거야. 아마 확신할 수 없는 그 무언가가 있는 거겠지."

"아버지의 연세가……."

메리의 말에 필립은 더 이상 참을 수가 없었다.

"제발 장인어른의 연세 이야기는 그만 해. 그 나이의 남자라서 상황이 더 안 좋다는 걸 모르겠어? 이번이 장인어른의 인생에서 마지막 사랑이란 말이야. 그분에게 이제 다른 사랑은 없을 거야. 그만큼 깊은 감정이라고. 다른 관점에서 한번 생각해 볼까? 장인어른이 오랫동안 견뎌 온 어둡고 흐린 자신만의 세계에서 나오셨다고 가정해봐. 장인어른이 장모님을 살해한 범인이라고 가정해 보란 말이야. 누구나 불쌍한 그분에게 안타까움을 느낄 거야. 그렇지 않겠어?"

그는 생각에 잠긴 채 말을 이었다.

"나도 장인어른이 그런 일을 저질렀을 거라고는 상상조차 할 수 없어. 하지만 경찰들은 틀림없이 그렇게 생각할 거야. 폴리, 이제 당신 의견을 말해 봐. 범인이 누구라고 생각해?"

"내가 그걸 어떻게 알겠어요?"

메리가 반문했다.

"그래, 아마 당신은 모를 거야. 하지만 당신이 좋은 생각을 떠올릴 수도 있잖아. 당신이 생각을 해 본다면 말이야."

"그런 일은 생각조차 하고 싶지 않아요."

"이유가 뭔지 알고 싶어……. 단지 생각하기 싫어서일까? 아니면 그래, 어쩌면 당신이 뭔가 알고 있기 때문일까? 어쩌면 당신의 그런 냉정하고 차분한 마음속에 어떤 확신이 있는 건 아닐까……. 너무 확실하기 때문에 생각도 하기 싫고, 나한테 말하기조차 싫은 건 아닐까? 당신은 헤스터를 마음에 두고 있는 건가?"

"도대체 헤스터가 왜 어머니를 죽였다는 거예요?"

필립이 생각에 잠기며 대답했다.

"정말 그럴 만한 이유가 없는 걸까? 하지만 그런 이야기를 많이 읽었을 테니 당신도 알 거야. 정성껏 애지중지 키운 아들이나 딸이 어느 날 어리석은 짓을 저지르는 것 말이야. 모든 것을 다 들어주던 부모가 영화 표나 새 구두 살 돈을 주지 않거나, 남자 친구와 함께 나가면 10시까지 들어오라고 잔소리를 했다고 생각해 봐. 그 일 자체는 별로 대단한 일이 아니지만, 그동안 쌓여 왔던 불만에 불을 붙이는 계기가 될 수 있는 거야. 사춘기 아이들이 갑자기 정신이 확 나가서 망치나 도끼, 어쩌면 부지깽이 같은 걸 휘두를 수 있다는 거지. 설명하기 어려운 일이기는 하지만, 그런 일은 늘 있었어. 오랜 세월 억눌려 왔던 반항심이 최고점에 이르고 만 거지. 이런 경우가 처제에게 해당되는 유형이야. 당신도 알잖아. 헤스터의 문제는 그 예쁜 머릿속에서 무슨 일들이 일어나고 있는지 알 수 없다는 거지.

처제는 물론 힘이 없어. 하지만 그렇게 힘이 없다는 사실에 항상 분개하고 있지. 장모님 같은 부류는 헤스터가 스스로 약하다는 걸 의식하게끔 만드는 사람이야, 그래."

필립이 활기가 느껴지는 듯 상체를 앞으로 내밀었다.

"헤스터를 범인이라고 가정한다면 꽤 괜찮은 추리가 나올 것 같다는 생각이 드는데."

"이제 그런 얘기 그만해요."

메리가 소리쳤다.

"그래, 그만 하지. 아무리 말해 봐야 결론이 나지 않으니까. 그러면 이렇게 해 볼까? 먼저 이번 사건의 유형을 마음속으로 정한 뒤, 그 유형에 이 일에 관련 있는 모든 사람들을 적용시켜 보는 거야. 그러니까 이 사건이 어떻게 일어났는지 확실히 알아내려면, 먼저 작은 함정을 판 뒤 누가 거기에 빠지는지 살펴야 한다는 거지."

"이 집에 사람이라고는 네 명밖에 없어요. 그런데도 당신은 마치 여섯 명 이상 있는 것처럼 말하네요. 나도 아버지가 범인일 수도 있다는 데는 동의해요. 그렇지만 헤스터가 뚜렷한 이유도 없이 그런 짓을 저질렀다고 생각하는 건 너무 심한 것 같아요. 그러면 남는 사람은 커스티와 그웬다밖에 없어요."

"당신은 두 사람 중 누가 범인일 것 같아?"

필립이 약간 비꼬는 어조로 물었다.

"난 커스티가 그런 짓을 저지른다는 건 상상도 할 수 없어요. 아줌마는 늘 부지런하고 성격도 좋은 사람이었어요. 어머니한테도 정말 헌신적이었죠. 갑자기 머리가 이상해졌다면 모를까. 그런 경우가 있다는 얘기는 들은 적이 있어요. 하지만 커스티는 그렇게 이상해진 것처럼 보이지 않아요."

필립이 생각에 잠긴 채 말했다.

"그래, 난 커스티가 아주 정상적인 여자고, 그런 정상적인 여자의 생활을 좋아하는 여자라고 생각해. 어떤 면에서는 그웬다하고 비슷한 부류라고 할 수도 있을 거야. 다만 그웬다가 뛰어난 외모를 지닌 매력적인 여자인데 반해, 가련한 커스티는 건포도 빵처럼 못생겼다는 점이 다를 뿐이지. 아마 커스티를 두 번 돌아보는 남자는 없을 거야. 하지만 그녀는 그런 남자들을 좋아했겠지. 그리고 사랑에 빠져 결혼하고 싶었을 거야. 못생긴 데다 아무런 매력 없는 여자로 태어난 건 정말 끔찍한 일일 거야. 더군다나 그런 단점을 보완해 줄 특별한 재능이나 두뇌조차 없는 경우에는 더더욱 그렇겠지. 사실 커스티는 여기 너무 오래 있었어. 전쟁이 끝났을 때 이 집에서 나가 안마사 일을 계속하는 편이 좋았을 거야. 그랬으면 나이 많은 환자라도 건질 수 있었을 텐데."

"당신도 다른 남자들이랑 똑같아요. 여자들은 결혼 외에 다른 생각은 하지 않는다고 여기는 거 보면."

메리의 말에 필립은 싱긋 웃었다.

"난 여자들에게 최선의 선택은 결혼이라고 생각하는 사람이거든. 그건 그렇고 티나는 남자 친구 없어?"

"모르겠어요. 자기 이야기를 별로 안 하는 아이니까."

메리가 대답했다.

"티나는 꼭 조용한 새앙쥐 같지 않아? 아주 예쁘다고 할 수는 없어도 굉장히 우아하잖아. 이 사건에 대해 큰처제가 어떻게 생각하고 있는지 궁금한걸?"

"그 애는 아무것도 모를 거예요."

"그래? 난 그렇지 않을 것 같은데."

"당신 마음대로 상상하는 거잖아요."

"내가 상상해서 하는 말이 아니야. 티나가 뭐라고 말했는지 알아? 자기는 아무것도 모르기를 바란다고 했어. 무척 의미심장한 말이잖아? 난 처제가 뭔가 알고 있다고 확신해."

"그 애가 뭘 알고 있다는 거예요?"

"아마 어딘가와 관계된 뭔가가 있을 거야. 하지만 티나 본인은 그게 어디에 관계된 건지 정확하게 알지 못할 수도 있어. 처제한테서 그 점에 대해 알아낼 수 있으면 좋겠는데."

"필립!"

"소용없어, 폴리. 이번 일은 내가 해야 할 사명이야. 세상 사람들처럼 나도 이 사건에 관심이 많아. 그러니까 난 반드시 이번 일에 뛰어들 거야. 그러면 이제 시작해 볼까? 아무래도 커스티부터 상대하는 게 좋을 것 같군. 여러 가지 면에서 아주 단순한 영혼을 가진 여자니까 말이야."

"내가 바라는 건…… 오, 난 정말 당신이 그 미친 생각을 집어치우고 집으로 돌아가기를 얼마나 바라는지 몰라요. 우린 지금까지 행복했어요. 모든 일이 잘되고 있었는데."

그녀는 말을 멈추고는 갑자기 돌아섰다.

"폴리! 정말 그렇게 싫은 거야? 난 당신이 이렇게 화를 낼 줄은 몰랐어."

필립이 관심 어린 목소리로 묻자 메리는 다시 희망이 가득한 눈이 되어 몸을 돌렸다.

"그럼 그냥 집에 돌아가서 이 일은 전부 잊어버릴 거죠?"

"난 이 일을 잊을 수 없어. 오직 이 문제를 풀기 위해 생각하고 고민할 거야. 어쨌든 이번 주말까지는 여기 머무르자, 메리. 그 다음에는 뭘 해야 할지 저절로 알게 될 테지."

제16장

"제가 여기 좀 더 있어도 괜찮아요, 아버지?"

미키가 물었다.

"그야 물론이지. 나야 좋단다. 회사에는 안 나가도 괜찮은 거니?"

"그럼요, 회사에 전화했어요. 이번 주에는 안 가도 돼요. 회사에서도 흔쾌히 그러라고 하던걸요. 티나도 이번 주말까지는 여기 있겠다고 했어요."

미키는 주머니에 손을 찔러 넣은 채 창가로 다가가 밖을 내다보기도 하고, 방을 이리저리 돌아다니며 서가를 살피기도 하더니 갑자기 어색한 목소리로 말했다.

"아버지, 아시겠지만 그동안 저에게 해 주신 모든 일에 감사드려요. 그동안 제가 얼마나 배은망덕한 행동만 일삼았는지 최근에야 깨달았어요."

"감사해야 할 일 같은 건 없다. 넌 내 아들이야, 미키. 언제나 그렇게 생각하고 있단다."

레오가 대답했다.

"아들을 대하는 방법치곤 좀 이상했죠. 한 번도 절 다스리려고 한 적이 없잖아요."

레오 아가일은 미소 지었다. 현실에 있지 않은 듯한 초연한 미소였다.

"넌 아버지란 사람들은 그렇게 해야 한다고 생각했니? 자식들을 다스려야 한다고?"

"아니요, 아니에요, 그렇게 생각하지 않아요."

미키는 급하게 말을 이었다.

"전 구제 불능의 바보였어요. 맞아요. 정말 바보예요. 어떤 의미에서 이건 희극이에요. 제가 지금 무슨 일을 하고 싶은지, 무슨 일을 할 생각인지 아세요? 페르시아 만에 있는 석유 회사에서 일할 생각이에요. 어머니가 그렇게 저를 보내고 싶어 했던 석유 회사에서요. 하지만 그때는 정말 그렇게 하고 싶지 않았어요! 혼자 힘으로 날아보고 싶었죠."

"그 나이 때는 다 그런 거란다. 다른 사람이 골라 주는 건 싫고, 자기 마음대로 선택하고 싶은 그런 나이지. 넌 언제나 그랬단다, 미키. 우리가 빨간 털실 옷을 사 주고 싶어 하면, 넌 파란 털실 옷을 갖고 싶다고 말하곤 했지. 막상 네가 원했던 것은 빨간색이었으면서도 말이야."

"그랬어요. 전 늘 불만이 가득한 아이였으니까요."

미키가 짧게 웃었다.

"어려서 그랬던 거야. 한참 자유롭고 싶을 때니까. 무슨 일을 책임진다거나 구속받거나 지배받는 걸 싫어하지. 누구나 그런 때가 있어. 하지만 결국에는 극복해야 하는 거야."

"예, 저도 그렇게 생각해요."

"정말 기쁘다. 네가 장래를 생각해 그런 계획을 세우다니. 너도 알고 있었겠지만, 난 자동차 영업 사원이나 시험 운전자 같은 일은 네게 썩 어울리지 않는다고 생각하고 있었단다. 그렇게 나쁜 일이라고 할 수는 없다만 장래성이 없잖니."

"전 자동차가 좋아요. 그 일에 최선을 다하고 싶었어요. 하지만 차를 팔려면 과장되게 떠들거나 쉴 새 없이 재잘거리며 아부를 해야 했죠. 전 그 생활이 싫었어요. 그만두고 싶었죠. 어쨌든 이번에 하게 될 일도 자동차 운송에 관한 일이에요. 자동차 수리를 관리하는 일이죠. 제법 중요한 자리예요."

"너도 알고 있겠지만, 자금이 필요하거나 투자할 만한 가치가 있는 일이 생기면 언제라도 돈을 쓸 수 있단다. 너도 자유 재량 신탁에 대해 알고 있잖니. 어떤 일이든 세부적인 사항들만 확실하면 필요한 만큼 자금을 운용할 수 있어. 전문가의 견해도 들어 봐야겠지만, 어쨌든 네가 원한다면 돈은 얼마든지 준비되어 있다는 걸 알아 두렴."

"고맙습니다, 아버지. 하지만 전 아버지한테 의지하고 싶지는 않아요."

"의지하다니 무슨 소리냐, 미키. 그건 네 돈이야. 다른 아이들과 똑같이 너에게 할당된 네 몫이지. 내가 가진 힘이라고는 그 돈을 언제 어떻게 주느냐 하는 결정권뿐이란다. 그러니까 그건 내 돈이 아니야. 내가 너한테 주는 게 아니란다. 그건 네 거야."

"어머니의 돈이죠."

미키가 정정했다.

"신탁은 이미 몇 년 전에 만들어진 거야."

"전 그 돈을 받고 싶지 않아요! 손대고 싶은 생각도 없어요! 그렇게 할 수 없어요! 지금 같은 상황에서는 그럴 수 없어요."

아버지와 눈이 마주치자 미키는 갑자기 얼굴을 붉히더니 불분명하게 말했다.

"전…… 저는 그런 뜻으로 말한 게 아니었어요."

"왜 그 돈에 손대고 싶지 않다는 거냐? 우린 너를 양자로 삼았다. 그 말은 너에 대해 우리가 완전히 책임을 진다는 뜻이야. 금전적인 부분을 포함한 모든 면에서 말이다. 우린 널 우리 아들로 키웠고, 평생 동안 거기 걸맞은 뒷바라지를 해 줄 거야."

"전 혼자 힘으로 서고 싶습니다."

미키가 다시 말했다.

"그래, 네 뜻은 알겠어……. 아주 잘 알겠구나, 미키. 하지만 마음이 바뀌면 언제라도 네가 꺼내 쓸 수 있는 돈이 있다는 사실을 잊지 마라."

"저를 이해해 주셔서 감사합니다, 아버지. 이해하지 못하셨더라도, 제 뜻대로 하게 해 주셔서 감사해요. 좀 더 좋게 설명할 수 있었으면 좋겠는데. 전 그 돈으로 이익을 얻고 싶지가 않아요. 아니, 그럴 수가 없어요. 이런, 정말 말씀드리기가 어렵네요."

그때 거의 문을 부수기라도 할 것 같은 노크 소리가 들려왔다.

"필립인가 보구나. 어서 문을 열어 주렴, 미키."

미키가 방문을 열었다. 그러자 필립이 휠체어를 직접 굴리며 방으로 들어왔다. 그는 두 사람에게 유쾌한 미소를 지으며 인사했다.

"장인어른, 지금 바쁘십니까? 그러면 그렇다고 말씀하세요. 그럼 전 방해가 되지 않게 조용히 서가나 둘러볼 테니까요."

"바쁘지 않네. 오늘 아침에는 할 일이 없어."

레오가 대답했다.

"그웬다가 안 보이는데요?"

필립이 물었다.

"오늘은 머리가 아파서 못 온다는 전화가 왔네."

레오가 담담한 목소리로 대답했다.

"그랬군요."

"그럼 전 이만 나가서 티나를 찾아볼게요. 산책이나 좀 시켜야겠어요. 그 애는 밖에 나가는 걸 너무 싫어해서요."

미키는 이렇게 말하고 가볍고 경쾌한 발걸음으로 방에서 나갔다.

"제가 잘못 본 건가요, 아니면 미키한테 무슨 변화가 생긴 건가요? 평소처럼 불만이 가득한 얼굴이 아닌 것 같은데요?"

"이제야 어른이 된 거라네. 저렇게 되기까지 정말 오랜 시간이 걸렸지만."

레오가 대답했다.

"그렇다면 미키는 이 골치 아픈 시간 동안 기운차게 살기로 결심한 모양이군요. 사실 어제 경찰과 대면하면서 기분이 썩 좋지는 않았어요. 장인어른은 어떠셨어요?"

"그 사건에 대한 수사가 재개되었으니 고통스러운 거야 당연한 일 아닌가."

레오가 조용히 대답했다.

"미키 같은 친구는 양심적이라고 할 수 있겠죠?"

필립이 서가에서 책을 한두 권 펼쳐 보며 지나가는 말처럼 레오에게 물었다.

"이상한 질문이군, 필립."

"그렇지 않습니다. 저는 미키에 대해 생각해 봤습니다. 처남도 일종의 음치가 아닐까 해서요. 왜 사람들 중에는 죄책감이나 양심의 가책을 전혀 느끼지 못하고, 자신의 행동을 후회하지 않는 그런 인간들이 있지 않습니까? 재코처럼 말이에요."

"그래, 재코는 확실히 그랬지."

"그래서 전 미키에 대해서도 생각해 봤습니다."

필립은 잠시 말을 멈췄다가 사심 없는 목소리로 말을 이었다.

"질문 하나 해도 될까요? 장인어른은 입양한 자식들의 환경에 대해 얼마나 알고 계십니까?"

"자네는 어째서 그런 게 알고 싶은 건가?"

"단순한 호기심 때문이죠. 누구나 항상 유전적인 요인이 얼마나 차지하고 있는지 알고 싶어 하지 않습니까."

레오는 대답하지 않았다. 필립이 흥미롭다는 듯 눈을 빛내며 그를 지켜보았다.

"제가 공연한 질문을 한 모양입니다."

"아니."

레오가 자리에서 일어나며 말했다.

"자네가 그런 질문을 하지 못할 이유가 없네. 자네도 우리 가족이 잖나. 더군다나 상황이 이러니 누구라도 물어보지 않고는 힘들겠지. 우리 아이들은 자네가 생각하는 일반적인 개념에 따라 입양된 것이 아니네. 자네 아내인 메리는 정식으로 법적인 절차에 따라 입양되었네만, 다른 아이들은 비공식적인 방식으로 우리 집에 오게 되었지. 재코를 보내 준 사람은 그 애의 할머니였어. 독일군의 폭격으로 할머니가 돌아가시면서 그 애가 계속 여기에 있게 된 거야. 아주 간단했지. 미키는 사생아였네. 그 애의 엄마는 남자들한테만 관심이 있었어. 아이를 우리에게 넘겨 주는 대가로 100파운드를 달라고 하더군. 티나의 엄마에게 무슨 일이 생긴 건지는 우리도 모른다네. 아이한테 편지 한 번 쓰지 않았고 전쟁이 끝난 뒤에도 애를 찾으러 오지 않았으니까. 그 여자의 행방은 알 수가 없었어."

"헤스터는요?"

"헤스터 역시 사생아였지. 그 애의 엄마는 어린 아일랜드 인 간호사였어. 헤스터를 우리에게 보낸 뒤 얼마 되지 않아 미국인 병사와 결혼해 버렸지. 그 여자는 우리에게 아이를 계속 키워 달라고 부탁했네. 남편과 결혼할 때 아이가 있다는 얘기를 안 한 모양이더군. 전쟁이 끝나자 그 여자는 남편과 같이 미국으로 건너가 버렸고, 그 뒤로는 전혀 소식이 없다네."

"전부 비극적인 이야기네요. 부모조차 원하지 않는 불쌍한 아이들이었군요."

필립이 말했다.

"그랬어. 그래서 레이철이 아이들에게 그토록 열성적으로 대했던 거지. 사랑으로 아이들을 대하면서 제대로 된 가정에 진짜 엄마가 되어 주기로 결심했던 거야."

"정말 훌륭한 일을 하신 거네요."

"다만, 다만…… 레이철이 바랐던 그런 결과가 나오지 않았다는 게 문제였지. 자네 장모는 혈연은 그리 중요하지 않다고 믿고 있었네. 하지만 자네도 알다시피 혈연은 중요한 걸세. 보통 자기가 낳은 아이는 기질도 비슷하게 마련이고, 굳이 말로 하지 않아도 무슨 생각을 하는지 이해하는 그런 뭔가가 있지 않은가. 하지만 입양한 아이들에게서는 그런 유대감을 느낄 수가 없지. 마음속으로 무슨 생각을 하고 있는지 자연스럽게 알 수가 없단 말일세. 물론 자신의 생각이나 느낌으로 아이들에 대한 판단을 내릴 수는 있어. 그렇지만 그런 판단이 대부분 실제 아이들의 생각이나 느낌과 거리가 있을 수 있다는 것을 깨닫는 것이 현명하다네."

"줄곧 그런 생각을 하셨던 모양이군요."

"레이철에게도 이렇게 말했지. 하지만 자네 장모는 믿지 않았네. 아니, 믿고 싶지 않았겠지. 그녀는 그 아이들이 진짜 자기 아이들이 되기를 바라고 있었으니까."

"전 티나를 볼 때마다 도무지 알 수 없다는 느낌이 듭니다. 어쩌면 혼혈이어서 그런 건지도 모르겠습니다. 처제의 아버지가 누군지 알고 계십니까?"

"선원이었다고 들은 것 같아. 아마 동인도(東印度) 선원이었을 거야. 그 애 엄마에 대해서는…… 할 말이 없네."

레오가 냉담하게 대답했다.

"티나가 이번 사건에 어떤 반응을 보이고 있는지, 무슨 생각을 하고 있는지 모르겠어요. 말을 거의 하지 않으니까요."

필립은 말을 끊었다가 불쑥 질문을 던졌다.

"말은 안 하고 있지만 처제가 이 일에 대해서 뭔가 알고 있는 건 아닐까요?"

그는 서류를 넘기던 레오의 손이 갑자기 멈추는 것을 보았다. 잠시 침묵이 흐르더니 이윽고 레오가 입을 열었다.

"어째서 자네는 그 애가 아는 걸 전부 말하지 않았다고 생각하는 건가?"

"장인어른, 그건 분명한 사실입니다. 그렇지 않습니까?"

"나는 그렇게 생각하지 않네."

"티나는 뭔가 알고 있어요. 어떤 특정한 인물에게 불리한 사실을 알고 있을 거라고 생각하지 않으십니까?"

"필립, 이런 말을 해도 좋을지 모르겠네만, 이번 일에 대해서 그런 식으로 추측하는 건 현명하지 못한 행동인 것 같군. 아무래도 상상은 쉽게 부풀리게 마련 아닌가?"

"지금 제게 경고하시는 겁니까?"

"그렇다면 이 일이 자네가 할 일인가?"

"제가 경찰이 아니라는 말씀을 하고 싶으신 겁니까?"

"그래, 내 말이 그 말일세. 이건 경찰이 할 일이야. 그 사람들이 조사할 일이지."

"하지만 장인어른은 경찰들이 조사하는 것을 원치 않으시잖아요?"

"그럴 수도 있지. 난 경찰이 범인을 알아낼까 봐 두려워."

필립은 휠체어를 잡은 손에 힘을 주며 부드럽게 말했다.

"혹시 장인어른은 누가 범인인지 알고 계신 게 아닙니까?"

"그렇지 않아."

레오의 단호하고 힘이 넘치는 대답에 필립은 깜짝 놀랐다.

"난 모르네."

레오가 손을 들어 책상을 내리쳤다. 그는 더 이상 필립이 이제까지 알아 왔던 유약하고 나설 줄 모르는 성격의 레오가 아니었다.

"누가 범인인지 난 알지 못해! 알아들었나? 난 모른단 말일세. 생각해 본 적도 없어. 난…… 나는 범인이 누군지 알고 싶지 않아."

제17장

"지금 뭘 하는 거야, 헤스터?"

휠체어를 밀면서 복도를 지나가던 필립이 창밖으로 몸을 반쯤 내밀고 있는 헤스터를 보고 물었다. 그녀는 깜짝 놀라 고개를 돌리며 말했다.

"아, 형부였군요."

"하늘을 관측하고 있었던 거야, 아니면 자살이라도 할 생각이었던 거야?"

그녀가 도전적인 눈으로 그를 쳐다보았다.

"무엇 때문에 그런 말씀을 하시는 건데요?"

"그런 생각 분명히 하고 있었잖아. 하지만 솔직히 말하자면, 헤스터, 만일 그럴 계획이 있다면 그 창문은 적당하지 않아. 높이가 너무 낮으니까 말이야. 모든 고통을 잊고 싶다는 열망에 죽기로 결심했는데, 팔이나 다리가 부러지는 정도로 끝나면 얼마나 비참하겠어?"

"미키 오빠는 이 창문을 통해 저기 목련나무를 타고 집에서 빠져나가곤 했죠. 여긴 오빠의 비밀 통로였어요. 어머니는 끝까지 모르셨죠."

"그런 일들은 부모들이 절대로 모르는 법이지! 아마 그 주제로 책을 써도 한 권은 나올걸. 어쨌든 처제가 굳이 자살하고 싶다면 차라리 저 밖에 있는 정자에서 뛰어내리는 편이 나을 거야."

"그쪽에는 강 쪽으로 튀어나온 부분이 없는데요? 거기서 뛰어내리면 밑에 있는 바위에 부딪히고 말 거예요!"

"처제의 문제점은 너무 멜로 드라마처럼 상상한다는 거야. 대부분 자살을 기도하는 사람들은 가스 오븐을 틀어 놓거나, 수면제를 잔뜩 먹고 가만히 누워서 기다리는 법이거든."

"형부가 여기 계셔서 좋아요. 형부한테 상담할 게 좀 있는데 괜찮아요?"

헤스터가 느닷없이 말했다.

"그야 물론이지. 사실 요즘은 그다지 할 일도 없어. 내 방에 가서 본격적으로 이야기를 해 보는 게 어떨까?"

헤스터가 주저하자 필립이 연이어 말했다.

"메리는 아래층에 내려갔어. 그 예쁜 손으로 직접 내게 맛있는 아침 식사를 만들어 주려고 말이야."

"언니는 이해하지 못할 거예요."

"그래, 메리는 조금도 이해하지 못할 거야."

필립이 휠체어를 밀자 헤스터는 나란히 그에 맞춰 걷기 시작했다. 그녀가 거실 문을 열자 필립이 안으로 들어갔고, 헤스터가 그 뒤를 따랐다.

"하지만 형부는 이해하시잖아요. 왜 그런 거죠?"

"그야 처제도 알겠지만 누구나 그런 생각을 할 때가 있잖아……. 나 같은 경우는 그런 기분이 맨 처음 들었을 때가 어쩌면 평생 불구로 살아야 할지도 모른다는 사실을 알았을 때였지……."

"그래요, 그때는 정말 너무 끔찍하고 무서웠을 것 같아요. 더군다나 형부는 조종사였잖아요? 하늘을 날아다녔을 텐데."

"하늘을 나는 차 쟁반처럼 저 높은 곳에서 세상을 내려다봤지."

"정말 죄송해요. 정말이에요. 형부가 그런 병에 걸렸다는 걸 좀 더 생각하고, 더 많이 위로해 드렸어야 했는데!"

헤스터가 사과했다.

"오히려 난 처제가 그렇게 하지 않아서 다행인걸. 어쨌든 이미 지난 일이야. 사람은 무슨 일이든 익숙해지게 되어 있어. 헤스터, 지금 당장은 모르겠지만 정말 그래. 처제도 곧 그렇게 될 거야. 아주 무모하거나 어리석지만 않다면 말이지. 이제 나한테 하고 싶은 말을 해 봐. 뭐가 문제지? 남자 친구와 말다툼이라도 한 건가? 그 심각해 보이는 젊은 의사 친구 말이야. 아니야?"

"말다툼 정도가 아니에요. 훨씬 더 문제가 심각해요."

"곧 괜찮아지겠지."

"아니에요, 그렇지 않아요. 아마…… 이건 영원히 풀리지 않을 거예요."

"너무 과장하는 것 아니야? 처제한테는 이 세상 모든 것이 흑과 백으로 나누어져 있지? 중간이 없잖아."

"난 그럴 수밖에 없어요. 언제나 그래 왔으니까요. 내가 할 수 있고 하고 싶다고 생각했던 일 모두가 잘못되었어요. 내가 어떤 사람이 되든, 무슨 일을 하든 난 내 자신만의 삶을 살고 싶었어요. 하지만 모두 소용 없었죠. 난 어떤 것도 잘 해낼 수 없었어요. 그래서 자살을 생각하게 된 거예요. 열네 살 때부터 그랬죠."

필립은 흥미롭다는 눈빛으로 헤스터를 쳐다보다가 이윽고 조용하고 담담한 목소리로 말했다.

"물론 누구나 자살을 생각할 수 있어. 특히 열네 살부터 열아홉 살 사이에는 말이야. 그 나이 때는 세상을 살아가면서 균형을 찾지 못하는 시기잖아. 남학생들은 시험에 합격하지 못했을 거라고 생각하고 자살하고, 여학생들은 부모가 어울리지 않는 남자 친구와 영화 보러 가는 것을 허락하지 않는다고 죽어 버리지. 그 시기는 모든 것이 화려한 총천연색으로 보이는 때야. 기쁨 아니면 절망, 슬픔 아니면 비할 데 없는 행복. 하지만 결국에는 누구나 그 시절을 벗어나게 돼, 헤스터. 처제의 문제는 다른 사람들보다 더 오래 그 시절에서 벗어나지 못하고 있다는 거야."

"어머니는 언제나 옳았어요. 내가 하고 싶은 일은 뭐든 못하게 하셨죠. 전부 어머니가 옳았고, 내가 틀린 거였어요. 난 도저히 참을 수가 없었어요. 그냥 참고 지낼 수가 없었다고요! 그래서 용기를 내야 한다고 생각했어요. 도망가기로 결심했죠. 내 자신을 시험해 보기로 했어요. 그런데 그 일 역시 잘못되어 버렸어요. 연기도 잘하지 못했죠."

"그건 그렇지 않아. 처제는 훈련을 받지 않았잖아. 처제가 극단에서 말하는 것처럼 연기를 할 수 없었던 건 자기 자신을 극적으로 표현하느라 너무 바빴기 때문이지. 아마 지금이라면 충분히 할 수 있을 거야."

"더군다나 그때 난 제대로 된 연애를 하고 있는 줄 알았어요. 어리석고 유치한 일이 아닌 줄 알았죠. 그 사람은 나이도 많은 데다 유부남이었어요. 그리고 몹시 불행한 삶을 살고 있었죠."

"아주 흔한 일이지. 아마 그 남자는 그런 걸 이용했을 거야."

"난 그게 정말 대단한 열정인 줄 알았어요. 이런 내가 우습죠?"

그녀는 말을 멈추고 묻는 듯한 얼굴로 필립을 쳐다보았다.

"아니, 전혀 우습지 않아. 그 모든 일들이 얼마나 고통스러웠을지 잘 알고 있어."

필립이 부드럽게 대답했다.

"그건 대단한 열정도 아니었어요. 어리석고 하찮은 연애에 불과했어요. 그 남자가 말했던 자기 생활이나 아내에 대한 얘기는 모두 사실이 아니었어요. 난…… 나는 그 남자에게 속았던 거죠. 정말 바보 같고 어리석고 멍청했어요."

헤스터가 씁쓸하게 말했다.

"가끔은 그런 경험을 통해 세상을 알아 가는 거야. 그런 일이 있었지만 처제에게 해가 된 일은 없잖아. 헤스터가 좀 더 성숙해지는데 그 경험들이 도움이 됐을 거야. 그렇지 않았다면 앞으로 도움이 될 거고."

"어머니는 이 모든 일들을 완벽하게 처리하셨어요. 그런 상황에 처한 내게 오셔서 모든 일들을 정리하신 다음, 정말 연기를 하고 싶다면 연기 학교에 다니라고 말씀하시더군요. 하지만 난 정말 연기를 하고 싶었던 게 아니었어요. 그리고 이미 내가 소질이 없다는 걸 알고 있었죠. 그래서 집으로 돌아왔어요. 달리 어떻게 할 수 있었겠어요?"

헤스터가 분개하며 말했다.

"아마 다른 방법도 있었을 거야. 하지만 그게 가장 쉬웠겠지."

"맞아요. 정말 잘 아시네요. 형부도 이제 아시겠지만, 난 너무 약해요. 그래서 언제나 쉬운 길만 택하면서 살았죠. 그리고 어쩌다 거기에 거스르려고 하면 어리석게도 형편 없는 일들만 저지르게 되는 거예요."

헤스터가 열변을 토했다.

"정말 지독하게 자기 자신을 못 믿나 본데?"

필립이 부드럽게 물었다.

"어쩌면 내가 양녀라서 그런 건지도 몰라요. 난 열여섯 살이 될 때까지 그 사실을 모르고 있었거든요. 그러다 다른 오빠, 언니들이 모두 입양된 거라는 사실을 알게 되었죠. 그제야 어머니께 물어보고, 나 역시 양녀라는 사실을 알게 되었어요. 내가 아무 데도 속해 있지 않다는 사실이 너무 무섭게 느껴졌어요."

"자기 자신을 이렇게 극적으로 표현하다니, 정말 대단한 아가씨라니까."

"어머니는 진짜 내 어머니가 아니었어요. 단 한 번도 내가 어떤 기분을 느끼는지 이해하지 못했어요. 그저 관대한 얼굴로 날 쳐다보고, 친절하게 대해 주면서 날 위한 계획을 세웠어요. 오! 난 정말 어머니가 싫었어요. 지독한 짓이라고 생각했지만, 이러면 안 된다는 걸 알고 있었지만, 그래도 너무 미웠어요!"

"사실 대부분의 딸들은 자기 엄마를 싫어하는 시기가 있어. 그러니까 아주 이상한 건 아니야."

"난 어머니가 늘 옳다는 걸 알았기 때문에 싫었어요. 모든 일에 옳은 사람이 있다는 건 정말 끔찍한 일이에요. 그게 얼마나 다른 사람을 무기력하게 만드는지 모를 거예요. 형부, 이 모든 일이 너무 끔찍해요. 난 어떻게 하면 좋을까요? 내가 무엇을 할 수 있을까요?"

"그 젊은 친구하고 결혼해서 자리를 잡아. 훌륭한 의사의 착한 아내가 되는 거야. 처제에게 그것보다 더 좋은 일이 있을까?"

"그 사람은 나하고 결혼하고 싶어 하지 않아요."

헤스터가 애처롭게 대답했다.

"확실해? 그 친구가 그렇게 말한 거야, 아니면 헤스터가 그렇게 생각하는 거야?"

"그 사람은 내가 어머니를 죽였다고 생각해요."

"이런."

필립은 잠시 아무 말도 하지 않았다.

"처제가 그랬어?"

그녀는 필립을 돌아보았다.

"왜 그런 걸 물어보는 거예요? 도대체 왜?"

"누군지 알게 되면 재미있을 것 같아서. 분명히 말하지만 범인은 가족 중에 있어. 경찰도 그렇게 생각하고 있을 거야."

"내가 정말로 우리 어머니를 죽였다면, 형부한테 그 사실을 말할 것 같아요?"

"말하지 않는 편이 현명한 거지."

필립이 동의했다.

"그 사람은 내가 어머니를 죽였다는 걸 알고 있다고 말했어요. 내가 그 사실을 인정하고 그에게 고백하면 모든 일이 잘될 거라고 하더군요. 우린 결혼하게 될 거고, 자기가 나를 돌봐 줄 거라면서요. 그 일…… 그 일 때문에 우리 사이에 무슨 문제가 생기지는 않을 거라고 했어요."

필립이 휘파람을 불었다.

"그래, 좋아. 그런 거군."

"어떻게 해야 좋을까요? 내가 어머니를 죽이지 않았다고 말하는 게 좋을까요? 그래도 그 사람은 믿지 않을 거예요, 그렇죠?"

"그렇겠지. 그렇게 말한다면."

"난 어머니를 죽이지 않았어요. 아시겠어요? 난 어머니를 죽이지 않았다고요. 난 안 했어요. 아니에요, 아니란 말이에요."

그녀는 갑자기 말을 끊었다가 다시 말했다.

"설득력 없이 들릴 거예요."

"진실이란 설득력 없게 들리는 경우가 많은 법이야."

필립이 그녀를 격려하듯 말했다.

"범인이 누군지 우리는 몰라요. 아무도 모르죠. 우린 지금 서로를 쳐다보고 있어요. 메리 언니는 나를 봐요. 커스턴도요. 아줌마는 내게 너무 친절하고, 날 지켜 주려고 해요. 내가 범인이라고 생각하는 거죠. 대체 내게 어떤 기회가 남아 있는 거죠? 그게 어떤 건지 형부는 아시겠어요? 내가 어떻게 해야 하는 걸까요? 차라리 정말 곶에 내려가서 뛰어내리는 편이 나을지도 몰라……."

"제발 그런 바보 같은 말은 하지 마, 헤스터. 분명히 다른 방법이 있을 거야."

"다른 어떤 방법? 달리 어떻게 할 수 있겠어요? 난 모든 것을 잃어버렸어요. 어떻게 이 상태로 하루하루 살아갈 수 있겠어요?"

헤스터는 필립을 쳐다보았다.

"형부가 나를 무모하고 불안정하다고 생각하는 것 알아요. 그래요, 어쩌면 내가 어머니를 죽였을지도 몰라요. 양심의 가책이 나를 이렇게 괴롭히는 건지도 모르죠. 아마 그 일을 잊지 못하고 있는 것일 수도 있어요. 여기에서."

그녀가 극적으로 가슴에 자신의 손을 얹었다.

"말도 안 되는 소리 하지 마."

필립이 불쑥 팔을 내밀어 그녀를 끌어당기는 바람에 헤스터는 그의 의자 위로 반쯤 쓰러졌다. 필립은 그녀에게 입맞춤했다.

"처제한테 필요한 건 남편이야. 하지만 머리에 정신 의학과 전문 용어로 가득 차 있는, 심각하기만 한 젊은 멍청이, 도널드 크레이그는 아니야. 처제는 어리석고 바보 같아. 하지만 너무 사랑스럽지."

그때 문이 열렸다. 메리 더랜트가 입구에 선 채 꼼짝도 하지 않고 있었다. 헤스터는 몸을 일으키려 애를 썼고, 필립은 아내를 보며 겸연쩍은 미소를 지어 보였다.

"폴리, 지금 막 헤스터를 격려해 주고 있던 참이야."

"그랬군요."

메리가 대답했다.

그녀는 가만히 들어와 작은 탁자 위에 쟁반을 올려놓은 다음 남편 옆으로 그 탁자를 옮겼다. 메리는 헤스터를 쳐다보지 않았다. 헤스터는 불안한 눈으로 두 사람을 쳐다보았다.

"아, 난 이만 가 보는 게 좋을 것 같아요. 나가서……."

헤스터는 말을 끝맺지 못한 채로 나가면서 문을 닫았다.

"헤스터는 심각한 상황이야. 자살을 생각하고 있었어. 그래서 말리려고 했던 것뿐이야."

메리는 아무 말도 하지 않았다.

그가 아내에게 손을 내밀자 메리는 뒤로 물러났다.

"폴리, 나 때문에 화난 거야? 많이 화났어?"

이번에도 메리는 대답하지 않았다.

"내가 헤스터에게 입맞춘 것 때문에 화가 난 모양이지? 이리 와,

폴리. 별것도 아닌 입맞춤 한 번에 그렇게 화낼 것 없잖아. 처제는 너무 사랑스럽지만 그만큼 어리석어. 그래서 갑자기…… 그래, 망나니처럼 굴어 보면 재미있을 것 같은 생각이 들었어. 그래서 장난 한 번 친 것뿐이야. 이리 와, 폴리. 내게 입맞춰 줘. 입맞추고 화해하는 거야."

"지금 먹지 않으면 수프가 식을 거예요."

그녀는 이렇게 말하고는 침실로 들어가 문을 닫아 버렸다.

제18장

"젊은 숙녀분이 선생님을 찾아오셨는데요."

"젊은 숙녀?"

캘거리는 깜짝 놀랐다. 아무리 생각해도 그를 찾아올 여자는 없었던 것이다. 캘거리는 책상 위에 어지럽게 흩어져 있는 일거리들을 내려다보며 얼굴을 찡그렸다. 그러자 수위가 좀 더 낮고 조심스러운 목소리로 다시 한 번 말했다.

"진짜 젊은 아가씨예요. 아주 예쁘고 젊은 아가씨던걸요."

"알았어요. 이리 들어오라고 전해 주세요."

캘거리는 입가에 떠오르는 미소를 감출 수 없었다. 조심스레 낮은 목소리로 젊은 아가씨임을 강조하는 수위가 그의 유머 감각을 건드렸기 때문이다. 캘거리는 자신을 만나러 온 사람이 누군지 궁금했다. 초인종이 울리는 소리에 문을 연 그는 깜짝 놀라고 말았다.

문 앞에 서 있는 사람은 헤스터 아가일이었다.

"아가씨가!"

캘거리는 너무 놀란 나머지 감탄사를 내뱉고 말았다.

"들어오세요. 어서 들어오십시오."

캘거리는 그녀를 안쪽으로 들어오게 하고 문을 닫았다.

이상한 일이지만, 그는 이번에도 헤스터를 처음 봤을 때와 거의 똑같은 인상을 받았다. 그녀는 런던의 관습은 전혀 개의치 않는 듯한 옷차림을 하고 있었다. 모자도 쓰지 않았고 검은 머리카락은 헝클어진 채 둥근 얼굴을 감싸고 있었다. 무거워 보이는 트위드 코트 안에는 진한 초록색 스커트와 스웨터를 입고 있었다. 헤스터의 모습은 마치 황야를 쉬지 않고 걸어온 것 같았다.

"부탁할게요. 제발 부탁드려요. 저 좀 도와주세요."

헤스터가 말했다.

"도와달라니요? 어떻게 말입니까? 제가 도울 수 있는 일이면 무엇이든 돕겠습니다."

그가 깜짝 놀라 말했다.

"어떻게 해야 할지 모르겠어요. 누구를 찾아가야 할지도 모르겠어요. 하지만 누구든 절 도와줘야 해요. 전 더 이상 견딜 수가 없어요. 그러자 박사님이 도와줄 거라는 생각이 들었어요. 이 모든 일을 시작한 건 박사님이니까요."

"무슨 일이 생긴 겁니까? 심각한 상황인가요?"

"우린 모두 곤경에 처해 있어요. 하지만 어떤 사람은 너무 이기적이에요. 그 누군가가 저예요. 전 제 자신만 생각하고 있어요."

"우선 여기 앉아요."

캘거리가 부드럽게 권했다.

그는 안락의자 위에 놓였던 서류들을 치우고 헤스터를 그 자리에 앉게 했다. 그런 다음 방 한쪽에 있는 벽장 앞으로 갔다.

"아가씨한테는 지금 포도주가 필요할 것 같군요. 드라이 셰리 한 잔, 괜찮겠어요?"

"박사님 좋으실 대로 하세요. 전 아무래도 상관없어요."

"바깥 날씨가 춥고 눅눅하네요. 아무래도 한 잔 마시는 편이 좋을 겁니다."

그는 포도주가 든 뚜껑 달린 유리병과 잔을 들고 돌아섰다. 헤스터는 조금 이상한 자세로 의자에 몸을 파묻고 있었다. 완전히 자포자기한 듯한 그녀의 모습을 보자 그는 마음이 아팠다.

"걱정하지 마요. 모든 일은 눈에 보이는 것만큼 나쁘지 않은 법이니까요."

캘거리가 헤스터 앞에 놓인 잔에 포도주를 가득 따라 주며 부드럽게 말했다.

"사람들은 그렇게 말해요. 하지만 사실은 그렇지 않아요. 때로는 눈에 보이는 것보다 더 안 좋을 때도 있어요."

헤스터는 포도주를 한 모금 마시고는 힐난조로 말했다.

"우리는 아무 문제 없었어요, 박사님이 오시기 전까지는. 아주 좋은 편이었다고요. 그런데, 그런데 이렇게 되기 시작했어요."

"그 말이 무슨 뜻인지 모른다고는 하지 않겠습니다. 아가씨가 처음 그 말을 했을 때는 정말 놀랐죠. 하지만 이제는 내가, 내가 전해 준 소식이 아가씨 집에 어떤 영향을 미쳤는지 잘 알고 있습니다."

"우린 오랫동안 재코가 범인이라고 생각했는데······."

헤스터는 말을 잇지 못했다.

"알고 있습니다. 나도 알아요. 하지만 다른 쪽으로 생각해 봐요. 그동안 아가씨 가족들은 모두 거짓으로 가려진 안전 속에서 살아왔던 겁니다. 그건 진실이 아니라 그런 척 가장한 것에 불과했어요. 판자로 만들어진 무대 장치처럼 말입니다. 그런 건 순간적으로 안전하다고 느끼게 해 줄 수는 있지만 진짜가 아닙니다. 절대로 지켜 줄 수 없어요."

"그러니까 박사님은 누군가 반드시 용기를 가지고 나타나 진실을 밝혀야 한다는 말인가요? 그 상황이 거짓이고 쉽게 드러날 것이기 때문에?"

헤스터는 잠시 말을 멈췄다가 다시 입을 열었다.

"박사님은 정말 용감한 분이세요! 그 점은 저도 인정해요. 우리에게 직접 찾아와 사실대로 말씀해 주셨으니까요. 우리가 어떻게 느낄지, 우리가 어떤 반응을 보일지도 모르면서 말이에요. 그건 정말 용감한 거예요. 저는 용감한 사람을 존경해요. 전 정말로 용기가 없거든요."

"말해 봐요. 이제 문제가 뭔지 말해 줘요. 뭔가 특별한 일이라도 있었나요?"

캘거리가 부드럽게 물었다.

"전 꿈을 꿨어요. 어떤 사람이 있는데, 젊은 남자거든요. 의사인데……."

"알겠어요. 아가씨 친구겠죠. 아니면 친구 이상의 관계인가요?"

"전 생각했어요. 친구 이상의 관계라고……. 그리고 그 사람 역시 그렇게 생각했고요. 하지만 이번 일 때문에 문제가 생겼어요."

"문제라니요?"

"그 사람은 제가 그랬다고 생각해요."

헤스터가 갑자기 홍수처럼 말을 쏟아내기 시작했다.

"아니, 어쩌면 제가 범인이라고 생각하지 않을지도 몰라요. 하지만 그렇다고 해도 그 사람은 확신이 없어요. 확신할 수가 없는 거예요. 그 사람은 저를 유력한 용의자라고 생각해요. 전 그 사람이 그런 생각을 하고 있다는 걸 알아요. 어쩌면 제가 그랬을지도 몰라요. 아마 우리 가족들도 서로를 보며 그런 생각을 하고 있을 거예요. 그래서 전 우리가 이 끔찍한 상황에서 벗어날 수 있도록 누군가가 도와 줘야 한다고 생각했어요. 제가 이렇게 박사님을 찾아온 이유는 꿈 때문이에요. 꿈속에서 전 길을 잃었고, 돈도 어디에 있는지 찾을 수 없었어요. 그 사람은 저만 남겨 두고 가 버렸는데, 그곳은 아주 깊은 낭떠러지…… 절벽이었어요. 맞아요. 이 말이 맞는 것 같아. 절벽이었어요. 굉장히 깊은 곳이라는 느낌이 들지요? 어쨌든 너무 깊어서 도저히, 도저히 건널 수 없는 그런 곳이었어요. 그런데 건너편에서 박사님이 제게 손을 내밀어 주셨어요. 그러면서 이렇게 말씀하시더군요. '당신을 돕고 싶습니다.'"

그녀는 숨을 깊게 들이마셨다.

"그래서 박사님을 찾아온 거예요. 전 여기까지 뛰어왔어요. 박사님께 도움을 청하려고 말이에요. 도와주지 않으시면 무슨 일이 일어날지 몰라요. 박사님은 반드시 도와주셔야만 해요. 이 모든 일을 일으킨 건 박사님이니까요. 아마 박사님하고는 상관없는 일이라고 말씀하실지도 몰라요. 전에도 그런 말씀을 하신 적이 있으니까요. 우리 집에 무슨 일이 있었는지 사실대로 말씀해 주러 오셨을 때 그러셨잖아요. 이건 박사님 일이 아니라고 말이에요. 그렇게 말씀하실 거라면……."

캘거리가 그녀의 말을 가로막았다.

"아니요, 그런 말은 하지 않을 겁니다. 이건 내가 해야 할 일입니다. 아가씨 말이 맞아요. 일을 시작했으면 끝까지 가야죠. 나도 헤스터 양과 같은 생각입니다."

"오!"

헤스터의 얼굴이 붉게 달아올랐다. 그러자 갑자기 그녀는 아름답게 보였다.

"그럼 이제 전 혼자가 아니군요! 누군가가 옆에 있는 거로군요."

"그래요, 누군가가 있는 겁니다. 그 일이 그럴 만한 가치가 있다고 생각하는 사람이 말이죠. 내가 그 일을 할 자격이 있는지는 모르겠습니다. 하지만 아가씨를 돕기 위해 최선을 다할 겁니다."

캘거리는 앉아 있던 의자를 그녀 옆으로 끌어당겼다.

"이제 전부 말해 봐요. 상황이 그렇게 안 좋습니까?"

"알고 계시겠지만 범인은 우리 중에 있어요. 우리 모두 그 사실을 알아요. 마셜 씨가 와서 누군가 외부인이 침입했던 게 틀림없다고 애써 말해 줬지만 그분도 사실은 그렇지 않다는 걸 잘 알고 있죠. 범인은 우리 중에 있어요."

"그럼 아가씨의 젊은 친구…… 이름이 뭐라고 했죠?"

"돈이에요, 도널드 크레이그. 그 사람은 의사예요."

"그러니까 돈은 헤스터 양을 범인으로 생각한단 말입니까?"

"그 사람은 제가 범인일까 봐 두려워하고 있어요."

헤스터는 연극적인 동작으로 손을 비틀어 돌리면서 대답하고는 캘거리를 쳐다보았다.

"박사님도 그렇게 생각하시는 게 아닌가요?"

"아닙니다. 그렇지 않아요. 난 아가씨가 결백하다는 걸 잘 알고 있습니다."

"정말 확신하는 것처럼 말씀하시네요."

"확신하니까요."

"하지만 어떻게요? 어떻게 확신하실 수 있죠?"

"내가 처음 찾아가 사실을 이야기하고 그 집을 나올 때 헤스터 양이 내게 했던 말 때문입니다. 기억하나요? 그때 아가씨는 죄가 없는 사람들에 대해 말했어요. 진짜 결백한 사람이 아니라면 그렇게 느끼지도 그렇게 말하지도 않았을 거예요."

"오, 정말 안심이에요! 그렇게 느낀 분이 있다니."

헤스터가 외쳤다.

"그러니까 이제부터는 이 사건에 대해 차분하게 의논해 봅시다. 그럴 수 있겠죠?"

"예, 이제는 기분이 달라졌어요."

"이건 단순한 호기심에서, 또 내가 이 사건에 대해서 어떻게 생각하고 있는지 헤스터 양이 확실히 알고 있다고 생각해서 물어보는 겁니다. 왜 잠깐이나마 아가씨가 양어머니를 죽였다고 생각하는 겁니까?"

"전 충분히 그럴 수 있으니까요. 자주 그렇게 하고 싶다는 생각을 했어요. 가끔씩 분노로 미칠 것 같은 느낌이 들 때가 있거든요. 제 자신이 보잘것없고, 너무 무기력하게 느껴질 때 말이에요. 어머니는 늘 침착하고 월등한 존재였어요. 그리고 항상 모든 것을 알고 계셨고 전부 다 옳았죠. 가끔씩 전 생각했어요. '아! 어머니를 죽여 버리고 싶어.'"

헤스터는 캘거리를 쳐다보았다.

"이해하실 수 있겠어요? 박사님은 젊었을 때 그런 생각해 보신 적 없나요?"

헤스터의 마지막 말에 캘거리는 갑자기 마음이 아파 오는 것을 느꼈다. 드리머스의 호텔로 미키가 찾아와 그에게 "나이보다 더 들어 보이는군요!"라고 말했을 때와 똑같은 아픔이었다. '박사님이 젊었을 때'라니, 헤스터에게는 그때가 아주 오래전 일처럼 느껴지는 걸까? 그는 지난날을 떠올려 보았다. 아홉 살 때 다니던 사립 초

등학교의 정원에서 한 아이와 함께 어떻게 하면 담임 선생인 워보로를 완벽하게 처치해 버릴 수 있을지 오랫동안 의논했던 일이 기억났다. 워보로 선생이 그의 의견을 심하게 비웃었을 때 마음속에서 걷잡을 수 없이 활활 타오르던 분노도 떠올랐다. 헤스터가 느낀 감정도 이와 비슷할 거라고 캘거리는 생각했다. 하지만 그와 친구(그 애 이름이 뭐였지? 포치, 맞다. 그 애의 이름은 포치였다.)는 여러 가지 계획들을 세우기는 했지만, 워보로 선생의 죽음을 가져올 수 있는 실질적인 행동은 전혀 취하지 못했다.

"이미 오래전에 극복했어야 할 그런 감정이군요. 물론 그게 어떤 느낌인지는 나도 잘 알고 있습니다."

캘거리가 헤스터에게 말했다.

"그런 생각을 하게 된 건 어머니의 영향이에요. 이제는 제가 잘못했다는 걸 알지만요. 어머니가 조금만 더 오래 사셨더라면, 제가 좀 더 나이가 들고 좀 더 안정을 찾을 때까지 살아 계셨더라면, 좀 이상하게 들릴지 몰라도 어머니와 저는 친구가 될 수 있었을 거예요. 그렇게 되었다면 전 어머니의 도움이나 충고를 기쁘게 받아들였겠죠. 하지만, 하지만 그때는 도무지 견딜 수가 없었어요. 어머니 때문에 제 자신이 너무나 쓸모 없고, 한심한 인간처럼 느껴졌으니까요. 제가 하는 일은 무엇이든 다 잘못한 일이었고, 그동안 얼마나 바보 같은 짓만 저질렀는지 알게 된 거죠. 사실 그건 모두 반항하고 싶은 마음에, 제 자신을 입증하고 싶은 마음에 저지른 일이었으니 그렇게 될 수밖에 없었어요. 저는 아무것도 아니었어요. 흐르는 물과 같아요. 그래요, 그 말이 어울리네요. 정말 그대로예요. 흐르는 물. 결코 오랫동안 하나의 모습을 유지할 수 없는. 저도 노력했어요. 제가 본받고 싶은 사람들처럼 되고 싶어서 말이에요. 전 생각했어요. 집에서 도망가 연극 무대에 서고 누군가와 사랑을 하게 된다면…….”

“그렇게 하면 자기 자신을 느끼게 되거나, 적어도 다른 사람처럼 느껴질 거라고 생각했나요?”

“예, 맞아요. 그랬어요. 물론 지금은 그게 얼마나 어리석고 철없는 짓이었는지 알아요. 그렇지만 지금 제가 얼마나 어머니가 살아 계시기를 바라고 있는지 캘거리 박사님은 모르실 거예요. 이건 너무 부당한 일이에요. 어머니에게 너무나 부당한 죽음이었단 말이에요. 어머니는 우리에게 많은 일을 해 주셨고 정말 많은 것을 주셨어요. 우리는 아무 보답도 해 드리지 못했죠. 하지만 이제는 너무 늦어 버렸어요.”

그녀는 잠시 말을 멈추더니 갑자기 기운을 되찾은 듯 말했다.

“그건 제가 더 이상 철없고 어리석은 짓을 하지 않기로 결심했다는 뜻이에요. 이제 박사님이 저를 도와주실 거죠?”

“내가 할 수 있는 일이면 무엇이든지 돕겠다고 이미 말하지 않았습니까?”

순간 그녀는 캘거리에게 사랑스러운 미소를 던졌다.

“이제 말해 봐요. 정확하게 무슨 일이 있었는지.”

“모든 일이 제가 생각했던 대로예요. 우린 지금 누가 범인인지 서로를 의심하며 지켜보고 있어요. 아버지는 그웬다를 보고 계시죠.

아마 그녀가 범인이라고 생각하시나 봐요. 그웬다는 아버지를 의심하는 것 같지만 확실하지 않아요. 이제는 두 분이 결혼하지 못할 것 같다는 생각이 들어요. 전부 엉망이 돼 버렸어요. 또 티나 언니는 미키 오빠가 무슨 짓을 저질렀다고 생각하는 것 같아요. 오빠는 그날 저녁 집에 없었는데 왜 그런 생각을 하는 건지 모르겠어요. 그리고 커스턴은 제가 범인이라고 생각해서 절 보호해 주려고 해요. 마지막으로 메리 언니, 제일 큰언니가 있어요, 아직 못 만나 보셨을 거예요. 그 언니는 커스턴을 의심하고 있어요."

"그렇다면 당신은 누가 범인이라고 생각하나요?"

"저요?"

헤스터가 깜짝 놀라며 되물었다.

"그래요, 아가씨 말이에요. 난 다른 누구보다 헤스터 양의 생각이 중요하다고 생각하는데요."

헤스터는 양손을 펼쳐 보이며 금방이라도 울 것 같은 목소리로 대답했다.

"전 모르겠어요. 아무것도 모르겠어요. 이런 말을 하기가 너무 끔찍하지만, 그렇지만 전 모든 사람이 다 무서워요. 사람들의 얼굴 뒤로 또 다른 얼굴이 보이는 것 같아요. 제가 모르는 사악한 얼굴 말이에요. 아버지가 아버지처럼 느껴지지 않아요. 커스턴은 제게 아무도 믿어선 안 된다면서 자기조차 믿지 말라고 하더군요. 그러다 또 메리 언니를 보면, 그 언니에 대해서 아무것도 모르겠다는 느낌만 드는 거예요. 그리고 그웬다, 전 늘 그웬다가 좋았어요. 그래서 아버지가 그녀와 결혼하겠다고 했을 때 무척 기뻤죠. 하지만 이제는 그 웬다에 대해서도 확신이 들지 않아요. 마치 다른 사람인 것처럼 보여요. 무자비하고 복수심에 불타는 사람처럼 보인달까요. 이젠 아무도 모르겠어요. 무섭고 끔찍하다는 느낌밖에는 없어요."

"알겠어요. 무슨 말인지 잘 알겠어요."

"아마 살인을 저지른 사람도 불행할 거예요. 어쩌면 우리 중에서 가장 불행할지도 모르죠……. 박사님은 어떻게 생각하세요?"

"그럴 수도 있겠죠. 하지만 그래도 살인자가 정말 불행해 하고 있을 거란 생각은 안 드는군요. 물론 난 전문가는 아닙니다만."

"왜 그렇게 생각하세요? 전 자기가 누군가를 죽였다는 사실을 알게 되는 게 가장 끔찍한 일이라고 생각해요."

"그래요. 그건 정말 끔찍한 기분일 겁니다. 하지만 난 살인자 중에도 두 부류가 있다고 생각해요. 먼저 사람을 죽이는 일이 끔찍하다고 생각하지 않는 사람이 있죠. 그 사람들은 이렇게 생각할 겁니다. '그래, 안타까운 일이긴 하지만 내 자신을 위해서는 어쩔 수 없는 일이야. 무엇보다도 이건 내 잘못만은 아니지. 난 그저……. 그래, 이렇게 할 수밖에 없었어.' 그렇지 않으면……."

"그 다음은요? 다른 종류의 살인자는 어떤 사람인데요?"

"이건 그저 내 생각일 뿐입니다. 나도 잘은 몰라요. 하지만 아가씨 같은 사람은 또 다른 살인자 부류에 들어간다고 할 수 있을 겁니다. 살인을 저지르고는 너무나 괴로워서 도저히 살아갈 수 없는 사람들이죠. 그런 사람들은 자백을 하거나, 자기 자신을 위해 새로 이야기를 만들어 냅니다. 그리고 다른 사람에게 책임을 전가하며 이렇게 생각하죠. '그 일만 없었으면 절대로 이런 짓을 저지르지 않았을 거야.' 한마디로 이런저런 일 때문에 살인을 저질렀다고 생각하는 겁니다. '죽이려는 의도는 없었으니까 난 살인자가 아니야. 어쩌다 보니 일이 이렇게 된 거야. 이렇게 되려는 운명이었지 내 잘못은 아니었어.' 무슨 말인지 이해하겠습니까?"

"예, 그리고 정말 재미있는 이야기라고 생각해요."

헤스터가 눈을 반쯤 감으며 말했다.

"전 지금 생각을 해 보려고 애를 쓰고 있어요."

"그래요, 생각해 봐요. 내가 당신을 도우려면 무슨 생각을 하고 있는지 전부 알아야만 해요. 그러니까 열심히 생각해 봐요."

헤스터가 천천히 말했다.

"미키 오빠는 어머니를 싫어했어요. 오빠는 항상 그랬어요……. 왜 그랬는지는 모르겠어요. 티나 언니는, 제가 보기에는 어머니를 사랑했던 것 같아요. 그웬다도 어머니를 좋아하지 않았죠. 커스턴은 어머니께 언제나 충실했지만, 어머니가 하는 모든 일이 옳다고 생각하지는 않았어요. 아버지는……."

그녀는 한참 동안 말을 잇지 못했다.

"아버지는 어땠죠?"

캘거리가 그녀를 재촉했다.

"아버지는 또다시 먼 곳으로 가 버리셨어요. 어머니가 돌아가신 후, 아버지는 많이 달라지셨거든요. 그러니까…… 뭐라고 말할까.

멀리 계시지 않았어요. 인간적이 되고 활기를 찾으셨어요. 하지만 지금은 다시 또 예전으로 돌아가 버리셨어요. 이를테면 아무도 근접하지 못하는 어두운 곳으로 가 버리셨다고나 할까요. 전 정말 아버지가 어머니를 어떻게 생각하셨는지 모르겠어요. 아마 결혼할 당시에는 아버지도 어머니를 사랑하셨을 거예요. 두 분은 한 번도 싸운 적이 없어요. 하지만 아버지가 어머니를 어떻게 생각하셨는지는 모르겠어요. 아."

헤스터가 다시 손을 들었다.

"사실 누군가가 다른 사람을 어떻게 생각하는지 어떻게 알 수 있겠어요? 제 말은 사람들의 얼굴 뒤로, 매일 일상적인 말들을 나누는 뒤에서 무슨 생각을 하고 있는지 알 수가 없다는 거죠. 사랑이나 증오, 절망으로 온통 황폐해져 있는지도 모르는 일이잖아요. 그건 아무도 알 수가 없어요! 정말 무서운 일이에요……. 오, 캘거리 박사님. 정말 무서워요."

그는 헤스터의 손을 꼭 잡아 주었다.

"이제 당신은 더 이상 어린아이가 아니에요. 아이들이나 겁을 내는 법이죠. 아가씨는 어른이에요. 헤스터, 당신은 이제 숙녀예요."

캘거리는 손을 놓으며 일상적인 말투로 물었다.

"런던에는 묵을 곳이 있나요?"

헤스터는 약간 당황한 듯 보였다.

"있을 거예요. 잘은 모르겠지만. 어머니는 주로 커티스 호텔에서 머무르셨어요."

"좋아요. 아주 조용하고 좋은 호텔이죠. 내가 당신이라면 지금 가서 방을 잡을 겁니다."

"박사님이 시키는 대로 할게요."

"착한 아가씨로군요. 시간이 얼마나 됐지?"

그는 시계를 쳐다보았다.

"이런, 벌써 7시가 다 됐군요. 어서 가서 방을 잡아요. 그러면 내가 7시 45분쯤에 찾아갈 테니, 저녁 식사나 하러 갑시다."

"너무 좋아요. 정말 그래 주실 거예요?"

"그럼요. 정말입니다."

"하지만 그 이후에는 어떻게 하죠? 그 다음에는 어떻게 해야 할까요? 커티스에서 영원히 머물 수는 없잖아요."

"아가씨의 마음은 늘 너무 앞서는군요."

"지금 저를 비웃으시는 거예요?"

헤스터가 불안해하며 물었다.

"조금은."

그는 이렇게 대답하고는 미소를 지었다.

약간 머뭇거리던 그녀는 이내 얼굴에 미소를 띠더니 친근하게 말했다.

"사실 그래요. 또 연극이라도 하는 것처럼 굴었어요."

"아예 습관인 것처럼 보이는데요."

"그래서 전 무대에 서면 연기를 잘할 줄 알았어요. 하지만 그렇지 못했어요. 전혀 소질이 없었거든요. 아, 정말 형편없는 배우였죠."

"일상 생활에서는 얼마든지 원하는 극적 효과를 누릴 수 있을 겁니다. 이제 나가서 택시를 잡아 줄게요. 택시를 타고 곧장 커티스 호텔로 가는 겁니다. 그런 다음 얼굴을 씻고 머리를 빗어요. 가지고 온 짐은 없어요?"

"여기 작은 여행 가방을 가지고 왔어요."

"좋아요."

캘거리는 그녀를 보며 미소 짓고는 다시 말했다.

"걱정하지 마요, 헤스터. 뭔가 방법이 있을 테니."

제19장

I

"할 말이 있어요, 커스티."

필립이 말했다.

"예, 말씀하세요, 필립 씨."

커스턴 린드스트롬은 잠시 하던 일을 멈췄다. 그녀는 세탁한 옷들을 가지고 와서 옷장 서랍 속에 집어넣으려던 참이었다.

"이번 일에 대해 이야기를 좀 했으면 해서요. 괜찮겠죠?"

필립이 물었다.

"그 얘기는 지나칠 정도로 많이 한 것 같은데요. 제 생각에는 그래요."

"하지만 우리 식구들 사이에서 어떤 결론이든 내리는 편이 낫다고 생각하지 않아요? 지금 무슨 일이 벌어지고 있는지 잘 알고 있잖아요."

"모든 일이 다 잘못되어 가고 있죠."

"이 상황에서 장인어른과 그웬다가 결혼할 수 있을 것 같아요?"

"왜 안 된다는 거죠?"

"이유야 많죠. 먼저 장인어른은 아주 똑똑한 분이라 그웬다와 결혼하게 되면 경찰이 찾고 있는 동기를 주게 된다는 걸 알고 계실 겁니다. 아내를 살해한 범인으로 완벽한 동기를 갖추게 되는 셈이죠. 그게 아니라면 장인어른은 그웬다가 범인일지도 모른다고 의심하고 있을지도 모르죠. 아주 민감한 분이니 전처를 죽였을지도 모르는 여자를 아내로 맞이하고 싶지는 않으실 거예요. 이 점에 대해 하고 싶은 말이 없나요?"

"없어요. 무슨 말을 하란 말이에요?"

"뭔가 깊이 숨기고 있는 게 있죠, 커스티?"

"무슨 소린지 모르겠군요."

"누구를 감싸 주고 있는 거예요?"

"전 필립 씨 말처럼 누구도 '감싸 주고' 있지 않아요. 더는 아무 말도 하지 않는 편이 좋을 것 같아요. 그리고 사람들이 이 집에 머무는 것도 좋지 않다고 생각해요. 모두에게 좋지 않아요. 필립 씨, 제 생각에는 부인과 함께 댁으로 돌아가시는 편이 좋을 것 같아요."

"그래요? 그래야 할 특별한 이유라도 있나요?"

"지금 필립 씨는 질문을 하고 있잖아요. 뭔가 알아내려 하면서요. 부인은 이런 걸 바라지 않아요. 메리 아가씨는 당신보다 현명해요. 이러다가 필립 씨나 부인이 찾고 싶지 않은 뭔가를 찾아내게 될지도 몰라요. 필립 씨, 그만 댁으로 돌아가세요. 가능한 한 빨리요."

"난 집에 돌아가기 싫어요."

필립이 버릇없는 아이처럼 말했다.

"그건 아이들이나 하는 말이에요. 어린애들은 이 일도 하기 싫다, 저 일도 하기 싫다고 말하죠. 그러면 인생을 좀 더 많이 알고, 세상 돌아가는 이치를 잘 아는 사람이 아이들을 달래서 원하지 않는 일도 하게끔 하는 법이에요."

커스턴이 말했다.

"그래서 지금 날 달래고 있는 건가요? 이건 명령하는 거잖아요."

"아니요, 전 필립 씨한테 명령한 게 아니에요. 단지 충고를 드린 것뿐이에요."

그녀는 한숨을 내쉬었다.

"전 다른 분들에게도 같은 충고를 드리고 싶어요. 미키 도련님도 어서 직장으로 돌아가고, 티나 아가씨도 다시 도서관으로 돌아갔으면 좋겠어요. 헤스터 아가씨가 나간 건 정말 잘된 일이에요. 지금 아가씨는 이번 일을 끊임없이 떠올리지 않아도 되는 어딘가에 있을 거예요."

"그래요. 나도 그 점은 동감입니다. 커스턴은 헤스터에 대해서는 언제나 옳아요. 하지만 커스턴, 당신은 어떻게 할 건가요? 마찬가지로 떠나야 하는 게 아닌가요?"

"맞아요. 저도 떠나야죠."

커스턴이 한숨을 내쉬며 대답했다.

"그런데 왜 떠나지 못하는 겁니까?"

"이해하지 못할 거예요. 떠나기에는 너무 늦어 버렸어요."

필립은 그녀를 쳐다보며 생각에 잠겼다.

"많은 변수가 있어요. 이 한 가지 주제에 대해서 말입니다. 장인어른은 그웬다가 범인이라고 생각하고 계신데, 그웬다는 장인어른이 범인이라고 생각하고 있죠. 티나는 범인으로 의심되는 사람에 대해 뭔가 알고 있어요. 미키는 누가 범인인지 알고 있지만 신경 쓰지 않죠. 메리는 헤스터가 범인이라고 생각하고 있어요."

그는 잠시 멈췄다가 말을 이었다.

"하지만 사실 그 다양한 변수들은 한 가지 주제를 가리키고 있을 뿐입니다. 우린 누가 범인인지 알고 있잖아요? 커스티도 나도 말이에요."

그녀는 매서운 눈초리로 필립을 노려보았다.

"난 많이 생각했거든요."

필립이 의기양양하게 말했다.

"그게 무슨 뜻이죠? 지금 무슨 말을 하고 싶은 거예요?"

"난 정말로 누가 범인인지 몰라요. 하지만 커스티는 알죠. 누가 범인일 거라고 추측하는 정도가 아니라 정말로 알고 있어요. 안 그래요?"

커스턴은 문 쪽으로 걸어갔다. 그녀는 문을 열고는 필립을 돌아보며 말했다.

"무례하게 들릴지 모르지만 이 말은 꼭 해야겠어요. 필립 씨, 당신은 바보예요. 지금 당신은 위험한 짓을 하려고 하고 있어요. 어떤 종류의 위험인지는 알고 있을 거예요. 필립 씨는 조종사였죠? 하늘을 날면서 죽음과 맞서 봤을 거예요. 진실에 가까워질수록 전쟁 때 겪었던 것과 똑같은 위험에 빠진다는 걸 모르겠어요?"

"그렇다면 당신은 어떤가요? 만일 진실을 알고 있다면 커스티 역시 위험하잖아요?"

커스티가 엄하게 말했다.

"전 제 자신을 보살필 수 있어요. 제 자신을 지킬 수도 있고요. 하지만 필립 씨는 휠체어에 앉아 있으니 속수무책이잖아요. 그 점을 생각하세요! 더군다나……."

그녀는 계속 말했다.

"저는 제 생각을 떠벌이고 다니지 않아요. 이 일을 그냥 내버려 두는 데 만족하고 있단 말이에요. 전 그렇게 하는 것이 모두를 위해 최선이라고 정말 생각해요. 사람들이 모두 이곳을 떠나 자기 일에만 충실하다면, 더 이상 아무 문제도 없을 거라고요. 만일 누가 공식적으로 제 의견을 묻는다면, 전 지금도 재코가 범인이라고 말할 거예요."

"재코라고요?"

필립이 그녀를 쳐다보았다.

"왜 안 되나요? 재코 도련님은 영리했어요. 재코는 자기가 저지른 일의 결과 때문에 고통받지 않을 거라는 확신 아래 계획을 세웠을 거예요. 어릴 때도 늘 그랬으니까요. 틀림없이 그 알리바이도 가짜

일 거예요. 그 정도야 쉬운 일 아닌가요?"

"이번에는 재코도 알리바이를 꾸며 낼 수 없었어요. 캘거리 박사
님이……."

커스턴이 참을 수 없다는 듯이 말했다.

"캘거리 박사, 캘거리 박사. 그가 잘 알려진 사람이고 명성이 있
다고 해서 필립 씨는 '캘거리 박사'를 하느님이라도 되는 것처럼 부
르는군요. 하지만 제 말을 들어 보세요. 필립 씨도 그 사람처럼 뇌진
탕에 걸린다면 사실과는 전혀 다른 기억을 가지게 될 수 있어요. 사
실과는 전혀 다른 날, 다른 시간, 다른 장소였을 수도 있다고요!"

필립은 고개를 살짝 옆으로 기울인 채 그녀를 쳐다보았다.

"그게 커스티의 생각이군요. 계속 그 이야기를 주장하겠죠. 아주
훌륭한 시도예요. 하지만 사실은 커스티도 그렇게 믿지 않잖아요.
안 그래요?"

"분명히 경고했어요. 나도 더는 어쩔 수 없어요."

그녀는 뒤돌아섰다가 다시 고개를 돌리고는 평상시와 똑같은 목
소리로 이렇게 말했다.

"메리 아가씨한테 세탁한 옷가지들은 두 번째 서랍에 넣어 두었
다고 전해 주세요."

필립은 마지막에 커스턴이 던진 일상적인 말에 살짝 미소를 지었
다. 하지만 그 미소는 이내 사라져 버렸다……

그는 은밀한 흥분이 점차 강해지는 것을 느꼈다. 필립은 진실에
점점 가까워지고 있다는 느낌을 받았다. 커스턴을 시험해 본 결과

는 상당히 만족스러운 수준이었다. 하지만 그녀에게서 더 얻어 낼 만한 것이 있을지는 의문이었다. 그를 걱정하는 커스턴의 말은 짜증스러웠다. 그가 불구자라고 해서 그녀의 말처럼 공격받기 쉬운 것은 아니었다. 그도 자기 몸 정도는 지킬 수 있었다. 더군다나 그를 끊임없이 지켜보는 사람도 있지 않은가? 메리는 그의 곁을 떠나는 일이 거의 없었다.

필립은 종이 한 장을 꺼내 뭔가 쓰기 시작했다. 사건의 요점, 이름, 물음표…… 조사해 볼 만한 약점…….

그는 갑자기 고개를 끄덕이며 쓰기 시작했다. 티나…….

필립은 그 이름에 대해 생각했다…….

그런 다음 그는 다시 다른 종이를 꺼내 앞에 놓았다.

메리가 방에 들어왔지만 그는 쳐다보지도 않았다.

"뭘 하고 있는 거예요, 필립?"

"편지 쓰고 있어."

"헤스터한테 보내는 건가요?"

"헤스터? 아냐, 난 처제가 어디 있는지도 모르는걸. 커스티 말로는 헤스터가 보낸 엽서를 받았는데, 주소란에 런던이라고만 씌어 있다고 하더군. 내가 아는 건 그게 다야."

그는 아내를 보며 싱긋 웃었다.

"당신 지금 질투하는 거지, 폴리, 그렇지?"

그녀의 차가운 푸른 눈동자가 그를 쳐다보았다.

"어쩌면요."

필립은 약간 불편한 느낌이 들었다.

"누구한테 쓰는 거예요?"

메리가 가까이 다가오며 물었다.

"검찰 총장한테 보내는 거야."

필립은 속으로는 화가 치밀었지만 밝은 목소리로 대답했다. 편지한 장 쓰는 것조차 일일이 보고해야 한단 말인가?

그는 아내의 얼굴을 쳐다보며 마음을 가라앉혔다.

"농담이야, 폴리. 티나한테 쓰고 있었어."

"티나한테요? 왜요?"

"티나가 내 다음 공격 대상이거든. 어디 가는 거야, 폴리?"

"화장실에 가요."

메리가 방을 나서며 대답했다.

필립은 웃었다. 화장실에 간다, 살인이 일어났던 그날 밤처럼…… 그는 그 일에 대해 메리와 나누었던 이야기를 떠올리며 다시 한 번 웃었다.

II

"얘야, 이리 오렴. 이야기 좀 들어 보자꾸나."

휘시 총경은 아이를 격려하듯 불렀다.

시릴 그린 도련님은 깊이 숨을 들이마셨다. 아이가 말을 하려는 순간, 아이 엄마가 끼어들었다.

"말씀하셨던 것처럼 그 당시 전 시간까지는 신경 쓸 수 없었어요. 휘시 씨. 이런 아이들이 어떤지는 잘 아시잖아요. 노상 우주선이니 뭐니 하며 재잘거린다니까요. 그때도 저 애가 집에 와서 이렇게 말하는 거예요. '엄마, 나 스푸트니크를 봤어요. 그게 땅에 내려왔어요.' 이 애는 전에도 비행 접시를 봤다느니 하는 소리를 했거든요. 아무래도 러시아 사람들 때문에 아이들이 이상한 생각만 하게 된 것 같아요."

휘시 총경은 한숨을 쉬었다. 그리고 아이들과 이야기를 나눌 때 엄마들이 꼭 같이 있어야 한다고 우기지만 않는다면 일이 얼마나 쉬울지 생각했다.

"어서 말해 주겠니, 시릴? 집에 와서 엄마한테 정말 러시아의 스푸트니크를 봤다고 말했어? 그게 뭔지는 모르겠다만 말이다."

휘시가 말했다.

"그땐 잘 몰랐어요. 제가 아주 어렸을 때거든요. 2년이나 지난 일이니까요. 물론 지금은 그때보다 많이 알아요."

시릴이 말하고 있는데 아이 엄마가 또 끼어들었다.

"당시만 해도 그 소형 자동차는 굉장히 혁신적이었죠. 이 근방에는 그 차를 가진 사람이 아무도 없었어요. 그러니 이 애가 그 차를 보고 보통 자동차라는 생각을 하지 못했던 것도 당연하죠. 색상도 밝은 빨강이었거든요. 그리고 그 다음 날, 아가일 부인이 그런 일을 당했다는 소식을 들었어요. 그러자 시릴이 제게 말하더군요. '엄마, 러시아 인들이 한 짓이 틀림없어요. 그 사람들이 스푸트니크를 타고 내려와 그 아줌마를 죽인 게 틀림없다니까요.' 그래서 제가 말했어요. '말도 안 되는 소리 하지 마.' 그리고 그날 늦게 그 집 아들이 범인으로 체포되었다는 소리를 들었어요."

휘시 총경은 그 여자가 떠드는 소리를 애써 참으며 다시 한 번 시릴에게 말을 걸었다.

"그날 저녁 때라고 했지? 혹시 몇 시였는지 기억나니?"

시릴이 애써 기억을 떠올리며 말했다.

"전 차를 마셨어요. 그리고 엄마가 회관에 가셨기 때문에 아이들이랑 놀려고 다시 나갔어요. 새로 생긴 길 밑으로 내려가 장난치면서 놀았어요."

"네가 거기서 뭘 했는지 엄마는 알아야겠다."

아이 엄마가 또다시 끼어들었다.

이번에는 이 결정적인 증거를 가지고 온 구드 순경이 나섰다. 그는 시릴과 아이들이 새로 생긴 길 밑에서 무엇을 하고 놀았는지 잘 알고 있었다. 그 당시 몇몇 집에서 자꾸 국화꽃이 없어지자 화가 난 주민들이 신고를 한 적이 있었다. 마을 불량배들이 어린아이들을 몰래 부추겨 그 꽃들을 가지고 오게 해서 시장에 내다 팔았던 것이다. 구드 순경은 지금이 과거의 청소년 범죄를 자세히 조사할 때가 아니란 걸 잘 알고 있었다. 그가 답답한 듯 말했다.

"아이들은 아이들 아닙니까, 그린 부인. 애들은 그저 장난치고 떠들면서 놀았습니다."

"맞아요, 우린 그냥 이런저런 놀이를 하면서 놀고 있었어요. 그때 제가 그걸 본 거예요. 그래서 외쳤죠. '와, 저게 대체 뭐지?' 물론 지금은 그게 뭔지 알아요. 저는 이제 멍청한 꼬마가 아니거든요. 그건 그저 소형 자동차였어요. 밝은 빨간색 차였죠."

시릴이 말했다.

"그때가 몇 시쯤이었지?"

휘시 총경이 끈기 있게 다시 물었다.

"글쎄, 그게 말이죠, 제가 차를 마신 다음에 나가서 한참 놀았으니까 거의 7시쯤 됐을 거예요. 제가 시계 치는 소리를 듣고, '이런, 엄마가 집에 돌아와서 내가 없는 걸 알게 되면 난리를 치실 텐데.' 이런 생각을 했으니까요. 그래서 전 집으로 갔어요. 그리고 엄마한테 제가 러시아 인공 위성이 내려온 걸 본 것 같다고 말씀드렸어요. 엄마는 전부 거짓말이라고 하셨어요. 하지만 거짓말은 아니었어요. 물론 지금은 저도 그게 뭔지 잘 알아요. 그땐 제가 너무 꼬마여서 그렇게 보였던 거죠."

휘시 총경은 아이의 말에 수긍해 주었다. 몇 가지 질문을 더 한 후, 그는 그린 부인과 아이를 돌려보냈다. 구드 순경은 만족스러운 표정으로 뒤에 남아 있었다. 자신의 이런 똑똑한 처신이 상관의 마음에 들리라는 희망 때문이었다.

"아이들이 모여서 러시아 인이 아가일 부인을 죽였을 거라고 떠드는 소리를 듣고 전 생각했습니다. '아, 여기 뭔가 있구나.'하고 말입니다."

구드 순경이 말했다.

"뭔가 있었던 건 맞네. 티나 아가일이 빨간 소형 자동차를 가지고 있으니까 말이야. 이제 그 조용한 아가씨에게 가서 몇 가지 더 물어 봐야겠군."

휘시 총경이 말했다.

III

"그날 밤에 거기 계셨죠, 아가일 양?"

티나는 총경을 쳐다보았다. 그녀의 손은 무릎 위에 자연스럽게 놓여 있었고, 깜박거리지 않는 검은 눈동자는 아무 말도 하지 않았다.

"너무 오래전 일이라 정말 기억이 나지 않아요."

그녀가 대답했다.

"거기서 아가씨 차를 본 사람이 있습니다."

휘시가 말했다.

"그래요?"

"이것 보십시오, 아가일 양. 그날 밤 무엇을 했는지 우리가 물어 보았을 때, 아가씨는 곧장 집에 돌아가서 그날 저녁에는 밖에 나온 적이 없다고 대답했습니다. 직접 저녁 식사를 만들어 먹고 전축으로 음악을 들었다고 했지요. 이제 그건 사실이 아니었다는 게 밝혀졌습니다. 아가씨 차가 그날 저녁 7시 무렵, 태양의 곶 근처 도로에서 목격되었으니까요. 거기서 뭘 하고 있었던 겁니까?"

티나는 대답하지 않았다. 휘시는 잠시 기다리다가 다시 입을 열었다.

"그때 집에 들어왔습니까, 아가일 양?"

"아니요."

"하지만 그곳에 있었던 건 맞죠?"

"총경님이 제가 그곳에 있었다고 말씀하시니까요."

"이건 내가 무슨 말을 했느냐의 문제가 아닙니다. 우린 아가씨가 그날 저녁 거기 있었다는 증거를 가지고 있으니까요."

티나는 한숨을 내쉬고는 대답했다.

"맞아요. 그날 저녁 전 그곳에 갔어요."

"그렇지만 집에는 들어가지 않았다는 말인가요?"

"예, 집에는 들어가지 않았어요."

"그럼 뭘 하고 있었나요?"

"다시 레드민으로 돌아갔어요. 그 다음에는 총경님께 말씀드렸던 것처럼 저녁을 만들어 먹고 음악을 들었어요."

"집에도 들어가지 않을 거면서 무엇 때문에 거기까지 차를 몰고 갔던 겁니까?"

"마음이 변했으니까요."

"무엇 때문에 마음이 변한 건가요, 아가일 양?"

"막상 가 보니 들어가고 싶지 않았어요."

"뭔가를 보거나 들었기 때문에 그랬던 건 아닙니까?"

티나는 아무 말도 하지 않았다.

"아가일 양, 내 말 잘 들어요. 그날 밤 아가씨 어머니가 살해당했어요. 아가일 부인은 저녁 7시에서 7시 30분 사이에 피살되었죠. 아가씨는 7시 전에 그곳에 도착했고, 차는 계속 그 자리에 서 있었어요. 차를 세워 둔 곳에서 집까지 거리가 얼마나 되는지는 모르겠습니다. 어쨌든 시간이 얼마 걸리지 않았겠죠. 어쩌면 아가씨는 그날 집에 들어갔다 나올 수도 있었을 겁니다. 집 열쇠를 가지고 있을 거라고 생각합니다만."

"맞아요. 열쇠를 가지고 있어요."

"아마 아가씨는 집에 들어갔을 겁니다. 그리고 어머니가 계신 거실에 들어갔다가 시신을 발견했을지도 모르죠. 아니면……."

티나가 고개를 들었다.

"아니면 제가 어머니를 죽였다는 말인가요? 이 말을 하고 싶으셨던 건가요, 휘시 총경님?"

"하나의 가능성일 뿐입니다. 하지만 사실 난 누군가 다른 사람이 어머님을 죽였을 거라고 생각합니다. 그래서 아가씨가 범인을 목격했거나, 아주 유력한 용의자가 누군지 알고 있을 거라고 생각합니다."

"전 그 집에 들어가지 않았어요."

"그렇다면 뭔가 보았거나 무슨 소리를 들었겠죠. 누군가 집에 들어가는 걸 봤다거나, 나가는 걸 봤을 겁니다. 어쩌면 그날 그곳에 없다고 했던 사람일 수도 있겠군요. 오빠인 마이클을 본 건가요, 아가일 양?"

"전 아무도 못 봤어요."

"그렇다면 무슨 소리를 들었군요. 무슨 소리를 들은 겁니까?"

휘시가 날카롭게 물었다.

"말씀드렸잖아요. 전 그저 마음이 변했을 뿐이에요."

"용서해 주십시오, 아가일 양. 난 그 말을 믿지 못하겠습니다. 어째서 아가씨는 레드민에서 가족을 보려고 거기까지 갔다가 아무도 만나지 않고 그냥 돌아간 겁니까? 뭔가 마음이 변할 만한 일이 있었던 겁니다. 아가씨가 뭔가를 봤거나 들었기 때문이죠."

휘시가 윗몸을 앞으로 내밀었다.

"난 아가씨가 어머님을 죽인 범인이 누군지 알고 있다고 생각합니다, 아가일 양."

티나는 아주 천천히 고개를 저었다.

"아가씨는 뭔가 알고 있어요. 그게 뭔지 말하지 않기로 결심한 모양이군요. 하지만 아가일 양, 생각해 보십시오, 아주 신중하게 생각해야 할 겁니다. 아가씨가 지금 가족 모두를 괴롭히고 있다는 걸 알고 있습니까? 가족들이 모두 서로를 의심하며 살아가기를 바라는 건가요? 만일 우리가 진실을 밝히지 못한다면 어쩔 수 없이 그렇게 되겠죠. 아가씨 어머니를 죽인 사람은 누구든 간에 보호해 줄 가치가 없습니다. 그렇지 않나요? 아가씨는 지금 누군가를 감싸 주고 있습니다."

검고 불투명한 티나의 눈이 휘시와 마주쳤다.

"전 아무것도 몰라요. 아무것도 듣지 못했고, 아무것도 보지 못했어요. 그저…… 마음이 변했을 뿐이에요."

제20장

I

캘거리와 휘시는 서로를 쳐다보았다. 캘거리에게는 지금 눈앞에 있는 남자의 얼굴이 지금껏 봐 왔던 그 누구보다도 우울하고 슬퍼 보였다. 그 얼굴이 너무나도 깊은 환멸을 보이는 탓에 캘거리는 휘시 총경이 직업적으로 오랫동안 연달아 실패를 겪었을 것 같다는 생각을 했다. 그래서 나중에 휘시 총경이 지극히 성공적인 이력을 쌓아 왔다는 사실을 알았을 때 캘거리는 깜짝 놀랐다. 나이보다 일찍 머리가 하얗게 센 휘시는 바싹 마른 몸에 어깨는 약간 구부정했다. 그는 예민해 보이는 얼굴에 굉장히 매력적인 미소를 지을 줄 아는 사람이었다.

"제가 누군지 모르실 겁니다."

캘거리가 말을 꺼냈다.

"아, 우리 모두 당신에 대해서 잘 알고 있습니다, 캘거리 박사님.

아가일 사건을 미궁에 빠지게 만든 장본인 아니십니까?"

휘시의 슬퍼 보이는 입가에 뜻밖에도 미소가 떠올랐다.

"제게 별로 감정이 좋지 않으시겠군요."

캘거리가 말했다.

"그 사건은 사건 당일에 해결되었죠. 아주 명백한 사건으로 보였고, 그렇게 생각한다고 해서 누구도 비난할 수 없는 그런 사건이었습니다. 하지만 이런 일이 일어나고 말았죠. 그래서 노모(老母)가 늘 이런 말씀을 하셨나 봅니다. '일은 노력하라고 있는 거다.' 우린 악을 용납할 수 없습니다, 캘거리 박사님. 정의를 실현해야 하니까요. 안 그렇습니까?"

"언제나 그렇게 믿어 왔고 앞으로도 그렇게 믿을 겁니다."

캘거리는 이렇게 대답하고는 조용히 중얼거렸다.

"모든 사람에게 정의는 실현되어야 한다."

"대헌장에 있는 말이지요."

"그렇습니다. 티나 아가일 양이 제게 해 준 말이죠."

휘시 총경이 눈썹을 치켜세웠다.

"정말 절 놀라게 하시는군요. 그 젊은 아가씨는 정의의 바퀴를 굴러가게 하는 데 그다지 도움을 주지 않고 있는데 말입니다."

"왜 그런 말씀을 하시는 겁니까?"

"솔직히 말하자면 그 아가씨는 뭔가를 숨기고 있습니다. 의심할 여지가 없는 사실이지요."

"왜 그러는 걸까요?"

"글쎄, 아무래도 가족 일이니까요. 가족들은 결속력이 강하지 않습니까. 그건 그렇고 박사님은 무슨 일로 찾아오셨습니까?"

"정보가 필요합니다."

"아가일 사건에 대해서 말입니까?"

"예, 물론 제가 상관할 일이 아닌데 주제넘게 참견한다고 생각하실지도 모릅니다만."

"이 일이 박사님과 상관없는 일이라고는 할 수 없지요. 그렇지 않습니까?"

"그렇게 생각해 주셔서 감사합니다. 맞습니다. 전 책임감을 느끼고 있습니다. 이렇게 문제를 일으킨 데 대한 책임감이죠."

"'달걀을 깨지 않고 오믈렛을 만들 수 없다.'는 프랑스 속담이 있지요."

"그래서 말인데, 알고 싶은 게 있습니다."

"어떤 걸 말입니까?"

"재코 아가일에 대해 좀 더 많은 정보를 얻고 싶습니다."

"재코 아가일에 대해서라, 제 예상이 완전히 빗나갔군요."

"그 친구는 그다지 좋지 못한 이력을 가지고 있다고 들었습니다. 그에 대해 좀 더 자세히 알고 싶습니다만."

"그야 간단하지요. 재코 아가일은 보호 관찰을 두 번 받았습니다. 그 외에도 공금 횡령을 한 적이 있는데, 그때는 제시간에 돈을 채워 넣어서 간신히 구제되었죠."

"범죄자가 될 싹이 보였군요."

"맞습니다. 박사님이 우리에게 밝혀 주신 대로 살인자는 아니었습니다만, 재코 아가일은 나쁜 짓을 많이 저지르고 다녔어요. 하지만 규모가 큰 범죄를 저지른 적은 없었습니다. 크게 사기를 칠 만한 두뇌나 대범함이 없었으니까요. 아주 시시한 범죄들뿐이었죠. 서랍에서 돈을 훔친다거나, 여자들을 꼬드겨 돈을 뜯어내는 정도가 다였죠."

"상당히 능숙했던 모양인데요? 여자들을 꼬드겨 돈을 뜯어내는 것 말입니다."

"사실 가장 안전한 방법이기도 했습니다. 여자들은 그자에게 쉽게 넘어갔지요. 대상은 주로 중년 또는 그보다 더 늙은 여자들이었습니다. 그런 여자들이 얼마나 잘 속아 넘어가는지 알면 아마 깜짝 놀라실 겁니다. 재코의 연기가 그럴듯했던 모양입니다. 여자들로 하여금 그가 자기를 열렬히 사랑한다고 믿게 만들었으니까요. 여자들이야 믿으려고 들면 믿지 못할 것이 없지 않습니까."

"그런 다음에는 어떻게 했습니까?"

휘시가 어깨를 으쓱했다.

"머지않아 여자들은 환상에서 깨어나게 되었죠. 하지만 여자들은 그를 고소하려고 하지 않았습니다. 자기들이 얼마나 바보 같은 짓을 했는지 세상에 알리고 싶지 않았던 거죠. 그래요, 그래서 아주 안전한 방법이었다는 겁니다."

"공갈 같은 건 하지 않았나요?"

"우리가 알고 있는 한, 그런 일은 없었습니다. 그런 일을 저질렀다면 그냥 지나치지 않았겠죠. 공갈 같은 건 전혀 없었습니다. 어쩌면 한두 번 그런 기미를 보였던 적은 있을 겁니다. 유치한 편지들을 보내는 정도요? 아무래도 여자들의 남편이 그런 사실을 알면 좋아하지 않았을 테니까요. 재코는 그런 방법으로 여자들의 입을 막을 수 있었을 겁니다."

"그랬군요."

"궁금한 건 그게 전부입니까?"

"아가일 가족 중에 아직 만나지 못한 사람이 있습니다. 제일 큰딸을 보지 못했죠."

"아, 더랜트 부인 말씀이군요."

"그 집에 찾아가 봤더니 문이 잠겨 있었습니다. 사람들 말로는 부부가 함께 어디 갔다고 하더군요."

"두 사람은 태양의 곳에 있습니다."

"아직도 말입니까?"

"예, 더랜트 씨가 계속 있고 싶어 했겠죠. 그 사람은 탐정 비슷한 일을 하고 있을 테니까요."

"몸이 불편하다고 하지 않았습니까?"

"맞습니다, 소아마비지요. 아주 안됐습니다. 시간을 보낼 일이 아무것도 없는 불쌍한 사람이지요. 그래서 이번 살인 사건에 그렇게 열심히 매달리는 걸 거예요. 그 사람 지금도 뭔가 일을 꾸미고 있을 겁니다."

"그 사람이 말입니까?"

휘시가 어깨를 으쓱했다.

"틀림없이 그럴 겁니다. 아무래도 우리보다는 기회가 많지 않겠습니까? 가족들에 대해서도 많이 알고 있을 뿐만 아니라 똑똑하고 직감도 좋은 친구니까요."

"그 사람이 뭔가 알아냈을 거라고 생각하시나요?"

"아마 그럴 겁니다. 하지만 그 친구는 우리에게 자기가 알아낸 사실을 말하지 않을 겁니다. 가족끼리만 알고 있겠죠."

"그렇다면 총경님은 누가 범인이라고 생각하십니까?"

"그런 건 말씀드릴 수 없습니다, 캘거리 박사님."

"알고 계시다는 말씀이군요?"

"그렇다고 할 수도 있겠죠. 하지만 증거가 없다면 아무것도 할 수가 없습니다."

휘시가 천천히 대답했다.

"그럼 아직은 원하는 증거를 찾아내지 못한 모양이군요?"

"오! 우리는 인내심이 많습니다. 계속 노력해야지요."

"만일 끝내 증거를 찾아내지 못한다면 그 사람들은 어떻게 되는 거죠? 그 점을 생각해 보신 적 있습니까?"

캘거리가 몸을 앞으로 내밀며 물었다.

휘시는 캘거리를 쳐다보았다.

"왜 박사님이 그런 걸 걱정하십니까?"

"그 사람들은 진실을 알아야 하니까요. 무슨 일이 있어도 그들은 알아야만 합니다."

"박사님은 그들이 범인을 알고 있을지도 모른다는 생각은 안 해 봤습니까?"

캘거리가 고개를 저으며 천천히 대답했다.

"예, 그건 비극이니까요."

II

"어머, 또 오셨군요!"

모린 클레그가 말했다.

"귀찮게 해 드려서 정말, 정말 죄송합니다."

캘거리가 말했다.

"오, 아니에요, 전혀 귀찮지 않아요. 들어오세요. 마침 제가 쉬는 날이거든요."

캘거리는 그녀가 쉬는 날이라는 걸 미리 알고 찾아온 것이었다.

"조금 있으면 조가 돌아올 거예요. 이제는 신문에 재코에 대한 기사가 나지 않더군요. 그이가 어떻게 특별 사면을 받게 되었는지 발표되고 또 의회에서 그 문제에 대해 논의한 끝에 그이가 범인이 아니라는 사실이 확실하게 밝혀진 뒤부터는 말이에요. 하지만 경찰은 뭘 하고 있는지, 진짜 범인은 누구인지에 대해서는 아무것도 나오지 않네요. 경찰도 아직 범인을 찾지 못한 모양이죠?"

"여전히 짐작가는 데는 없으시고요?"

"예, 아무것도 없어요. 하지만 전 재코의 형이 범인이라고 해도 전혀 놀라지 않을 거예요. 그 사람은 너무 이상하고 우울하거든요. 조가 가끔 다른 사람과 같이 차를 타고 있는 그 사람을 봤다고 했어요. 재코의 형은 벤스 그룹에서 일하고 있어요. 잘생긴 편이지만 너무 우울해 보이는 사람이죠. 조가 듣기로는 페르시아 만인가 어딘가로 일하러 간다는 소문이 있다던데, 제가 생각하기에는 나쁜 짓인 것 같아요. 어떻게 생각하세요?"

"왜 그게 나쁜 짓이라는 건지 전 잘 모르겠군요, 클레그 부인."

"그거야 그런 데는 경찰이 쫓아가기 힘든 곳이니까 그렇죠. 안 그런가요?"

"그럼 부인은 그가 도망가는 거라고 생각하는 겁니까?"

"도망가야 한다고 느끼고 있을지도 모르잖아요."

"그건 그냥 사람들이 하는 소리 같은데요."

아서 캘거리가 말했다.

"많은 소문들이 떠돌아다니죠. 남편하고 비서가 같이 저지른 짓이라는 얘기도 있더군요. 하지만 만약 남편이 범인이라면 아내를 독살하지 않았겠어요? 보통은 그렇게들 하잖아요. 아닌가요?"

"글쎄요, 아무래도 부인이 저보다 영화를 많이 보신 것 같군요."

"전 사실 스크린은 잘 쳐다보지 않아요. 거기서 일해 보시면 아실 거예요. 영화가 얼마나 지긋지긋해지는지. 어머, 조가 왔네요."

조 클레그 역시 캘거리를 보고 놀란 듯한 표정이었고, 그다지 반기는 기색이 아니었다. 잠시 이야기를 나눈 다음 캘거리는 모린에게 찾아온 용건을 말했다.

"혹시 한 사람의 이름과 주소를 알려 주실 수 있을까요?"

캘거리는 조심스럽게 수첩에 이름과 주소를 적었다.

III

저 여자는 쉰 살은 넘어 보이는군. 그는 생각했다. 움직이기 불편할 정도로 뚱뚱한 데다 그다지 보기 좋은 외모도 아닌걸. 비록 상냥해 보이는 예쁜 갈색 눈동자를 가지고 있기는 하지만.

"글쎄요, 캘거리 박사님. 글쎄, 사실 난 잘 모르겠어요."

그녀는 불안한 듯 어쩔 줄을 몰라 하고 있었다.

캘거리는 몸을 앞으로 내민 채 내키지 않아 하는 여자를 안심시키고 달래면서, 그가 그녀에게 느끼는 안타까운 마음을 전하려고 최대한 애를 썼다.

"아주 오래전에 있었던 일이에요. 그 일은 정말 다시 떠올리고 싶지도 않아요."

"저도 그 심정 이해합니다. 하지만 부인의 이야기는 절대로 세상에 알려지지 않을 겁니다. 그 점은 보장할 수 있습니다."

"이 일을 책에 쓴다고 하지 않았던가요?"

"성격 유형의 사례로 제시할 겁니다. 아시겠지만, 의학적이나 심리학점 관점에서 사람의 성격을 살펴보면 아주 흥미로운 부분이 많죠. 이름은 절대 밝히지 않습니다. 그저 A씨, B부인, 이런 식으로 쓸 겁니다."

"박사님은 남극에 갔다 오셨지요?"

갑자기 여자가 물었다.

그녀가 갑자기 화제를 바꾸자 캘거리는 깜짝 놀랐다.

"예, 맞습니다. 헤이스 벤틀리 탐험대의 일원이었죠."

그녀의 얼굴에 홍조가 떠올랐다. 그러자 여자는 훨씬 젊어 보였다. 순간적으로 캘거리는 여자의 소녀 적 얼굴을 볼 수 있었다.

"나도 그 기사를 읽었어요……. 늘 극지방과 관련된 것만 나오면 넋을 잃고 만답니다. 아문센이라는 노르웨이 사람이었지요? 남극에 처음 도착한 사람 말이에요. 난 극지방에 가는 것이 에베레스트를 오르는 일이나, 인공 위성, 달이나 다른 행성에 가는 것보다도 훨씬 흥분될 거라고 생각해요."

캘거리는 마침내 이야기의 실마리를 잡았다. 그는 탐험대에 관한 이야기들을 늘어놓기 시작했다. 희한하게도 여자는 극지 탐험에 낭만적인 관심을 가지고 있었다.

마침내 그녀가 한숨을 내쉬며 말했다.

"실제로 그곳을 다녀온 사람에게 이야기를 들을 수 있어서 정말 너무 좋았어요. 박사님이 알고 싶다고 하셨던 게 재키에 관한 일이었죠?"

"그렇습니다."

"이름이나 인적 사항은 절대로 밝히지 않는다고 하셨죠?"

"물론입니다. 아까 말씀드렸던 것처럼, M부인, Y양, 이런 식으로 쓸 겁니다."

"알았어요, 좋아요. 저도 그런 책을 읽은 적이 있어요. 그리고 이건 아까 말씀하신 병리, 병리……."

"병리학적이오."

"맞아요, 재키는 분명히 병리학적인 사례에 속한다고 할 수 있어요. 아시겠지만, 그 사람은 너무나 사랑스러웠어요. 정말 멋있었죠. 재키가 하는 말은 무엇이든 믿지 않을 수가 없었어요."

"재키도 그렇다는 걸 알고 있었을 겁니다."

"'난 네 엄마라고 해도 좋을 만큼 늙었어.' 내가 이렇게 말해도 재키는 젊은 여자애들한테는 관심 없다고 했죠. 여자 애들은 너무 어리다면서 말이에요. 자기는 성숙하고 경험이 많은 여자에게 끌린다고 말했죠."

"그는 부인을 깊이 사랑했나요?"

"그렇다고 말하더군요. 정말 그렇게 보였어요……."

여자의 입술이 떨렸다.

"하지만 그 후에 가만히 생각해 보니, 그는 순전히 내 돈을 노렸던 거였어요."

"그렇게 생각하지 마십시오. 재키가 진심으로 부인에게 끌렸을 수도 있습니다. 어쩔 수 없어서 부인을 속였던 거겠죠."

캘거리는 애써 여자를 위로해 주었다.

중년 여자의 애처로운 표정이 조금은 밝아졌다.

"그래요. 그렇게 생각하니까 낫군요. 그래요. 그랬을 거예요. 우린 많은 계획을 세웠답니다. 프랑스나 이탈리아 같은 곳으로 함께 도망칠까도 생각해 봤어요. 재키는 그러기 위해서는 돈이 있어야 한다고 말했죠."

평범한 수법이었다. 캘거리는 얼마나 많은 여자들이 그로 인해 슬픔에 빠졌을지 궁금했다.

"내게 무슨 일이 일어났던 건지 잘 모르겠어요. 난 그를 위해서 무슨 일이든 했어요. 어떤 일이라도 말이에요."

"그러셨을 거라고 생각합니다."

캘거리가 대꾸했다.

"굳이 말하자면, 나한테만 그런 건 아니었을 거예요."

그녀가 씁쓸하게 말했다.

캘거리가 자리에서 일어났다.

"이렇게 모두 말씀해 주셔서 정말 감사합니다."

"재키는 이미 죽었어요……. 하지만 난 그 사람을 절대 잊지 못할 거예요. 그 원숭이 같은 얼굴을! 어떻게 보면 굉장히 슬퍼 보이면서 웃기게 생긴 얼굴이기도 했어요. 오, 그는 다른 사람들을 정말 잘 다루었어요. 완전히 나쁜 사람은 아니었죠. 난 그 사람이 그렇게 나쁜 사람이 아니었다고 믿어요."

그녀는 동의를 구하는 눈빛으로 그를 쳐다보았다. 하지만 캘거리는 대답하지 않았다.

제21장

필립 더랜트에게는 그날도 여느 날과 다를 것이 없는 날이었다. 그날이 그의 미래를 어떻게 결정지어 줄지 그는 전혀 알지 못했다.

그는 몸도 마음도 기분 좋게 잠에서 깨어났다. 창가에서는 엷은 가을 햇살이 빛나고 있었다. 커스턴이 가져다 놓은 전화 메모를 보고 그의 기분은 한층 더 좋아졌다.

"티나가 차를 마시러 올 거야."

아내가 아침 식사를 가지고 들어오자 필립이 말했다.

"티나가요? 아, 맞다, 오늘 오후는 일이 없는 날이죠."

메리가 건성으로 대답했다.

"지금 뭘 하는 거지, 폴리?"

"아무것도 아니에요."

그녀는 달걀 윗부분의 껍질을 까서 그에게 건네주었다. 그 순간 필립은 짜증이 치밀었다.

"그 정도는 내 손으로 할 수 있어, 폴리."

"아, 난 그저 당신 수고를 덜어 주려고 그런 거예요."

"도대체 내가 몇 살이라고 생각하는 거야, 여섯 살?"

메리는 약간 놀란 얼굴로 자신의 남편을 쳐다보다가 갑자기 이렇게 말했다.

"오늘 헤스터도 집에 온다고 했어요."

"그래?"

필립은 별 생각 없이 대답했다. 지금 그의 마음속은 온통 티나를 어떻게 상대할 것인지에 대한 생각으로 가득했다. 그러다가 그는 아내의 얼굴에 떠오른 표정을 보았다.

"이런 세상에, 폴리. 당신은 내가 처제한테 이상한 마음이라도 품고 있다고 생각하는 거야?"

메리가 고개를 옆으로 돌렸다.

"당신은 항상 그 애가 사랑스럽다고 말했잖아요."

"그래, 처제야 사랑스럽지. 당신이 아름다운 몸매와 초연한 성격을 가지고 있는 것처럼 말이야."

필립은 냉담하게 덧붙였다.

"하지만 난 여자를 유혹할 수 없는 상태잖아, 안 그래?"

"그런 상태가 아니었으면 좋겠다고 생각하는 거겠죠."

"말도 안 되는 소리 좀 하지 마, 폴리. 난 정말 당신이 질투를 할 줄은 몰랐어."

"당신은 나에 대해 아는 게 없어요."

필립은 반박하려다가 이내 그만두었다. 어쩌면 정말 자신이 메리에 대해 별로 아는 게 없을지도 모른다는 생각을 하자 그는 충격을 받았다.

메리가 계속 말했다.

"난 당신이 내 것이었으면 좋겠어요. 전부 말이에요. 이 세상에 아무도 없이 당신하고 나만 있었으면 좋겠어요."

"더 할 말이 없군, 폴리."

그는 평상시와 다름없이 말했지만 마음이 편하지 않았다. 밝은 아침 햇살이 갑자기 어둑어둑해진 듯했다.

"이제 그만 집에 가요. 필립, 제발 집에 돌아가요."

"이제 곧 가게 될 거야. 하지만 아직은 아니야. 이제 곧 밝혀질 테니까. 오늘 오후에 티나가 올 거라고 했잖아."

필립은 그녀의 생각이 다른 곳으로 돌아가기를 바라면서 계속 말했다.

"난 티나에게 큰 희망을 걸고 있어."

"무슨 희망을요?"

"티나는 뭔가 알고 있거든."

"그러니까, 살인범에 대해 알고 있다는 말이에요?"

"그래."

"하지만 그 애가 어떻게 안단 말이에요? 그날 밤 여기 있지도 않았는데."

"나도 알고 싶어. 내 생각에 티나는 그때 여기 왔던 것 같아. 재미 있게도 아주 사소한 일들이 도움을 주는 경우가 있거든. 여기 일하러 오는 내러코트 부인 있지? 키 큰 여자 말이야. 그 여자가 말해 주더군."

"그 여자가 무슨 말을 했는데요?"

"마을에 돌고 있는 소문 같은 것. 아무개 부인하고 어니라고 했던 가……. 아니, 시릴이라는 아이 이야기였어. 그 아이가 엄마하고 같이 경찰서에 갔다 왔다고 하더군. 장모님이 그 일을 당하셨던 날 밤에 아이가 뭔가를 본 모양이야."

"애가 뭘 봤는데요?"

"글쎄, 그건 내러코트 부인도 잘 모르겠다고 하더군. 아직 그 아무개 부인한테 제대로 얘기를 듣지 못한 모양이야. 그래도 짐작해 볼 수는 있잖아, 폴리? 시릴이라는 꼬마는 이 집 안에 들어오지 않았어. 그렇다면 밖에서 뭔가 봤다는 얘기지. 그렇다면 두 가지 추측이 가능하잖아. 그 애는 미키 아니면 티나를 본 거야. 하지만 내 생각에 그날 밤 여기 온 건 티나야."

"티나가 그날 왔다면 그랬다고 얘기했을 거예요."

"반드시 그렇진 않지. 이걸로 왜 티나가 뭔가를 알고 있으면서도 말하지 않았는지 일목 요연하게 설명이 돼. 그날 밤 처제는 차를 타고 여기로 왔어. 어쩌면 집에 들어왔다가 장모님의 시신을 발견했을지도 몰라."

"그럼 티나가 그런 상황에서 아무 말도 없이 그냥 가 버렸다는 거예요? 말도 안 돼요."

"그렇게 한 데는 그럴 만한 사정이 있었겠지……. 티나는 어쩌면 범인이 누군지 알 수 있는 뭔가를 봤거나, 무슨 소리를 들었을지도 몰라."

"그 애는 재코를 좋아한 적이 없어요. 그러니까 티나가 재코를 감싸 주려고 그랬을 거라고는 생각할 수 없어요."

"그렇다면 티나가 의심했던 사람은 재코가 아니었겠지……. 하지만 나중에 재코가 체포되자, 티나는 자기가 그냥 잘못 생각한 거라고 여겼을 거야. 게다가 여기 오지 않았다고 이미 말했으니 계속 그렇게 주장하게 된 거지. 하지만 지금은 사정이 달라졌어."

메리가 더 이상 참을 수 없다는 듯 말했다.

"그건 모두 당신의 상상이에요, 필립. 당신은 있을 수 없는 많은 일들을 만들어 내고 있는 거라고요."

"전부 사실일 가능성이 많아. 이제 티나가 알고 있는 게 무엇인지 내게 털어놓도록 애써 볼 생각이야."

"티나가 뭔가 알고 있을 거라고는 믿을 수 없어요. 정말로 당신은 그 애가 범인이 누군지 알고 있다고 생각하는 거예요?"

"그 정도는 아니야. 난 그저 처제가 뭔가를 보거나 들었을 거라고 생각해. 그게 뭔지 알아내고 싶을 뿐이야."

"티나는 말하고 싶지 않으면 절대로 말하지 않을 거예요."

"그래, 나도 그렇게 생각해. 티나는 다른 사람에게 절대로 말하지 않을 거야. 더군다나 처제는 얼굴에 표정도 없잖아. 얼굴만 봐선 도무지 알 수가 없지. 하지만 처제는 거짓말을 잘하지 못해. 이를테면 당신처럼 거짓말을 잘하지 못한다는 뜻이지……. 그래서 난 추측으로 접근해 볼 생각이야. 내가 추측한 생각들을 처제에게 물어보는 거지. '예'나 '아니요'로 대답하게 말이야. 그러면 어떻게 될 것 같아? 세 가지 중에 하나가 나올 거야. 티나는 '예'라고 말한다면 그건 그렇다는 뜻이야. 아니면 '아니요'라고 말하겠지. 티나는 거짓말을 잘하지 못하니까, 난 처제가 거짓을 말한 건지 아닌지 알 수 있을 거야. 그게 아니면 티나는 아예 대답 자체를 거부하겠지. 아무 표정 없는 얼굴로 말이야. 폴리, 그 경우에는 '예'라고 생각하면 돼. 내가 이 방법으로 처제에게서 진실을 알아낼 가능성이 있다는 건 당신도 인정할 수밖에 없을 거야."

"오, 제발 그냥 내버려 둬요, 필! 상관하지 마요! 그러다 보면 이 모든 일들은 잠잠해질 테고, 차츰 잊혀질 거예요."

"안 돼. 이 사건의 진실은 분명히 밝혀야만 해. 그렇지 않으면 헤스터는 창문에서 뛰어내릴지도 모르고, 커스티는 신경 쇠약에 걸리고 말 거야. 장인어른의 마음은 이미 종유석처럼 차갑게 얼어 붙었고, 불쌍한 그웬다는 로디지아(아프리카 남부의 옛 영국 식민지 — 옮긴이)에 있는 일자리를 받아들이려 하고 있단 말이야."

"그런 일들이 도대체 우리와 무슨 상관 있어요?"

"우리와는 상관없다…… 이 말이야?"

필립이 벌컥 화를 내며 얼굴 표정이 굳었다. 메리는 깜짝 놀랐다. 이제까지 그녀는 남편의 그런 얼굴을 한 번도 본 적이 없었다. 메리는 도전적으로 남편에게 맞섰다.

"왜 내가 다른 사람의 일에 신경 써야 하죠?"

"당신은 이제까지 한 번도 그런 적 없지, 그렇지?"

"당신이 무슨 말을 하는지 모르겠어요."

필립은 화가 난다는 듯 한숨을 내쉬었다. 그는 아침 식사가 놓인 쟁반을 옆으로 밀어 버렸다.

"가져가. 먹고 싶지 않아."

"하지만 필립……."

그는 더 참을 수 없어 메리에게 나가라고 손짓했다. 메리는 쟁반을 집어 들고 방에서 나갔다. 필립은 휠체어를 밀어 필기용 탁자 앞으로 갔다. 손에 펜을 쥔 채 그는 창밖을 쳐다보았다. 필립은 이상한 정신적인 압박감을 느꼈다. 그는 조금 전까지만 해도 몹시 흥분한 상태였다. 하지만 지금은 왠지 불안하고 기분 나쁜 느낌이 들었다.

그러나 그는 다시 마음을 가다듬었다. 필립은 재빨리 종이 두 장을 꺼냈다. 그런 다음 팔짱을 낀 채 생각에 잠겼다.

그것은 있을 법한 일이었고, 가능한 일이기도 했다. 하지만 필립은 완전히 만족할 수 없었다. 정말 제대로 하고 있는 걸까? 그는 확신할 수가 없었다. 동기. 망할 놈의 동기가 부족했다. 어딘가에 분명 그가 놓친 요소가 있을 터였다.

필립은 조바심이 나서 한숨을 내쉬었다. 티나가 도착할 때까지 도저히 기다리지 못할 것 같았다. 만일 이 일이 분명히 밝혀지기만 한다면. 물론 가족 안에서만 말이다. 그건 모두에게 필요한 일이었다. 그들이 알기만 한다면, 그때부터는 모두 자유로워질 것이다. 서로를 의심하는 이 절망에 찬 답답한 분위기에서 벗어나게 될 것이다. 한 사람만 제외하고 그들 모두 각자 자신의 생활로 돌아가게 될 것이다. 그와 메리도 집에 돌아갈 것이다. 그리고…….

필립의 생각은 거기서 멈췄다. 다시 흥분이 가라앉기 시작했다. 그는 자신의 문제에 직면해 있었다. 그는 집에 가고 싶지 않았다……. 한 치의 어긋남도 없이 정돈된 방, 빛나는 사라사 커튼, 반짝거리는 놋쇠 장식을 떠올렸다. 깨끗하고 밝고 잘 보살펴 주는 새장! 그는 새장 속에서 휠체어에 발이 묶인 채 아내의 정성스러운 보살핌 속에 둘러싸여 있다.

아내…… 필립은 아내에 대해 생각했다. 그가 보기에 그녀는 마치 두 사람인 듯했다. 필립이 결혼한 여자는 금발과 푸른 눈동자를 가진 부드럽고 얌전한 아가씨였다. 짓궂게 놀리면 어쩔 줄 모르는 얼굴로 자신을 쳐다보던 여자를 그는 사랑했다. 그녀가 바로 그의 폴리다. 하지만 또 다른 메리는…… 강철처럼 단단하고, 열정적이지만, 애정이 없는 여자로 자기 자신 말고는 아무도 신경 쓰지 않았다. 그녀에게 그가 중요한 이유도 오직 남편이기 때문이었다.

마음속으로 프랑스 시구가 스쳐 지나갔다. 어떻게 되더라?

자기 먹이에만 집착하는 비너스여…….

그는 그런 메리를 사랑하지 않았다. 차가운 푸른 눈동자를 가진 메리는 다른 사람이었다. 그가 전혀 모르는 여자…….

필립은 스스로를 비웃었다. 그 역시 집 안에 있는 다른 사람들처럼 점점 신경질적이고 쉽게 흥분하게 된 것이다. 필립은 장모가 아내에 대해 했던 말을 떠올려 보았다. 뉴욕에서 만난 금발의 작고 귀여웠던 소녀의 이야기를. 아가일 부인의 목을 끌어안으며 "아줌마하고 같이 있고 싶어요. 절대로 헤어지고 싶지 않아요!"라고 외치던 그녀의 어린 시절 모습을.

정말 애정이었을까? 지금의 메리를 봐서는 도저히 상상할 수 없는 모습이다. 어린아이가 어른이 된다고 그렇게 변할 수 있는 걸까? 누군가에게 애정이 있는 것처럼 목소리나 태도를 꾸며 내다니, 메리에게 얼마나 어려운 일이었을까? 거의 불가능한 일이다.

그렇지 않으면 확실히 그 당시에는…… 필립은 생각을 멈췄다. 아니, 사실은 정말로 간단한 일이 아니었을까? 그건 애정에서 우러나온 게 아니라, 계산된 행동이었다. 목적을 달성하기 위한 수단이었다. 의도적으로 연출된 애정을 보여 주는 것. 메리는 자신이 원하는 것을 가지는 데 얼마나 뛰어났던가?

거의 모든 것을 얻었지. 필립은 생각했다……. 그리고 그 생각은 그에게 충격이었다.

그는 거칠게 펜을 집어던진 뒤, 휠체어를 밀고 거실 옆에 있는 침실에 들어갔다. 필립은 화장대 앞으로 가서 빗을 집어 들고 이마 뒤로 머리를 빗어 넘겼다. 늘 보던 자기 얼굴이 낯설게만 보였다.

난 누구일까? 어디로 가야 하는 걸까? 필립은 생각했다. 이전에는 결코 해 본 적이 없는 생각들이었다……. 그는 휠체어를 밀고 창문 앞에 다가가 밖을 내다보았다. 창문 아래에서 일하는 여자 하나가 부엌 창문 밖에 서서 안에 있는 누군가와 이야기를 나누고 있었다. 지방 사투리가 약간 섞인 두 사람의 목소리가 들려왔다…….

필립은 눈을 크게 떴다. 무언가에 넋을 잃은 듯한 모습이었다.

옆방에서 무슨 소리가 들려와 그는 간신히 정신을 차렸다. 그는 휠체어를 밀고 연결된 문을 통해 그 방으로 들어갔다.

그웬다 본이 필기용 탁자 옆에 서 있었다. 그녀가 그를 돌아보았다. 필립은 아침 햇살을 받고 서 있는 그웬다가 너무나도 수척해진 걸 보고 깜짝 놀랐다.

"어서 와요, 그웬다."

"잘 있었어요, 필립? 레오가 당신이 《일러스트레이티드 런던 뉴스》를 보고 싶어 할지도 모른다고 그래서요."

"아, 고마워요."

"참 멋진 방이에요. 내가 이 방에서 지낸 적이 있다는 사실이 믿어지지 않아요."

그웬다가 주위를 둘러보며 말했다.

"마치 호텔 특실 같지 않아요? 다른 사람들과 떨어져 지낼 수 있으니까요. 환자나 신혼 부부에게 이상적인 방이라고 할 수 있죠."

대꾸하던 필립은 마지막 말은 하지 않는 편이 나았을 거라는 생각이 들었지만 이미 입 밖에 뱉은 말을 주워 담을 수는 없었다. 그웬다의 표정이 흔들렸다.

"난 처리해야 할 일들이 있어요."

그녀가 막연히 말했다.

"정말 완벽한 비서로군요."

"요즘엔 그렇지도 못했어요. 실수도 했으니까."

"우리 모두 그랬죠. 장인어른과는 언제 결혼할 겁니까?"

그가 의도적으로 물었다.

"아마 못할 거예요."

"그건 정말 잘못하는 겁니다."

"레오는 우리가 결혼하면 경찰한테 좋지 못한 소리를 들을 거라고 생각하고 있어요!"

그웬다는 쓸쓸하게 말했다.

"그냥 밀고 나가요, 그웬다. 어느 정도는 위험을 무릅써야지요."

"난 얼마든지 그럴 수 있어요. 위험해도 상관없어요. 행복을 위해서라면 얼마든지 그럴 수 있어요. 하지만 레오는……."

"장인어른은?"

"레오는 아마 지금까지 그래 왔던 것처럼 레이철 아가일의 남편으로 살다가 죽을 거예요."

그녀는 분노와 비통함이 가득한 눈으로 필립을 쳐다보며 말했다.

"그 여자는 어쩌면 아직도 살아 있는지도 몰라요. 바로 여기, 이 집에서, 언제나……."

제22장

티나는 묘지 담장 옆 풀밭 위에 차를 세웠다. 그녀는 사 온 꽃의 포장지를 조심스럽게 벗겨 낸 뒤, 묘지 입구를 지나 큰길을 따라 걷기 시작했다. 티나는 이 새 묘지를 좋아하지 않았다. 그녀는 아가일 부인이 교회 부근의 옛 묘지에 안장되기를 바랐다. 그곳에는 태곳적 평화가 남아 있는 것 같았다. 상록수와 이끼 긴 묘비들. 하지만 새로 만든 이 묘지는 너무 잘 정돈되어 있어서 큰길은 물론 샛길마저도 깨끗하고 단정했다. 모든 것이 매끈하게만 보였고, 대량 생산되어 슈퍼마켓에 진열된 물건들처럼 보였다.

아가일 부인의 무덤은 잘 꾸며져 있었다. 무덤은 화강암 조각들로 채워진 네모난 대리석에 둘러싸여 있었고, 뒤쪽에는 화강암 십자가가 서 있었다.

티나는 카네이션 꽃다발을 든 채 몸을 숙여 묘비에 새겨진 글귀를 읽었다.

195×년, 11월 9일 세상을 떠난 레이철 아가일을 추모하며

그 밑에는 이렇게 씌어 있었다.

그녀의 아이들이 자라나 그녀를 축복하리라.

뒤에서 발소리가 들렸다. 티나는 뒤돌아보고 깜짝 놀랐다.
"미키 오빠!"
"네 차를 봤어. 널 따라왔지. 어쨌든 나도 여기 오는 길이었어."
"여기 오는 길이었다고? 웬일로?"
"나도 모르겠어. 아마 작별 인사를 하고 싶었던 모양이야."
"작별 인사? 어머니……한테 말이야?"
그는 고개를 끄덕였다.
"그래, 이번에 전에 말했던 석유 회사로 가게 됐어. 3주 뒤면 떠나
게 될 거야."
"그래서 오빠가 제일 먼저 어머니한테 작별 인사를 하러 왔다는
거야?"
"그래, 난 아마도 어머니께 감사하고, 죄송하다는 말을 하고 싶은
것 같아."
"뭐가 죄송하다는 거야?"

"네가 생각하는 것처럼 내가 어머니를 죽여서 죄송하다는 뜻은 아니야. 아직도 내가 어머니를 죽였다고 생각하는 거니, 티나?"

"꼭 그렇다고 믿는 건 아니야."

"아직도 믿지 못하겠다는 소리니? 내가 어머니를 죽이지 않았다고 그렇게 말했는데도 소용없구나."

"그럼 뭐가 죄송하다는 건데?"

미키가 천천히 말했다.

"어머니는 내게 많은 것을 주셨어. 그런데도 난 조금도 고마워하지 않았지. 어머니가 해 주시는 모든 걸 증오했어. 따뜻한 말 한마디한 적 없고, 기분 좋은 표정 한 번 지어 보이지 않았지. 진작 그렇게 했으면 좋았을 거라고 생각해. 그게 죄송한 이유야."

"어머니에 대한 미움이 사라진 건 언제부터야? 어머니가 돌아가신 뒤부터?"

"그래, 그래. 그랬던 것 같아."

"오빠가 미워했던 사람은 어머니가 아니었던 거지?"

"그래, 맞아. 네 말이 옳았어. 내가 미워했던 건 친어머니였지. 사랑했으니까. 내가 그렇게 사랑했는데도 친어머니는 날 조금도 신경쓰지 않았으니까."

"그럼 이제는 그런 것에도 화가 나지 않는 거야?"

"그래, 어머니도 어쩔 수 없었을 거라는 생각이 들어. 난 그렇게 태어났으니까. 어머니는 밝고 명랑한 분이셨지. 남자들을 너무 좋아하고 술을 너무 좋아했어. 그리고 기분이 좋을 때는 자식들에게도 잘해 주셨지. 자식들이 다른 사람들에게 상처받지 않게 해 주셨어. 그렇지만 어머니는 나를 사랑하지 않았지! 오랫동안 그 사실을 인정하지 않으려고 했지만 이제는 받아들이려고 해."

미키가 손을 내밀며 말했다.

"티나, 카네이션 한 송이만 주지 않을래?"

그는 꽃을 들고는 몸을 숙여 비문 아래 무덤 위에 올려놓았다.

"어머니, 제가 왔어요. 버릇 없던 아들이 왔어요. 전 그동안 어머니가 아주 현명한 어머니라는 걸 몰랐어요. 하지만 이제는 알아요."

그가 티나를 쳐다보았다.

"이만하면 사과로 충분한 걸까?"

"그럴 거라고 생각해."

티나가 대답했다.

그녀는 몸을 숙여 남은 카네이션 꽃다발을 내려놓았다.

"자주 여기 와서 이렇게 꽃을 놓았니?"

"1년에 한 번씩 왔었어."

"착한 티나."

두 사람은 그 자리에서 몸을 돌려 함께 걷기 시작했다.

"난 어머니를 죽이지 않았어, 티나. 내가 아니라고 맹세할게. 네가 나를 믿어 줬으면 좋겠어."

"그날 밤에 난 거기 있었어."

티나의 말에 미키는 그녀 쪽으로 몸을 돌렸다.

"거기 있었다고? 태양의 곳에?"

"그래, 그때 직장을 바꾸려고 생각하고 있었거든. 그래서 아버지와 어머니에게 의논하려고 갔었지."

"그랬구나. 계속해 봐."

티나가 더 이상 아무 말도 하지 않자 그는 그녀의 팔을 잡고 흔들었다.

"얘기해 봐, 티나. 나한테 말해 줘야 해."

"아직 아무한테도 말한 적 없어."

"어서 말해 봐."

미키가 독촉했다.

"차를 몰고 갔는데, 대문 앞까지 가지는 않았어. 왜 중간쯤에 차를 돌리기 편한 곳 있지?"

미키가 고개를 끄덕였다.

"난 그 자리에 차를 세우고 집까지 걸어가기 시작했어. 아무래도 확신이 없었거든. 오빠도 알겠지만 어머니한테 무슨 말을 하기가 좀 어려웠잖아. 언제나 당신 생각이 있으셨던 분이니까. 가능한 한 내 생각을 확실하게 해 두고 싶었어. 그래서 집까지 걸어갔다가 다시 차로 돌아갔어. 그리고 다시 내 집으로 돌아갔지. 계속 생각하면서 말이야."

"그때가 몇 시쯤이었는데?"

"모르겠어. 지금은 기억나지 않아. 나한테 시간은 별로 의미가 없으니까."

"그래, 넌 언제나 한없이 여유로운 아이니까."

"난 나무 밑을 아주 천천히 걷고 있었어."

"새끼 고양이처럼."

미키가 애정이 가득 담긴 목소리로 말했다.

"그때 난 그 소리를 들었어."

"무슨 소리를 들었는데?"

"두 사람이 속삭이는 소리."

"그래? 그들이 뭐라고 했어?"

미키의 몸이 얼어붙었다.

"한 사람이 이렇게 말했어. '7시에서 7시 30분 사이에요. 그때 하는 거예요. 잘 기억해 뒀다가 일을 망치면 안 돼요. 7시에서 7시 30분 사이에요.' 그러니까 다른 사람이 속삭였어. '날 믿어.' 그러자 처음에 얘기했던 사람이 다시 말했어. '자기, 이 일만 잘되면 그 다음에는 모든 일이 잘될 거예요.'"

잠시 침묵이 흐르다 이윽고 미키가 물었다.

"그런데 넌 왜 그런 사실을 숨기고 있었니?"

"모르고 있었으니까. 난 그 사람들이 누군지 모르거든."

"하지만 분명히 들었잖아! 남자야, 여자야?"

"잘 모르겠어. 두 사람은 속닥거리고 있었으니까. 목소리도 제대로 들을 수 없었어. 그냥……. 그래, 그냥 속삭였어. 하지만 내가 생각하기에는 남자와 여자였던 것 같아. 왜냐하면……."

"말한 내용 때문에?"

"맞아. 하지만 그 사람들이 누군지 모르겠어."

"넌 그 사람들이 아버지와 그웬다라고 생각했던 것 아냐?"

"그럴 수도 있잖아? 그웬다가 퇴근했다가 그 시간에 다시 집으로 돌아온다는 뜻일 수도 있고, 아니면 그웬다가 아버지한테 7시에서 7시 30분 사이에 내려오라고 한 말일 수도 있지."

"넌 그들이 아버지와 그웬다일지도 몰라서 경찰한테 그 사실을 말하고 싶지 않았던 거구나. 그렇지?"

"아버지와 그웬다가 틀림없었다면 그랬을 거야. 하지만 확신이 안 들어. 다른 사람일 수도 있으니까. 헤스터나 다른 누구일 수도 있잖아? 메리 언니일 수도 있어, 그렇다고 해도 형부는 아니겠지만. 그래, 물론 형부는 아니지."

"헤스터와 다른 누구라니, 누구를 말하는 거야?"

"모르겠어."

"넌 그 사람을 못 봤다고 했지?"

"그래, 난 그 사람을 못 봤어."

"티나, 난 네가 거짓말을 하고 있다고 생각해. 넌 그 사람을 봤어, 그렇지?"

"내가 차 있는 데로 돌아왔을 때 길 건너편에서 누군가 빠른 걸음으로 지나갔어. 하지만 너무 어두워서 윤곽밖에 못 봤어. 그때 길 저 끝에서 차 시동 거는 소리가 들린 것 같았어."

"넌 그 사람이 나라고 생각했구나……."

"모르겠어. 오빠였을 수도 있겠지. 체격이나 키가 오빠만 한 사람이었으니까."

두 사람은 티나의 작은 차가 있는 곳에 도착했다.

"가자, 티나. 어서 타. 같이 가자. 태양의 곳으로 가는 거야."

미키가 말했다.

"하지만 오빠……."

"넌 내가 무슨 말을 해도 소용없는 거잖아. 안 그래? 그런데 내가 무슨 말을 더 하겠어? 어서 가자, 태양의 곳으로."

"거길 가서 어떻게 하려고 그러는 거야?"

"왜 내가 무슨 짓을 할 거라고 생각하는데? 어차피 넌 태양의 곳으로 가려던 거 아니었어?"

"맞아. 그랬어. 형부한테 편지를 받았거든."

티나가 차를 출발시켰다. 미키는 잔뜩 굳은 채 긴장한 표정으로 옆에 앉았다.

"매형한테 편지를 받았다고? 무슨 내용인데?"

"집에 오래. 날 만나고 싶다고. 내가 오늘 오후에 일이 없는 걸 형부는 알고 있었어."

"아, 널 만나고 싶은 용건이 뭐래?"

"나한테 물어보고 싶은 게 있으니까 대답해 주면 좋겠다는 거였어. 형부 말로는 난 아무 말도 할 필요가 없대. 형부가 얘기하면, 난 그냥 '예'나 '아니요'로만 대답하면 된다는 거야. 그리고 내가 무슨 대답을 하든 형부만 알고 있을 거라고 했어."

"매형이 뭔가 알아냈나 보지? 재미있을 것 같은데."

태양의 곳까지는 거리가 얼마 되지 않았다. 집에 도착하자 미키가 말했다.

"넌 들어가, 티나. 난 정원에서 산책이나 하다 들어갈게. 생각할
게 좀 있어. 어서 매형이나 만나 봐."

"거기 가려는 건 아니지? 그러면 안 돼."

미키가 짧게 웃었다.

"연인들의 절벽에서 자살할까 봐? 어서 가 봐, 티나. 내가 그런 짓
안 할 거라는 건 네가 더 잘 알잖아."

"가끔 난 사람에 대해서는 정말 알 수가 없다는 생각이 들어."

그녀는 돌아서서 천천히 집으로 걸어가기 시작했다. 미키는 주머
니에 손을 집어넣고 고개를 내민 채 그녀를 쳐다보았다. 그런 다음
찌푸린 표정으로 생각에 잠긴 채 집을 올려다보면서 집 뒤로 돌아
갔다. 소년 시절의 추억이 새록새록 떠올랐다. 늙은 목련나무가 보
였다. 그는 그 나무를 타고 올라가 창문을 통해 집으로 들어가곤 했
다. 그 나무 주위는 그 혼자만의 정원이었다. 그렇지만 미키는 한 번
도 그 정원을 좋아한 적이 없었다. 언제나 그곳에 설치된 놀이 기구
들을 망가뜨리는 걸 더 좋아했다. '파괴적인 작은 악마.' 그는 자신
의 모습을 떠올리며 막연한 즐거움을 느꼈다.

아, 인간은 사실 변하지 않는 법이다.

집 안에 들어간 티나는 홀에서 메리를 만났다. 메리는 그녀를 보
고 깜짝 놀란 것 같았다.

"티나! 레드민에서 오는 거야?"

"그래, 내가 온다는 거 몰랐어?"

"잊어버리고 있었어. 필립이 말해 줬는데."

메리는 이렇게 대답하고는 돌아서서 계속 말했다.

"오벌틴(영양 보조 식품 ─ 옮긴이)이 왔는지 보러 부엌에 가던 참이야. 필립이 밤에 그걸 잘 먹거든. 커스턴이 막 커피를 가지고 올라갔어. 그이는 차보다 커피를 좋아한단다. 차는 소화가 안 된대."

"왜 언니는 형부를 환자처럼 대하는 거야? 사실 형부는 환자가 아니잖아."

메리의 눈에 차가운 분노가 스치고 지나갔다.

"티나, 너도 남편이 생기면 남편들이 어떤 대접을 받고 싶어 하는지 알게 될 거다."

티나가 부드럽게 말했다.

"미안해."

"어서 이 집에서 나갈 수 있으면 좋겠어. 여긴 필립한테 좋지 않아. 게다가 헤스터도 오늘 돌아온다고 하고."

"헤스터가? 그 애가 온다고? 왜?"

티나가 깜짝 놀라 되물었다.

"그걸 내가 어떻게 알겠니? 어젯밤에 전화해서는 그렇게 말하더라. 몇 시 기차를 타고 오는지도 모르겠어. 아마 여느 때처럼 급행을 타고 오겠지. 누구든 드리머스로 마중을 나가야 할 거야."

메리는 복도를 지나 부엌 쪽으로 사라졌다. 티나는 잠시 주저하다가 계단을 올라가기 시작했다. 2층에 올라서자 바로 오른쪽에 있는 방문이 열리며 헤스터가 나왔다. 그녀도 티나를 보고 놀란 눈치였다.

"헤스터! 온다는 소리는 들었는데, 벌써 도착했을 줄은 몰랐어."

"캘거리 박사님이 태워다 주셨어. 그리고 곧장 방으로 올라왔으니까 내가 온 줄 아무도 모를 거야."

"캘거리 박사님도 여기 계신 거야?"

"아니, 날 내려 주고 드리머스로 가셨어. 만날 사람이 있다나 봐."

"메리 언니는 네가 온 줄 모르고 있던데."

"첫째 언니야 아무것도 모르잖아. 항상 형부하고 둘이서만 지내니 세상일이 어떻게 돌아가는지 알 수가 없지. 아버지와 그웬다는 서재에 있는 모양이야. 모든 것이 예전과 하나도 달라진 게 없는 것 같아."

"그러면 안 되는 거야?"

"사실 나도 모르겠어. 뭔가 좀 달라지지 않았을까 생각했거든."

헤스터가 막연히 대답했다.

그녀는 티나 옆을 지나 계단을 내려갔다. 티나는 서재를 지나 복도 끝에 있는 더랜트 부부의 방으로 갔다. 커스턴 린드스트롬이 필립의 방문 앞에서 쟁반을 들고 서 있다가 고개를 홱 돌렸다.

"어머, 티나 아가씨, 깜짝 놀랐잖아요. 마침 필립 씨한테 커피와 비스킷을 가져다 주려던 참이었어요."

커스턴이 문을 살짝 두드렸다. 티나도 그 옆에 섰다.

커스턴이 방문을 열고 안으로 들어갔다. 앞서 들어간 그녀의 키가 크고 마른 체구가 티나의 시야를 가렸다. 하지만 티나는 커스턴이 숨을 들이쉬는 소리를 들을 수 있었다. 그녀가 쟁반을 떨어뜨리자 컵과 접시가 바닥에 부딪혀 깨졌다.

"오, 이런, 안 돼!"

커스턴이 비명을 질렀다.

"형부?"

티나가 말했다.

그녀는 커스턴을 지나 책상 앞에 있는 필립 더랜트의 휠체어로 다가갔다. 필립은 뭔가를 쓰고 있던 모양이었다. 그는 펜을 쥔 오른손을 책상 위에 올리고 있었다. 하지만 머리는 이상하게 뒤틀린 채로 앞으로 숙이고 있었다. 티나는 그의 목덜미 아래 하얀 셔츠 깃에서 얼룩진 붉은 자국을 보았다.

"살해당한 거야. 틀림없어요. 칼에 찔려 죽은 거야. 저기 머리밑을 봐요. 조그맣게 찔린 상처가 보이잖아요. 그게 치명적이었나 봐요."

커스턴은 목소리를 높이며 계속 말을 이었다.

"난 경고했어요. 내가 할 수 있는 일은 다 해 줬어요. 하지만 저 사람은 아이같이 위험한 놀이를 즐기고 있었어. 자기가 어디로 갈지 알지도 못하면서 말이에요."

악몽을 꾸는 것 같아. 티나는 생각했다. 그녀가 필립의 팔꿈치 옆에 서서 멍하니 그를 내려다보고 있는 동안, 커스턴이 그의 손목을 잡아 맥박을 짚어 보았다. 하지만 더는 맥이 잡히지 않았다. 필립은 티나에게 무엇을 물어보고 싶었던 걸까? 그게 무엇이었든 이제 그는 물어볼 수 없게 되었다. 전혀 객관적으로 생각할 수 없는 와중에도 그녀는 자꾸 여러 가지 사소한 일들이 신경 쓰였다. 필립은 뭔가 쓰고 있었다. 그건 분명했다. 하지만 펜은 있는데 종이가 없었다. 그가 뭔가를 썼을 종이가 없었다. 누가 범인이든 그자가 필립이 쓴 종이를 가지고 간 게 분명했다. 티나는 조용히 기계적으로 말했다.

"다른 사람들한테 알려야 해요."

"예, 그렇게 해요. 아래층에 내려가 사람들을 불러요. 아가씨 아버지한테도 알리고요."

두 여자는 나란히 문 쪽으로 걸어갔다. 커스턴이 티나의 몸에 팔을 둘렀다. 그 순간 티나의 시선이 떨어진 쟁반과 깨진 그릇 조각에 머물렀다.

"신경 쓸 거 없어요. 나중에 치우면 되니까."

커스턴이 말했다.

그때 티나가 몸을 비틀거리자 커스턴이 그녀를 부축했다.

"조심해요. 이러다 쓰러지겠어요."

두 사람이 복도로 나오자 서재 문이 열리더니 레오와 그웬다가 나왔다. 티나가 나지막하지만 또렷한 목소리로 말했다.

"형부가 살해당했어요. 칼에 찔려서요."

정말 꿈같은 일이야. 티나는 생각했다. 그녀의 아버지는 충격에 절규했고, 그웬다는 그녀를 지나쳐 필립에게 달려갔다……. 이미 싸늘하게 식은 필립에게로. 커스턴이 그녀를 남겨 둔 채 서둘러 아래층으로 내려갔다.

"메리 아가씨한테 먼저 알려야겠어요. 조심스럽게 말해야겠죠. 불쌍한 메리. 큰 충격을 받을 텐데."

티나는 천천히 커스턴의 뒤를 따랐다. 꿈을 꾸고 있는 것 같은 멍한 느낌, 그리고 가슴에 이상한 통증이 느껴졌다. 지금 어디로 가고 있는 걸까? 그녀도 알지 못했다. 이건 전부 현실이 아니다. 티나는 현관문을 열고 밖으로 나갔다. 그러자 집 뒤쪽에서 미키가 돌아 나오는 모습이 보였다. 그녀는 언제나 그랬던 것처럼 자동적으로 그가 있는 곳을 향해 걸어갔다.

"오, 오빠, 미키 오빠!"

그녀가 그를 불렀다.

미키가 팔을 벌리자 그녀는 그의 품에 안겼다.

"이제 괜찮아. 내가 있잖아."

미키가 말했다.

티나는 그의 품 안에서 스르르 미끄러지더니 그대로 바닥에 주저앉고 말았다. 그때 헤스터가 집 안에서 뛰어나왔다.

"티나가 기절했어. 이제까지 이런 적이 한 번도 없었는데."

미키가 어쩔 줄 몰라 하며 말했다.

"충격을 받아서 그래."

헤스터가 말했다.

"충격이라니. 그게 무슨 소리야?"

"형부가 살해당했잖아. 오빠는 몰랐던 거야?"

"내가 어떻게 알아? 언제, 어떻게 된 건데?"

"조금 전에."

미키는 헤스터를 쳐다보고는 티나를 안아 올렸다. 헤스터가 미키의 뒤를 따랐다. 그는 티나를 아가일 부인의 거실로 데리고 가서 소파에 눕혔다.

"크레이그 선생한테 전화 걸어."

그가 말했다.

"밖에 그 사람 차가 있어. 아버지가 형부 때문에 벌써 전화하셨나봐. 난……."

창밖을 내다보던 헤스터가 이렇게 말하면서 주위를 살폈다.

"난 저 사람하고 마주치고 싶지 않아."

그리고 헤스터는 방에서 뛰어 나가 2층으로 올라가 버렸다.

도널드 크레이그는 차에서 내린 다음, 열린 현관문으로 들어왔다. 커스턴이 부엌에서 나오며 그를 맞이했다.

"안녕하십니까, 린드스트롬 양. 이게 무슨 소리입니까? 아가일 씨가 전화로 필립 더랜트 씨가 살해당했다고 하시더군요. 그게 정말입니까?"

"사실이에요."

커스턴이 대답했다.

"아가일 씨가 경찰에도 신고하셨을까요?"

"그건 모르겠어요."

"상처만 입은 건 아닌가요?"

돈은 이렇게 물은 다음 다시 차로 돌아가 진료 가방을 꺼내 왔다.

"아니요."

커스턴이 피곤하고 기운 없는 목소리로 말했다.

"정말 죽었어요. 내가 확인한걸요. 칼에 찔렸어요. 여기를요."

그녀는 손을 들어 자기 머리 뒤를 가리켰다. 그때 미키가 거실에서 나와 홀로 들어왔다.

"어서 오세요, 돈. 먼저 티나부터 좀 봐 주십시오. 그 애가 기절했거든요."

"티나? 아, 레드민에서 살고 있다는 그 아가씨요? 지금 어디에 있습니까?"

"저 방에 있어요."

"2층에 올라가 보기 전에 그 아가씨부터 먼저 봐야겠습니다."

방에 들어가던 도널드 크레이그가 커스턴을 돌아보며 말했다.

"무엇보다도 그 아가씨는 몸을 따뜻하게 해 줘야 합니다. 깨어나자마자 뜨거운 차나 커피 같은 걸 가져다 주세요. 물론 잘 알고 계시겠지만."

커스턴이 고개를 끄덕였다.

"커스티!"

메리 더랜트가 부엌에서 천천히 걸어 나왔다. 커스턴이 그녀에게 다가갔다. 미키는 무기력하게 그녀를 바라보았다.

"사실이 아니야. 그런 일이 일어났을 리 없어! 지금 거짓말한 거죠? 내가 그 방에서 나올 때까지만 해도, 그이는 괜찮았어요. 아무렇지 않았단 말이에요. 그이는 뭔가 쓰고 있었어요. 그런데 내가 쓰지 말라고 했죠. 하지 말라고 했어요. 뭐가 그이를 그렇게 만들었을까? 왜 그렇게 고집을 부렸을까? 내가 가자고 그랬을 때 왜 이 집을 안 떠나려고 했을까?"

메리가 거친 목소리로 외쳤다.

커스턴은 메리를 달래고 진정시키기 위해 최선을 다했다.

그때 도널드 크레이그가 아가일 부인의 거실에서 성큼성큼 걸어 나왔다.

"저 아가씨가 기절했다고 누가 그랬죠?"

미키가 그를 쳐다보며 대답했다.

"하지만 분명히 기절했는데요."

"언제, 어디에서 기절했습니까?"

"나하고 같이 있었어요……. 집에서 나와 내가 있는 쪽으로 걸어 왔어요. 그러다 갑자기 쓰러졌어요."

"쓰러졌단 말이죠? 그래요, 쓰러질 수밖에 없었을 겁니다."

도널드 크레이그는 무뚝뚝하게 말하고는 급히 전화기 앞으로 다가갔다.

"구급차를 불러야겠습니다. 지금 당장."

"구급차요?"

커스턴과 미키가 그를 쳐다보았다. 반면에 메리는 아무 소리도 듣지 못한 듯했다.

도널드가 거칠게 다이얼을 돌리며 대답했다.

"그래요, 저 아가씨는 기절한 게 아닙니다. 칼에 찔렸어요. 무슨

말인지 알아들으셨나요? 칼로 등을 찔렸단 말입니다. 당장 병원으
로 옮겨야 해요."

제23장

I

호텔 방에서 아서 캘거리는 자신이 작성한 메모들을 읽고 또 읽었다. 때때로 고개를 끄덕이기도 했다.

그랬다……. 그는 지금 올바른 방향으로 가고 있었다. 처음부터 아가일 부인한테 초점을 맞췄던 것이 실수였다. 열 건의 사건이 있다면 그 중 여덟, 아홉의 경우는 그렇게 하는 것이 옳을 것이다. 하지만 이건 거기에 해당되지 않는 열 번째 경우였다.

캘거리는 그동안 계속 이 사건에 알려지지 않은 요소가 존재하고 있음을 느끼고 있었다. 그가 그 요소를 분리시켜 확인할 수만 있다면, 이 사건은 해결될 터였다. 캘거리는 그동안 죽은 여자에게만 사로잡혀 있었다. 하지만 이제 와 보니 죽은 여자는 사실 그다지 중요하지 않았다. 어떤 면에서 보면 아가일 부인이 아니더라도 다른 희생자가 생겼을 사건이었다.

캘거리는 지금까지 생각하고 있던 모든 관점들을 날려 버렸다. 이 모든 일이 시작되었던 맨 처음으로 되돌아가야 했다. 그는 재코부터 생각하기로 했다.

재코는 자기가 저지르지도 않은 죄 때문에 부당한 판결을 받았지만, 사실 근본적으로 문제가 있는 젊은이였다. 재코는 예전 칼뱅의 교리에 나오는 말처럼 '멸망받게 되어 있는 대상'(로마서 9장 22절에 나오는 말―옮긴이)이었다. 그는 살아가면서 그런 기회를 끊임없이 찾았던 건 아닐까? 어쨌든 맥마스터의 생각처럼 재코는 태어날 때부터 잘못될 운명을 지니고 있었던 것이다. 좋은 환경으로도 그를 돕거나 구해 줄 수 없었다. 정말 그런 걸까? 레오 아가일은 그를 너그럽게 대했고 안타깝게 여겼다. 그가 뭐라고 표현했더라? '세상에 적응하지 못하는 사람들 중 하나'라고 했다. 아가일은 재코를 범죄자가 아닌 환자로 보고 근대 심리학적 측면에서 접근했다. 헤스터는 뭐라고 했던가? 퉁명한 목소리로 재코는 항상 무서운 사람이었다고 했다!

정말 간단하고 어린아이 같은 평가였다. 그렇다면 커스턴 린드스트롬은 뭐라고 했지? 재코가 사악하다고 했다! 그래, 그녀는 아주 심하게 표현했다. 사악하다고! 티나는 이렇게 말했다. "전 그 애를 믿지 않았고, 또 싫어했어요." 표현은 달랐지만, 일반적인 의미에서 그들은 모두 같은 말을 했던 게 아닌가? 오직 미망인의 경우만이 그런 일반적인 의미에서 벗어나 있었다. 모린 클레그는 전적으로 자기 관점에서 재코를 평가하고 있었다. 그녀는 재코 때문에 인생을 낭비했다고 생각하고 있었다. 그의 매력에 끌렸다는 점 때문에 분개하고 있었다. 안정적인 재혼을 한 뒤부터 모린은 남편의 생각을 따라가고 있었다. 그녀는 캘거리에게 재코의 수상한 거래와 돈을 뜯어내는 방법에 대해 자세히 알려 주기도 했다. 돈이라……

아서 캘거리의 지친 머릿속에서 거대한 글씨들이 춤을 추며 떠도는 것 같았다. 돈! 돈! 돈! 마치 오페라의 주제곡 같았다. 아가일 부인의 돈! 신탁에 넣은 돈! 연금으로 지급되는 돈! 남편에게 남긴 나머지 재산! 은행에서 찾아온 돈! 책상 서랍 속에 들어 있던 돈! 헤스터는 지갑에 돈이 한 푼도 없는 채로 차를 몰고 나가려다가 커스턴 린드스트롬에게 2파운드를 얻었다. 반면 재코는 돈을 가지고 있었고, 그 돈을 어머니가 주었다고 맹세했다.

모든 일이 한 가지 형태를 보여 주고 있었다. 돈에 대해 서로 상관없는 사실들로 짜인 어떤 형태.

확실히 그 형태를 보면 그동안 알 수 없었던 요소가 뭔지 명확해졌다.

그는 시계를 쳐다보았다. 헤스터에게 전화하기로 약속한 시간이 다되었다. 캘거리는 전화기를 끌어당긴 다음, 교환에게 전화 번호를 불러 주었다.

이윽고 그녀의 맑고 어린아이 같은 목소리가 들렸다.

"헤스터, 괜찮아요?"

"예, 저는 괜찮아요."

얼마 후에야 그는 자기는 괜찮다고 강조하는 그녀의 말에 담긴 뜻을 이해할 수 있었다. 그가 급히 물었다.

"무슨 일이 있었습니까?"

"형부가 살해당했어요."

"형부라니! 필립 더랜트 말인가요?"

캘거리는 믿을 수가 없어서 되물었다.

"예, 그리고 티나 언니도요. 아직 죽은 건 아니지만요. 언니도 병원에 있어요."

"어떻게 된 건지 말해 봐요."

캘거리가 명령하듯 말했다.

그녀는 자초지종을 이야기했다. 캘거리는 모든 사실을 세세하게 알 때까지 헤스터에게 묻고 또 물었다.

마침내 그가 엄하게 말했다.

"가만히 있어요, 헤스터. 내가 가겠습니다. 내가 당신과 함께 있어 줄 테니."

그는 시계를 쳐다봤다.

"한 시간 안에 도착할 겁니다. 먼저 휘시 총경을 만나고 가야 할 것 같군요."

II

"정확하게 뭘 알고 싶으신 겁니까, 캘거리 박사님?"

휘시 총경이 물었다. 하지만 캘거리가 대답하기도 전에 휘시의 책상 위에 놓인 전화 벨이 울리기 시작했다. 휘시 총경은 수화기를 들었다.

"여보세요. 예, 말씀하세요. 잠시만 기다려 주십시오."

휘시는 종이 한 장을 펼치고 펜을 들더니 뭔가 받아 적을 준비를 했다.

"예, 불러 주시죠. 예."

휘시가 뭔가를 적었다.

"뭐라고요? 마지막 철자를 다시 불러 주시겠습니까? 아, 예. 그렇군요. 그다지 중요한 말인 것 같지는 않다고요? 예, 그렇군요. 다른 건 없습니까? 알겠습니다. 감사합니다."

그는 수화기를 내려놓으며 캘거리에게 말했다.

"병원에서 온 전화입니다."

"티나 일입니까?"

캘거리의 물음에 총경은 고개를 끄덕였다.

"그 아가씨가 몇 분 전에 의식이 돌아왔다고 합니다."

"무슨 말을 했다고 하던가요?"

"그걸 박사님께 말씀드려야 할 이유를 모르겠군요."

"말씀해 주셨으면 좋겠습니다. 제가 총경님께 도움을 드릴 수 있을지도 모르니까요."

휘시는 뭔가 생각하는 얼굴로 그를 쳐다보았다.

"이번 일에 뭔가 많이 알고 계신 모양이죠, 캘거리 박사님?"

"예, 그렇습니다. 아시다시피 전 이 사건이 다시 시작된 것에 대해 책임을 느끼고 있습니다. 심지어 이번에 일어난 사고에도 책임을 느낍니다. 그 아가씨는 살아날까요?"

"의사들은 말로는 그렇답니다. 칼날이 심장을 비껴가서 다행이지, 자칫 건드렸으면 큰일날 뻔했답니다."

그가 고개를 저었다.

"이게 늘 문제죠. 사람들은 살인자가 위험하다는 것을 믿지 않습니다. 이상하게 들리겠지만 사실입니다. 그들은 자신들 중에 살인자가 있다는 것을 알고 있었습니다. 자기들이 알고 있는 사실을 털어놨어야 했어요. 살인자가 주변에 있을 때 유일하게 안전한 방법은 뭐든 아는 사실을 즉시 경찰에게 이야기해 주는 것뿐입니다. 하지만 그 사람들은 그렇게 하지 않았죠. 두 사람은 내게 입을 열지 않았습니다. 필립 더랜트는 정말 괜찮은 친구였죠. 아주 똑똑했습니다. 하지만 이번 일을 일종의 게임처럼 생각했어요. 그는 함정을 파놓고 사람들을 여기저기 찔러 댔습니다. 그래서 뭔가를 알아냈거나, 아니면 뭔가를 알아냈다고 생각하고 있었을 겁니다. 하지만 그결과가 이겁니다. 전 그 친구가 칼에 목 뒤를 찔려 죽었다는 전화를 받았습니다. 그는 살인자를 쓸데없이 자극하는 일이 얼마나 위험한일인지 몰랐던 거죠."

휘시는 말을 멈추고 목소리를 가다듬었다.

"그 아가씨도 그런 걸까요?"

캘거리가 물었다.

"그 아가씨는 뭔가를 알고 있었죠. 말하고 싶지 않은 뭔가를 말입니다. 이건 제 생각입니다만, 그 아가씨는 그 친구를 사랑하는 것 같더군요."

"미키……를 말씀하시는 겁니까?"

휘시가 고개를 끄덕였다.

"그래요. 미키도 그 아가씨를 좋아하고 있습니다. 하지만 누군가를 좋아하는 마음만으로는 미쳐 버릴 것 같은 두려움을 이겨 낼 수 없는 법이죠. 뭔지는 몰라도 그 아가씨가 알고 있는 사실은 그녀가 생각한 것보다 훨씬 심각한 것이었을 겁니다. 그것이 필립 더랜트가 죽은 걸 발견한 후, 그 아가씨가 미키의 품에 안기자마자 그가 그녀를 칼로 찌른 이유겠지요."

"그건 단지 총경님의 짐작일 뿐이겠지요?"

"짐작만은 아닙니다. 캘거리 박사님. 그의 주머니에서 칼이 발견되었으니까요."

"범행에 쓰인 칼 말인가요?"

"그렇습니다. 칼에 피가 묻어 있더군요. 검사를 해 봐야겠지만, 그 아가씨의 피가 틀림없을 겁니다. 그 아가씨와 필립 더랜트의 피 말입니다!"

"그렇지만 그런 일은 있을 수 없습니다."

"그런 일이 있을 수 없다고 누가 그랬습니까?"

"헤스터요. 제가 전화를 걸었더니 그녀가 전부 말해 줬습니다."

"그 아가씨가 그랬습니까? 자, 상황은 아주 간단합니다. 메리 더랜트가 그때까지 살아 있던 남편을 남겨 두고 부엌에 내려간 건

3시 50분이었습니다. 그 시간, 레오 아가일과 그웬다 본은 서재에 있었고, 헤스터 아가일은 1층에 있었습니다. 커스턴 린드스트롬도 부엌에 있었죠. 4시가 막 지났을 무렵 미키와 티나가 그 집에 도착했습니다. 미키는 정원을 산책하고, 티나는 2층으로 올라갔죠. 막 필립에게 가져다 줄 커피와 비스킷을 들고 올라간 커스턴 린드스트롬 다음으로 말입니다. 티나는 헤스터와 잠시 이야기를 나누고는 린드스트롬 양과 함께 방에 들어가 필립이 죽어 있는 걸 발견했습니다."

"하지만 미키는 계속 정원에 있었어요. 그건 완벽한 알리바이 아닙니까?"

"캘거리 박사님, 박사님이 모르는 사실이 있습니다. 그 집 옆에는 커다란 목련나무가 한 그루 서 있습니다. 아이들은 그 나무를 타고 오르내렸죠. 특히 미키가 말입니다. 그게 그가 집 안으로 들어왔다가 나간 통로입니다. 미키는 나무를 타고 올라와 더랜트의 방으로 가서 그를 칼로 찌른 다음, 다시 밖으로 나온 겁니다. 물론 순식간에 해치워야 했을 겁니다. 하지만 사람은 때때로 깜짝 놀랄 만큼 대범해지는 경우가 있지요. 그만큼 그는 절박했던 겁니다. 어떻게 해서든 미키는 티나와 필립 더랜트가 만나는 것을 막아야 했으니까요. 결국 그는 자신의 안전을 위해 두 사람을 죽여야 했던 겁니다."

캘거리는 잠시 생각에 잠겼다.

"총경님, 조금 전에 티나가 의식을 되찾았다고 하셨지요? 누가 자기를 찔렀는지 말할 수 없는 상태라고 하던가요?"

"뭐라고 말을 하기는 하는데, 무슨 얘긴지 알아들을 수가 없다는 군요. 사실 제대로 의식을 찾은 건지도 의심스럽습니다."

휘시가 천천히 말했다.

그는 피곤한 표정으로 미소를 지었다.

"좋습니다, 캘거리 박사님. 그 아가씨가 무슨 말을 했는지 말씀 드리겠습니다. 맨 처음 꺼낸 말은 이름이었다고 합니다. 미키라 고……."

"그렇다면 그 아가씨는 그 친구가 범인이라는 걸 밝힌 셈이군요."

캘거리가 말했다.

"그렇게 볼 수도 있죠."

휘시가 고개를 끄덕이며 말했다.

"그 밖에는 별 의미 없는 말뿐이었습니다. 아무래도 헛소리 같더 군요."

"뭐라고 했는데요?"

휘시가 아까 받아 적은 종이를 쳐다보았다.

"'미키.'라고 부르고는 한참 동안 말이 없다가 '잔이 비어 있 어…….' 그리고 또 한참 있다가 다시 '돛대 위에 비둘기'라고 했다 는군요."

그는 캘거리를 쳐다보았다.

"무슨 뜻인지 아시겠습니까?"

"아니요."

캘거리는 고개를 저으며 이상하다는 듯이 말했다.

"돛대 위에 비둘기라…… 아주 이상한 말인데요."

"우리가 아는 한 이 근처에는 돛대도 없고, 비둘기도 없습니다. 그 아가씨에게는 뭔가 의미가 있는 말이겠지요. 하지만 살인 사건과는 아무런 관련이 없을 것 같습니다. 그 아가씨가 무슨 생각을 하고 있는지는 신만이 아시겠지요."

휘시가 말했다.

캘거리는 잠시 아무 말도 하지 않았다. 깊은 생각에 잠긴 듯했다.

"미키를 체포하셨습니까?"

"일단은 감금시켜 놨습니다. 24시간 안에 구속될 겁니다."

휘시가 이상하다는 표정으로 캘거리를 쳐다보았다.

"그 젊은이가 박사님이 생각한 해답이 아닌 모양이군요?"

"예, 그렇습니다. 미키는 제가 생각한 그 사람이 아닙니다. 아직은…… 잘 모르겠군요."

캘거리가 자리에서 일어섰다.

"전 여전히 제 생각이 옳다고 생각합니다. 하지만 아직 총경님이 제 생각을 받아들일 만한 증거가 없습니다. 다시 한 번 그곳에 가 봐야겠습니다. 그 사람들을 모두 만나 봐야겠어요."

"그럼, 부디 조심하십시오. 캘거리 박사님. 대체 어떻게 하실 생각입니까?"

"제가 이 사건을 열정 때문에 일어난 범죄라고 말씀드린다면 어떻게 생각하시겠습니까?"

캘거리의 말에 휘시는 눈썹을 치켜세웠다.

"캘거리 박사님, 열정도 여러 가지지요. 증오, 탐욕, 욕심, 두려움, 이 모든 것들을 다 열정이라고 할 수 있지 않을까요?"

"제가 말하고 싶은 열정은 일반적인 의미 그대로의 열정입니다."

"박사님이 그웬다 본과 레오 아가일에 대해 말씀하시는 거라면, 사실 우리도 계속 의심하고 있었다고 말씀드리겠습니다. 하지만 그들은 아닌 것 같습니다."

휘시가 말했다.

"그보다는 훨씬 복잡한 겁니다."

아서 캘거리가 말했다.

제24장

아서 캘거리가 태양의 곳에 도착한 것은 처음 이곳을 찾았을 때처럼 어스름이 내려앉은 시간이었다. 독사의 곳. 그는 그 이름을 떠올리며 초인종을 눌렀다.

예전에 있었던 일들이 다시 되풀이되고 있는 듯했다. 이번에도 문을 열어 준 사람은 헤스터였다. 그녀의 얼굴은 여전히 도전적이었으며 절망적인 비극의 분위기를 띠고 있었다. 헤스터의 뒤로는 그때와 마찬가지로 경계심과 의심이 가득한 눈으로 지켜보고 있는 커스턴 린드스트롬의 얼굴이 보였다. 역사는 되풀이되고 있었다.

그런데 그때 그 반복의 형태가 흔들리며 변화하기 시작했다. 헤스터의 얼굴에서 의심과 절망의 기운이 사라졌던 것이다. 그녀는 그를 반기며 사랑스러운 미소를 지어 보였다.

"당신이었군요. 아, 정말 와 주셔서 너무 기뻐요!"

캘거리가 그녀의 손을 잡았다.

"아버님을 만나고 싶군요. 2층에 있는 서재에 계신가요?"

"예, 그웬다와 함께 계세요."

커스턴 린드스트롬이 두 사람 앞으로 다가와 비난하듯 말했다.

"왜 또 여기 나타난 거죠? 지난번에 박사님이 찾아와서 어떤 문제를 일으켰는지 한번 보세요! 우리 모두에게 무슨 일이 일어났는지 보란 말이에요. 헤스터의 인생은 파멸했어요. 아가일 씨의 인생도 마찬가지죠. 그리고 두 사람이 죽었어요. 둘이나요! 필립 더랜트 씨와 티나 아가씨가 죽었단 말이에요. 이게 당신이 한 짓이에요. 전부 당신 짓이라고요!"

"티나는 아직 죽지 않았습니다. 그리고 난 반드시 해야 할 일이 있어서 다시 온 겁니다."

캘거리가 대꾸했다.

"대체 무슨 일을 하겠다는 거예요?"

커스턴은 계속 캘거리가 계단을 오르지 못하도록 가로막고 서며 물었다.

"내가 벌여 놓은 일을 끝내러 온 거예요."

캘거리가 대답했다.

그는 커스턴의 어깨를 가만히 잡아 옆으로 밀어내고는 계단을 올라가기 시작했다. 헤스터가 그 뒤를 쫓아갔다. 캘거리는 커스턴을 뒤돌아보며 말했다.

"린드스트롬 양도 오시죠. 난 식구들이 모두 한자리에 모였으면 좋겠습니다."

캘거리가 서재에 들어가니 레오 아가일이 책상 앞에 앉아 있었다. 그웬다 본은 난로 앞에 무릎을 꿇고 앉아 조금씩 꺼져 가는 불꽃을 바라보고 있었다. 두 사람은 캘거리를 보고 깜짝 놀라는 표정이었다.

"이렇게 불쑥 찾아와서 죄송합니다. 하지만 헤스터 양과 린드스트롬 양에게 이미 말씀드린 대로, 제가 벌여 놓은 일을 끝내려고 왔습니다."

그가 주위를 돌아보았다.

"더랜트 부인은 아직 여기 계신가요? 이 자리에 같이 계시면 좋겠습니다만."

"그 애는 아마 누워 있을 거예요. 메리는…… 그 애는 전혀 충격에서 벗어나지 못하고 있습니다."

레오가 대답했다.

"더랜트 부인도 이 자리에 계셨으면 좋겠습니다. 린드스트롬 양이 부인을 좀 불러 주지 않겠습니까?"

캘거리가 커스턴을 돌아보았다.

"아마 나오고 싶어 하지 않을 거예요."

그녀가 퉁명스럽게 말했다.

"가서 전해 주십시오. 남편 분의 죽음에 대한 이야기도 있을 거라고 말입니다."

캘거리가 말했다.

"어서 가 봐요, 커스티. 우리 모두 그렇게 의심하고 움츠러들 필요 없어요. 캘거리 박사님이 무슨 말씀을 하실지는 모르겠지만, 우리 모두 들어 볼 필요가 있어요."

헤스터가 말했다.

"아가씨 말대로 하죠."

커스턴이 방을 나갔다.

"앉으세요."

레오가 난로 맞은편에 놓인 의자를 권했다. 캘거리는 자리에 앉았다.

"캘거리 박사님, 내가 지금 이런 말을 하는 걸 용서하세요. 난 처음부터 박사님이 찾아오지 않았으면 좋았을 거라는 생각을 하고 있었습니다."

레오가 말했다.

"너무해요. 그렇게 심하게 말씀하실 필요는 없잖아요."

헤스터가 발끈해서 대들었다.

"그런 기분이 드시는 건 당연합니다. 입장을 바꿔 제가 그 자리에 있었다면, 저 역시 그렇게 느꼈을 테니까요. 저도 잠시나마 아가일씨 같은 생각을 했습니다만, 다시 생각해도 그렇게 할 수밖에 없었을 거라는 생각이 듭니다."

캘거리가 말했다. 그때 커스턴이 돌아왔다.

"메리 아가씨가 와요."

사람들은 메리 더랜트가 방에 들어올 때까지 조용히 기다렸다.

캘거리는 이번이 메리를 처음 만나는 것이었기에 호기심 어린 눈으로 그녀를 지켜보았다. 메리는 옷차림이 단정했고, 머리카락 한 올흐트러지지 않은 침착하고 차분한 모습이었다. 하지만 얼굴은 표정 없는 가면을 쓴 것 같았고 몽유병 환자 같은 분위기가 주위를 감돌고 있었다.

레오가 메리에게 캘거리를 소개하자 그녀는 고개를 살짝 숙였다.

"와 주셔서 감사합니다, 더랜트 부인. 이제부터 제가 하는 말을 부인도 꼭 들어야 한다고 생각했습니다."

캘거리가 말했다.

"좋을 대로 하세요. 하지만 박사님이나 다른 사람이 무슨 말을 하건 필립은 다시 돌아오지 못해요."

메리는 이렇게 말한 다음 다른 사람들과 약간 떨어져 창문 옆에 놓인 의자에 앉았다.

캘거리가 그 자리에 모인 사람들을 둘러보았다.

"먼저 이 말씀부터 드리겠습니다. 제가 처음 이곳을 찾아와 재코의 오명을 벗겨 줄 수 있다고 말씀드렸을 때, 전 여러분이 보여 주신 반응에 당황했습니다. 모두들 왜 그러셨는지 이제는 잘 알고 있습니다. 하지만 가장 인상이 깊었던 것은 여기 이 아가씨가……."

캘거리는 헤스터를 바라보았다.

"이 집에서 나가려는 제게 해 준 말이었습니다. 정의가 중요한 게 아니라, 죄가 없는 사람들에게 일이 생길 거라는 말이었죠. 최신 번역판 성경의 욥기에도 '무고한 자들의 재난'이라는 구절이 나옵니다. 제가 전해 드린 소식 때문에 여러분 모두가 지금까지 고통받았습니다. 죄가 없는 사람은 고통받아서는 안 되고, 결코 고통받지 말아야 합니다. 이제 제가 여기서 말씀을 드리고 나면 더는 무고한 사람들이 고통받지 않게 될 겁니다."

그가 잠시 말을 멈췄지만, 아무도 입을 여는 사람이 없었다. 아서 캘거리는 차분하게 학자다운 목소리로 이야기를 계속했다.

"제가 처음 왔을 때 가지고 왔던 소식은 사실 여러분에게 커다란 기쁨을 안겨다 드릴 만한 것이 아니었다고 생각합니다. 여러분은 이미 재코의 유죄를 받아들이고 있는 상태였으니까요. 이런 표현이 어떨지 모르겠습니다만, 제 눈에는 모두들 그 사실에 만족하고 있는 것처럼 보였습니다. 그것이 아가일 부인의 살인 사건에 대한 최선의 해결책이었으니까요."

"말이 좀 심하다고 생각하지 않습니까?"

레오가 물었다.

"아니요, 그게 사실이니까요. 내부 소행임이 분명한 그 사건에서 재코가 범인이라는 것이 밝혀졌을 때 여러분 모두가 만족했던 건 그의 행동에 나름대로 합리적인 이유를 붙일 수 있었기 때문입니다. 안타깝게도 재코는 정신 질환을 가지고 있었기 때문에 어떤 행동이나 문제를 일으켰다고 해도, 심지어 범죄를 저질렀다고 하더라도 실질적인 책임이 없는 상태였으니까요! 근래에 이런 표현들은 범인을 위한 적당한 변명으로 이용되기도 하지요. 아가일 씨는 그를 비난하지 않는다고 하셨습니다. 그리고 희생자인 어머니조차 그런 그를 용서해 줄 거라는 말씀도 하셨죠. 오직 한 사람만이 재코를 비난했습니다."

캘거리는 커스턴 린드스트롬을 쳐다보았다.

"당신은 그를 비난했지요. 그리고 전혀 거리낌 없이 재코가 사악하다고 말했습니다. 당신은 '재코는 사악했어요.'라고 말했죠."

"어쩌면, 어쩌면 그랬는지도 몰라요. 맞아요. 그런 말을 했던 것도 같네요. 그게 사실이었으니까요."

커스턴 린드스트롬이 변명했다.

"그렇습니다. 그건 사실이었죠. 재코는 사악했습니다. 그가 그렇게 나쁘지 않았더라면 이런 일들은 일어나지 않았을 테니까 말입니다. 하지만 당신은 잘 알고 있을 겁니다. 내가 한 증언으로 그가 범죄를 저지르지 않았다는 사실이 밝혀졌다는 것을요."

"증거라는 걸 언제나 믿을 수 있는 건 아니지요. 더군다나 박사님은 뇌진탕에 걸렸다고 했어요. 전 뇌진탕이 사람한테 어떤 영향을 미치는지 아주 잘 알고 있어요. 그런 사람들은 기억이 흐릿하고 또렷하지가 않죠."

"그렇다면 린드스트롬 양은 아직도 생각이 바뀌지 않았다는 건가요? 재코가 범행을 저질렀고, 어떤 식으로든 알리바이를 만들어 낸 거라고 생각하는 겁니까? 그런가요?"

캘거리가 물었다.

"자세한 건 모르겠어요. 하지만…… 그래요, 뭔가 방법이 있었을 거예요. 전 여전히 재코가 한 짓이라고 생각해요. 그동안 이 집 사람들이 겪었던 고통과 죽음(그래요, 정말 끔찍한 죽음이었죠.)은 모두 그가 한 짓이에요. 전부 재코의 짓이라고요!"

헤스터가 소리쳤다.

"하지만 커스턴, 아줌마는 언제나 재코에게 헌신적이었잖아요?"

"그랬죠. 아마 그랬을 거예요. 하지만 그가 사악하다는 것만은 분명히 말할 수 있어요."

커스턴이 대답했다.

"나도 당신 생각이 옳다고 생각합니다. 하지만 린드스트롬 양이 잘못 알고 있는 게 있습니다. 뇌진탕에 걸렸든, 그렇지 않든 내 기억은 완벽하다는 겁니다. 아가일 부인이 살해당한 그날 밤, 난 재코를 범행 추정 시간에 차에 태웠습니다. 재코 아가일이 그날 밤 양어머니를 죽일 가능성은 없습니다. 다시 한 번 말하죠. 그럴 가능성은 전혀 없습니다. 재코의 알리바이는 유효합니다."

캘거리가 말했다.

레오가 왠지 불안한 듯 몸을 뒤척였다. 캘거리는 이야기를 계속했다.

"여러분은 제가 자꾸만 같은 말만 반복하고 있다고 생각하시겠죠? 그렇지 않습니다. 여기에는 우리가 생각해 봐야 할 점들이 있으니까요. 먼저 휘시 총경의 말에 따르면 재코는 알리바이를 댈 때 자신감이 넘치는 태도로 막힘 없이 이야기를 했다고 했습니다. 마치 그런 일이 있을 줄 미리 알고 준비라도 한 것처럼 시간과 장소를 정확하게 말했다고 하더군요. 그건 제가 재코에 대해 맥마스터 선생님과 나누었던 내용과 완전히 들어맞습니다. 선생님은 범죄자의 경계를 넘나드는 사람과 관련된 사건들에 대해 경험이 풍부한 분이시죠. 그때 선생님은 재코가 마음속에 살인의 기질을 가지고 있다는 건 놀랄 일이 아니지만, 실제로 범행을 저질렀다는 점에서 놀랐다고 하셨습니다. 재코 같은 부류의 인간은 살인을 직접 저지르기보다는 누군가 다른 사람이 하게끔 부추기기 때문이죠. 그래서 전 그 말을 듣고 이런 생각을 하게 되었습니다. 재코는 그날 밤 살인이 일어나리라는 걸 알고 있었던 것일까? 자기에게 알리바이가 필요하리라는 걸 알고 의도적으로 나가서 알리바이를 만들었던 것은 아닐까? 그랬다면 아가일 부인을 죽인 것은 다른 사람이지만, 재코는 그날 밤 살인이 있을 거라는 걸 알고 있었고 그 범행을 교사했다고 말할 수 있는 겁니다."

캘거리는 커스턴 린드스트롬에게 말했다.

"그렇게 생각하지 않습니까? 당신은 지금도 그렇게 생각하고 있거나, 그렇게 생각하고 싶은 게 아닌가요? 당신은 아가일 부인을 죽인 건 당신 자신이 아니라, 재코라고 생각하고 있습니다…… 그의 지시로, 그의 영향력 아래 저지른 일이기 때문에 그렇게 생각하는 거지요. 그래서 당신은 모든 비난을 재코에게 돌리고 싶은 겁니다!"

"저요? 제가 말인가요? 지금 무슨 소리를 하는 거죠?"

커스턴 린드스트롬이 반문했다.

"분명히 말하지만 이 집에서 재코 아가일의 공범자 역할에 어울리는 사람은 오직 한 사람뿐입니다. 그건 바로 당신입니다, 린드스트롬 양. 재코의 기록을 살펴보면 알 수 있습니다. 그는 중년 여자들의 열정을 불러일으키는 능력이 있었죠. 의도적으로 자기의 매력을 이용했던 겁니다. 게다가 재코는 다른 사람들이 그를 믿게 만드는 능력이 있었죠."

캘거리가 불쑥 몸을 앞으로 내밀었다.

"재코가 당신을 사랑한다고 했죠? 아닙니까? 그는 당신으로 하여금 그가 당신을 사랑하고 있다고 믿게 만든 다음, 어머니 돈을 마음대로 할 수 있게 되면 결혼하자고 했을 겁니다. 당신은 그와 결혼해서 어디론가 멀리 떠날 생각이었겠죠. 그렇지 않습니까?"

그가 부드럽게 말했다.

커스턴은 캘거리를 노려보았다. 그녀는 아무 말도 하지 않았고, 온몸이 마비된 듯 꼼짝도 하지 않았다.

"그건 잔인하고 무자비하고 고의적인 짓이었습니다. 그날 밤, 재코는 이 집에 왔습니다. 돈을 마련하지 못하면 체포되어 감옥에 들어가야 할 상황이었기에 필사적인 심정이었죠. 하지만 아가일 부인은 돈을 주지 않겠다고 거절했습니다. 어머니에게 거절당하자 재코는 당신에게 그 돈을 부탁했습니다."

"그렇다면 박사님은 제가 그에게 제 돈을 주지 않고, 아가일 부인의 돈을 훔쳐서 줬다는 말인가요?"

커스턴 린드스트롬이 물었다.

"아니요. 당신한테 돈이 있었다면, 그 돈을 주었겠죠. 하지만 당신은 그만한 돈이 없었을 겁니다……. 아가일 부인이 린드스트롬 양에게 준 상당한 액수의 연금은 이미 그가 가져가 버린 지 오래였을 테죠. 그래서 그날 저녁 재코는 더욱 절망적이었을 겁니다. 아가일 부인이 남편이 있는 서재로 올라가자 당신은 재코가 기다리고 있는 바깥으로 나갔을 테고, 그는 당신이 해야 할 일을 일러 주었죠. 먼저 당신은 그에게 돈을 훔쳐다 주고, 그 사실이 발각되기 전에 아가일 부인을 죽여야 했습니다. 돈이 없어졌다는 걸 알면 아가일 부인이 가만히 있지 않을 테니까요. 재코는 그 일이 아주 쉬울 거라고 말했습니다. 서랍을 몇 개 열어 강도가 든 것처럼 꾸미고, 부인의 머리를 내려치기만 하면 된다고요. 또 어머니는 아무 고통 없이 죽을 거라는 말도 했겠죠. 사실 아가일 부인은 고통을 느끼지 못했을 겁니다. 재코는 자기에게 필요한 알리바이를 만들 테니 당신에게 꼭 7시에서 7시 30분 사이에 범행을 저질러야 한다고 신신당부했겠죠."

"그건 사실이 아니에요. 그런 말을 하다니, 정말 미쳤군요."

커스턴이 몸을 떨며 말했다.

하지만 그녀의 목소리에는 아무런 분노도 담겨 있지 않았고, 이상하게 기계적이면서 지친 듯 들렸다.

"그 말이 사실이라면, 재코가 살인죄로 구속되었을 때 내가 어떻게 가만히 있을 수 있었겠어요?"

커스턴이 물었다.

"아, 그야 재코가 이미 당신에게 알리바이를 만들어 놨다고 말했을 테니까요. 아마 당신은 그가 구속된 뒤에 무죄가 입증될 거라고 예상했을 겁니다. 그게 두 사람이 세운 계획의 전말이죠."

캘거리가 말했다.

"그렇다면 끝내 재코가 무죄를 입증하지 못했는데, 왜 내가 그를 구하지 않았겠어요?"

커스턴이 반박했다.

"아마, 아마 구했을 겁니다. 그 사실만 아니었다면. 살인 사건이 있었던 다음 날 아침, 재코의 아내가 이곳에 나타나지만 않았다면 말입니다. 당신은 그가 결혼했다는 사실을 모르고 있었지요. 그 사실을 도저히 믿을 수 없었던 당신은 그 부인에게 두 번 세 번 확인을 해야 했습니다. 바로 그 순간 당신은 세상이 무너지는 충격을 받았을 겁니다. 그리고 그제야 재코가 그런 인간이었다는 것, 무자비하고, 교활하고, 당신에 대한 애정이 하나도 없는 인간이었다는 것을 알게 된 거죠. 그가 당신에게 무슨 짓을 하게 만들었는지 알아차리게 된 겁니다."

갑자기 커스턴 린드스트롬이 입을 열었다. 말들이 두서없이 쏟아져 나오기 시작했다.

"난 그를 사랑했어……. 진심으로 사랑했단 말이에요. 내가 바보였어요. 이 나이에 그렇게 쉽게 속아 넘어가다니, 정말 눈먼 바보였던 거죠. 그는 정말 그렇게 생각하게 만들었어요. 내가 그를 믿게 만들었어요. 재코가 말하길…… 아니, 그가 얘기했던 모든 것들을 도저히 여기서 말할 수는 없어요. 난 그를 사랑했어요. 그에게도 사랑한다고 말했죠. 그런데 그때 멍청하고, 바보 같은 웃음이나 짓는, 어디서나 볼 수 있는 흔해 빠진 여자애가 나타난 거예요. 그제야 난 알았어요. 이제까지 모든 것이 거짓이었고, 얼마나 사악했는지를……. 나쁜 건 내가 아니라, 재코였어요."

"내가 여기 찾아온 날부터 당신은 두려움에 떨기 시작했을 겁니다. 그렇지 않나요? 앞으로 무슨 일이 일어날지 무서웠으니까요. 다른 사람들 때문에 더욱 그랬죠. 당신이 사랑하는 헤스터, 좋아하는 레오. 아마 이들에게 무슨 일이 생길 것인지 조금은 짐작하고 있었을 겁니다. 하지만 무엇보다도 자신에 대한 걱정이 컸죠. 그리고 그 두려움이 당신을 어디로 이끌었는지 알고 있을 겁니다……. 이제 당신 손으로 두 사람을 죽였으니."

캘거리가 말했다.

"내가 티나와 필립 씨를 죽였다는 말인가요?"

"물론 당신이 두 사람을 죽였습니다. 비록 티나는 의식을 되찾았습니다만."

캘거리가 대답했다.

커스턴의 어깨가 절망으로 축 처졌다.

"그러면 그 애가 내가 자기를 찔렀다고 말했겠군요. 티나가 알고 있을 줄은 몰랐어요. 내가 미쳤어요. 그때부터 계속 두려움에 떨다가 미쳐 버렸던 거예요. 모든 사실이 밝혀질 날이 너무 가까이…… 너무 가까이 오고 있었으니까."

"티나가 의식을 되찾고 나서 뭐라고 했는지 말해 볼까요? 그녀는 '잔이 비어 있다.'고 말했어요. 난 그 말이 무슨 뜻인지 알아차렸습니다. 당신은 필립 더랜트에게 커피를 가져다 주는 척했지만, 사실은 그를 칼로 찌르고 그 방을 나오려는 순간에 티나가 오는 소리를 들었던 거죠. 그래서 당신은 쟁반을 들고 막 그 방에 들어가려던 것처럼 꾸몄습니다. 그 후에 티나는 필립의 죽음을 접한 충격으로 정신이 없는 가운데에서도, 바닥에 떨어져 있는 잔이 비어 있는 데다가 커피는 한 방울도 없었다는 사실을 알아차렸죠."

캘거리의 설명을 듣고 있던 헤스터가 큰 소리로 말했다.

"하지만 커스턴은 티나 언니를 칼로 찌르지 않았어요! 언니는 아래층까지 걸어서 내려왔고, 미키 오빠가 있는 곳까지 갔어요. 그때까지는 아무렇지 않았단 말이에요."

"헤스터, 사람은 칼에 찔려도 얼마 동안 걸어다닐 수가 있어요. 자기한테 무슨 일이 생겼는지도 모르는 채로 말입니다! 더군다나 티나는 충격에 빠져 있었기 때문에 더 느끼지 못했을 거예요. 아마 바늘로 찔린 정도의 통증밖에 못 느꼈을 겁니다."

그가 다시 커스턴 쪽으로 고개를 돌렸다.

"그런 다음 당신은 그 칼을 미키의 주머니 속에 슬쩍 집어 넣었어요. 그건 이 모든 일 중에서 가장 비열한 짓이었죠."

커스턴이 변명이라도 하듯 손을 내저었다.

"어쩔 수 없었어요. 어쩔 수 없었단 말이에요……. 모든 사실이 금세라도 밝혀질 것 같았어요……. 두 사람이 뭔가를 알아차리기 시작했으니까. 필립 씨는 뭔가를 알아차렸고, 티나 아가씨는…… 티나는 그날 저녁 부엌 밖에서 재코가 내게 하는 소리를 엿들은 게 분명했어요. 두 사람은 사실을 알아내려 하고 있었어요……. 난 안전해지고 싶었을 뿐이에요. 누구도 내 안전을 해치게 내버려 둘 수는 없었어요!"

그녀는 손을 떨어뜨렸다.

"난 티나를 죽이고 싶지 않았어요. 필립은……."

메리 더랜트가 자리에서 일어나 천천히 커스턴을 향해 걸어오고 있었다. 무슨 의도로 다가오는지는 점점 더 확실해졌다.

"당신이 필립을 죽였어요? 당신이 필립을 죽였어."

그녀는 이렇게 말하고는 갑자기 커스턴에게 호랑이처럼 덤벼들었다. 그러자 그웬다가 재빨리 그녀의 발목을 붙잡았다. 캘거리도 그웬다를 도와 메리를 커스턴에게서 떼어 놓았다.

"당신이…… 당신이 그랬어!"

메리 더랜트가 소리쳤다.

커스턴 린드스트롬이 메리를 보며 말했다.

"이 일이 그 사람하고 무슨 상관 있지? 왜 그렇게 기웃거리고 돌아다니며 이것저것 캐묻고 다녔는데? 필립은 아무런 위협도 받지 않았어. 그 사람한테는 죽고 사는 문제가 아니었잖아. 그저…… 놀이일 뿐이었어."

커스턴은 몸을 돌려 천천히 문 쪽으로 걸어갔다. 그러고는 뒤도 돌아보지 않고 방에서 나가 버렸다.

"못 가게 해야 해요. 가지 못하게 잡아야죠."

헤스터가 외쳤다.

레오 아가일이 말했다.

"그냥 보내 주렴."

"하지만…… 자살할지도 몰라요."

"그렇진 않을 겁니다."

캘거리가 말했다.

"커스턴은 오랫동안 우리에게 충실한 친구였습니다. 성실하고 헌신적이고…… 그런데 어떻게 이런 일을!"

레오가 말했다.

"커스턴이 자살하려 하지 않을까요?"

그웬다가 물었다.

"아마 그러지 않을 겁니다. 가장 가까운 역으로 가서 런던행 기차를 타겠죠. 하지만 그녀도 멀리 도망가지 못하리란 건 알고 있을 겁니다. 이제 곧 경찰의 추적을 받아 잡힐 테니까요."

캘거리가 말했다.

"커스턴이 그랬다니. 아주 충실하고 우리 모두에게 잘해 줬는데."

레오가 떨리는 목소리로 말했다.

그웬다가 그의 팔을 잡고 흔들었다.

"어떻게 그런 말씀을 하세요? 어떻게 그럴 수가 있어요? 그 여자가 우리 모두에게 한 짓을 생각해 봐요. 우리가 얼마나 고통스러웠는지 생각해 보란 말이에요!"

"알아. 하지만 커스턴도 고통스러웠을 거야. 난 이 집에서 가장 괴로워했던 사람은 그녀라고 생각해."

레오가 대답했다.

"그 여자 때문에 우리는 하마터면 영원히 고통 속에서 살아갈 뻔했어요. 캘거리 박사님이 오시지 않았다면 말이에요."

그녀는 고마워하는 눈빛으로 캘거리를 돌아보았다.

"조금 늦었습니다만, 이제야 제가 여러분에게 도움이 된 것 같습니다."

"너무 늦었죠. 너무 늦어 버렸어요! 오, 우리는 왜 몰랐던 걸까요. 어째서 생각조차 못했던 거죠?"

메리가 씁쓸하게 말하며 헤스터를 돌아보았다.

"난 그동안 네가 그랬을 거라고 생각했어. 늘 네가 범인이라고 생각했지."

"저 사람은 그렇게 생각하지 않았어."

헤스터가 캘거리를 돌아보며 말했다.

메리 더랜트가 조용히 말했다.

"차라리 내가 죽었으면 좋았을 텐데."

"얘야, 어떻게든 네게 도움이 되고 싶구나."

레오가 말했다.

"절 도와줄 수 있는 사람은 아무도 없어요. 전부 필립이 잘못한 거예요. 여기 계속 있겠다고 한 것도 그렇고, 그런 일에 쓸데없이 관여한 것도 그렇고. 자기 스스로 죽음 속에 뛰어든 셈이에요."

그녀는 사람들을 돌아보며 말했다.

"아무도 이해하지 못할 거예요."

그런 다음 방에서 나갔다.

캘거리와 헤스터도 그녀의 뒤를 따라 나갔다. 방을 나가면서 캘거리가 뒤를 돌아보니 레오가 그웬다의 어깨를 감싸안고 있었다.

헤스터가 겁에 질려서는 눈을 크게 뜬 채로 말했다.

"커스티는 제게 경고해 주었어요. 다른 사람들을 믿지 못하는 것처럼 자기도 믿어선 안 된다고 말이에요……"

"이제 잊어버려요. 당신이 지금 해야 할 일은 한 가지뿐이에요. 잊어버리는 것. 이제 가족들은 모두 자유로워졌군요. 죄 없는 사람들이 죄악의 그늘을 벗어나게 되었어요."

"티나는 어떻게 될까요? 괜찮아질까요? 죽는 건 아니겠죠?"

"죽지는 않을 것 같아요. 그나저나 티나가 미키를 사랑하고 있는 것 같던데?"

헤스터가 깜짝 놀란 목소리로 대답했다.

"그럴 수도 있을 것 같아요. 하지만 그런 생각은 해 본 적이 없어요. 두 사람은 항상 남매 사이로만 보였으니까요. 사실 친남매는 아니지만."

"그건 그렇고, 티나가 '돛대 위에 비둘기'라고 했다던데 그 말이 무슨 뜻인지 혹시 알겠어요?"

"돛대 위에 비둘기요?"

헤스터가 얼굴을 찡그렸다.

"잠깐만요. 굉장히 귀에 익은 말인데. '돛대 위에 비둘기, 우리 배가 돛을 달고 빨리 달리니, 슬퍼하고, 슬퍼하고, 또 슬퍼하더라.' 이런 말을 했대요?"

"그런 것 같은데."

"이건 노래예요. 자장가 같은 건데, 우리가 어렸을 때 커스턴이 불러 주곤 했죠. 전 조금밖에 기억이 나지 않아요. '내 사랑, 그 사람은 내 오른편에 서 있네.' 그 다음 가사는 잘 모르겠어요. 그러다가 '오, 정말 사랑스러운 아가씨, 난 여기 없다오. 집도, 머물 곳도 없어. 바닷가에도 모래밭에도 있을 곳이 없네. 하지만 그대 마음속에 머무르리.' 이런 노래였는데."

"알겠어요. 그래, 이제 알겠어요……."

"어쩌면 티나 언니가 완쾌하면 미키 오빠와 결혼할지도 모르겠네요. 그럼 언니는 오빠를 따라 쿠웨이트로 가겠죠. 항상 따뜻한 곳에서 살고 싶다고 했거든요. 페르시아 만은 아주 따뜻할 거예요. 그렇지 않아요?"

"지나치게 따뜻하다고 할 수 있죠."

"언니한테는 결코 지나치지 않을 거예요."

헤스터가 확신했다.

"이제 당신도 행복해질 거예요, 아가씨."

캘거리가 헤스터의 손을 잡으며 말했다. 그는 애써 그녀에게 미소를 지었다.

"당신도 그 젊은 의사와 결혼해서 안정을 찾으면 이런 끔찍한 일들은 다시 떠올리지 않아도 될 거예요."

"돈하고 결혼하라니요? 난 그 사람하고 결혼하지 않아요."

헤스터가 깜짝 놀란 목소리로 말했다.

"하지만 그 사람을 사랑하잖아요."

"아니요, 그렇지 않아요. 그저…… 사랑한다고 생각했던 것뿐이죠. 그렇지만 그 사람은 저를 믿지 않았어요. 제가 결백하다는 걸 몰랐어요. 돈은 그걸 알았어야 했어요."

헤스터가 캘거리를 쳐다보았다.

"당신은 알고 있었어요! 전 당신하고 결혼하고 싶어요."

"헤스터, 하지만 난 당신보다 나이가 너무 많아요. 사실 당신은……."

"상관없어요. 당신만 절 원하시면요."

헤스터가 갑자기 걱정이 되는지 이렇게 말했다.

"오, 난 당신을 원해요!"

아서 캘거리가 말했다.

〈끝〉

작품 해설

　이 작품은 "진리가 너희를 자유롭게 할 것이다."라는 격언에 대한 의문에서 비롯되었다. 재코 아가일은 양어머니를 살해한 죄로 종신형을 선고받고 감옥에서 복역하던 중에 폐렴으로 사망한다. 그로부터 2년 후, 갑자기 재코의 알리바이를 입증해 주는 사람이 나타나면서 아가일 가족은 그들 가운데 여전히 살인자가 있다는 끔찍한 현실에 직면하게 된다. 푸아로의 말처럼 진실이란 종종 소설보다 더 고통스러운 법이다.

　이 작품의 기본 구성은 할머니 작품의 고정 독자들에게는 친숙하게 여겨질 몇 개의 장치로 이루어져 있다. 외딴 교외에 자리 잡은 저택, 가족이 한 집에 모여 살면서 빚어내는 미묘한 긴장감, 그리고 의심의 그림자 아래 단결했다가도 서로에 대한 불신과 두려움 때문에 뿔뿔이 흩어질 수밖에 없는 상황 등이 그것이다.

혼란에 빠진 가족들의 모습을 보며 이 살인 사건에 뭔가 미심쩍은 구석이 있음을 감지한 우리의 주인공 캘거리 박사는 그들에게 질문을 쏟아내기 시작한다. 그가 질문에 질문을 거듭하면서 아가일 가족이 가슴 깊이 묻어 두었던 비밀과 간신히 가려져 있던 분노가 속속 그 모습을 드러내게 되고, 독자들은 점차 가족 모두에게 살인을 할 기회와 동기가 있었으며 언제든지 또 다른 살인이 일어날 수 있음을 깨닫게 된다.

할머니의 작품에서는 상류 사회라는 안전한 틀 속에서 안락한 전원생활을 누리며 과거를 그리워하는 차분하고 온화한 부류의 사람이 결말에 가서 잔인한 살인자로 밝혀지는 경우가 종종 있다. 그러나 이 작품은 역시 상류층을 배경으로 하고는 있지만, 의외에 반전보다는 잔혹한 살인이 한 가족에게 얼마나 큰 고통을 가져왔는지를 중점적으로 그리고 있다.

이 이야기에서 아가일 부인은 부지깽이에 맞아 목숨을 잃는데, 언뜻 보기에는 부모에게 버림받고 출생을 알 수 없는 아이들을 입양하여 가족으로 받아들인 것이 불행의 씨앗이었던 양 비쳐진다. 이 책이 출간될 당시에는 분명 이러한 설정이 무척 선정적으로 받아들여졌을 것이다. 그러나 할머니는 사회에 물의를 일으키고 유명세를 타기 위해 작품을 쓰지 않았다. 다만 '당신이 서 있는 곳'이 안전하지 않다는 것을 이야기하고, 인간의 사악한 본성을 탐구하는 데 주저하지 않았을 뿐이다.

이 작품은 허위의식이 가져오는 해악과 도저히 받아들일 수 없는 진실을 맞닥뜨리는 순간의 고통을 극대화하여 보여 주고 있다. 또한 어머니의 유별난 헌신에 대해서도 의문을 표시하면서, 잘못된 방향으로 베풀어진 친절과 동정심 때문에 상처입은 사람들을 부각시키고 있다. 아가일 가의 아이들 역시 어른이 된 후에도 양어머니가 보여 준 헌신의 무게에 눌려 지내며 분노와 좌절을 느낀다.

할머니는 내성적이고 수줍음을 많이 타는 분이었고, 공식석상에 나가는 것도 좋아하지 않았다. 아마도 그런 과묵한 성격 덕분에 작품 속에서 미묘한 심리들을 표현하는 기술을 익히게 되었던 것 같다. 그래서인지 할머니의 이야기들은 언제나 깊이 있는 통찰을 통해 가족 안의 문제들을 속속들이 보여 준다. 이 작품에서도 극단적으로 분열된 한 가족의 쓸쓸한 내면을 보여준다.

이 이야기의 또 다른 특징은 저변에 깔린 '반체제적' 방법이다. 프로가 아닌 아마추어의 노력을 찬양하는 장면이 곳곳에서 나오는데, 일반적인 추리 소설의 원칙에 얽매이지 않는다는 점에서 혁신적이라 할 수 있다. 일반적으로 사립 탐정은 별 볼일 없는 은퇴한 경찰로 그려지는 경우가 많다. 하지만 할머니의 이야기에서 사립 탐정은 그런 전형적인 묘사에서 벗어나 좀 더 유연한 모습을 보여 준다.

또한 이 이야기에서는 특이하게도 다루기 힘든 냉소주의와 젊은이의 진취적인 기상을 똑같이 가치 있게 다루고 있는데, 아마도 그 당시의 목표 지향적인 분위기가 반영된 듯하다. 빅토리아 시대 사람들은 새로운 기술 발전과 과학 발명에 고취되어 있었고, 그러한 성취들을 자랑스럽게 여겼다. 따라서 질문을 제시하고 실험을 하는 의욕적인 자세들도 높이 평가를 받았다.

 이 작품은 마지막까지 누가 범인인지 알 수 없는 채로 복잡하게 얽히고설키다가 마지막에는 깜짝 놀랄 반전을 제시한다. 현실에서는 범인이 운이 좋은 덕에 살아남기도 하고, 또 순전히 운이 나빠서 붙잡히기도 할 것이다. 하지만 이 이야기는 처음부터 끝까지 논리 정연하고도 빈틈없이 구성되어 있다. 그리하여 마지막에 추리 소설의 진정한 대가가 제시하는 결말을 마주하는 순간, 우리는 모든 불신을 내던지고 그의 손에 우리 자신을 맡기게 되는 것이다.

옮긴이 | 권도희

서울 출생. 건국대학교 국어국문학과, 건국대학교 국어국문학과 대학원 졸업. 성균관대학교 영한 번역 과정 수료. 영문 소설과 인문 교양서들의 번역 작업을 해 왔다.

애거서 크리스티 전집

누명

3판 1쇄 펴냄 2017년 1월 18일
3판 3쇄 펴냄 2023년 10월 17일

지은이 | 애거서 크리스티
옮긴이 | 권도희
발행인 | 박근섭
편집인 | 김준혁
펴낸곳 | 황금가지

출판등록 | 2009. 10. 8 (제2009-000273호)
주소 | 06027 서울 강남구 도산대로 1길 62 강남출판문화센터
전화 | 영업부 515-2000 **편집부** 3446-8774 **팩시밀리** 515-2007
홈페이지 | www.goldenbough.co.kr

도서 파본 등의 이유로 반송이 필요할 경우에는 구매처에서 교환하시고
출판사 교환이 필요할 경우에는 아래 주소로 반송 사유를 적어 도서와 함께 보내주세요.
06027 서울 강남구 도산대로 1길 62 강남출판문화센터 6층 민음인 마케팅부

© ㈜민음인, 2013. Printed in Seoul, Korea
ISBN 978-89-8273-709-1 04840
ISBN 978-89-8273-700-8 04840 (set)

㈜민음인은 민음사 출판 그룹의 자회사입니다.
황금가지는 ㈜민음인의 픽션 전문 출간 브랜드입니다.